Celebridade
MORTAL

J. D. ROBB

SÉRIE MORTAL

Nudez Mortal
Glória Mortal
Eternidade Mortal
Êxtase Mortal
Cerimônia Mortal
Vingança Mortal
Natal Mortal
Conspiração Mortal
Lealdade Mortal
Testemunha Mortal
Julgamento Mortal
Traição Mortal
Sedução Mortal
Reencontro Mortal
Pureza Mortal
Retrato Mortal
Imitação Mortal
Dilema Mortal
Visão Mortal
Sobrevivência Mortal
Origem Mortal
Recordação Mortal
Nascimento Mortal
Inocência Mortal
Criação Mortal
Estranheza Mortal
Salvação Mortal
Promessa Mortal
Ligação Mortal
Fantasia Mortal
Prazer Mortal
Corrupção Mortal
Viagem Mortal

Nora Roberts
escrevendo como

J.D. ROBB

Celebridade MORTAL

Tradução
Renato Motta

1ª edição

Rio de Janeiro | 2021

EDITORA-EXECUTIVA Renata Pettengill	**CAPA** Leonardo Carvalho
SUBGERENTE EDITORIAL Marcelo Vieira	**DIAGRAMAÇÃO** Leandro Tavares
AUXILIARES EDITORIAIS Georgia Kallenbach Beatriz Araújo	**TÍTULO ORIGINAL** *Celebrity in death*

CIP-BRASIL. CATALOGAÇÃO NA PUBLICAÇÃO
SINDICATO NACIONAL DOS EDITORES DE LIVROS, RJ

R545c

Robb, J. D., 1950-
Celebridade mortal / Nora Roberts escrevendo como J. D. Robb; tradução Renato Motta. – 1ª ed. – Rio de Janeiro: Bertrand Brasil, 2021.
(Mortal; 34)

Tradução de: Celebrity in death
Sequência de: Viagem Mortal
Continua com: Ilusão Mortal
ISBN 978-65-5838-049-8

1. Ficção americana. I. Motta, Renato. II. Título. III. Série.

21-71853

CDD: 813
CDU: 82-3(73)

Camila Donis Hartmann - Bibliotecária - CRB-7/6472

Copyright © 2012 by Nora Roberts
Proibida a exportação para Portugal, Angola e Moçambique.

Texto revisado segundo o novo Acordo Ortográfico da Língua Portuguesa

2021
Impresso no Brasil
Printed in Brazil

Todos os direitos reservados. Não é permitida a reprodução total ou parcial desta obra, por quaisquer meios, sem a prévia autorização por escrito da Editora.

Direitos exclusivos de publicação em língua portuguesa somente para o Brasil adquiridos pela:
EDITORA BERTRAND BRASIL LTDA.
Rua Argentina, 171 – 3º andar – São Cristóvão
20921-380 – Rio de Janeiro – RJ
Tel.: (21) 2585-2000 – Fax: (21) 2585-2084

Atendimento e venda direta ao leitor:
sac@record.com.br

Ir da fama à infâmia é muito comum.
— THOMAS FULLER

A sede pelo poder e pelo domínio dos outros inflama o coração mais que qualquer outra paixão.
— TACITUS

Capítulo Um

Com frustração e certo pesar, ela estudava a cena do crime. Jazia na sala silenciosa, sobre o sofá da cor de um bom merlot, com o sangue do coração manchando a camisa cinza-claro sob o parafuso prateado de um bisturi. Os olhos dela, monótonos e sombrios, analisavam o corpo, a sala, a bandeja de frutas e queijos habilmente posta na mesa baixa.

— De perto de novo. — Seu tom, como seus olhos, era todo policial enquanto ela endireitava seu corpo longo e esguio. — Ele está deitado. Desativou o androide e programou o sistema de segurança da casa para NÃO INCOMODAR. Mas está deitado aqui e não se preocupou com alguém entrando, se inclinando sobre ele. Tranquilizantes talvez. Vamos verificar no exame toxicológico, mas não acho que seja isso. Ele a conhecia. Não temeu por sua vida quando ela entrou na sala.

Ela foi até a porta. No corredor do lado de fora, a bela loura estava sentada no chão, a cabeça entre as mãos, com a recém-chegada detetive robusta sorrindo maliciosamente ao seu lado.

E ela se levantou, emoldurada pela porta, com o assassinato atrás dela.

— E corta! Essa é a tomada do clímax.

Ao sinal do diretor, a área — decorada como o home office do falecido Wilford B. Icove Junior — virou uma colmeia de som e movimento.

A tenente Eve Dallas, que já estivera naquele home office olhando para um cadáver que — ao contrário deste — não se sentou e coçou a bunda, sentiu a estranha impressão de déjà-vu se estilhaçar.

— Isso é demais ou não é? — Ao lado dela, Peabody fez uma dancinha contida, levantando e abaixando os saltos de suas botas de caubói cor-de-rosa. — Estamos em um set de filmagem de verdade, assistindo a nós mesmas. E estamos ótimas.

— É estranho.

Mais estranho ainda, pensou Eve, é observar a si mesma — ou uma imitação relativamente fiel — vindo em sua direção com um sorriso largo e feliz.

Ela não sorria daquele jeito, sorria? Isso seria mais estranho ainda.

— Tenente Dallas, que bom que conseguiu vir até o set! Estava doida pra te conhecer. — A atriz estendeu a mão.

Eve já tinha visto Marlo Durn, mas como uma loura queimada de sol e de olhos verde-escuros. O cabelo castanho, curto e picotado, os olhos castanhos, até mesmo a covinha rasa no queixo igual à dela, deixaram Eve aflita.

— Você também, detetive Peabody!

Marlo entregou o longo casaco de couro que tinha usado na cena — uma peça gêmea da que o marido de Eve tinha dado a ela durante a investigação de Icove — para alguém do figurino.

— Sou uma grande fã, srta. Durn. Vi tudo que você fez.

— Marlo — disse ela a Peabody. — Somos parceiras afinal. E então, o que acharam? — Ela fez um gesto para o set de filmagem, e uma aliança idêntica à de Eve reluziu no dedo de Marlo. — Estamos perto?

— Está ótimo — disse Eve. Como uma cena de crime com um monte de gente circulando em volta, pensou.

— Roundtree, o diretor, quer autenticidade. — Marlo acenou com a cabeça na direção do homem robusto curvado em frente a um monitor. — E o que ele quer ele consegue. É só um dos motivos pelos quais ele insistiu que filmássemos tudo em Nova York. Espero que vocês tenham tido tempo de olhar tudo, de realmente ter uma noção das coisas. Eu quis esse papel no minuto em que fiquei sabendo do projeto, antes mesmo de ler o livro de Nadine Furst. E vocês, vocês duas, viveram isso. Agora estou tagarelando.

Ela soltou uma risada fácil e rápida.

— Pense numa grande fã. Já faz meses que estou imersa em tudo sobre Eve Dallas. Dei até alguns passeios de carro com dois detetives quando nem mesmo Roundtree conseguiu mudar sua opinião ou a do seu comandante para que deixassem que K. T. e eu andássemos com vocês duas. E... — Ela continuou antes que Eve pudesse responder. — Depois que mergulhei de cabeça nisso, entendi completamente por que vocês não deixaram.

— Ok.

— E tagarelando de novo. K. T.! Vem aqui conhecer a verdadeira detetive Peabody.

A atriz, concentrada em uma conversa com Roundtree, olhou de relance. Fúria surgiu em seus olhos antes de ela abrir o que Eve presumiu ser o sorriso-de-conhecer-pessoas dela.

— Que legal! — K. T. trocou apertos de mão e inspecionou Peabody rapidamente. — Está deixando seu cabelo crescer.

— Sim. Mais ou menos. Te vi esses dias em "Teardrop". Você estava totalmente magnífica!

— Vou roubar Dallas por alguns minutos. — Marlo enganchou o braço no de Eve. — Vamos tomar um café — disse ela, puxando Eve para longe do set da cena do crime, passando pelo cenário do segundo andar da casa de Icove. — Os produtores organizaram para que eu recebesse a mesma marca que você bebe, e agora estou viciada. Pedi à minha assistente que preparasse um pouco para nós no meu trailer.

— Você não está trabalhando?

— Muito do trabalho é esperar. Acho que essa é uma semelhança com o trabalho da polícia.

Movendo-se rapidamente com suas botas, calças gastas e uma arma falsa — Eve presumiu — em um coldre de ombro, Marlo indicou o caminho pelo estúdio, passando por cenários, equipamentos e grupos de pessoas.

Eve parou em frente à réplica da sua sala de ocorrências. Mesas — desordenadas —, o quadro do caso que a transportou de volta para o último outono, as baias de trabalho, o chão arranhado.

A única coisa que faltava era os policiais — e o cheiro de açúcar refinado, café ruim e suor.

— Isso está certo?

— Está. Um pouco maior, eu acho.

— Não vai parecer que é maior na tela. Eles reproduziram seu escritório, no mesmo layout, para poderem filmar a mim ou a quem estiver passando por essa área, entrando ou saindo. Você quer ver?

Elas continuaram caminhando, passando pela parede falsa e por uma área aberta que Eve supôs que também não fosse aparecer na tela, até chegarem a um modelo quase perfeito de seu escritório na Central de Polícia; tinha até a janela estreita. Mas esta tinha uma vista para o estúdio em vez de Nova York.

— Eles vão usar CGI na vista. Prédios, tráfego aéreo... — explicou Marlo quando Eve se aproximou para olhar do lado de fora. — Já gravei algumas cenas aqui, e fizemos a cena da sala de conferências, onde você explica a conspiração: Icove, Unilab, Academia Brookhollow. Aquilo foi intenso. O diálogo veio direto do livro, que nos disseram que ficou muito parecido com o registro verdadeiro. Nadine fez um trabalho brilhante ao mesclar a realidade com um enredo viciante. Embora eu ache que a realidade foi viciante. Eu te admiro muito.

Surpresa, levemente desconfortável, Eve se virou.

— O que você faz, todos os dias — continuou Marlo —, é muito importante. Eu sou boa no meu trabalho. Sou boa pra caramba e sinto que o que eu faço é importante. Não importante tipo descobrir-uma-rede-de-clonagem-mundial, mas sem arte, histórias e as pessoas que dão vida a essas histórias, o mundo seria um lugar menor e mais triste.

— Com certeza.

— Quando comecei a pesquisar esse papel, percebi que em nenhum outro trabalho eu quis tanto fazer jus a alguém. Não só por causa do potencial de ganhar um Oscar, por mais que o homem brilhoso de ouro fosse ficar ótimo em cima da minha lareira, mas porque é importante. Sei que você só viu uma cena, mas espero que me diga se tinha qualquer coisa ali que não soasse verdadeiro ou não parecesse certo pra você.

— Me pareceu certo, sim. — Eve encolheu os ombros. — A questão é que... É estranho, acho que um pouco desnorteante, ver alguém sendo você, fazendo o que você fez, dizendo o que você disse. Então, já que pareceu estranho e desnorteante, deve estar certo.

O sorriso de Marlo se ampliou. E não, pensou Eve, ela com certeza não sorria daquele jeito.

— Isso é bom então!

— E isso. — Eve deu uma volta pelo cenário do escritório. — Sinto como se eu precisasse me sentar e cuidar de alguma papelada.

— Carmandy ficaria emocionada se ouvisse isso. Ela é a cenógrafa-chefe. Vamos tomar aquele café. Eles vão precisar que eu volte para o set daqui a pouco.

Marlo fez um gesto enquanto elas saíam para a luz do sol de outubro de 2060.

— Se formos por esse lado, você vai ver alguns cenários da casa de Roarke/Dallas. É espetacular. Preston, nosso assistente de direção, já te avisou que eles iam querer algumas fotos para divulgação enquanto você e Peabody estiverem aqui no set? Valerie Xaviar, essa é a nossa assessora de imprensa, está cuidando disso. Ela comanda tudo.

— Foi mencionado.

Marlo sorriu de novo, fez uma massagem leve e rápida no braço de Eve.

— Sei que é algo que você não escolheria fazer, mas será uma ótima divulgação para o filme. E deixaria o elenco e a equipe felizes. Espero que consigam ir ao jantar hoje à noite. Você e Roarke.

— Estamos planejando ir, sim. — Não conseguimos escapar dessa, pensou Eve.

Marlo soltou uma risada e deu uma olhada fugaz em Eve.

— E você gostaria que tivesse um caso importante para que pudesse faltar ao jantar.

— Acho que você é boa no seu trabalho.

— Vai ser mais divertido do que você pensa. O que não é muito difícil já que você acha que vai ser uma tortura.

— Colocou escuta no meu escritório?

— Não, mas gosto de pensar que escuto seus pensamentos. — Marlo tocou sua têmpora. — Então sei que vai se divertir muito mais do que pensa. E você vai amar Julian. Ele acertou em cheio no Roarke: o sotaque, a linguagem corporal, aquela impressão indefinível de poder e sexo. Além disso, ele é lindo, engraçado, charmoso. Adorei trabalhar com ele. Está trabalhando em algum caso agora?

— Acabamos de encerrar um alguns dias atrás.

— O caso Whitwood Center, pelo menos é como a imprensa o chama. Como eu disse, mergulhei de cabeça. Ainda assim... Mesmo quando não está trabalhando em algum caso em andamento, está supervisionando outras investigações, depondo em tribunais, consultando os policiais e os detetives da sua divisão. São muitas tarefas. Lidar com...

Marlo parou quando o comunicador de Eve tocou.

— Dallas falando.

Emergência para a tenente Eve Dallas. Procure o policial na esquina da Rua 12 West com a Third. Possível homicídio.

— Entendido. Dallas e detetive Delia Peabody a caminho. — Ela desligou, fez um sinal para Peabody. — Pegamos mais um. Me encontre na viatura.

Depois de guardar o aparelho no bolso, ela olhou para Marlo.

— Desculpe.

— Não, tudo bem. Surgiu um novo caso, logo quando estávamos aqui. Deve ser uma pergunta boba, mas como você se sente quando te ligam e dizem que alguém está morto?

— Sinto que é hora de ir trabalhar. Escute. Obrigada por me apresentar o lugar.

— Tem muito mais para ver. A Big Bang Productions basicamente construiu o Dallas World aqui no Chelsea Piers. Vamos filmar por mais duas semanas, pelo menos. Provavelmente três. Talvez você consiga voltar.

— Talvez. Preciso ir. Te vejo hoje à noite, se o trabalho permitir.

— Boa sorte.

Eve contornou o estacionamento VIP até sua viatura. Ela não ficou feliz por alguém ter morrido — mas, se a pessoa ia morrer de qualquer forma, ela não ficou *in*feliz de ter pegado um caso *antes* da ridícula sessão de fotos. Achou Marlo Durn agradável, talvez um pouco intensa, mas agradável, inteligente, e não uma idiota. Mas ela tinha que admitir que foi um pouco inquietante ficar olhando para alguém que se parecia tanto com ela. Ainda mais estando em um ambiente que se parece tanto com o que costuma frequentar.

Dallas World.

Há.

— Quem diria que pegaríamos um caso... — Peabody apressou-se. — Isso foi divertido! E Preston, Preston Stykes, o diretor-assistente, disse que eu posso fazer uma ponta! Eles vão gravar algumas cenas na rua no próximo fim de semana, e eu vou ser uma pedestre, com um close-up e talvez até uma fala. Aposto que vou ficar com uma espinha. — Ela passou a mão no rosto, verificando. — Sempre aparece uma espinha quando a gente tem um close-up.

— Eu já tive um monte... de close-ups, não de espinhas. Não quero saber sobre as suas espinhas.

— Vai ser o meu primeiro. — Ela se acomodou no banco do carona enquanto Eve ficou ao volante. — E hoje à noite vamos curtir com os ricaços. Vou jantar com estrelas do cinema, com celebridades, em uma casa luxuosa na Park Avenue do diretor mais badalado de Hollywood, vou conhecer o produtor mais poderoso, respeitado... e criador da Big Bang Productions. — Peabody parou de procurar por possíveis espinhas e colocou a mão na barriga. — Acho que estou meio enjoada.

— Então já pode vomitar no banheiro luxuoso do diretor mais badalado de Hollywood.

— Ele estava procurando por você, o Roundtree. Estava quase mandando um funcionário atrás de você.

— Eu estava tendo a experiência surreal de mostrar a mim mesma meu escritório e a sala de ocorrências.

— Ai! A minha mesa. Eu poderia ter me sentado à minha mesa. Eu poderia ter me sentado à *sua* mesa.

— Não.

— É um cenário.

— Mesmo assim, não.

— Que má. A outra você é legal. Posso chamá-la de Marlo. A outra eu é meio cobra.

— Viu? Te estereotiparam.

— Que engraçado, rá-rá. Sério, ela conversou comigo por uns trinta segundos e depois me dispensou. E sabe o que ela disse?

— Como posso saber se eu não estava lá?

— Vou te contar então. — Franzindo o cenho para o para-brisa, Peabody colocou seus óculos escuros com lente colorida. — Ela disse que, se o livro de Nadine foi uma descrição precisa, ela sugere que eu faça um curso de autoconfiança. Senão, nunca serei mais do que uma subordinada, ou uma ajudante, na melhor das hipóteses. E que, com a minha atitude submissa, eu nunca vou estar no comando.

Eve sentiu uma forte pressão na nuca. Sua *parceira* tinha sido confiante o suficiente para dar início à investigação e à queda de uma quadrilha de policiais corruptos.*

— Ela não é meio cobra. Ela é essencialmente *uma cobra inteira*. E você não é uma subordinada.

— É isso aí. Sou sua parceira, e, tudo bem, você é minha tenente, mas isso não faz de mim uma subordinada puxa-saco com atitude submissa.

— Cumprir ordens em situações de vulnerabilidade não é ser submissa, é ser uma boa policial. E você tem sacadas inteligentes na maior parte do tempo.

— Obrigada. Não gostei muito de mim.

— Eu não gosto nada de você. Nem a outra eu.

— Agora fiquei confusa.

— Marlo e K. T. não gostam muito uma da outra. Dá pra perceber quando as câmeras não estão focando nelas. Quando o diretor gritou "corta", elas seguiram caminhos diferentes, não se falaram nem se olharam até Marlo chamar K. T. para conhecer você.

— Acho que fiquei deslumbrada com Hollywood, porque não reparei. Mas você tem razão. Deve ser difícil trabalhar com alguém tão de perto e ter que fingir que gosta e respeita essa pessoa quando não é verdade.

— É por isso que eles chamam de atuação.

— Mesmo assim... Ah, e acho que a outra eu tem uma bunda maior.

— Não há dúvidas sobre isso.

---

* Ver *Corrupção Mortal*. (N. do T.)

— Sério?

— Peabody, eu não olhei de fato para a bunda dela, e raramente preciso olhar para a sua. Mas estou disposta a dizer que a bunda dela é maior se isso te deixa feliz e faz com que possamos parar de falar do povo de Hollywood.

— Ok, mas só mais uma coisa. A outra eu também é uma puta de uma mentirosa. Ela me disse que precisava se preparar para a próxima cena, mas, quando peguei um atalho onde os trailers ficam para ir até o estacionamento VIP, eu a vi. E, cara, eu a ouvi. Batendo à porta de um dos trailers, gritando: "Sei que você está aí dentro, seu desgraçado! Abra a porra dessa porta!" Assim mesmo.

— No trailer de quem?

— Não sei, mas ela estava puta e não se importou se alguém ia ouvir porque tinha gente da equipe passando por ali.

— É como eu sempre disse. Você é uma vaca, com um temperamento desagradável e sem classe nenhuma.

Peabody suspirou e sorriu.

— Mas não uma subordinada.

— Agora que resolvemos isso — disse Eve, parando atrás de uma viatura —, talvez possamos dar uma olhada nesse cadáver.

— Uma visita a um set de filmagem, um cadáver e um jantar com celebridades. Realmente, um ótimo dia.

Não para Cecil Silcock.

O dia dele acabou cedo sobre os ladrilhos de oncinha de sua cozinha extravagante. Ele estava estirado ali, o sangue do ferimento na cabeça escorrendo como um rio e formando um lago sobre o piso dourado com pintas pretas. Isso fez o chão parecer um pouco com um animal ferido letalmente, na opinião de Eve.

Cecil, sem dúvida, foi ferido letalmente. O sangue também encharcava o roupão de caxemira branco e fino que ele tinha vestido em algum momento antes de sua cabeça ter feito contato com um objeto sem ponta e um pouco pesado e, depois, com o piso de estampa patética. Pelo corte na testa, Eve imaginou que Cecil também teve contato com a beirada da ilha preta da cozinha, de superfície dourada.

O restante da cozinha, as salas de jantar e de estar, o quarto principal, o quarto de hóspedes e o banheiro estavam impecáveis, os acessórios e a *organização* pareciam de uma loja de decoração de luxo.

— Nenhum sinal de arrombamento. — O policial na porta informou à Eve. — O marido da vítima está ali naquele quarto. Ele diz que estava fora da cidade nos últimos dois dias, chegou em casa cedo, era pra ter voltado só à tarde, e encontrou o corpo.

— Onde está a mala dele?

— No quarto.

— Vamos ver as filmagens de segurança.

— O marido disse que o sistema estava desligado quando ele chegou. Ele alega que a vítima se esquecia com frequência de programá-lo.

— Encontre o painel de controle deles, verifique mesmo assim. — Eve jogou o Seal-It de volta em seu kit de trabalho e agachou-se ao lado do corpo. — Vamos confirmar a identidade, conseguir a hora da morte, Peabody. Ele levou um golpe forte aqui, na lateral esquerda da cabeça, sobre a têmpora, na órbita do olho. Algo largo, pesado e plano.

— Vítima confirmada como Cecil Silcock, cinquenta e seis anos, residente deste endereço. Casado com Paul Havertoe há quatro anos. Ele é o dono e quem toca a Good Times, ou Bons Momentos, uma empresa de organização de eventos.

— Sem mais bons momentos para ele. — Apoiada nos calcanhares, Eve olhou ao redor. — Nenhum arrombamento. E o lugar parece que foi limpo e arrumado por um exército de fadas. Ele está usando uma aliança com um diamante enorme, aposto que é de platina. Roubo é um motivo improvável aqui. As joias... Além disso, consigo ver vários eletrônicos top de linha e fáceis de carregar.

— Hora da morte: dez e trinta e seis. Vestido desse jeito, nenhum arrombamento, ele certamente conhecia o assassino. Ele deixou o assassino entrar, andou até aqui, talvez para fazer um café ou algo assim. Uma pancada, e Cecil Bons Momentos não existe mais.

— Pode ter sido exatamente assim. Ou pode ser que, vestido desse jeito, Cecil estivesse acompanhado enquanto seu marido estava fora da cidade, e iremos confirmar esse estar-fora-da-cidade. Ele vai preparar um ótimo café da manhã, e sua companhia o golpeia. Ou seu marido retorna, descobre que Cecil não tem sido um bom menino e o golpeia.

O policial voltou.

— O sistema de segurança está desativado há vinte e oito horas, tenente. Não temos nada da noite passada ou desta manhã.

— Ok. Comece a bater às portas. Vamos ver se alguém viu alguma coisa.

Colocando os micro-óculos, Eve fez um estudo meticuloso do corpo.

— Cecil está tão limpo quanto a casa. Cheira a limão. — Ela inclinou seu rosto sobre o do morto, deu mais uma fungada. — Mas tem um pouco de café aqui também. Tomou um banho e uma xícara antes do golpe. Sem feridas defensivas visíveis ou qualquer outro trauma. Leva o golpe, cai, batendo na beirada da ilha aqui, e então leva outro golpe, na outra têmpora, já no chão. É estranho, não é?

— É?

— Tudo estar tão limpo, tão arrumado.

— A vítima era organizada?

— Talvez. Provavelmente. — Eve tirou os óculos, se levantou. — Não tem nenhum AutoChef. Que tipo de lugar é esse? — Ela deu uma olhada na geladeira. — Tudo bem fresco aqui, e brilhante de tão limpo. — Ela começou a abrir armários e gavetas. — Muitas panelas, frigideiras, eletrodomésticos, louças combinando, taças de vinho, blá, blá... — Ela pegou uma frigideira grande e pesada. Larga e com o fundo plano. — Isso aqui é pesado.

— Ah, minha avó tem uma dessas. De ferro fundido. Ela jura que é, herdou da avó dela.

Eve estudou a frigideira, agachou-se de novo, óculos no rosto, para analisar a ferida na lateral da cabeça de Cecil. Pegando outra ferramenta do kit, ela tirou uma rápida medida. Acenou com a cabeça.

— Aposto que foi isso. Lacre-a e a etiquete para os peritos. Vamos ver se há algo de Cecil aqui. Então, Cecil está acompanhado, ou recebe uma companhia, e eles vêm até aqui, atrás da ilha da cozinha. Mas não há sinal de terem cozinhado, e, já que não tem um AutoChef, como em qualquer outra cozinha civilizada do mundo que conhecemos, ele teve que usar uma panela, utensílios. E quanto ao café?

— Tem um tipo de máquina de café expresso ali. Você coloca os grãos inteiros ali dentro, água, e ela mói e passa o café.

— Mas está limpa e vazia.

— Talvez ele não tenha tido tempo de preparar o café antes do golpe.

— Á-rá. Tem um toque de café no hálito dele. Ele não veio simplesmente até aqui com o assassino e foi atingido por um objeto pesado. Estou apostando que a frigideira de ferro fundido seja a arma do crime. Se ele pegou isso, onde estão as outras coisas? Seja lá o que ele ia usar para cozinhar? Se ele está discutindo com alguém, estaria pensando em café da manhã? Por que o assassino não deixa a arma do crime do lado de fora ou a leva com ele? Em vez disso, ele a lava e guarda no que parece ser o lugar mais apropriado.

— Se você está indo tomar café da manhã, qual é a primeira coisa que faz?

— O café — disse Peabody.

— Todo mundo passa o café, e Cecil me diz que ele fez exatamente isso. Mas não tem nenhum café feito, nenhuma xícara ou caneca.

Lábios franzidos, olhos escaneando, Peabody tentava enxergar como Eve enxergava.

— Talvez ele ou eles já tivessem comido e limpado tudo. E depois tiveram a discussão.

— Pode ser, mas, se foi isso, a frigideira ainda estaria à mão para o golpe? Tudo está devidamente guardado, mas isso ficou ao alcance das mãos? Por que isso? — Ela ergueu a frigideira, agora lacrada. — A oportunidade fez a arma. Fique bravo, pegue, golpeie. Você não ia abrir a gaveta, tirá-la da pilha, selecionar a arma e depois golpear.

Peabody ligou os pontos.

— Você acha que o marido fez isso, depois limpou tudo, e depois chamou a polícia.

— Me pergunto como Havertoe chegou em casa. Está na hora de batermos um papo.

Eve liberou o policial sentado ao lado de Havertoe para juntar-se ao interrogatório. Assim como a cozinha, o quarto principal poderia ser um anúncio da Stylish Urban Home. Desde as lustrosas colunas prateadas da cama e o dossel de estampa de zebra — com sua pilha cuidadosamente arrumada de travesseiros pretos e brancos —, o brilho do espelho das cômodas, as estranhas linhas angulares dos quadros, até o vaso sinuoso com uma única flor vermelha espinhosa que, aos olhos de Eve, parecia esconder dentes afiados e finos como agulhas sob suas pétalas.

Na sala de estar, em frente às amplas portas da varanda, Paul Havertoe estava encolhido em um sofá de encosto prateado e almofadas vermelhas e segurava com firmeza um lenço ensopado.

Eve julgou que ele fosse uns vinte anos mais novo que o cônjuge morto. Seu rosto liso e bonito exibia uma tonalidade queimada de sol que realçava bem suas mechas luxuosas em seus cabelos cor de mel. Ele estava com uma calça jeans rasgada e estonada e uma camisa branca impecável sobre um corpo que Eve presumiu ter sido conquistado à base de muita academia.

Os olhos dele, quando olharam para cima nos de Eve, estavam da cor de uma ameixa e inchados de tanto chorar.

— Sou a tenente Dallas, e esta é a detetive Peabody. Sinto muito pela sua perda, sr. Havertoe.

— Cecil está morto.

Sob a crueza das lágrimas, Eve captou vestígios de melaço e magnólia.

— Sei que é um momento difícil, mas precisamos lhe fazer algumas perguntas.

— Porque Cecil está morto.

— Sim. Estamos gravando isso, sr. Havertoe, para sua proteção. E vou ler seus direitos, para que você fique a par de tudo. Ok?

— Isso é necessário?

— É melhor que seja feito. Vamos fazer isso da forma mais rápida possível. Existe alguém com quem você gostaria que entrássemos em contato, um amigo ou parente, antes de começarmos?

— Eu... Eu não consigo pensar.

— Bem, se pensar em alguém que gostaria que estivesse aqui, nós iremos providenciar. — Ela se sentou diante dele, leu em voz alta a Lei de Miranda. — Você entendeu todos os seus direitos e deveres?

— Entendi.

— Ok, ótimo. Você estava fora da cidade?

— Chicago. Um cliente. Somos organizadores de eventos. Cheguei hoje de manhã, e...

— Você voltou de Chicago esta manhã. A que horas?

— Acho que... por volta das onze. Era pra eu chegar só às quatro ou depois, mas consegui terminar mais cedo. Quis fazer uma surpresa para Cecil.

— Então trocou seu voo e seu serviço de transporte?

— Sim, sim, isso mesmo. Consegui uma viagem para um horário mais cedo e combinei que me pegassem antes. Para surpreender Cecil. — Soluçando de tanto chorar, ele pressionou o lenço úmido no rosto.

— Você sofreu um choque terrível, eu sei. Que serviço de transporte foi esse, sr. Havertoe? Só para registro.

— Nós sempre usamos o Delux.

— Ok. E, quando você chegou em casa — continuou Eve enquanto Peabody saía em silêncio do cômodo —, o que aconteceu?

— Eu entrei e trouxe minha mala até aqui, mas Cecil não estava no quarto.

— Ele deveria estar em casa àquela hora do dia?

— Ele tinha planejado trabalhar de casa hoje. Um cliente vai vir aqui hoje à tarde. Eu devia ligar para ele. — Havertoe olhou ao redor da sala com os olhos cheios de lágrimas. — Eu devia...

— Vamos ajudá-lo com isso. O que você fez em seguida?

— Eu... Eu o chamei... Hmmm... Como costumo fazer. E achei que ele devia estar no escritório. Fica depois da cozinha, com uma vista para o quintal, porque ele gosta de ficar olhando para o nosso pequeno jardim enquanto trabalha. E eu o vi no chão. Eu o vi, e ele estava morto.

— Você tocou em algo? Alguma coisa na cozinha?

— Toquei em Cecil. Peguei a mão dele. Ele estava morto.

— Conhece alguém que queria machucar Cecil?

— Não. Não. Todo mundo ama Cecil. — De um jeito teatral, ele apertou o lenço ensopado em cima de seu coração. — Eu amo Cecil.

— Quem você acha que ele deixaria entrar estando só de roupão?

— Eu... — Havertoe lutou para firmar seus lábios trêmulos. — Eu acho que Cecil estava tendo um caso. Acho que ele andava saindo com alguém.

— Por que pensa isso?

— Ele chegou em casa atrasado algumas vezes, e... havia sinais.

— Você o confrontou sobre isso?

— Ele negou.

— Vocês discutiram?

— Todo casal discute. Nós éramos felizes. Fazíamos um ao outro feliz.

— Mas ele estava tendo um caso.

— Uma aventura. — Havertoe enxugou os olhos. — Não ia durar muito tempo. Quem quer que ele estivesse namorando deve tê-lo matado.

— Com quem você acha que ele estava saindo?
— Não sei. Um cliente? Alguém que ele conheceu em um dos nossos eventos? Nós conhecemos muita gente. Existe uma tentação constante de se desviar do caminho.
— Vocês têm uma casa impressionante, sr. Havertoe.
— Temos muito orgulho dela. Recebemos convidados com frequência. É isso que a gente faz. É uma boa promoção para os negócios.
— Acho que foi por isso que você limpou a cozinha — comentou Eve, com a maior naturalidade, enquanto Peabody voltava. — Não queria que as pessoas vissem a bagunça.
— Eu... O quê?
— Cecil estava preparando o café da manhã quando você chegou, mais cedo do que ele esperava? Ou já tinha terminado? Havia sinais de que ele não tinha estado sozinho? Te traindo enquanto você estava viajando. Ele era um menino muito mau.
— Ele está morto. Você não deveria falar dele desse jeito.
— A que horas você chegou em casa mesmo?
— Eu disse... Eu acho... Umas onze.
— Que estranho, sr. Havertoe — disse Peabody. — Porque seu voo pousou às oito e quarenta e cinco.
— Eu... Eu tive que resolver umas coisas...
— E o motorista do Delux o deixou aqui na porta às nove e dez.
— Eu... dei uma volta.
— Com a sua mala? — Eve inclinou a cabeça. — Não, você não deu. Você chegou às nove e dez, e você e Cecil começaram a brigar enquanto você, um de vocês ou os dois, fazia café e preparava algo. Você quis saber com quem ele esteve enquanto você estava em Chicago. Você quis que ele parasse de te trair. Vocês discutiram, você pegou a frigideira de ferro fundido e o atingiu. Você estava com tanta raiva. Depois de tudo que você fez por ele, e ele não conseguia ser fiel. Quem poderia te culpar por perder a cabeça? Não foi sua intenção matá-lo, não é, Paul? Você só foi pra cima dele... Magoado e com raiva.

— Eu não fiz isso. Vocês estão enganadas quanto à hora. É isso.

— Não, é você que está enganado. Você chegou em casa mais cedo. Achou que poderia pegá-lo com alguém?

— Não, não, não foi assim. Eu queria surpreendê-lo. Queria que as coisas fossem como eram antes. Preparei o brunch favorito dele! Mimosas com suco de tangerina, café com avelã e ovos beneditinos com torrada francesa de framboesa.

— Você teve bastante trabalho.

— Cozinhei tudo e pus a mesa com a louça de porcelana favorita dele.

— E ele nem agradeceu. Todo o tempo e esforço que você dedicou, só para fazer algo especial para ele, e ele nem agradeceu.

— Eu... E então eu fui dar uma volta. Fui dar uma volta, e, quando voltei, ele estava morto.

— Não, Paul. Vocês discutiram, e você o atingiu. Foi como um reflexo. Você estava tão bravo, tão magoado, simplesmente pegou a frigideira e o acertou. E então era tarde demais. Então você limpou a cozinha, guardou tudo. — Enquanto ele estava ali, morto no chão, Eve pensou. — Você lavou a frigideira de ferro fundido. — Com o sangue dele na base. — Você deixou tudo limpo e organizado de novo, exatamente do jeito que ele gostava.

— Eu não quis fazer isso! Foi um acidente.

— Ok.

— Ele disse que queria o divórcio. Eu fiz tudo por ele. Cuidei dele. Ele disse que eu o estava sufocando, e que ele não me aguentava mais fuçando as coisas dele, olhando sua agenda e ligando para ele o tempo inteiro. Ele estava cansado disso. De mim. Eu fiz um brunch para ele, e ele queria o divórcio.

— Dureza — comentou Eve.

Capítulo Dois

Com Havertoe acusado e fichado, os relatórios arquivados e o caso concluído, Eve não conseguiu arranjar uma desculpa para se livrar do jantar com os figurões de Hollywood.

Bem que tentou.

Intrometeu-se nos casos em andamento de seus detetives, torcendo para conseguir uma pista que exigisse sua atenção imediata e pessoal. Quando isso falhou, ela pensou em pegar aleatoriamente um caso não resolvido para estudar. Mas ninguém ia considerar isso uma emergência, principalmente com Peabody na cola dela.

— O que você vai usar hoje à noite? — quis saber Peabody.

— Não sei. Algo que cubra a nudez.

— Longo ou curto?

— Longo ou curto o quê?

— O vestido. Curto, mostrando muita perna. Você tem essas pernas aí, então você pode. Ou longo e elegante, porque você é magra e pode fazer isso.

Eve demorou a ler o relatório que o detetive Baxter havia entregado. Ler três vezes é apenas ser meticulosa.

— Você está passando muito tempo pensando no meu corpo.

— Pensamentos sobre o seu corpo me assombram noite e dia. Mas sério, Dallas, você vai sexy ou recatada? Elegante ou ousada?

— Talvez recatada, sexy, um pouco ousada e elegante. Seja lá o que diabos isso signifique. — Sem pressa alguma, Eve assinou o relatório de Baxter. — E por que diabos você se importa com o que vou vestir?

— Porque tenho duas opções principais pra mim e, quando eu souber em que direção você vai, vou conseguir me decidir melhor. Um deles mostra bem as meninas, mas, se você for mais recatada, acho que não vou colocá-las pra jogo. Então...

Genuinamente perplexa, Eve girou em sua cadeira.

— Você acha mesmo que vou te ajudar a decidir se vai ou não mostrar os peitos no jantar?

— Deixa pra lá. Vou perguntar pra Mavis.

— Beleza. Agora, por que você e suas famosas meninas estão no meu escritório?

— Porque o expediente está quase acabando e você está tentando dar uma desculpa, procurando um motivo para que possa escapar da festa.

— Estou mesmo.

Peabody abriu a boca e depois riu.

— Qual é, Dallas, vai ser divertido! Nadine vai estar lá, e Mavis, e Mira. Quantas oportunidades a gente tem de ir a festas de gente famosa?

— Espero que essa seja a última. Pegue suas meninas e vá pra casa.

— Sério? Ainda faltam dez minutos para o fim do expediente.

E as chances de aparecer algo bom em dez minutos não eram boas.

— Quem é a chefe? — perguntou Eve.
— Você, senhora. Obrigada! Te vejo hoje à noite.

Com poucas opções depois que Peabody saiu em disparada, Eve assinou outro relatório. Já que olhar fixamente para o seu *tele-link* não o faria sinalizar que um psicopata acabara de eliminar todos os turistas na Quinta Avenida, ela desistiu e deu o dia por encerrado.

Era só uma noite, lembrou a si mesma a caminho da garagem. A comida provavelmente estaria boa, e Peabody tinha razão: haveria muitas pessoas conhecidas. Não era como se ela tivesse que ficar o tempo inteiro jogando conversa fora com estranhos.

Mas isso a fez pensar nos Icoves, pai e filho, os respeitados médicos que haviam brincado de Deus no laboratório subterrâneo deles. Criando clones humanos, pensou, desfazendo-se daqueles que não eram perfeitos, duplicando outros. Educando-os, treinando-os, escravizando-os.

Até ambos serem assassinados por suas criações.

Depois desse jantar, lembrou a si mesma, ela não teria mais nada a ver com isso. Se bem que já tinham avisado que ela precisaria comparecer à estreia do filme em Nova York. Mas, depois *disso*, ela não teria mais nada a ver com toda essa coisa de celebridades. E, finalmente, não teria mais nada a ver com o caso Icove.*

Quantos deviam ter por aí?, se perguntou. Os clones, as criações dos Icove? Ela pensou na menininha e no bebê que deixara ir embora — ou que Roarke deixara ir —, e pensou em Avril Icove — nas três Avril Icoves, todas casadas com o Icove mais novo.

Será que tinham lido o livro de Nadine? Aonde quer que tenham ido, será que estavam prestando atenção ao interesse praticamente--sem-fim de como vieram a existir?

E pensou no que ela e Roarke tinham deixado — sem muita escolha, com a instalação prestes a explodir — nos tubos e colmeias

---

* Ver *Origem Mortal*. (N. do T.)

no laboratório subterrâneo. O set de filmagem, a divulgação, a atriz com o longo casaco preto, fixaram em sua mente as vidas que tinham sido criadas e chegado ao fim ali, naquele pesadelo de lugar.

Sim, ela queria colocar um ponto-final no caso Icove.

Passou com o carro pelos portões, alongou os ombros movendo-os para trás. Uma noite, lembrou a si mesma ao avistar seu glorioso lar.

Na primeira vez em que ela tivesse uma noite inteira livre, e se o tempo continuasse ameno, ela e Roarke jantariam em um dos terraços. Com direito a vinho e luz de velas. Talvez dessem uma volta pela propriedade sob a luz das estrelas.

Nunca tinha pensado em fazer essas coisas antes de Roarke, nunca quis fazê-las. Mas agora havia Roarke, e havia um lar. E havia uma vontade de dar o devido valor a eles sempre que pudesse.

Estacionou na frente da casa, onde erguiam-se torres e torreões fantásticos. Talvez a festa não fosse durar tanto tempo assim. Eles poderiam voltar para casa, dar aquela volta sob a luz das estrelas.

Sem perceber, massageou a leve pontada que sentiu no braço ao sair do carro. Os ferimentos que sofrera em Dallas já haviam sarado — ou quase isso. Mas a lembrança deles... Sim, havia mesmo uma vontade de dar valor às coisas quando pudesse fazê-lo.*

Como já imaginava, Summerset — o magro — e o gato — o gordo — a esperavam na entrada.

— Vejo que você não conseguiu arranjar uma desculpa para se livrar das festividades desta noite.

Ela não ligava muito que o mordomo de Roarke, que era um pé-no-saco-dela, a conhecesse tão bem.

— Ainda há tempo para um assassinato. Pode até mesmo acontecer aqui e agora.

---

* Ver *Viagem Mortal*. (N. do T.)

— Tem uma mensagem de Trina para você no *tele-link* da casa.

Eve congelou na escada. A sensação era um subproduto natural do medo.

— Se você a deixar entrar nesta casa, aí, sim, haverá um assassinato. Um duplo homicídio quando eu bater em vocês dois com um tijolo até matá-los.

— Ela está ocupada no centro da cidade, ajudando Mavis e Peabody, e não poderá chegar aqui a tempo de fazer seu cabelo e maquiagem para o evento. Mas — continuou, enquanto o alívio infiltrava o pânico — ela lhe deixou instruções detalhadas.

— Eu sei me arrumar para um jantar idiota — murmurou Eve, enquanto subia a escada pisando duro. — Não preciso de instruções detalhadas.

No quarto, ela tirou sua jaqueta, seu coldre com a arma. E fez uma careta para o *tele-link* da casa.

— Você acha que eu não sei tomar uma porcaria de um banho e passar uma droga de uma maquiagem? — Quis saber de seu gato, que a seguira. — Já fiz isso antes.

Mais nos últimos dois anos, julgou, do que em todos os outros anos somados. Mas mesmo assim...

O gato olhou para ela com seus olhos heterocromáticos. Ela sibilou, pisou forte até o *tele-link* e reproduziu a mensagem.

Apenas faça o que eu disser, e ficará pronta. Vou perceber se você fizer alguma besteira, então não faça. Então, comece com um longo banho de vapor e o esfoliante de romã.

Enquanto a voz de Trina seguia falando sem parar, Eve se sentou na lateral da cama. Havia um zilhão de etapas, calculou. Ninguém, em sã consciência, seguia todos aqueles passos só para se arrumar para uma festa.

E quem diabos ia saber se ela usou ou não esfoliante de romã?

Trina saberia, pensou.

Enfim, um longo banho de vapor parecia uma boa. Sem problemas.

Quando terminou de tomar o banho, de passar o esfoliante, o hidratante corporal, o creme clareador facial e o produto de cabelo cujas textura e aparência a lembravam, mais do que ela gostaria, uma meleca, ela se aprofundou na questão do homicídio.

Aplicou coisas nos olhos, esfumou coisas nas bochechas, pintou a boca com alguma coisa e xingou seja lá quem tivesse inventado todas essas maquiagens.

Já chega, decidiu, e voltou para o quarto na mesma hora em que Roarke entrava.

Como ele não precisava de toda essa porcaria e alvoroço para ficar tão lindo?, perguntou a si mesma. Nada que Trina fosse capaz de inventar poderia melhorar aquele rosto — aquele rosto esculpido--por-anjos-benevolentes, com os olhos perversamente azuis, a boca perfeitamente desenhada e que sorria agora que ele a viu.

— Aí está você!

— Como sabe que sou eu? Passei tanta porcaria no rosto que eu poderia ser qualquer pessoa por baixo disso tudo.

— Deixe-me ver. — Ele chegou para a frente, pousou os lábios nos dela. — Aí está você — repetiu ele, com um toque da Irlanda em sua voz. — Minha Eve.

— Não me sinto como sua Eve, nem como eu. Por que não posso sair por aí com o meu rosto normal?

— Querida, esse é o seu rosto normal. Só um pouco enfeitado. Sexy. E seu cheiro é o mesmo.

— É romã, e outras coisas que Trina me mandou usar. Por que eu a deixo mandar e desmandar em mim?

— Não sei dizer. — Nem diria. — Como foi lá no estúdio?

— Estranho, mas Durn é legal. Nós não ficamos muito tempo lá porque surgiu um caso novo.

— Ah é?

— Resolvido e solucionado.

Ele abriu um sorriso largo.

— E sinto que eu deveria lamentar por tudo ter corrido tão bem. Por que não me conta sobre Marlo Durn e os outros enquanto eu tomo um banho?

— Você provavelmente conhece alguns deles. Já esbarrou, ou mais que isso, com o povo de Hollywood.

— Hmmm. — Foi a sua não resposta enquanto se despia. — De qualquer forma, nunca esbarrei com Marlo Durn, o que deve ser um alívio para todos, já que vi parte da cobertura da imprensa sobre ela. Ela poderia se passar por sua irmã a essa altura.

— Acho que sim. E é estranho. — Com as mãos nos bolsos do roupão, ela se encostou na porta e observou a bunda maravilhosa do marido ir para o chuveiro. — A que interpreta Peabody é uma vadia.

— É o que dizem por aí — gritou ele sobre o barulho do fluxo da água. — E que ela também não vai muito com a cara de Durn. Vai ser uma noite interessante.

— Talvez elas caiam na porrada. — Eve sentiu seu entusiasmo aumentar um pouco com a ideia. — Isso seria divertido.

— Só esperando pra ver.

— Os cenários são sinistros — continuou ela. — A única coisa que ficou faltando na sala de ocorrências foi o farelo em cima da mesa de Jenkinson. Isso e o cheiro, mas são necessários anos de trabalho policial para conseguir aquele cheiro.

Quando ele saiu do chuveiro e amarrou uma toalha na cintura, ela franziu o cenho.

— Só isso? Você só precisa fazer isso? Que injusto...

— Em compensação, você não precisa se barbear.

— Não acho que seja o suficiente.

Ela saiu pisando duro até o closet e o abriu. E fez uma careta de novo.

— O que eu devo vestir? Tem muita opção aqui. Se você só tem uma peça, não precisa nem pensar. Só pega e veste. Isso é muito complicado. Peabody ficou me atormentando com isso até me dar vontade de puxar a língua dela e amarrá-la em volta do pescoço. No meio disso tudo e de Trina, meu cérebro entrou em curto-circuito.

Entretido, Roarke se aproximou, entrou no closet.

— Isso. — Ele tirou um vestido do cabideiro.

Curto, ela notou, com uma espécie de drapeado na saia que se prendia na lateral da cintura com uma flor do mesmo material e cor do vestido. Não era exatamente azul, não era exatamente verde, e tinha um tipo de costura brilhante. Ela olhou para o vestido, para o largo decote redondo, para as alças da largura de um polegar.

— Como você sabe que é este?

— O pretinho básico é um clássico por um motivo, mas muitas vezes é o que esperam, ainda mais em Nova York. Então você vai com cor, cores vivas com um leve brilho. É feminino sem ser espalhafatoso, e sexy sem tentar ser.

Ela o pegou, o girou e ergueu a sobrancelha ao ver o enorme decote nas costas.

— Sem tentar ser.

— Quase nada. Você tem sapatos que combinam.

— Tenho?

— Tem, sim. E vai de diamantes. Deixe a cor só no vestido.

— Quais diamantes? Sabe quantos diamantes você já me deu? Por que você faz isso?

O tom de injustiça de Eve o divertiu quase tanto quanto dar diamantes a ela.

— É uma doença. Vou te dá-los depois que se vestir.

Ela não disse nada e ficou parada onde estava enquanto ele escolhia um terno escuro em sua floresta de ternos, uma camisa cor de ardósia e uma gravata cinza-claro.

— Por que não usa nada colorido?
— Para servir de pano de fundo para a minha linda esposa.
Ela estreitou os olhos.
— Você estava esperando uma chance para poder falar isso.
— A verdade está sempre pronta.
Ela apontou um dedo para ele.
— Isso aqui também não.
— Mas que cínica! — Ele deu um tapinha na bunda dela quando ele passou. Ela poderia ter achado mais coisas cínicas para falar, mas decidiu poupá-lo. Quando terminou de se vestir, de pedir desculpas antecipadas aos próprios pés, e de afivelá-los sobre saltos que pareciam picadores de gelo, de transferir sua arma, distintivo e comunicador para uma das bolsas inúteis que as mulheres eram obrigadas a carregar em eventos noturnos, Roarke expôs os diamantes.
— Tudo isso?
— Tudo isso, sim — disse ele, com firmeza, enquanto terminava de colocar a gravata.
— Dá para comprar Nova Jersey com isso tudo.
— Prefiro vê-los na minha esposa a comprar Nova Jersey.
— Vão me ver lá do espaço — murmurou Eve enquanto colocava os brincos brilhantes em formato de gota, prendia o bracelete, a sofisticada unidade de pulso.
— Não. Assim, não — avisou Roarke enquanto ela lutava com o fecho do colar de três voltas. — Assim. — Ele ajustou os fios para que eles ficassem pendurados na frente e atrás.
Ela começou a fazer um comentário sobre joias de ombros, mas, quando se virou para dar uma olhada, teve que admitir que estava muito elegante.
— Tem feito frio à noite. — Ele entregou a ela um casaco curto e translúcido. Sobre o vestido, ficou parecendo uma fina película de estrelas.
— Eu já tinha isso?

— Agora você tem.

Os olhos dela se encontraram com os dele no reflexo do espelho. Eve já tinha uma observação sarcástica pronta, mas, quando ele sorriu para ela, Eve pensou: "Ah, deixa pra lá."

— Estamos ótimos.

Com as mãos nos ombros de Eve, ele encostou a bochecha na dela.

— Acho que vamos fazer bonito.

— Vamos lá brincar de Hollywood.

Tudo parecia uma peça de teatro: o cenário, as roupas, as luzes. A casa principal de Mason Roundtree podia até ser em Nova Los Angeles, mas ele não economizou em sua moradia de Nova York.

A mansão da Park Avenue tinha três andares e ostentava um terraço com uma longa piscina arredondada e um jardim. Ele adotou um estilo contemporâneo minimalista com muito vidro, cromo, espaço aberto e madeira em tons claros. Aqui e ali, um foco de luz exibia esculturas sinuosas ou esferas de tom rubi. A arte conciliava respingos coloridos e fotos dramáticas em preto e branco.

Logo depois da entrada, iluminada por um feixe de luz prateado, a sala de estar se ampliava sob um pé-direito alto. O fogo crepitava baixinho em uma lareira de revestimento em prata.

— Finalmente! — Redondo como um polegar com um terno preto, o diretor Roundtree estendeu a mão e segurou a de Eve. Ostentava um cavanhaque, um triângulo perfeito, vermelho como fogo, e uma massa de cabelos descontroladamente cacheados.

Ela pensou que ele se sentiria mais à vontade derrubando árvores com um machado em alguma floresta nas montanhas do que em uma sala de estar elegante e moderna em Nova York.

— Você é uma mulher difícil de achar, tenente Dallas.

— Suponho que sim.

— Senti sua falta no estúdio hoje. Queria um pouco do seu tempo.

— Teve um homicídio.

— Foi o que ouvi dizer. — Seus olhos azuis brilharam enquanto ele estudava o rosto dela. — Péssimo *timing*. Espero que consiga um tempo livre para ir ao estúdio — disse ele a Roarke com outro aperto de mão e sorriso rápidos.

— Verei o que posso fazer.

— O filme já está quase pronto. Não quero dar chance para o azar, mas até agora esse projeto tem sido tranquilo como um bebê dormindo. — Seus olhos azuis como um azulão olhavam para Eve de novo, uma de suas mãos alisava o cavanhaque. — Você tem sido meu único problema. Não consigo te trazer para consultorias, nem para reuniões, almoços ou entrevistas.

— Minha vida é de matar.

— Rá!

— Mason, você está monopolizando nossa atração principal. — Uma morena curvilínea usando uma tintura labial vermelha e safiras reluzentes surgiu. — Sou Connie Burkette, esposa de Mason. Sejam bem-vindos.

— Sou seu admirador — informou Roarke.

Ela ronronou.

— Nada mais agradável que ouvir isso de um homem lindo. Deixe-me retribuir o elogio... a vocês dois — disse ela a Eve. — Mason está mergulhado neste projeto há quase um ano. E, quando ele mergulha de cabeça numa coisa, eu acabo entrando na onda também. Sinto que já conheço vocês dois. E então, champanhe, vinho? Algo mais forte?

Da forma mais sutil possível, um dos garçons que passavam oferecendo taças de champanhe se aproximou.

— Está ótimo. Obrigada. — Eve pegou uma taça.

— Seu vestido é fabuloso. Está com uma das peças de Leonardo, não é?

— As roupas dele ficariam um pouco grandes em mim.

Connie riu, um som descontraído e rouco que combinou com seus olhos castanhos sonolentos.

— É mesmo. Adorei conhecê-lo, Mavis também. Ela é única e um verdadeiro amor. E a bebê? Que gracinha! Agora venha comigo, venha ver seus velhos e novos amigos.

— Dallas! — Marlo, toda elegante com um tubinho bronze envelhecido, correu em sua direção. — Que bom que você veio! Peabody disse que vocês já resolveram o caso. Isso não é incrível? — perguntou para Connie. — Elas pegaram o assassino em poucas horas.

— Não é tão difícil assim quando o assassino é burro — comentou Eve.

— Vocês são maravilhosas. — Connie pegou a mão de Eve e uma de Marlo, e isso fez com que Eve se perguntasse se todos em Hollywood se sentiam obrigados a tocar nos outros. — Conheço Marlo há anos — continuou Connie —, mas ver vocês duas lado a lado é algo... Bem, surreal. Existem diferenças, lógico. — Inclinando a cabeça, Connie as analisou da cabeça aos pés. — Marlo é um pouco mais baixa e seus olhos são mais amendoados. E, sem a maquiagem, Marlo não tem sua covinha do queixo. Mas, olhando rápido, é...

— Um pouco assustador — completou Eve.

— Exato.

— Joel queria que eu fizesse uma cirurgia plástica para ter a covinha, o produtor... — acrescentou Marlo.

— É sério?

— É, sim. Joel costuma exagerar. Mas é isso que faz dele o melhor.

— Raspei a cabeça por ele para fazer o "Unreasonable Doubt" — contou Connie. — Mas nesse caso ele e Mason estavam certos. E tenho um Oscar para provar.

— Não foi a cabeça raspada que te rendeu o Oscar. Foi a sua genialidade.

— Viu só por que mantenho essa coisa linda por perto? — disse Connie. — Ah, aquela deve ser Charlotte Mira.

Eve olhou para trás.

— Sim. É a doutora Mira e seu marido, Dennis. — Nossa, ele estava uma graça, pensou Eve, naquele terno elegante e com aquelas meias sem combinar. Sentiu-se mais relaxada só de olhar para ele.

— Preciso ir lá me apresentar. Cuide da nossa estrela, Marlo.

— Sabe que vou. Ela é magnífica — elogiou Marlo quando Connie foi em direção aos Miras. — Ela é a mulher e a atriz mais elegante que eu conheço. É o primeiro casamento dela e de Roundtree, e estão casados há mais de vinte e cinco anos. É uma marca incrível para qualquer um, mas, no nosso ramo, é um milagre, principalmente quando os dois trabalham com isso.

Ela olhou por cima do ombro de Eve, piscou e exclamou:

— Meu Deus!

— Senhoritas.

— Roarke — disse Eve, apresentando o marido.

— Com certeza, é ele. Eles não acertaram nos olhos. Chegaram perto, mas não exatamente. Desculpe. Julian e eu estamos trabalhando juntos há meses, e eu me acostumei a pensar nele como você. Mas agora aqui está você.

— É um prazer conhecê-la. Admiro o seu trabalho.

— Ah, vocês estão aqui! — Peabody, com suas meninas orgulhosamente erguidas por um corpete escuro que brilhava como estrelas no céu da meia-noite, aproximou-se do grupo. — Estávamos fazendo um tour pela casa, e é realmente incrível.

— Peabody. — Roarke pegou uma taça de champanhe de uma bandeja que passava e lhe ofereceu. — Você está deliciosa.

— Ai, meu Deus — sussurrou Marlo enquanto Peabody corava e sorria.

— Obrigada. Isso é tão empolgante! Está sendo muito divertido.

Ao lado dela, Ian McNab dava um largo sorriso. Suas roupas para um jantar chique eram uma camisa laranja, um terno verde-limão e um tênis de cano alto combinando com a camisa. Os cabelos loiros estavam presos para trás de seu rosto magro e atraente em um longo rabo de cavalo, deixando as argolas de ouro em suas orelhas livres para brilharem na luz.

Eve começou a falar algo quando um homem surgiu do outro lado de Peabody. Seu cabelo loiro puxado para trás em um longo rabo de cavalo deixava seu rosto magro e atraente em destaque. O terno, a camisa e a gravata eram todos na cor cinza, como uma neblina na noite, e combinou perfeitamente com seu corpo esguio.

— McNab, é assim que você ficaria se escolhesse suas roupas como um adulto.

— Meio tradicional, não acha? — disse McNab, e botou na boca um canapé que tinha pegado de outra bandeja.

— Matthew Zank. Faço o papel do detetive Ian McNab. — Ele estendeu a mão para Eve. — Senhora.

O charme dele fez Eve sorrir.

— Pode me chamar de Dallas.

— Oi, gente!

Quando Eve se virou na direção da voz familiar, Mavis tirou uma foto.

— Perfeito! Estou fazendo um papel de b-a-b-a-c-a, mas quero fotos.

— Sua bebê não está aqui — lembrou Eve. — Não precisa soletrar a palavra "babaca".

— É força do hábito... Bunda, babaca, merda, foda-se. Nossa, me fez bem falar isso. Enfim, Leonardo está conversando com Andi sobre o vestido dela para a estreia. Você já a conheceu? — Como McNab, Mavis pegou um canapé. — Andrea Smythe, também conhecida como doutora Mira. Ela não está tão parecida com Mira hoje, porque eu nunca vi Mira usando um terno preto de couro de algum animal nem falando palavrão em inglês britânico.

— Andi tem a boca mais suja de todas — explicou Marlo. — Faz parte do seu charme, que ela tem de sobra. Todo mundo adora Andi.

— Ela deixa Leonardo envergonhado. É muito fofo. — Mavis enfiou o canapé na boca.

— Isso é um Leonardo, não é?

Diante da pergunta de Marlo, Eve pareceu confusa.

— É, sim — respondeu Roarke por ela.

— É fabuloso. Sei pelas minhas pesquisas que roupa não é muito sua praia, e nesse ponto somos diferentes. Eu amo. Roupas, sapatos, bolsas, sapatos e mais sapatos. Sou fanática.

— Não podemos nunca ser amigas — declarou Eve solenemente, o que fez Marlo rir.

— Não sou nem a metade do que Julian é ligado em moda.

— Outra coisa que ele e Roarke têm em comum. — Eve olhou em volta. — Ele não está aqui? Acho que o teria visto.

— Sempre atrasado. Está vindo com Nadine.

— Ah é?

— Vai saber... — disse Marlo, dando de ombros. — K. T. também ainda não chegou, então...

— Nossas duas estrelas. Valerie, tire uma foto. Joel Steinburger. — O homem alto e robusto de cabelos grisalhos e olhos pretos frios sacudiu com firmeza a mão de Eve. Depois, se virou, botou a mão em seu ombro e mostrou os dentes para a mulher com a câmera. — É um prazer, um prazer. — Exibindo todos os dentes mais uma vez, passou o braço livre pela cintura de Marlo e a puxou. — Gostou da visita que fez ao nosso estúdio hoje? Antes tarde do que nunca! Preston me contou que a detetive Peabody vai fazer uma participação especial. Que alegria! A gente te coloca no filme também.

— Não — recusou Eve.

— Vai ser divertido! Vamos garantir que receba um tratamento glamouroso completo. Quem não gostaria de ser estrela de cinema por um dia?

— Eu.

— A gente vê. — Ele piscou para ela, mas aqueles olhos pretos a analisavam profundamente. — Valerie está cuidando das relações públicas e da assessoria de imprensa desse projeto. Vocês precisam marcar um almoço, conversar sobre a divulgação do filme.

— Não — repetiu Eve, olhando para a linda mulher preta e com olhos de tigre. — Desculpe, mas não marco almoços para discutir esse tipo de coisa.

— Valerie vai cuidar de tudo, fazer com que seja divertido para você. O que dizem é que você não tem agente nem empresário. Não ter intermediários ajuda a poupar tempo. Vamos precisar de você por alguns dias para gravar as cenas extras e as entrevistas para o DVD, mas com o seu eu policial. Nada de glamour nessa hora. O público quer ver a verdadeira tenente Dallas.

— A palavra "não" te soa familiar?

— Poxa, queridinha, não precisa ficar tímida. Valerie vai te explicar tudo. E vai remarcar a sessão de fotos que não conseguimos fazer hoje no estúdio. O mais rápido possível.

— Joel. — Com um sorriso descontraído, Roarke colocou a mão no braço de Steinburger. — Que tal procurarmos um lugar para conversar?

— Claro, Roarke. Outro prazer. O homem de negócios — disse ele, piscando de novo para Eve —, o marido, o parceiro.

— Acha que ele sabe que Roarke acabou de salvar a vida dele? — ponderou Peabody.

— Ele me chamou de "queridinha" mesmo? Acho que meus ouvidos me enganaram.

— Peço desculpas por isso, tenente. — Valerie exibiu um sorriso friamente profissional para acompanhar o pedido de desculpas.

— O sr. Steinburger está dando cento e dez por cento de si a esse projeto. E espera o mesmo de todos os envolvidos.

— Onde ele consegue os dez por cento extras?

O sorriso de Valerie tensionou nos cantos da boca.

— E a divulgação faz parte do pacote. Se achar que está com algum tempo disponível, qualquer segundo que seja, por favor, entre em contato comigo. Prometo vetar o que for preciso e fazer o melhor uso possível do seu tempo.

— Me pergunto se ela o chamava de "sr. Steinburger" quando os dois trepavam como coelhos no escritório dele em Hollywood — murmurou Marlo quando Valerie se afastou.

— Não. Ela o chamava de "Deus" — respondeu Matthew. — Tipo em: "Ai, meu Deus, ai, meu Deus, ai, meu Deus, sim!" Eu já ouvi. Infelizmente, o escritório tem estado muito silencioso desde que chegamos a Nova York.

— Ah, eles terminaram meses atrás, antes de deixarmos a Costa Oeste.

— Conseguiu tirar um cargo de assessora de imprensa de tudo isso. Desculpe — disse Matthew, lançando mais uma vez para Eve aquele sorriso curto e encantador. — Somos superficiais e obcecados demais com quem está pegando quem.

— Como no ensino médio — sugeriu Eve.

Ele riu.

— Receio que sim. Além disso, a fofoca ajuda a matar o tempo entre uma tomada e outra.

— Querida Eve!

O sotaque irlandês soava um pouco mais maduro, e não, os olhos não eram tão incrivelmente azuis quanto os de Roarke. Mas Julian Cross conseguiu chegar à altura dele e estava se saindo bem.

Na verdade, ele estava andando na direção de Eve e a puxou para um beijo rápido e intenso, com uma leve incursão da língua.

— Ei!

— Não consegui evitar. — Os olhos-não-tão-azuis cintilavam para ela. — Sinto como se fôssemos íntimos.

— Sinta isso de novo e terão que inventar um lábio inchado para a sua próxima cena. — Ela avistou Roarke com os olhos semicerrados no outro lado da sala. — E talvez uma mandíbula quebrada.

— Julian, comporte-se. — Nadine Furst revirou os olhos de forma solidária para Eve e agarrou com firmeza o braço de Julian. — Fomos os últimos a chegar?

— K. T. ainda não apareceu — disse Marlo, e depois ergueu o rosto quando Julian se inclinou para beijá-la. — Julian, você ainda não conheceu os detetives Peabody e McNab.

— Peabody! — Empolgado, ele esticou os braços e a ergueu no ar. Ela deixou escapar um "uhul" antes que ele a beijasse, e então disse: — Hmm.

— Minha garota — disse McNab.

— McNab! — Julian não levantou McNab, mas plantou um beijo nele também.

Eve se perguntou se teve língua dessa vez.

— Hollywood. — Matthew riu e ergueu as mãos. — Somos um bando de babacas.

— Alguns mais que outros — murmurou Marlo quando K. T. chegou, fazendo uma cara feia para todo mundo.

Capítulo Três

O jantar festivo acabou sendo menos formal e mais descontraído do que Eve esperava. Ela imaginou que aquilo tivesse sido obra de Connie: o cardápio abundante, a variedade de vinhos, a descontração dos risos e das conversas.

Como estava encurralada entre Roundtree e Julian, Eve notou que a distribuição dos lugares colocava, o que ela julgou ser, as pessoas reais ao lado ou em frente de suas conexões verdadeiras e fictícias. Peabody entre Matthew e McNab, Dennis entre Mira e Andrea Smythe, que tinha uma risada sedutora e debochada e que a usava com frequência.

Roundtree, um homem que obviamente adorava a vida que tinha e conduzia seu cargo de chefia com muita naturalidade, era dono de um suprimento infinito de histórias. Ela já ouvira falar da maioria das pessoas que ele citava, mas se perguntou se deveria ter tido uma aula sobre quem era quem em Hollywood antes desta noite.

— Li em algum lugar que você e Roarke se conheceram porque ele era suspeito em um homicídio. — Julian sorriu para ela de um jeito que a fez pensar que aquilo levava as mulheres a sentir que tinham todo o foco e admiração dele.

Talvez fosse até sincero.

— Ele despertou certo interesse.

— Que romântico!

— A maioria das pessoas não acha romântico ser foco de interesse em uma investigação de homicídio.

— Um homem acharia, se o interesse viesse de uma bela investigadora. Ele é um homem de sorte.

— A sorte dele foi não ter cometido o assassinato — retrucou Eve, e isso fez Julian rir.

— Eu diria que vocês dois tiveram sorte.

— Você tem razão. — Dizer isso a fez gostar um pouco mais dele.

— Como você se tornou policial?

— Me formei na Academia de Polícia.

— Mas por quê? — Ele se inclinou na direção dela, a taça de vinho quase intocada em sua mão. — Uma policial de homicídios ainda por cima, é esse o termo, certo? Você sempre quis ser isso?

Bem, droga, a pergunta parecia sincera. Eve resolveu pegar leve com o sarcasmo.

— Desde que eu me entendo por gente.

— Essa foi exatamente a percepção de Marlo, e é assim que ela está interpretando você. Com toda a intensidade e determinação, a atitude de chegar ao cerne das coisas. Estou tentando fazer esse mesmo tipo de abordagem com Roarke: um homem de poder, riqueza e mistério. Marlo e eu concordamos, desde o início, que vocês dois são o coração da história. O centro de tudo.

— Eu diria que os Icoves são o centro de tudo.

— Penso neles mais como os catalisadores da história. Como foi que Marlo disse mesmo? O "câncer da história", eu acho. — Ele deu de ombros. — Mas a história de amor de vocês é o coração.

— Nossa... — A repulsa e o constrangimento deixaram Eve sem palavras.

— Não precisa ficar constrangida. — Julian pousou a mão sobre a dela. — O amor verdadeiro é lindo. E... esquivo. Não acha?

— Julian tem uma alma romântica. — Sentada entre Roundtree e Roarke do outro lado da mesa, Marlo deu um sorriso brilhante para Julian. — Mas ele não está errado.

Julian sorriu de volta para ela, mudando o foco da conversa, que estava muito você-é-o-meu-mundo.

— O romance torna tudo mais doce.

— E você adora um açúcar — rebateu Marlo.

— Adoro mesmo. As sutilezas da história de amor de um roteiro são minhas cenas favoritas de interpretar.

— Ai, Deus. — Foi tudo o que Eve conseguiu dizer.

— Esses dois têm muita química — comentou Roundtree. — Vão incendiar as telas.

— Ai, Deus. — repetiu Eve, e dessa vez Roarke riu.

— Aguente firme, tenente.

— Olhem como ele fala isso. — Obviamente encantado, Julian apertou a mão de Eve antes de se inclinar para a frente, seu olhar fixo em Roarke. — Tenente — imitou ele, repetindo a mesma inflexão de Roarke. — É amoroso, sexy e íntimo, tudo ao mesmo tempo.

— É a minha patente — murmurou Eve.

— E ele respeita isso. Você respeita o trabalho dela — afirmou, olhando para Roarke com empolgação. — Tanto quanto a ama.

— Não exatamente — corrigiu Roarke.

— Não, você tem razão, mas está quase lá. E vocês *gostam* um do outro. E têm uma confiança mútua. Vocês dois entraram naquele laboratório secreto, arriscando a própria vida...

— Ah, pelo amor de Deus, Julian. Deixa de ser puxa-saco. — K. T. bebeu todo o vinho em sua taça de uma vez só e bateu com ela na mesa. Em seguida, estalou os dedos para que um dos garçons a enchesse de novo. — Sua boca deve estar cansada de babar os outros.

— Estamos tendo uma conversa — começou Julian.

— Você chama isso de conversa? Está agindo como se você e Marlo fossem as únicas pessoas nessa droga de filme. E parece que as duas pessoas que vocês tentam tanto imitar são as únicas que contam. Isso é um insulto! Por que você não dá um tempo e monta um *ménage* com Marlo e Dallas em outro lugar? Tem gente aqui tentando comer.

Em meio ao silêncio horrorizado que envolveu todos, Eve estudou K. T. de longe.

— Peabody? — disse, por fim.

— Sim, senhora — atendeu Peabody, com os ombros arqueados.

— Sabe como às vezes eu digo que vou te dar uma porrada?

— A frequência é maior que às vezes, mas, sim, senhora, sei.

— Talvez você tenha a chance de me ver dar uma porrada na sua falsa versão daqui, sentada no conforto da sua cadeira. Uma oportunidade que não aparece todos os dias.

— Você não me assusta — zombou K. T., olhando para Eve.

— Mas deveria. Qualquer pessoa que cresce desse jeito para cima de alguém em público está simplesmente pedindo para levar uma porrada. Ou talvez seja melhor eu ir lá fora e pendurar esse seu ego na janela, já que ele é tão grande e imaturo, enquanto os adultos conversam aqui dentro.

— Ok — disse Roarke quando Eve se virou e pegou o garfo.

Julian pegou sua taça de vinho e tomou um longo gole à medida que a conversa na mesa voltava aos poucos.

— Sinto muito. — Quando o garçom completou sua taça, ele tomou mais alguns goles longos. — Sinto de verdade. Não foi minha intenção...

— Está tudo bem, amigo. — Eve experimentou mais um pedaço da lagosta sofisticada em seu prato. — Se tivesse sido sua intenção, Roarke já teria dado uma porrada em você. — Ela lançou um sorriso para Roarke, do outro lado da mesa. — O verdadeiro amor é lindo, ardiloso e cruel como uma cobra.

— Eu cuido dela — disse Connie, num tom frio e sério que convenceu Eve.

— Não foi nada grave. Para ser sincera, tudo me parece menos estranho, agora.

— Posso te perguntar uma coisa? — sussurrou Marlo, inclinando-se para Eve.

— Lógico.

— Se você der umas porradas nela mesmo, em vez de pendurá-la na janela, posso assistir também?

— Quanto mais gente melhor.

Depois do jantar foi a vez do bufê de sobremesas, conhaque, licores, café, tudo servido com muito estilo na sala de cinema da casa que ficava no andar de baixo da mansão de Roundtree.

— Um baita de um investimento — comentou Eve.

— É verdade.

Ela observou o modo como Roarke analisava o telão fabuloso, a disposição das belas e confortáveis poltronas de couro, a iluminação e o bar.

— Dá para sentir as engrenagens girando em sua cabeça — brincou Eve.

— Já pensei em ter uma dessas, mas não consegui decidir o projeto, a decoração nem o local.

— Você só gosta da tela imensa. É uma coisa de homem e a relação que vocês têm com o pau de vocês.

— Pode ser, e eu gosto de tratar bem o meu.

— Não me diga. — Eve olhou em volta, com ar de tédio. — Então, para onde será que Connie levou K. T. e quão ferido o ego dela vai ficar quando o papo acabar?

— Para algum lugar privado. Mas ele realmente estava dando em cima de você.

— Puro reflexo, nada direcionado especificamente a mim.

— Concordo, e é por isso que ele ainda está vivo.

Nadine, que estava com um pretinho básico e um colar de pérolas de várias voltas, aproximou-se para brindar sua taça de conhaque na xícara de café de Eve.

— Roundtree nos prometeu que passaria imagens divertidas no telão, mas acho que nada vai superar a pequena cena do jantar.

— A falsa Peabody é grossa e babaca. Não me importo com grosseria, mas, quando vem de uma babaca, eu sinto vontade de socar a cara da pessoa.

— Você não é a primeira nem a última, nem a única, a ter esse sentimento. Roundtree só trabalha com ela porque, apesar da fama de difícil, é boa atriz. E eu já vi algumas cenas. Ela encarnou Peabody de forma magnífica.

— Há quanto tempo ela e Julian andam se pegando?

— Você percebeu, não foi? Eles transaram uma ou duas vezes, mas já faz algum tempo. Julian é bonito, tem uma doçura genuína e um charme inato. Faz muito bem o trabalho dele e pega todo mundo, a qualquer hora e em qualquer lugar. É um galinha, mas leva essa fama numa boa.

— Diz isso por experiência pessoal?

— Não fomos tão longe, provavelmente nunca vai acontecer. É tentador, mas ele me parece previsível demais. Ficou surpreso quando eu não quis, mas aceitou numa boa.

Nadine examinou a sala, com seus grupos e panelinhas.

— Joel está alimentando a máquina de imprensa com boatos sobre um caso entre Marlo e Julian. Um truque clássico que ajuda na divulgação. Julian, do jeito que é, ficaria feliz em embarcar na história. Além disso, acho que se convenceu de que realmente está apaixonado por ela. Faz parte do processo dele. E transparece na tela.

— É um filme sobre sexo ou homicídio? — quis saber Eve.

— As duas coisas são lenha para a fogueira — comentou Roarke.

— Parece que nossa anfitriã acabou de repreender sua convidada rude.

— A falsa Peabody não me parece nada arrependida — notou Eve, quando as duas entraram na sala de cinema. — Só me parece revoltada. E a fim de colocar lenha na própria fogueira — acrescentou, quando K. T. seguiu direto para o bar.

Dando de ombros, Eve se virou e decidiu que aquela mulher já recebera o suficiente da sua atenção.

Durante a meia hora seguinte, houve mais conversa-fiada e papo-furado, mais comidas e bebidas, enquanto as pessoas circulavam, saíam e entravam na sala. Eve já estava quase no seu limite quando Roundtree foi até a frente do telão.

— Sentem-se todos, por favor. Dallas e Roarke, bem aqui na frente. Selecionei algumas cenas do filme "O Projeto Icove" para exibir aqui. Espero que todos gostem dessa amostra, especialmente nossos convidados especiais.

— Vamos ver — disse Roarke, pegando a mão de Eve enquanto Roundtree mostrava a eles seus assentos na primeira fila.

Eve inclinou-se para Roarke ao mesmo tempo que as pessoas se acomodavam em poltronas e sofás atrás deles.

— Temos que fingir que gostamos mesmo se odiarmos?

— Como você é otimista.

Ele apertou a mão dela quando as luzes diminuíram e a música foi aumentando.

Eve decidiu que gostava da música. Forte, pulsante e aterrorizante ao mesmo tempo. No instante em que relaxou, o rosto de Marlo — tão parecido com o dela — preencheu a tela.

— Gravando! — disse Marlo. — Tenente Eve Dallas aqui.

A câmera girou e recuou lentamente até exibir Marlo e o cadáver, sentado em uma cadeira de encosto alto.

— A vítima foi identificada como Wilford B. Icove.

Quando ela se agachou para examiná-lo melhor, o morto deu um espirro explosivo.

— Saúde — disse Marlo, sem perder o ritmo. Ergueu os olhos enquanto as pessoas atrás das câmeras caíam na gargalhada. — A vítima parece ser alérgica à morte.

Aquilo foi uma tolice, pensou Eve, mas a ajudou a se sentir relaxada novamente. A exibição continuou, cheia de erros de gravação, esquecimentos de fala e momentos intensos quebrados por imprevistos que cortavam o clima. Andi, no papel de Mira, errou uma fala e soltou uma enxurrada de palavrões obscenos e criativos. Marlo e a atriz que interpretava Nadine interromperam uma cena para trocar um beijo ardente.

Esse momento recebeu aplausos entusiasmados da plateia.

Matthew caiu da cadeira e o computador em que ele trabalhava, no papel de McNab, desabou. Julian confundiu uma fala e, em vez de parar, completou a fala com um sotaque forte do Brooklyn.

A plateia respondeu com risos, aplausos e gritos.

— Como é que conseguem gravar o filme se erram tanto? — perguntou Eve.

— É por isso que existe a "tomada dois" — explicou Roarke.

Para Eve, pareceu que precisaram de mais que duas tomadas, três, até mais. Por outro lado, todos pareciam se divertir com o trabalho, mesmo depois da quinta tomada.

Os erros de gravação terminaram com a câmera mais uma vez focada em Marlo. Dessa vez, ela caminhava com o casacão de couro preto, a arma na mão, e uma brisa leve agitava seu cabelo curto. "Sou uma policial", disse ela, os olhos fixos e acirrados. E, quando ela jogou o casaco para trás e tentou enfiar a pistola no coldre, a arma pulou da sua mão e deslizou pelo chão. "Ah, merda. De novo, não."

Roundtree acendeu as luzes e ficou de pé, sorrindo e acariciando seu cavanhaque enquanto os aplausos explodiam.

— Não foi fácil editar tudo isso, por causa da quantidade de erros de gravação que eu tive que analisar. — Ele se largou na poltrona ao lado de Eve e isso a obrigou a olhar para ele. — É preciso conseguir um pouco de diversão no trabalho.

— Eu diria que você conseguiu.

— Vou adicionar mais cenas e fazer alguns cortes. Isso tudo vai entrar como extras nos DVDs. As pessoas adoram ver os atores errando, esquecendo as falas e caindo de bunda no chão.

— Preciso confessar que eu gosto — declarou Eve.

— Também vamos ter entrevistas individuais com o elenco principal. Não vou forçar a barra com você, isso é tarefa de Joel, mas quero dar o meu pitaco. A versão em DVD ficará muito mais interessante se você nos conceder uma entrevista. Se forem vocês dois, melhor ainda. Estou disposto a ficar em Nova York depois que finalizarmos as gravações, se for necessário. Ou voltar quando vocês puderem gravar a entrevista. Pensem nisso. Vocês viveram a história. Prometo que vamos fazer jus a isso, e nunca quebro uma promessa. Porque vocês estiveram lá. Todo mundo que assistir ao filme vai querer saber o que vocês têm a dizer.

— Para mim, esse caso está encerrado — avisou Eve.

— Não, não está. — Ele balançou a cabeça, e seus brilhantes olhos azuis estavam firmes e penetrantes. — Aprendi a conhecer você. Os Icove foram os vilões do caso; as Avrils e os outros foram as vítimas. Mesmo assim, a vítima matou o vilão e você teve que investigar até o fim. As vítimas que sobreviveram estão por aí. Não haverá mais dessas vítimas por causa do que você conseguiu, e isso é importante. Imensamente importante. Apesar de ter encerrado o caso, não conseguiu encerrá-lo por completo. Então... — Ele deu um tapinha curto e forte na mão dela. — Pense nisso.

— Ele é bom — murmurou Eve, quando Roundtree se levantou e foi se sentar junto de Andi.

— E ele tem razão sobre o caso não estar completamente encerrado.

— Quando concordei em cooperar até certo ponto com Nadine para ela escrever o livro, sabia que isso abriria uma ferida muito específica. Uma parte de mim queria fechá-la de vez, mas isso é impossível. Outra parte de mim acha bom que as pessoas saibam quem são as verdadeiras vítimas dessa história. Mas como eu devo me pronunciar sobre isso? Meu trabalho não é apontar culpados e inocentes.

— Legalmente, não. Mas é seu trabalho saber. E você sabe.

Eve deu um suspiro e virou a cabeça para encontrar os olhos de Roarke.

— Está dizendo que eu devo fazer essa entrevista?

— Estou dizendo que, se você aceitar e tiver controle sobre o que diz e como diz, isso poderá ajudar a fechar essa ferida que tem dentro de você. Não é só a divulgação excessiva do livro que te incomoda, Eve. Você ainda pensa nisso, pensa neles. Eu também.

— Droga. Vou pensar. Já podemos ir embora?

— Acho que podemos ir aos poucos.

"Aos poucos" mesmo. Despedir-se das pessoas gerava mais interação. Eve observou, com inveja, Mavis e Leonardo escaparem usando a bebê como desculpa. Enquanto isso, ela e Roarke foram envolvidos pelas conversas mais uma vez.

Eve calculou mais uns vinte minutos antes de finalmente chegarem ao andar principal, onde Julian estava esparramado sobre um dos sofás da sala.

— Era isso que eu temia — suspirou Connie. — Ele estava indo muito bem até o fim do jantar.

— Pegou pesado no vinho — confirmou Eve.

— Ficou envergonhado por causa da cena que K. T. fez durante o jantar. Julian tende a afogar momentos de vergonha e perturbação em álcool. Mais uma vez eu peço desculpas pelo comportamento de K. T., mas ela é assim mesmo.

— Não tem problema — garantiu Eve.

— Podemos levá-lo para casa em segurança — ofereceu Roarke.

— Obrigada. — Connie lançou um olhar maternal para o Julian adormecido. — Acho que vamos deixá-lo dormir ali mesmo. A essa altura, não faria sentido arrastá-lo para o hotel. Deixe-me pegar seu lindo casaco, querida.

— As diferenças não param de surgir — disse Eve para Roarke, em um tom calmo. — Você aguenta a bebida muito melhor do que ele, e até hoje eu nunca te vi abraçar um travesseiro como se fosse um ursinho de pelúcia.

— Espero que nunca veja.

— Me apaixonei pelo seu casaco — disse Connie ao voltar, trazendo o casaco de Eve.

Assim que Eve viu o primeiro facho de luz no fim do túnel, Matthew Zank saiu correndo do elevador, todo encharcado. Marlo, branca como um fantasma, surgiu logo atrás.

— No terraço. No terraço. K. T. Ela... Ela está no terraço.

— Acho que ela está morta. — Marlo sentou-se no chão com os olhos fixos em Eve. — Ela está morta. Está morta lá em cima. Você precisa ver.

— Fique aqui embaixo — disse ela, olhando para Connie. — Não deixe ninguém sair até eu ver o que aconteceu.

— Eu... Não... Deve ser um engano — começou Connie.

— Talvez. Mas segure todos aqui.

Acompanhada de Roarke, Eve foi até o elevador.

— Só pode ser brincadeira. — Foi seu primeiro comentário ao entrar.

— Terraço — ordenou Roarke ao sistema de voz. — Talvez ela tenha desmaiado de bêbada, como Julian.

— Vamos torcer, porque me incomoda pra *cacete* investigar uma morte num jantar no qual sou convidada.

— Não acontece muitas vezes.

— Uma vez já é muita coisa.

Saindo do elevador, depararam-se com um *lounge*, onde também havia uma lareira acesa, sofás baixos com almofadas e uma garrafa de vinho aberta sobre o balcão do bar espelhado.

As portas de vidro que davam para o terraço se abriram automaticamente. Quando eles atravessaram o espaço e passaram por outras portas automáticas, o cheiro da noite e das flores invadiu o espaço coberto da piscina.

Eve sentiu a brisa leve e olhou para cima.

— A cúpula está semiaberta — observou e se perguntou se esteve assim a noite toda.

Encharcada, K. T. estava deitada de barriga para cima na beira da piscina de água azul cintilante. Seus olhos estavam abertos, e o tom de castanho igual ao de Peabody deixou Eve um pouco abalada.

Ela se agachou para checar o pulso.

— Merda! Não só está morta, como já está começando a ficar gelada. Ele a tirou da água. Ou a empurrou, a afogou e depois a tirou da piscina. De qualquer forma, ele mexeu na droga do corpo. Merda!

— Ela está lembrando muito a nossa garota nesse momento.

— Mas não é ela. É melhor ir buscar a nossa garota e um kit de trabalho se tiver algum.

— Temos um na limusine.

— Ótimo. Diga a McNab para vigiar a casa. Ninguém sai. Depois, verifique se existe algum sistema de segurança aqui em cima. Não deixe ninguém subir, exceto Peabody.

— Certo. — Ele olhou para o corpo por mais um instante. — Um péssimo fim de noite.

— Para ela, certamente foi.

Quando Roarke desceu, Eve pegou o comunicador na sua ridícula bolsinha e registrou uma morte suspeita. Depois, prendeu a filmadora na alça fina de seu vestido.

— Tenente Eve Dallas, registrando uma ocorrência — começou.

Observou que havia cacos de vidro e uma poça de vinho tinto, talvez proveniente da garrafa aberta que vira no bar.

— A vítima foi visualmente identificada como K. T. Harris.

Ela repetiu todos os detalhes que observara para registrá-los: o local, o motivo da presença da vítima na festa, os nomes — inclusive o dela e o de Roarke — de todos que estavam presentes.

— Cacos de vidro e vinho derramado. Vi que havia uma garrafa de vinho aberta no *lounge*. — Deu um passo para o lado e notou um pedestal onde havia um cinzeiro. — Há seis pontas de cigarros de ervas em um cinzeiro. A bolsa da vítima está aberta sobre a mesa.

Ela se agachou e tomou cuidado para não tocar em nada até que estivesse tudo lacrado em sacos.

— Vejo uma tintura labial, uma pequena caixa preta, uma quantidade indeterminada de dinheiro vivo e um cartão de acesso. A vítima está com o mesmo vestido que usou a noite toda e continua com suas joias e seu relógio de pulso. Seu sapato esquerdo ainda está no lugar, encaixado em seu calcanhar. Vejo o direito no fundo da piscina.

Ela se virou, bloqueando deliberadamente a visão do corpo assim que ouviu Peabody chegar.

— Se não conseguir lidar com isso, preciso que me diga agora. É compreensível e aceitável.

— Eu não bebi tanto assim. Estava muito nervosa e empolgada, mas tomei um Sober-Up para garantir.

— Não foi isso que eu quis dizer.

Peabody umedeceu os lábios, e as meninas à mostra estremeceram um pouco.

— Eu consigo.

Sem dizer nada, Eve se afastou.

— Ah... — Os olhos de Peabody se arregalaram e ficaram um pouco vidrados. — Tá. Talvez eu precise de um minuto.

— Leve o tempo que quiser. Vá lá dentro, e coloque uma etiqueta na garrafa de vinho que está no bar. Roarke está trazendo um kit. Precisamos selar tudo antes de começarmos a agir. Já registrei a ocorrência. Alguns policiais vão vir para preservar toda essa área.

— Entendi. — Peabody entrou.

Um dos cenários, pensou Eve, enquanto estudava a cena e o corpo: K. T. Harris tinha subido ali para fumar, beber e esfriar a cabeça. Escorregou, graças ao efeito da bebida e aos saltos de um quilômetro de altura, caiu na piscina e se afogou. Um acidente simples e bobo.

Não seria ótimo?

— Pode ter sido um acidente — comentou ela quando Peabody voltou. — Bebeu demais, sapatos inapropriados, e ops... A piscina tem só um metro de profundidade nesse lado. Ela pode ter caído e batido a cabeça com força.

— Ela estava virando uma taça atrás da outra durante o jantar.

— Pois é. Pode ter sido um acidente. Dê uma olhada em volta, para além da cúpula que cobre a piscina, e veja se encontra algum sinal de que ela estava acompanhada.

— Ok. Estou calma agora.

— Ótimo. — Ela agradeceu com a cabeça quando Roarke voltou com o kit. — Sele as mãos e os pés e veja o que consegue achar.

Eve abriu o kit de trabalho.

— Qual é o clima lá embaixo? — perguntou a Roarke.

— McNab tem as coisas sob controle. Reuniu todo mundo, inclusive os empregados, na sala de estar. Ele me disse que, a menos que você ordene o contrário, vai levar os empregados para a cozinha assim que os policiais chegarem.

— Está ótimo assim. A vítima foi identificada oficialmente como K. T. Harris — recitou Eve, pressionando o polegar da mulher sobre o sensor de impressões digitais. — Branca, vinte e sete anos, um pouco mais velha que Peabody.

— Está procurando diferenças.

Eve encolheu os ombros.

— Estar morta já é uma grande diferença. Hora da morte: onze da noite. — Ela franziu o cenho e conferiu o relógio. — Acho que foi logo depois que começaram a exibir as cenas. As pessoas entraram e saíram da sala de cinema antes e depois. Conversamos um pouco com Roundtree quando a sessão acabou, mas eu não estava prestando atenção ao relógio.

Ela fechou os olhos por um minuto e se afastou.

— Ele nos colocou na fileira da frente. Não me lembro de vê-la depois que nos sentamos.

— Ela se sentou no fundo da sala — lembrou Roarke. — Percebi isso porque estava tentando evitá-la. E evitar que você a encontrasse.

— Estávamos de costas para todo mundo. Ela pode ter saído e ter vindo para cá depois que a sessão começou. Não há sangue visível no local. — Ela apalpou a cabeça da morta com as mãos seladas. — Sinto uma protuberância aqui atrás, uma pequena laceração.

Ela procurava os micro-óculos no kit no momento em que McNab apareceu.

— Quatro guardas já chegaram, tenente. Eu os mandei...

Ele parou subitamente de falar e todo o sangue do seu rosto se esvaiu quando seus olhos viram o corpo.

— Nossa Senhora! Meu Deus!

— Ela é mais velha que Peabody — comentou Eve, com naturalidade. — O lábio inferior é menor e os olhos são mais arredondados. Os pés dela são maiores e mais finos também.

— O quê?

— A vítima é K. T. Harris, vinte e sete anos, atriz.

— Há alguns copos e guardanapos em cima de uma mesa no jardim — informou Peabody, ao voltar. — Etiquetei tudo para os peritos.

— Dee! — McNab segurou a mão dela.

Peabody soltou um pequeno ganido. Eve supôs que McNab deve ter esmagado os ossos da mão da sua parceira antes de puxá-la para junto dele e pressionar seu rosto nos cabelos dela.

— Mas o que...? Ah, entendi. Me deu um nervoso também. Mas estou ótima, veja só. — Ela deu um aperto rápido na bunda dele, algo que Eve decidiu ignorar, devido às circunstâncias.

— McNab, status — quis saber Eve, levantando-se e se inclinando novamente para bloquear a visão do corpo. — Detetive McNab, me informe o status de tudo.

— Sim, senhora. — Ele mesmo poderia passar por um cadáver sob a luz azulada e melancólica do lugar.

— Olhos em mim — ordenou Eve. — Olhe para mim quando eu estiver falando com você. Diga.

— Levamos a equipe de empregados para a cozinha, tanto os da casa quanto os do bufê. Os convidados estão reunidos na sala de estar. Deixei dois guardas com cada grupo. As pessoas estão fazendo muitas perguntas, menos Cross. Ele continua desmaiado, e achei melhor deixá-lo assim até que você resolvesse o que fazer.

— Ótimo. Vá até a cozinha e mande um dos guardas subir aqui para preservar essa área. Assuma a função dele, faça um levantamento dos nomes, contatos e obtenha depoimentos. Quantos empregados são ao todo?

— Três empregados da casa estavam trabalhando hoje. Mais dez funcionários do bufê.

— Ok. Peabody, ajude McNab com isso. E quanto ao sistema de segurança aqui no terraço?

— Já perguntei a Roundtree. Eles não têm câmeras aqui. Há câmeras de vigilância nas entradas da casa, mas nada do lado de dentro nem aqui em cima, no terraço.

— Que pena. Vamos dar uma olhada nas gravações que temos para eliminar qualquer possibilidade de invasão externa e usar a sala de jantar para interrogar os donos da casa e os convidados. Desça e leve Matthew Zank para lá. Já estou descendo.

Eve esperou até que eles saíssem e viu quando Peabody entrelaçou os dedos nos dele.

— Isso não vai ser fácil.
— Por quê?
— Pode ter sido um acidente. Exceto pelo fato de que o sapato que ficou no pé dela está arranhado na parte de trás do salto. E ela tem um leve ferimento na bochecha direita.
— Você acha que ela foi arrastada?
— Acho que é possível que ela tenha sido arrastada e depois a rolaram até seu corpo cair dentro da piscina. Ou pode ter arranhado o sapato e ferido o rosto quando caiu.
— Mas você não acredita nisso — afirmou Roarke.
— Não, porque as marcas parecem indicar que ela foi arrastada. Parece que o rosto dela bateu na borda da piscina quando rolaram o corpo. Mesmo que tenha sido um acidente, temos um cadáver que se parece com uma das investigadoras, uma casa cheia de gente de Hollywood, incluindo uma repórter, e uma máquina de imprensa que vai se lambuzar com essa história como se fosse uma calda de chocolate.
— E a investigadora principal é a estrela do espetáculo.
Eve balançou a cabeça e olhou para o corpo.
— No momento, eu diria que a estrela da noite é ela.
Lá embaixo, Eve pediu a Roarke que fizesse uma análise rápida dos arquivos de segurança e foi para a sala de estar. Ao vê-la, todos começaram a falar ao mesmo tempo.
— Parem. Sentem-se. Não posso responder a nenhuma pergunta no momento. Portanto, não percam tempo. O que posso confirmar é que K. T. Harris está morta.
— Ai, meu Deus. — Connie colocou as mãos no rosto.
— Até o médico-legista examinar o corpo, eu não posso dizer nada mais que isso. Vou conversar em particular com cada um de vocês.
Andrea ergueu o copo de uísque. Virou o conteúdo e lançou um olhar de interesse obstinado para Eve.

— Somos suspeitos.

— Vou conversar com cada um de vocês — repetiu Eve. — Doutora Mira, podemos falar a sós por um instante?

— Claro.

Mira levantou-se do sofá onde estava e seguiu Eve para fora da sala.

— Qual é a sua opinião pelo que viu até agora?

— Foi homicídio?

— Ainda não é possível dizer com certeza. Realmente não dá para saber. Há indícios de acidente, ou não. Até que isso seja determinado, vamos trabalhar com as duas hipóteses. Sua opinião?

— Individualmente e em grupo estão todos tristes e nervosos. Connie conseguiu manter seu papel de anfitriã. Roundtree convenceu a ela e a todos que Harris só desmaiou, como Julian. O produtor e a assessora de imprensa confabularam durante algum tempo. Ele não gostou... Bem, na verdade, ninguém gostou quando McNab confiscou todos os *tele-links*. Mas ninguém se opôs. Matthew e Marlo estão mais abalados, mas, como foram eles que encontraram o corpo, é compreensível.

— Será que você poderia participar dos interrogatórios, pelo menos nesse primeiro momento?

— Se acha que posso ser útil.

— É uma situação estranha e maluca pra cacete. E você é psiquiatra. É a sua área. Coisas estranhas e malucas, certo?

A tensão no rosto de Mira se dissolveu com uma risada.

— Suponho que sim.

Capítulo Quatro

Na mesa da sala de jantar, em que todos tinham jantado juntos, Eve começou o interrogatório por Matthew. Velas baixas e um belo arranjo com lírios brancos substituíam a comida e os pratos enquanto uma camiseta cinza e uma calça de moletom substituíam o terno de Matthew.

— Connie me deu uma muda de roupa. Eles têm uma academia na casa e ela guarda umas roupas de ginástica lá para os hóspedes. McNab disse que não tinha problema eu trocar de roupa porque meu terno estava encharcado. Marlo também. Encharcada. Ela também trocou de roupa.

— Sem problemas. Quero gravar nossa conversa e, para respeitar a lei, vou ler seus direitos e deveres.

— Há quanto tempo...

— Perdão?

— Fui preso por beber e promover a desordem pública quando tinha dezessete anos. Um lance com os amigos, do tipo "meus pais saíram, vamos fazer uma festa". Muito barulho, muita burrice, e ainda fui estúpido com um policial. Me rendeu uma multa de mil dólares, um curso sobre o efeito de bebidas alcoólicas e três meses de serviço comunitário. Meus pais me obrigaram a ficar três meses sem sair de casa ainda por cima... Desculpe — acrescentou ele e passou a palma das mãos no rosto. — Isso não tem nada a ver com o assunto, não é mesmo? Nunca tinha visto uma pessoa morta. Já estive morto, já matei pessoas, minha irmã já morreu nos meus braços, mas em filmes. A gente acha que consegue encarar uma situação dessas, mas não consegue. Não importa o quanto eles caprichem na maquiagem, na iluminação, nos ângulos de filmagem, a realidade não é a mesma coisa.

Ele suspirou.

— Ela estava tão pálida! E os olhos dela...

— Quer um pouco de água, Matthew? Ou um chá? — ofereceu Mira.

Ele olhou para a médica com gratidão.

— Posso? Tudo bem se eu tomar um chá?

Quando Eve assentiu, Mira se levantou novamente.

— Vou pegar.

— Não consigo me esquentar. Acho que foi a água gelada. E a... Desculpe — disse novamente para Eve.

— Você tem algo pelo que se desculpar?

— Não estou conseguindo lidar muito bem com isso. Pensei que enfrentava crises numa boa, mas não estou conseguindo lidar muito bem.

— Tudo bem. — Eve ligou a filmadora, recitou a Lei de Miranda. — Entendeu tudo certinho, Matthew? Entendeu seus direitos e deveres?

— Entendi.

— O que você e Marlo estavam fazendo no terraço?

— Subimos para tomar um ar, conversar um pouco.

— E o que aconteceu?

— Os pés dela estavam doendo. De Marlo. Ela me disse que estavam doendo, e eu sugeri que ela tirasse os sapatos e mergulhasse os pés na água. Pensamos em ficar sentados na beira da piscina por um tempo. Estávamos rindo dos erros de gravação quando chegamos embaixo da cúpula, nem a notamos por um minuto. Segundos, eu acho, foram só alguns segundos.

Mira voltou com uma bandeja, um bule, algumas xícaras.

— Café? — perguntou a Eve.

— Obrigada. O que aconteceu depois?

— Marlo gritou. Ela a viu primeiro, eu acho, e gritou. Não pensei duas vezes e pulei na água. Não pensei direito. Ela estava de bruços e eu... Nós a tiramos da piscina.

— Marlo entrou na piscina?

— Não. Não. — Ele tomou um gole do chá. — Eu puxei K. T. para a borda, e Marlo me ajudou a tirá-la da água. Ela estava pesada. Fiz RCP nela. Fui salva-vidas no ensino médio e na faculdade, então sei como lidar com uma vítima de afogamento, mas ela já estava morta. Não consegui reanimá-la. Marlo estava me ajudando e chorando, mas não conseguimos salvá-la. Descemos correndo para chamar você. Devíamos ter ligado para o serviço de emergência ali do terraço, mas corremos para te chamar.

— Viram mais alguém lá em cima, quando estavam subindo ou descendo?

— Não. Bem, vimos Julian desmaiado no sofá, e Andi no saguão, saindo do banheiro. E então subimos pelo elevador.

— Você conhece alguém que poderia fazer mal a K. T.?

— Jesus... — Ele fechou os olhos com força e bebeu mais chá. — Ela pode ser bem difícil de conviver e, quando bebe muito, fica pior. Quando tem algum conflito no set, geralmente o motivo é ela, porque o resto de nós se dá bem. Mas não, nenhum de nós faria mal a ela dessa forma. Ela já tinha filmado quase todas as suas cenas, então logo ficaríamos livres dela. Só iríamos ter que aturá-la em entrevistas, ações de divulgação.

— Você teve algum problema específico com ela?

Ele olhou para baixo, encarando o chá.

— Não sei como me referir a você.

— Dallas funciona.

— Dallas. — Ele respirou fundo. — Saímos juntos algumas vezes. Já faz muitos meses, foi antes de começarmos as filmagens, antes mesmo de eu conseguir o papel. E ela não estava bebendo quando estávamos juntos. Nem quando conseguiu o papel e Roundtree teve que defendê-la para os produtores. Ela teve que fazer um teste, e isso não a agradou muito, mas ela arrasou, e depois me indicou. Ela me ajudou a conseguir um teste para interpretar McNab. Eles estavam pensando em outro ator, mas ela me ajudou a conseguir um teste, e eu consegui o papel. Foi uma puta oportunidade para mim. Logo depois, a gente parou de sair.

— Por você ter conseguido o papel?

— Sei que é isso que parece que aconteceu. Ela gostava de pensar desse jeito. Gostava de achar que eu simplesmente a tinha usado para conseguir essa oportunidade.

— Foi por que então?

— Ok. — Ele esfregou as mãos sobre as coxas e depois as colocou sobre a mesa. — Nós nos divertimos muito no início. Saímos por umas três semanas, e foi ótimo. Trabalhamos juntos nos testes, e foi muito bom. Estávamos bem. Mas, depois que ela conseguiu o papel, começou a beber. Beber muito. E ficou, bem, possessiva e paranoica.

— Como assim?

— Queria saber onde eu estava a cada segundo. Onde eu estava, o que eu estava fazendo, com quem estava. Quando não me ligava ou enviava mensagens, simplesmente apareceria onde eu estava. Se estávamos jantando e eu sorria para a garçonete, era porque queria transar com ela, ou provavelmente já estava transando com ela. Viu como ela agiu durante o jantar? Ela fazia a mesma coisa em público.

Matthew pegou a xícara e a girou nas mãos.

— Era constrangedor e irritante. Ela me acusava de traição, de mentir, de que eu a estava usando se não desse a ela a atenção que queria. Saímos só por algumas semanas, como eu disse, e não foi nada sério. Não para mim, e eu achava que, para ela, também não. Só que de repente ela piorou, e a coisa ficou assustadora. Ela aparecia na minha casa sem avisar, no meio da noite, para ver se eu estava com alguém. Começou a ficar agressiva, me empurrava, me batia, atirava coisas longe, e aí eu terminei com ela. Ainda estávamos na fase de pré-produção quando ela tentou me expulsar do filme. Tive que procurar Roundtree para explicar toda a confusão. Ele me apoiou, disse que não era a primeira vez que ela fazia isso.

— Não deve ter sido fácil trabalhar com ela.

— Se chama "atuar" — explicou ele, com um sorriso fraco. — Se fosse fácil, todo mundo faria. Depois disso, ela se afastou por um tempo, como se nada tivesse acontecido. E, por mim, tudo bem. Estava funcionando, digo, os personagens. Todo mundo percebeu que estávamos nos esforçando pelo projeto. Mas faz pouco tempo que ela tinha começado tudo de novo. Talvez por estarmos quase terminando. Na semana passada, ela destruiu meu trailer. Sei que foi ela. Quebrou minhas coisas, rasgou minhas roupas. Tive que começar a trancar meu trailer quando estava gravando. Não temos mais nenhuma cena juntos — acrescentou, depois se encolheu. — Quer dizer, antes de isso acontecer, já tínhamos terminado as cenas que tínhamos juntos.

Ele parou por um instante, olhou para o copo vazio.

— Fizemos um bom trabalho. Mesmo com tudo isso, fizemos um bom trabalho.

— Ok, Matthew. Por enquanto, é só isso. Peça a Marlo que entre, por favor, e depois pode ir.
— Você diz ir para casa?
— Por enquanto, sim.
— Prefiro esperar até... Tudo bem se eu ficar lá fora um pouco?
— Você é que sabe, mas peça a Marlo que entre.

Ele se levantou, olhou de Mira para Eve, e depois para Mira de novo.

— Obrigado pelo chá.

Eve desligou a filmadora.

— Opinião? — disse a Mira.
— Ele parece mais jovem agora do que no jantar. Ainda está chocado e abalado. Muito solícito, mas se sente meio culpado. Não tem certeza se a usou ou não para conseguir o papel, mas sabe que ela acreditava nisso, e isso o faz se sentir culpado. Minha leitura é que ele escolheu pensar nela o mínimo possível, e agora não tem escolha a não ser pensar nela.

Eve ligou a filmadora de novo quando Marlo entrou. Ela estava com uma calça legging preta e uma regata e sem maquiagem.

— Acho que sou a próxima.
— Preciso gravar essa conversa — avisou Eve, e repetiu o mesmo processo que fizera com Matthew enquanto Marlo se sentava, com os olhos arregalados e as mãos esticadas sobre as pernas.
— Por que você e Matthew estavam no terraço?

Ela contou a mesma história com poucas diferenças.

— A noite estava muito bonita. Um pouco fria. Estava mais quente dentro da cúpula, mas, mesmo assim, um pouco frio. Mas tudo esfriou ainda mais quando Matthew a puxou para fora. Pensei que ela fosse voltar a respirar. Que fosse tossir e cuspir a água. Mas não aconteceu. Ele se esforçou muito para fazê-la respirar novamente, mas não conseguiu. Foi um acidente, não foi? Eu vi a taça quebrada. Ela deve ter escorregado, caído. Batido com a cabeça? Tinha bebido a noite inteira.

— Ainda não dá para saber.

— Só pode ter sido isso. Ninguém aqui ia... Não somos assassinos. — Seus olhos, da mesma cor dos de Eve, voltaram à vida, acesos com a emoção. — Você estava aqui durante a cena que ela fez no jantar — continuou Marlo —, então não tem sentido eu fingir que éramos amigas. Ela não tinha amigos. Tinha concorrentes e marionetes, não amigos. Mas ninguém a mataria. Gostamos de drama, é mentira dizer o contrário. Nós nos alimentamos disso. Mas não dessa forma.

— Você tem problemas específicos com ela? Pessoalmente?

— Ah, deixe-me contar. — Ela ajeitou o cabelo de um modo que Eve achou estranhamente parecido com o próprio gesto de impaciência. — Ela me odiava.

— Por alguma razão específica?

— Mais uma vez, deixe-me contar. Já fui indicada ao Oscar. Não ganhei o prêmio, mas sou uma atriz indicada ao Oscar, e isso a irritava muito. Ela me disse que sabia que eu tinha conseguido o papel na cama. Eu já me envolvi com o roteirista, antes de ele escrever esse roteiro, antes de o elenco ser escolhido, antes disso tudo, mas nós namoramos, e depois ficamos amigos. Ela achava que isso era comportamento de piranha para conseguir um Oscar. Reclamava que eu tinha muito tempo de tela, que eu pressionava Roundtree para diminuir a importância do papel dela, coisas desse tipo. Hoje mesmo ela me colocou contra a parede, pouco antes da exibição dos erros de gravação. Queria saber como eu me sentiria quando a imprensa descobrisse que eu pagava boquetes para Roundtree, Matthew e Julian. Disse que Connie já sabia de tudo e que Nadine ia apresentar uma matéria no programa dela, o *Now*, mostrando que, todos os papéis que consegui na vida, foi porque chupei alguém.

— Como você reagiu a isso?

— Disse a ela para ir se foder. Essa foi a última coisa que eu disse a ela. "Por que você não vai se foder, K. T. já que ninguém mais quer fazer isso?" — Ela fechou os olhos com força. — Ah, Deus.

— Se alguém me dissesse isso, ia, no mínimo, levar um soco.

— Se eu estivesse no personagem, ela talvez teria levado. — Soltando um longo suspiro, Marlo olhou para Eve com uma tristeza enorme. — E aposto que estaria me sentindo pior do que agora.

— Ok, é o suficiente por enquanto. Pode ir para casa. Peça a Connie para entrar antes de ir.

— Só isso?

— Por enquanto, sim.

— Vai nos contar o que aconteceu quando souber?

— Sim, manteremos contato.

Marlo levantou-se e foi até a porta.

— Somos suspeitos, não somos? — perguntou a Eve.

— Você fez suas pesquisas para o papel. O que acha?

— Que você acha que K. T. foi assassinada por um de nós. — Marlo estremeceu. — Fico esperando alguém gritar: "Corta!"

— Ela não gosta de pensar que a última coisa que disse a uma mulher morta foi algo cruel — comentou Mira. — Não gostava da oponente, nem um pouco, mas também sentia que a vítima era alguém inferior. Marlo a achava grosseira, patética, uma pessoa tão feia quanto a última coisa que disse a ela.

— E uma possível ameaça a sua reputação.

— Não acredita que Marlo esteja tendo um caso com Roundtree, Julian e Matthew?

— Não com Julian ou Roundtree, mas está tendo um caso com Matthew.

Surpresa, Mira se recostou na cadeira.

— Por que acha isso? Não notei nenhuma indicação dos dois em relação a isso.

— Não, eles disfarçam bem. Isso vai ser um problema aqui. Todos são atores, e dos bons. Estão sendo discretos. Mas sei que duas pessoas não vão abandonar uma festa com luzes, bebidas e risadas para balançar os pés dentro de uma piscina no terraço a menos que queiram um tempo a sós. E ele está lá fora esperando por ela, quando já poderia ter dado o fora daqui.

Ela tamborilou os dedos na mesa.

— Pode ser que eu esteja errada. Mas ele contou como Marlo o ajudou, como chorou. Ela contou o quanto ele tentou e se esforçou para trazer a vítima de volta.

— Porque estão apaixonados — especulou Mira. — E veem um ao outro de forma heroica.

— Pode ser isso. — Eve ligou a filmadora novamente quando Connie entrou.

— Antes de começarmos, posso pegar alguma coisa para vocês duas?

— Não precisa — respondeu Eve.

— Será que eu poderia pedir que servissem um café para todos, e talvez algo para comer? É difícil esperar lá fora.

— Claro.

— Pode deixar que eu cuido disso. — Mira se levantou e tocou o braço de Connie antes que a anfitriã pudesse protestar. — Sente-se, Connie.

— Não sei o que fazer — disse Connie a Eve.

— Vou lhe fazer algumas perguntas e serei o mais breve possível. Vou gravar tudo e ler os seus direitos só para seguir o procedimento padrão.

Connie deixou transparecer a tensão que estava sentindo enquanto assentia e cruzava e descruzava os dedos em cima da mesa.

— Por que não me conta o que aconteceu entre você e K. T. quando você a tirou da mesa e a puxou para uma conversa?

— Eu disse a ela, de forma muito cristalina, que devia moderar o linguajar e se comportar na minha casa. Avisei que, se ela continuasse falando daquele jeito com qualquer um dos meus convidados, eu a mandaria embora e ela nunca mais seria bem-vinda aqui.

Connie desviou o olhar, apertou os lábios.

— Mas não foi suficiente.

— O que mais aconteceu?

— Ela não me pareceu arrependida, não concordou em pedir desculpas a você nem aos outros, e isso foi a gota d'água. Então, como eu estava muito zangada e envergonhada, joguei no ar que ia garantir que ela nunca mais trabalhasse com o meu marido ou com qualquer outra pessoa que eu tenha sob minha influência. Ela sabia da minha influência no meio.

Estremecendo um pouco, ela deixou escorrer uma lágrima.

— Eu teria ido até o fim. Pretendia fazer isso.

— Como ela reagiu?

— A princípio, não muito bem. Ela explodiu, disse que estava cansada de ouvir o que podia dizer, o que podia fazer. Avisou que tinha muita coisa para falar e que não havia nada que alguém pudesse fazer para impedir isso. E então ela disse que Marlo estava chupando Mason entre uma cena e outra.

— Você acreditou nela?

— K. T. é uma atriz talentosa, bêbada ou sóbria — começou Connie. — Quando está sóbria, é tolerável como ser humano, consegue até ser divertida. Mas, quando está bêbada, ela é cruel, irracional e violenta às vezes. Muito do seu gênio forte é acobertado por vários agentes, agências, assessores de imprensa, produtores, para que o público não tenha uma visão do conjunto, digamos assim.

— Isso foi uma resposta?

— Foi a primeira parte de uma. Não, não acreditei nos insultos bêbados dela, porque meu marido não é infiel, não é homem de procurar boquetes de uma atriz que ele dirige. Além do mais, Marlo tem amor-próprio e não se rebaixaria assim. E ela me respeita, a Mason também. A segunda parte da resposta é que Mason e eu somos casados há muito tempo e temos um pacto. Se um de nós deixar de amar o outro, seremos honestos. Se um de nós precisar de um tempo, iremos acatar. Mas, se um de nós trair o outro, está tudo acabado. Sem segundas chances.

— Parece uma boa estratégia.

— Tem funcionado com a gente.

— Qual era o problema de K. T. com Marlo? Porque é óbvio que ela tinha algum.

— Ficou tudo muito óbvio depois daquele comentário desagradável no jantar. Quer saber o motivo? — perguntou Connie, desta vez, sem lágrimas nos olhos. — K. T. tinha ciúmes de Marlo e não gostava dela por muitas razões. Sua beleza, seu talento, seu charme, sua popularidade não apenas com os fãs, mas com os outros profissionais do meio artístico. Acho que K. T. implicou contigo porque você é quem a Marlo é nesse projeto. Então, o que ela sente por Marlo também sente... Sentia por você. Não consigo falar certo.

Ela fez uma pausa, cobriu a boca com a mão.

— Passado, presente. Estou misturando tudo. Não sei como lidar com isso.

— Você está indo bem. — Eve repassava os acontecimentos da noite com ela quando Mira voltou.

— Nossa. Obrigada — agradeceu Connie quando Mira colocou uma xícara de café diante dela.

— Seu marido acrescentou um pouco de conhaque.

— Ele me conhece.

— Você se lembra de ter visto K. T. saindo da sala de cinema? — quis saber Eve. — Ou de qualquer outra pessoa saindo durante os erros de gravação?

— Eu já tinha visto o filme, então dei uma fugidinha depois dos créditos que aparecem no início e fui conversar com os garçons do bufê. Fiquei na cozinha por algum tempo. — Enquanto dava um gole em seu café, Connie enrugou a testa. — Voltei no final e fui até a mesa para verificar se havia comida suficiente para todos depois que o filme acabasse. Não vi ninguém entrar ou sair dali, como eu fiz.

— E quando as luzes se acenderam? Todos estavam lá?

— K. T. não. Sei disso porque fiquei de olho nela. Ela estava bebendo muito, e eu não queria outra cena. Planejava tirá-la dali direto para um carro e mandá-la embora, mas ela não estava na sala de cinema.

— Estava faltando mais alguém?

— Não tenho certeza. Minha atenção estava toda nela por causa do que aconteceu no jantar e pela forma como ela estava entornando todas. Eu não queria arriscar outro espetáculo. Resolvi sair para ver se ela já tinha ido para casa ou se ainda estava por aqui, mas Valerie me emboscou e trocamos algumas palavras. Ela queria uma lista das sobremesas para o artigo no qual contaria tudo sobre a festa. Logo depois, Nadine apareceu, começamos a conversar e deixei pra lá.

Eve avistou Roarke e fez um sinal sutil para que ele entrasse.

— Desculpem interromper.

— Não tem problema. Por enquanto, é isso, Connie. Vou pedir para chamarem outra pessoa em um minuto.

— Seus peritos e a equipe do necrotério já chegaram — avisou Roarke quando estava sozinho com Eve e Mira. — Eles foram direto para o terraço.

— Ok, vamos continuar então. Diga a Peabody que eu quero que ela interrogue Roundtree, Dennis Mira e a assessora de imprensa, em qualquer ordem e em outro lugar. Agora, vou conversar com Andrea Smythe, o produtor idiota e Nadine. Vamos deixar a conversa com Julian para o fim. Quando estivermos chegando na vez dele, a senhora poderia lhe dar um pouco de Sober-Up, doutora? — pediu a Mira. — Seria inútil conversar com um bêbado.

Ela era uma filha da puta. — Com os olhos atentos à reação alheia, Andrea deu goladas em seu café. — Esse é o termo que eu uso para pessoas muito desagradáveis de ambos os sexos, e ela era uma filha da puta de fama mundial. Não gostei dela no papel porque achei a personagem de Peabody tão interessante, e K. T. reclamava de tudo, até de a água ser molhada.

Ela parou por um momento e sorriu.

— E essa foi uma péssima escolha de palavras, considerando o que aconteceu. — Jogou a cabeça para trás e riu com vontade.

— Estou cagando e andando pra morte dela. Isso só significa que agora ela é uma filha da puta morta.

— É uma opinião forte de se ter.

— É a única que vale a pena ter. Ontem mesmo eu ameacei enfiar um pedaço de pau no rabo dela e botar fogo nele. Ou talvez anteontem. Não sei ao certo, pois raramente havia um dia em que ela não me dava vontade de estrangulá-la com as minhas próprias mãos depois de bater no rosto dela com uma pá enferrujada.

Andrea bebeu o café e sorriu com os olhos por cima da borda da xícara.

— Isso a mantinha fora do meu caminho.

— Aposto que sim.

— Não me importo de ser suspeita no homicídio de uma imbecil com merda na cabeça em vez de cérebro, mas saiba que, se eu a tivesse matado, teria sido mais sangrento e menos discreto. E eu ia me divertir tanto que não ia conseguir guardar segredo.

Pelo menos naquele momento, Eve acreditou nela. E a liberou.

No minuto em que Joel Steinburger entrou, ele tomou as rédeas da situação.

— Precisamos esclarecer algumas coisas.

— Ah é?

— Nada poderá ser divulgado para a imprensa até que eu, Valerie ou um dos meus funcionários examine o material. Esta situação deverá ser tratada com muito cuidado e discrição. Preciso do meu *tele-link* de volta. Não posso ficar sem entrar em contato com minha equipe num momento importante como esse. Além disso, quero que todos aqui, inclusive os funcionários, a polícia e todos os convidados, assinem um contrato de confidencialidade. Não podemos ver ninguém daqui correndo amanhã para os tabloides a fim de vender uma versão distorcida do que aconteceu. Ou um policial mal pago tentando encher os bolsos e divulgando um vídeo de K. T. morta, no terraço. Me disseram que vocês planejam levá-la ao necrotério. Isso não pode acontecer.

— Não pode?

— Posso providenciar um estabelecimento privado e um médico-legista particular. Em nome de Jesus, você sabe quanto um desses cães de caça da imprensa pagaria por uma foto de K. T. Harris nua em cima de uma mesa de necrotério?

— Mais alguma coisa?

— Sim, preciso que...

— O que você precisa terá que esperar porque nesse instante você tem o direito de permanecer em silêncio. E sugiro que você obedeça a essa merda até que eu termine de Mirandizar você.

— Do que você está falando? — Ele pareceu genuinamente chocado. — Sobre o que ela está falando? — quis saber, olhando para Mira.

— Joel — disse Mira, quando Eve começou a recitar os direitos dele. — Respire fundo. Acalme-se. A tenente Dallas tem que fazer o trabalho dela.

— E eu tenho que fazer o meu! As pessoas envolvidas nessa produção exigem que eu dedique toda a minha atenção a esse incidente e garanta que ele seja tratado de forma adequada.

— Compreende seus direitos e deveres? — perguntou Eve.

— Você não vai me tratar como um criminoso. — Ele cruzou os braços. — Quero os meus advogados.

— Tudo bem. Entre em contato com eles. Vamos direto para a Central de Polícia e esperamos eles lá. Sem problemas.

— Você não pode...

— Posso, sim. — Eve bateu com o distintivo na mesa. — Estou no comando aqui. Este distintivo e a mulher morta no terraço me colocaram no comando. Você pode me dar seu depoimento aqui ou podemos ir até a Central e aguardar seus advogados. A escolha é sua.

— É melhor rever seu tom de voz, senão vou fazer uma queixa aos seus superiores.

— Comandante Jack Whitney. Fique à vontade.

Steinburger soltou um longo suspiro. A cor do rosto dele ficou um pouco mais fria.

— Quero que você entenda que este é o meu projeto, minha equipe. Estou apenas tentando proteger o meu projeto e a minha equipe.

— E eu estou tentando descobrir como uma mulher com quem todos nós jantamos algumas horas atrás apareceu morta de bruços na piscina. Eu ganhei. Aqui ou na Central, Joel. Você que sabe.

— Tudo bem, tudo bem. O que você *quer*? Nenhum de nós fez nada contra K. T. É óbvio que ela sofreu um acidente. Não quero que a imprensa debocha de tudo ao saber que ela estava bêbada. Não quero que Roundtree e Connie sofram porque ela ficou bêbada e acabou se acidentando na casa deles.

— Você esteve no terraço agora à noite?

— Não.

— Tinha algum problema pessoal com a falecida?

— Não.

— Agora você está mentindo. Você é a única pessoa nesta casa que não tinha um problema com ela?

Ele começou a falar a verdade, soltando outro longo suspiro.

— Não estou dizendo que ela era uma pessoa fácil de lidar. Ela era artista. Atores e atrizes são como crianças, de certa forma, muitas vezes de várias formas. K. T. era tipo uma criança-problema. Sou muito bom em agenciar pessoas, lidar com gente de temperamento criativo e com crianças-problema, ou não estaria onde estou hoje.

— Ouvi dizer que ela era uma bêbada malvada.

Ele suspirou outra vez.

— Esse é o tipo de fofoca que eu quero evitar. Ela não lidava bem com a bebida e tinha um temperamento forte. Ela não andava muito satisfeita, mas podia e fez um bom trabalho. Não quero que a reputação dela fique manchada.

— Você e ela já tiveram alguma briga?

— Eu não chamaria aquilo de briga. Ela não estava satisfeita, como eu disse, tinha muitas reclamações sobre o roteiro, a direção e os colegas de elenco. Estou acostumado com atores me procurando só para reclamar.

— Como você lidava com isso?

— Eu os acalmava e contornava a situação quando dava, e era firme quando não dava. K. T. entendeu que, se ela não cooperasse, o resultado não seria bom para a sua carreira. Ela era boa no que fazia, muito boa, mas não era insubstituível. Entendo que ela tenha extravasado hoje à noite, mas fez isso de um jeito rude. Foi inapropriado.

Ele ergueu as mãos e encolheu os ombros em um gesto do tipo "o que se pode fazer?".

— Eu pretendia discutir isso com ela amanhã, tentar convencê-la a ir para a reabilitação e fazer algumas sessões de controle da raiva, senão...

— Senão?

A atitude de encolher os ombros se transformou gradativamente em uma frieza calculista.

— Há muitos atores e atrizes por aí sedentos por uma oportunidade. Tenho outro projeto que já recebeu aval, no qual ela tinha interesse em participar. Eu a queria nele. Por outro lado, como eu disse, ela não era insubstituível, e eu teria deixado isso bem claro.

Eve o liberou e olhou para Mira.

— Uma posição de poder e política — disse Mira. — Gosta disso e usa essa posição. Ele entendia que ela tinha valor como mercadoria, mas não teria problemas em substituí-la, ou ameaçar fazer isso, caso essa mercadoria perdesse o valor.

— Sim. Além disso, é arrogante e se irrita com facilidade. Eu me pergunto o que qualquer uma dessas pessoas faria se a vítima fizesse algo que ameaçasse esse projeto e a carreira delas, ou o equivalente em termos de ego e conta bancária. Até agora está evidente que ninguém gostava dela, e nenhum deles se deu ao trabalho de fingir que gostava.

— Ela era muito desagradável.

— Sem dúvida. Mas só ser desagradável não é motivo suficiente para ganhar uma vaga no necrotério.

— Ela tinha família?

— Ainda não verifiquei. Vamos pesquisar e comunicar sua morte aos parentes mais próximos.

— Isso é sempre difícil. Quer que eu comece a desintoxicar Julian?

Eve riu do termo.

— Quero. Vou conversar com Nadine enquanto ele fica sóbrio. Agradeço a sua ajuda. Imagino que você e o sr. Mira estejam doidos para dar o fora daqui.

— Sinceramente, ele está achando tudo muito interessante. Eu também.

— As meias dele estão trocadas.

— Como assim?

— As meias do sr. Mira são diferentes uma da outra.

— Droga. — Mira deu uma risada frustrada. — Sei que ele não presta atenção a essas coisas, mas eu também não reparei.

— É... — Eve procurou a palavra certa. — Fofo. — Foi a melhor palavra em que conseguiu pensar, e isso fez Mira sorrir.

— A cabeça de Dennis está sempre em outro lugar. Se dependesse dele, vestiria sempre o mesmo casaco de lã surrado e calças com bolso furado. Nunca acha a carteira ou o que quer que esteja procurando. Mas, quando você pensa que ele não está prestando atenção em nada que você fala, ele surge com a resposta ou a solução certa.

Mira se levantou.

— As pessoas que esperam perfeição em um parceiro perdem a parte divertida... E a fofura. Vou lá cuidar de Julian. Digo a Nadine para entrar?

— Sim. Obrigada.

Ela pensou em Roarke e imaginou que muitas pessoas olhavam para ele e viam perfeição. Ela via as coisas de forma diferente e decidiu que tinha muita diversão e fofura em sua vida.

No momento em que refletia sobre isso, ele entrou com uma caneca enorme de café.

— Onde conseguiu isso? Eu que costumo ficar com as canequinhas decoradas.

— E foi por isso que eu pedi à governanta algo ainda mais formidável.

Quando ele colocou a caneca na frente dela, Eve fez um gesto com o dedo para que ele se inclinasse e o beijou.

— Você não é perfeito — disse ela.

— Vai ver só se vou trazer mais canecas gigantes de café para você.

— Você não é perfeito, e é isso que te torna o homem certo para mim.

— Ser o homem certo para você é melhor que ser perfeito.

— Pode ter certeza. — Ela ergueu o café e tomou um gole longo e revigorante. — Quer ficar para a conversa com Nadine?

— Só se você dividir esse café comigo. Se estiver a fim de uma novidade, Peabody e McNab terminaram os interrogatórios deles. Peabody não quis interromper o seu trabalho e mandou avisar que eles foram para o terraço acompanhar o trabalho dos peritos. O corpo foi removido.

— Sim, recebi uma mensagem do necrotério. Causa da morte indeterminada. Vão ter que colocá-la na mesa de autópsia para descobrir se foi acidente ou homicídio. Eu diria que suicídio é improvável, mas preciso manter essa opção em aberto até o resultado dos exames.

Nadine entrou na sala trazendo o próprio café e um prato de cookies. Colocou os cookies sobre a mesa e começou:

— Ouça bem...

— Não, sente-se e ouça bem você. — Eve pegou um cookie antes que Nadine ficasse irritada e os tirasse da mesa. — Você é testemunha de uma morte suspeita. Sou obrigada a interrogar você e pegar seu depoimento.

— Vou te dar um — disse Nadine, com ar sombrio. — Mas quero de volta a merda do meu *tele-link* e do meu tablet. Você não tem o direito de...

— Ah, não me vem com essa. — Eve mordeu o cookie, nada mal. — Você não vai ter nenhum dos dois de volta até eu autorizar. Nem vai ligar para o seu produtor, editor, ou sei lá o que, pedindo que o Canal 75 entre ao ar com um comunicado urgente contando que K. T. Harris foi encontrada morta de bruços na piscina da casa de Mason Roundtree. "Mais detalhes em instantes."

— Sou repórter, e o meu trabalho é fazer exatamente o que você acabou de descrever. Estava presente e jantei com o cadáver.

Jogando para trás os cabelos com luzes, Nadine semicerrou os olhos de gata até eles se tornarem fendas.

— Se você por um acaso acha que eu vou deixar outra repórter, outro canal, ou *qualquer* coisa ou pessoa que seja, conseguir esse furo, pode esquecer essa merda. Do que você está rindo? — perguntou a Roarke, indignada.

— Sou homem, estou sentado aqui tomando café e comendo cookies enquanto duas mulheres bonitas rosnam uma para a outra. Como homem, sou obrigado a pensar, talvez imaginar, que em breve haverá contato físico. Roupas poderão ser rasgadas. Por que eu não sorriria?

— Imperfeito mesmo — resmungou Eve. — E você cale a boca por cinco segundos — ordenou a Nadine —, antes que ele comece a nos imaginar nuas, cobertas de óleo e rolando pelo chão.

— Meu sorriso só aumenta.

— Você terá a sua história, Nadine — garantiu Eve, depois de mostrar os dentes para Roarke. — Vou te dar prioridade nas informações e toda a minha cooperação, até onde for possível.

— O que isso significa?

— Exatamente o que eu disse. Lembre-se de que você jantou com um cadáver, e, quando um cadáver entra em cena, meu trabalho é mais importante que o seu.

— Quero uma entrevista exclusiva sua depois que terminarmos aqui.

— Vou informar o que eu puder quando terminarmos aqui. Mas não poderá usar câmera, pelo menos não por enquanto. Quanto mais tempo você brigar comigo ou tentar negociar, maiores serão as chances de algum empregado da casa entrar em contato com um dos seus concorrentes. Preciso do seu olhar, Nadine. Aqui vai o que eu sei: K. T. Harris está morta. As três pessoas nesta sala não a mataram nem provocaram a morte dela. Os Mira também não. Nem Peabody e McNab. Nem Mavis e Leonardo. Tirando eles, pode ter sido qualquer pessoa. Portanto, preciso dos seus olhos, das suas percepções, seus ouvidos aguçados que captam fofocas, indiretas e conversas fiadas. Agora vamos ao que interessa.

Capítulo Cinco

Nadine jogou a bolsa em cima da mesa, abriu-a e tirou vários guardanapos lá de dentro.

— Olha a que ponto cheguei. Rabiscando em guardanapos com uma caneta comum. Prometi a McNab que não usaria meu tablet para entrar em contato com ninguém.

— Se ele tivesse dado ouvidos a você, eu o rebaixaria a guarda de trânsito. Me diga uma coisa. Desta vez, é oficial e está sendo gravado. Você e Julian Cross estão se pegando?

— Você tem tanto jeito com as palavras. Não, já disse que não estamos. Ele é lindo, charmoso, divertido. Também é rico e famoso. Pensei em dar uma experimentada, mas ele também é meio tapado. É fofo ver isso, às vezes, mas eu gosto de homens mais inteligentes. E ele pega qualquer pessoa, a qualquer hora e em qualquer lugar. Prefiro alguém mais seletivo. Ele não é insistente e aceita numa boa minhas recusas. Gosto de Julian, mas não quero dormir com ele. Infelizmente. Além disso — continuou ela —, a máquina de boatos espalhou que tem uma chama acesa entre Marlo e Julian nas telonas e fora delas. É um golpe de marketing bem manjado, e está dando certo. Mas, na vida real, a única chama acesa entre eles é a da amizade.

— Até porque é entre Marlo e Matthew que está rolando algo fora das telas.

— Eles o quê? Não é possível que estejam... Estão? — Nadine jogou os cabelos para trás enquanto olhava para Eve. — Onde você ouviu isso? Eu não saquei nada disso.

— É só a minha opinião. — Eve deu de ombros. — Precisará conversar com eles para confirmar.

— Merda. Merda. — Nadine pegou a caneta na bolsa e rabiscou em um dos guardanapos.

— Enquanto isso — disse Eve, brandamente —, você passou muito tempo no set de filmagem. Quem teria vontade de matar K. T.?

— Já está confirmado que foi homicídio?

— Não. Mas...

— Ok, minha resposta é quem não teria? Eu mesma já quis dar um soco na cara dela e afogá-la. Foi isso que aconteceu?

— Não posso comentar. Por que já teve essa vontade?

— Bem, porque ela é uma vadia. Até a alma, se quer mesmo saber. Egoísta, reclamona, grossa. Ela fica emburrada, ela explode, ela dá uma de doida, ela é sarcástica. Ela se considera a melhor atriz desse filme e não perde a oportunidade de jogar isso na cara de todo mundo. Veio me procurar mais de uma vez para falar sobre a personagem de Peabody. Queria mudanças e mais tempo de tela. Queria uma cena de amor com Matthew e insistia, muito, para que sua personagem desafiasse Dallas em alguns pontos da investigação. Nada do que ela queria ela conseguiu, mas Roundtree, Valerie, Steinburger, Preston, ou algum assistente azarado, todos eles tinham que lidar com ela praticamente todos os dias. Ela atrasava o cronograma das filmagens, e isso desagradava os produtores.

— Alguma situação específica? Já a viu brigando em público com alguém?

— Dallas, ela já brigou com todo mundo em algum momento das gravações. Sossegava o facho por alguns dias, mas depois saía em busca de outra vítima.

— Ok. Vamos focar agora no que aconteceu hoje. Além da baixaria durante o jantar, você a viu discutindo com mais alguém?

— Ela discutiu comigo. — Nadine examinou os cookies, escolheu um com muito cuidado e deu uma pequena mordida.

— Por quê? — quis saber Eve.

— Ela só faltava gravar umas duas cenas curtas e queria que elas tivessem mais tempo. Insistiu para que eu conversasse com Roundtree sobre isso e usasse as alterações que ela fez nas cenas. Eu disse a ela, como já tinha dito outras vezes, que a forma como ela queria construir as cenas estava muito distante do que aconteceu na vida real. Ela me respondeu, como também já tinha feito, que eu não entendia nada de licença poética nem do ramo. Eu a mandei escrever o próprio livro, o próprio roteiro e deixar o meu em paz. Mas não com a mesma educação que eu disse agora.

— Você esteve no terraço agora à noite?

Nadine sorriu.

— Não. Agora à noite, não.

— Ela brigou com mais alguém hoje?

— Suponho que ela e Connie tenham se alfinetado quando Connie a levou para fora da sala, depois do jantar. Ela também trocou uns desaforos com Andi. K. T. não tinha a menor chance de vencer Andi nos desaforos e sabia disso, então a cena foi curta. Notei que ela encurralou Preston pouco antes do jantar, e ele não me pareceu nem um pouco feliz. Tirando isso, confesso que não estava prestando muita atenção nela.

— E durante a exibição dos erros de gravação? Notou a hora em que ela saiu da sala?

— Não. Ela se sentou no fundo, pelo que eu me lembro. Eu me sentei ao lado de Andi porque ela sempre fala coisas divertidas. E Julian estava muito bêbado naquela hora, e de mau humor, então eu não quis me sentar perto dele. Depois de alguns minutos, recebi uma ligação no *tele-link*. Estamos planejando um programa ao vivo em Dallas, entrevistando as gêmeas Jones.* Como tinha que atender à ligação, saí e fui para a sala de estar. Conversei com meu produtor e diretor por dez minutos ou mais. Quando voltei, fiquei sentada na última fileira até... — Ela se interrompeu. — K. T. não estava lá — disse Nadine, apertando os olhos como se tentasse ver melhor. — Olhei em volta antes de me sentar, para ter certeza de que não ia ficar perto dela, e reparei que ela não estava nas fileiras de trás. Presumi que tinha trocado de lugar, mas acho que não. Ela devia ter saído, talvez até mesmo antes de mim, mas eu não reparei. Desculpe.

— Notou se estava faltando mais alguém na sala?

— Não. Saí para ir ao banheiro no minuto em que as luzes se acenderam. Parecia que todos estavam lá, ou por perto, quando voltei logo depois. Exceto por K. T., mas só notei sua ausência porque queria evitar outra conversa com ela.

— Ok. Como estava o clima lá fora enquanto todo mundo esperava para ser interrogado por mim ou por Peabody?

— Um clima de choque, tristeza, nervosismo. Todo mundo fica nervoso quando se tem um cadáver e uma policial em casa, Dallas. Roundtree ficou andando de um lado para outro, pensativo. Connie tentou manter todos calmos, e Julian desmaiou de bêbado. Matthew e Marlo ficaram colados um no outro, o que achei ter sido algum tipo de conexão por terem achado o corpo juntos, e pareciam meio enjoados. Andi bateu um papo com Dennis Mira e toda hora dizia para Connie se sentar e relaxar. Steinburger confabulou com Valerie, algo esperado nessas situações, e reclamou por McNab ter

---

* Ver *Viagem Mortal*. (N. do T.)

confiscado os eletrônicos de todo mundo. Nesse ponto, concordei com ele. Preston conversou um pouco com Roundtree e comigo, e depois Steinburger ficou olhando fixamente para a sua cerveja. Parecia abalado, com um ar estranho, estressado pela situação difícil. Todos acreditavam, ou queriam acreditar, que tinha sido um acidente terrível, mas ninguém tinha certeza.

Peabody entrou na sala e parou ao ver Nadine.

— Opa. Posso falar um minuto com você, tenente?

— É só isso que preciso de você por enquanto, Nadine. Pode esperar na sala de estar. Vamos devolver seus aparelhos eletrônicos em breve.

— Qual é, Dallas? Você disse que eu teria a minha história.

— E terá. Mas agora preciso de um minuto com a minha parceira.

— Tudo bem, mas vou levar os cookies.

Triste, Peabody viu os biscoitos indo embora com Nadine.

— Eles pareciam gostosos.

— E estavam. Relatório?

— Pegamos o depoimento de todo mundo. McNab fez uma cópia para você rever depois, está tudo gravado aqui. — Ela entregou um disco a Eve. — Não vi nenhuma seta escrito CULPADO piscando em cima da cabeça de ninguém. O único que me pareceu genuinamente triste foi Roundtree. Acho que ele não gostava dela, mas talvez não a detestasse tanto quanto todo mundo. Os peritos estão encerrando as buscas. Encontraram sangue.

Eve ergueu os olhos bruscamente de suas anotações.

— Onde?

— Acharam vestígios com uma luz na beira da piscina. Uma pequena quantidade bem na borda. Alguém pode ter lavado o sangue ou ele se dissolveu com a água quando o corpo foi retirado da piscina, mas, como eles também encontraram o que parecem ser restos carbonizados de algum tipo de pano na lareira lá de cima, meu voto vai para a primeira opção.

— Dois votos.

— A equipe do necrotério confirmou a contusão e a laceração na parte de trás da cabeça da vítima, e que teria sangrado um pouco. São dela as impressões na garrafa que encontramos no bar do terraço e no saca-rolhas. O conteúdo ainda será confirmado pelo laboratório. Também será pesquisado o DNA nas guimbas de cigarro, mas a marca é a mesma do maço que tinha na bolsa dela. Vem com doze cigarros e só sobraram dois no maço. Foram encontradas impressões de Marlo e Matthew nos copos deixados na parte aberta do terraço.

— Ok. Vamos falar com Julian agora. Me dê só um minuto para passar algumas dessas informações para Nadine antes de liberá-la.

Ela se virou para Roarke.

— Quer ficar aqui para o último interrogatório?

— Querida, não perderia você interrogando minha versão cinematográfica por nada nesse mundo.

— Haha! Peabody, traga Julian para cá, leia os direitos dele, deixe-o encaminhado. Não vou demorar muito.

Ela chamou Nadine, que conversava com Roundtree e Connie, enquanto Peabody levava um Julian razoavelmente sóbrio para a sala de jantar.

— Tudo indica que ela bateu com a cabeça na borda da piscina quando caiu ou foi empurrada. Pode ter escorregado. Ou caiu, tentou se levantar, muito bêbada e tonta, e tombou na água. Vou saber mais detalhes depois que ela for examinada por um médico-legista.

— Só isso? — quis saber Nadine.

— Até o momento, é *só* isso, sim. Se ela foi empurrada, tenho depoimentos, gravações e impressões para montar uma linha de tempo básica. Se foi acidente, também tenho tudo para encerrar o caso. Mas, como tudo segue indeterminado, preciso que você espere trinta minutos antes de divulgar o que aconteceu e ligar a máquina do caos. Quero registrar o depoimento de Julian, levá-lo para casa e deixá-lo em segurança, antes de o frenesi começar.

— Que diferença faz...?
— Nadine, se eu não acreditasse que você esperaria esses trinta minutos, que eu já disse que preciso, eu seguraria você aqui sem os seus brinquedos eletrônicos. Como confio em você, sei que vai esperar.
— Entendido. — Nadine suspirou. — Obrigada. Se eu acreditasse que você ia me ferrar, já teria encontrado um jeito de acessar um *tele-link* e a história já teria sido divulgada.
— Entendido. Também te agradeço.
— Há mais uma razão pela qual preferi não dormir com Julian.
— Ok.
— Ele não é igual a Roarke, mas dá a impressão de ser quando entra no papel. Então a ideia de dormir com ele me pareceu desleal e... Bem, simplesmente nojenta.
Eve começou a rir, mas percebeu que Nadine permaneceu séria.
— Sério?
— Sim, é sério.
— Tudo bem, não entendi por completo, mas agradeço do mesmo jeito.
— Dizem que ele parece uma máquina na cama.
— Pensei ter ouvido você dizer que ele não era igual a Roarke.
— Ah, essa foi cruel. Talvez eu dê uma chance para ele no fim das contas. — Nadine passou a mão em seu cabelo. — Vou me despedir de Roundtree e Connie. Já chamei um carro para vir me pegar. Se você já terminou de interrogar os Mira, posso dar uma carona a eles.
— Para tentar arrancar mais informações.
— Naturalmente. — Nadine ajeitou seu colar de pérolas. — Mas eu ia dar uma carona a eles de qualquer forma.
— Sei que ia. Eles podem ir embora a hora que quiserem.
Quando ela voltou para a sala de jantar, Julian estava afundado na cadeira, pálido e obviamente desolado, segurando uma xícara de café.

— Você já ouviu seus direitos? — quis saber Eve.

— Já. Ela disse que era para minha proteção.

— Exatamente. — Eve se sentou diante dele. — Já sabe o que aconteceu?

— Como assim?

— Sabe que Marlo e Matthew encontraram o corpo de K. T. no terraço?

— Sei. — Ele balançou a cabeça como se estivesse saindo de um sonho. — Deus. *Deus*! Que coisa horrível. Não sei o que posso fazer.

— Já está fazendo o que pode conversando com a gente. Você esteve no terraço esta noite, Julian?

— Não... Quer dizer, sim. — Ele lançou um olhar lamentável para Eve. — Estou confuso. Bebi muito. Não deveria ter feito isso, mas fiquei muito chateado depois daquela cena no jantar. Quero que você saiba que eu não estava... Eu nunca tentaria, hmm, dar em cima de você, ainda mais na sua frente — completou ele, olhando para Roarke.

— Mas pelas minhas costas rolaria? — reagiu Roarke.

Julian ficou um tom mais pálido.

— Não quis dizer...

— Estou te zoando, cara — disse Roarke, com um sorriso bem, bem frio.

— Ah. Ok, não gostaria que pensasse que eu daria em cima da sua esposa. Ela é fascinante... Digo, estou meio fascinado, e, como interpreto você, a coisa fica mais intensa com Marlo. Mas eu e Marlo não estamos... Não na vida real. Tudo acontece em função do trabalho, para agradar os fãs. Faz parte do espetáculo. Quer dizer, eu ficaria... As duas são mulheres lindas, mas...

— É um requisito? — quis saber Eve. — Ser bonita?

— Todas as mulheres são lindas — disse ele, sorrindo pela primeira vez.

— Incluindo K. T.?

— Claro. Bem, ela poderia ser.

— Vocês dois estavam tendo algo?
— Não recentemente.
— O que seria "não recentemente"?
— Ah, bem, uns dois anos atrás, eu acho. Nós nos divertimos um pouco. E de novo alguns meses atrás. Ela estava meio triste, então eu a animei.
— E ela quis mais animação desse tipo?
Ele se moveu e olhou fixamente para o café.
— O problema é que ela não queria exatamente isso. O que queria de verdade era reclamar de Marlo, ou fazer com que eu reclamasse dela para Roundtree.
Ele ergueu a cabeça e encontrou os olhos de Eve com os dele, azuis, avermelhados e apáticos.
— Eu não pretendia fazer isso, mas ela insistiu e se tornou agressiva. Por fim, fui até Joel e pedi a ele que desse um jeito de ela largar do meu pé. Não gostei de tomar essa atitude, mas ela estava realmente me desencorajando, e isso me fazia perder o foco. E acho que isso a irritou ainda mais. Não sei por que ela tem que ser assim.
Ele desviou o olhar novamente, balançou a cabeça.
— Não entendo por que as pessoas não conseguem simplesmente ser legais e se divertir.
— Por que foi ao terraço hoje?
Ele abaixou o olhar outra vez.
— A vista é incrível.
— Você estava sozinho com a vista incrível?
Ele não disse nada por um bom tempo. Peabody foi até ele, tocou em seu braço e disse gentilmente:
— Julian?
Ele olhou para ela.
— Ela não se parecia muito com você quando não estava maquiada. Sua boca é mais bonita, e seus olhos, mais simpáticos. Gosto mais dos seus olhos que dos dela.
— Obrigada.

Apesar de Eve ter visto sua parceira corar, Peabody continuou firme.

— Quem estava com você no terraço hoje à noite? — perguntou Peabody.

— Quando eu subi, ela... K. T. estava lá. Eu não queria conversar com ela, ainda mais sabendo que ela estava de mau humor. Nós dois tínhamos bebido muito, e eu não queria nem falar com ela.

— Mas falou?

— Um pouco. Perguntei a ela por que tinha agido daquele jeito durante o jantar. Connie teve um trabalhão para organizar tudo. Era nossa obrigação sermos amigáveis e garantir que todos vocês se divertissem. Mas ela começou a falar de Marlo, de você, de Matthew, de todo mundo. Eu não queria nem ficar perto dela, então voltei para o andar de baixo.

— Vocês discutiram — provocou Eve.

— Não gosto de discutir.

— Mas ela gostava.

— É como se ela simplesmente não conseguisse ser feliz. Não entendo isso, pois temos tantos motivos para ficarmos felizes. Olha o que fazemos para ganhar a vida. É claro que às vezes é difícil, mas basicamente é um trabalho divertido. E eles nos pagam muito bem. Tudo é muito mais fácil e melhor quando você se permite ser feliz. É como se ela não conseguisse fazer isso. Você tem um analgésico? — Ele massageou a parte de trás do pescoço. — O Sober-Up sempre me dá dor de cabeça, ressaca e me deixa meio dopado. Quando eu durmo, não fico assim. E era isso que estava tentando fazer, só dormir.

Roarke pegou uma pequena caixa do bolso e ofereceu uma de suas minúsculas pílulas azuis a ele.

— Obrigado. — Julian sorriu para Roarke. — Estou acabado.

— Em que momento você esteve no terraço com K. T.? — quis saber Eve.

— Esta noite.

Eve achou que Nadine tinha acertado na mosca ao dizer que Julian era meio tapado.

— A que horas?

— Ah, não sei. Eu estava bebendo muito e... Foi depois do jantar. Sei que foi depois do jantar.

— Você assistiu aos erros de gravação?

Ele olhou para o nada e franziu o cenho.

— Mais ou menos. Quero ver de novo quando puder me concentrar. Não consegui manter o foco hoje. Acho que tomei um pouco de ar antes de assistir aos erros, mas depois não consegui me concentrar em nada. Estava cochilando, então saí da sala e me deitei no sofá.

— Quando você desceu, K. T. ainda estava no terraço?

— Sim, ela ficou lá.

— Você viu mais alguém subir?

— Não vi mais ninguém subir. Só queria me deitar, mas Roundtree fez questão de que todos nós estivéssemos na sala de cinema. — Seu olhar voltou para Eve. — Tem certeza de que ela está morta?

— Tenho muita certeza.

— Isso não parece real. Não parece verdade, entende? Você já me contou como ela morreu? Eu não me lembro. Está tudo misturado na minha cabeça.

— Parece que ela se afogou.

— Se afogou? — Julian deixou a cabeça cair nas mãos. — Ela se afogou — repetiu e estremeceu. — K. T. se afogou. Por que estava bêbada e caiu dentro da piscina?

— Ainda não sabemos ao certo.

— Foi porque ela estava bêbada — repetiu. — Caiu na piscina e se afogou. Meu Deus. Que horror...

Ele ergueu a cabeça quando Peabody voltou com um copo de água.

— Obrigado. — Ele colocou a mão sobre a de Peabody. — Eu gostaria que isso não tivesse acontecido. Gostaria que ela nunca tivesse ido ao terraço. Ela não se permitia ser feliz. E agora nunca será.

Eve pediu a Peabody que o levasse dali e permaneceu sentada por alguns instantes, tentando organizar seus pensamentos. Roarke trocou de cadeira para se sentar diante dela.

Estranho, pensou Eve. Era muito estranho ver Roarke na cadeira que Julian acabara de desocupar. Era fácil para ela enxergar com clareza as diferenças que existiam entre eles. A linguagem corporal, a cor dos olhos, a quietude e a tranquilidade quando ficava parado.

— Ele é muito obtuso, não é?

— Não sei. O que diabos significa "obtuso"?

— Uma pessoa meio lerda. Não acho que ele esteja assim só por causa da bebida ou por ter ficado sóbrio à força.

— Concordo. Obtuso. — Ela balançou a cabeça com o termo. — Até os obtusos matam.

— Ele me parece mais um obtuso do tipo inofensivo.

— Mesmo assim. Mas ele foi o único, até agora, que admitiu ter estado lá em cima com ela. Pode ser o lado obtuso dele, ou o lado inofensivo. Pode ser inocência pura e honestidade. Ele sobe ao terraço e pensa: "Ah, cacete, não vou mais aturar essa mulher." E aí cambaleia de volta para o andar de baixo. Alguém sobe e acaba com ela. Ou ela tropeça nas próprias pernas e acaba consigo mesma.

— Roundtree finalmente convenceu Connie a tomar um calmante e ir para a cama — anunciou Peabody ao voltar.

— Provavelmente foi uma boa — decidiu Eve. — Não preciso mais deles hoje.

— Do que você precisa? — perguntou Roarke.

— Ir para casa, eu acho, e deixar minha cabeça funcionar. Não é comum interrogar tantas testemunhas e/ou suspeitos de uma vez só. Também somos testemunhas, e, no momento, estou me sentindo uma testemunha incompetente.

— Por não poder focar em um assassino, se é que ele existe, antes de o corpo chegar ao necrotério?

— Nós estávamos bem aqui.

— Fico repassando a noite na minha cabeça. — Peabody soltou um suspiro. — Perguntando a mim mesma o tempo todo se eu vi, ou percebi de forma inconsciente, alguém saindo ou entrando furtivamente na sala de cinema. Mas eu estava muito interessada na tela. A montagem estava bem-feita, e foi muito divertido. Me lembro de algumas pessoas fazendo comentários, mas não consigo identificar nenhum momento que tenha chamado minha atenção. Basicamente, havia muitas risadas e zoações leves. Não consigo me lembrar de nada estranho.

— Nós vamos descobrir. — Eve se levantou, se desequilibrando um pouco. — Esqueci que estava com essas coisas malditas. — Fez uma careta para os saltos. — Vou confirmar se os peritos bloquearam o acesso ao terraço.

— Bloquearam, sim — garantiu Peabody. — Eu já verifiquei.

— Então vamos embora daqui.

— Pegue uma carona conosco — convidou Roarke. — Nosso carro pode levar você até o centro da cidade depois de nos deixar em casa.

— Uau! Obrigada. Passeio de limusine! Sabe de uma coisa? Se cortarmos as partes em que aparece um cadáver e as horas de interrogatório, até que a noite foi legal.

Eve tirou os sapatos no minuto em que pisou em casa. E fez outra cara feia para eles.

— Por que machucam mais quando eu os tiro do que quando eu os uso? K. T. provavelmente mergulhou de cabeça na piscina de propósito, porque seus pés já a estavam matando.

Roarke a pegou no colo para aliviar seus pés doloridos.

— Você merece essa carona.

— Eu aceito — decidiu, quando ele já a carregava escada acima — Você já pensou que as chances são cinquenta por cento para homicídio e morte acidental?

— Acho que sim.

— Mas não foi um acidente.

— Por que diz isso?

— Ela estava pedindo para levar umas porradas, e muitas pessoas que estavam lá tinham motivos para dar uma bela surra nela. Havia sangue na borda da piscina, o que pode significar que ela caiu, se levantou, caiu de novo e não se levantou mais. O salto de um dos sapatos dela estava arranhado e quebrado. O que foi pescado da piscina também estava todo arranhado, e uma das tiras tinha arrebentado. Isso pode ter acontecido na queda. Mas havia restos de tecido queimado na lareira. A vítima irrita todo mundo e cria uma cena potencialmente feia no jantar, na frente do que eu chamaria de "civis": nós.

— É bom ter companhia no estado do meu "civil" para variar — comentou Roarke e a levou direto para o tablado do quarto, largando-a sobre a cama do tamanho de um lago.

— *Logo depois* ela vai para o terraço e se afoga, de um jeito muito conveniente para todos.

— Conveniente é um termo relativo. — Ele pegou os pés dela e os colocou em seu colo. — Afogá-la sabendo que a investigadora de homicídios mais inteligente da cidade estava na casa não seria "conveniente" para o assassino.

— É claro que seria. É... — Ela parou para soltar um gemido satisfatório quando ele começou a massagear seu pé. — Ah, isso é bom, muito bom. — Quase ronronou quando os nós dos dedos dele pressionaram o sola do seu pé. — Você está querendo sexo.

— Esse é sempre o meu plano. Considere isso uma preliminar.

— Como não considerar? Enfim, temos a investigadora de homicídios inteligente olhando para todo mundo no mesmo lugar, ao mesmo tempo, enquanto as pessoas que não a mataram tentam raciocinar e querem se lembrar de onde estavam e o que faziam quando tudo aconteceu. E todo mundo, com exceção da vítima e do assassino, ficou sentado em uma sala escura por uns bons quarenta minutos.

— Todos focados em si mesmos.

— Exatamente. Nadine recebeu uma ligação e saiu com seu *tele-link* para a sala ao lado. Ficou tão distraída que nem percebeu se alguém saiu ou entrou. E ninguém mencionou tê-la visto sair da sala, nem mesmo Andrea, que estava sentada ao lado dela. Nós estávamos na frente, então não poderíamos ter visto nenhum movimento atrás de nós.

— E, muito provavelmente, eles não acreditam que um deles seria capaz de fazer isso. Todo mundo que não a matou acredita, ou quer acreditar, que foi um acidente.

— Também tem o fato de serem unidos quando se trata de sentir antipatia por ela e do compromisso que têm com o projeto. É sempre inteligente matar no meio de um monte de gente se você consegue ficar camuflado no seu círculo de amizade.

Quando ele começou o mesmo tratamento no outro pé, Eve suspirou.

— Sabia que isso faz quase, quase, valer a pena usar esses saltos destruidores de tornozelos?

— Acho que devo isso a você já que tive o prazer de ficar olhando para as suas pernas e para a sua bunda enquanto andava com eles.

— Uma pergunta de trabalho.

— Faça.

— Quando tudo se tornar público, com Nadine liderando o circo, de que forma isso afetará o projeto?

Era interessante, pensou Roarke, discutir homicídio com a sua policial enquanto ela estava deitada na cama, vestindo roupa de gala e joias. A vida deles não era nem um pouco tediosa.

— Se o circo for bem controlado, e certamente será, isso aumentará o interesse e a expectativa pelo filme. Eles acabam de receber um imenso bônus de marketing gratuito. Um assassinato real durante a produção de um filme sobre assassinatos? E a policial da vida real envolvida na investigação do novo crime? Isso é uma grande vantagem para o negócio.

— Foi o que eu pensei.

— Entendo o seu raciocínio para o motivo, tenente, mas parece um pouco extremo assassinar alguém só para receber cobertura extra da imprensa, ainda mais quando eles já têm a máquina de divulgação em força máxima.

— Mas é um excelente bônus secundário. Vou pensar sobre isso. Agora, acho que você devia me tirar desse vestido.

— Estava pensando no melhor método de fazer isso.

— Tenho quase certeza de que é só abrir o zíper.

Ele sorriu e deu uma série de apertos nas panturrilhas de Eve que fez os músculos doloridos dela agradecerem.

— Vire de bruços.

Eve se deitou de barriga para baixo.

— Roundtree sabia o tempo exato que teria para ficar fora da sala. Mas com certeza eu teria notado ele saindo, porque ele estava na fileira da frente. Connie também sabia a duração da sessão, mas ela mesma admitiu ter saído da sala. Aposto que Preston não só tinha visto a montagem como provavelmente ajudou a editá-la. Se tudo isso foi planejado... — Ela perdeu o fio da meada por um momento quando os lábios dele substituíram as mãos em suas panturrilhas, deixando a massagem ainda melhor. — Eles são os candidatos mais fortes — completou. — Steinburger e Valerie também podem muito bem ter saído da sala por algum tempo e os dois sabem o valor e a promoção que um assassinato traria.

Ele subiu até as coxas dela com lábios quentes e uma leve provocação com a língua.

— E qualquer um dos atores pode ter escapado de fininho — murmurou Eve enquanto parte da sua mente ia para um lugar gostoso e relaxado.

— Como eles poderiam saber que ela estava no terraço?

— O assassino pode ter combinado um encontro com ela lá em cima. Ou então... — Agora Roarke abria o zíper aos poucos e continuava excitando-a com a boca. — Foi ela que combinou o encontro com o assassino, o que me levaria a crer em um homicídio por impulso ou crime passional. Ou então... Hmmm... Não consigo pensar quando você está fazendo isso.

— Vai ter que parar de pensar então, porque não tenho a intenção de parar — Ele deslizou o triângulo estreito que era a visão da calcinha dela por trás para baixo de seus quadris.

Com a boca em suas costas, ele a ergueu um pouco pela barriga e deslizou os dedos dentro dela.

As mãos dela agarraram os lençóis com força.

— Ainda estou de vestido.

— Só em algumas partes. Você está quente e molhada. Macia e suave.

O orgasmo a trespassou em uma onda prolongada e avassaladora que a deixou mergulhada em gozo. Ele se deu o prazer de apreciar as costas dela, longas e magras sob o brilho dos diamantes, a curva de seus ombros e braços. Viu o calor voltar mais uma vez, e ela gritou quando o fogo a fez decolar.

Ele a virou de frente e tirou seu vestido.

— Você ainda está de terno.

Ele se inclinou e circulou o mamilo dela com a língua.

— Pode me dar uma ajudinha com a gravata?

— Você está me deixando louca — conseguiu murmurar enquanto tentava afrouxar a gravata dele e tirá-la.

— Mesmo assim, continuo sem intenção de parar. — Ele tirou o terno enquanto se deliciava sem pressa nos seios dela. — Você parece uma pagã. Uma rainha guerreira pagã. — E então deu umas mordidas no pescoço dela. Completamente nua e cintilante, vestindo apenas fileiras de diamantes.

— Quero você dentro de mim. — Com a respiração fraca, ela mordeu a orelha dele. — Quente e duro dentro de mim.

— Minhas mãos estão ocupadas no momento. — Ele as encheu com os seios dela. — Vou precisar de ajuda para tirar essa camisa.

Ela estendeu a mão e arrancou a camisa dele, fazendo botões voarem para todos os lados.

— Bem, esse é um dos jeitos de tirar uma camisa.

— É assim que funciona quando você está com uma rainha guerreira pagã. Pode me tomar. — Ela agarrou o cabelo dele e puxou sua boca para junto da dela. — Quero que você me tome como se não houvesse nada que precisasse mais.

— Não existe nada. É você. Sempre foi você.

Mas, antes, ele se afastou um pouco para se livrar do resto das roupas e usou os olhos com a mesma eficácia com que usava as mãos.

— Fico desnorteada quando você me olha assim.

— Você é minha. — Isso lhe trouxe algo além da excitação, algo mais profundo que a paixão. — Você é minha! — repetiu.

Quando ela ergueu os braços para ele, trouxe-o para junto de si e o prendeu com as pernas, ele a tomou por inteiro, como se não houvesse nada de que ele precisasse mais.

Capítulo Seis

Peabody bocejou até sentir sua mandíbula estalar enquanto avaliava suas opções para o café da manhã. Para começar bem o dia, de forma saudável e consciente, ela deveria dispensar as rosquinhas, recheadas ou não, e escolher o iogurte de frutas. A pior escolha seria a rosquinha recheada *e* o iogurte de frutas.

Também não deveria nem estar pensando na possibilidade que incluía a tortinha de cereja que ela podia comprar em seu caminho para a Central.

Por que ela sempre pensava na maldita tortinha de cereja assim que acordava? Tinha sérias suspeitas de que, só de pensar nela, ganhava uns cinco centímetros de quadril.

— Vou comer só o iogurte de frutas, decidido.

Em seu banco diante da pequena mesa da cozinha deles, McNab remexeu sua tigela de cereais Crispie Crunchie Charms e não disse nada.

Peabody serviu o café primeiro e torceu para que o adoçante quase zero fosse tão bom quando o outro, que era delicioso, mas tinha zilhões de calorias. Porém, se sentia virtuosa quando cortava essas coisas e se resignou a consumir só o café com adoçante não calórico e o iogurte de frutas.

Desejou poder comer tigelas de Crispy Crunchie Charms nadando em um oceano de leite de soja como fazia McNab e sua bunda magra, que nunca pareciam ganhar um grama sequer.

A vida era muito injusta quando o seu metabolismo tinha a velocidade de uma tartaruga manca.

Tomou o primeiro gole de café e sentiu seu cérebro clarear. Gostava do jeito como o sol da manhã entrava pela janela da cozinha e brincava de sombra através das cortinas amarelo-claras que ela mesma tinha feito. Ainda não perdera as habilidades que tinha adquirido em seu lar de infância, onde todos seguiam os conceitos da Família Livre, refletiu.

Tinha se divertido muito fazendo as cortinas, escolhendo o tecido, a estampa, e ao se sentar a sua pequena máquina de costura para juntar tudo aquilo e transformar em algo bonito e funcional.

E McNab ainda tinha ficado mega impressionado.

Qualquer dia desses, ela ia terminar o tapete que começara para a sala de estar. Isso, sem dúvida, o surpreenderia tanto que o faria pular de susto.

Ele adorava o fato de que ela conseguia criar coisas, e isso trazia mais prazer e satisfação ao trabalho artesanal. Era bom ter estilos misturados que combinavam no apartamento deles. A louça dela com as canecas de pub dele, a cadeira dela, a mesa dele. Eram só deles agora.

E era bom, muito bom, se sentar com ele à mesa, pela manhã, antes de irem trabalhar, comer juntos, conversar.

Enquanto tomava seu café, percebeu que ele não estava comendo nem conversando.

— Seus cereais vão ficar encharcados — avisou ela.

— Há? Ah... — Ele deu de ombros e afastou a tigela. — Não estou com muita fome.

— Não entendo pessoas que não têm fome de manhã. — Pensar nisso a deixou de mau humor. — Acordo morrendo de fome e preciso me controlar para não comer tudo que vejo pela frente, porque senão minha bunda fica do tamanho daqueles balões que exibem anúncios.

Ao ver que ele continuou calado, ela estranhou. Logo ele, que sempre tinha algo bonito para comentar sobre a sua bunda. Peabody franziu a testa. Ele parecia um pouco pálido, reparou. Estava com olheiras e parecia muito triste.

— Você está bem? — Ela esticou o braço e tocou a mão dele. — Não parece muito bem.

— Dormi mal.

— Está doente? — Uma onda de súbita preocupação a fez se inclinar e colocar a mão na testa dele. — Não, acho que não está com febre. Quer que eu prepare um chá para você? Tenho aquela receita da minha avó.

— Não, estou bem. — Seus lindos olhos verdes se ergueram e encontraram os dela. — Peabody... Delia.

Oh-oh, ela pensou. Ele só a chamava de Delia quando estava chateado, revoltado, ou então com muito, muito tesão. E ele não parecia excitado.

— O que foi? Algum problema?

— É que eu estava pensando... Eu te amo.

— Ah, eu também te amo. Agora mesmo estava pensando no quanto gosto de me sentar aqui com você de manhã, na nossa cozinha, começando o dia juntos. E em como...

— Você quer se casar?

Se ela estivesse tomando café nesse momento, teria cuspido tudo no rosto dele. Em vez disso, engoliu em seco.

— Oi? Ah... Hmmm... — Como foi que a sua língua ficou tão grande de repente? — É claro que quero. Um dia.

— Digo, comigo.

— Sim, é claro que é com você, seu bobo. Com quem mais seria? — Ela deu um soco leve no ombro dele, de brincadeira, mas ele não sorriu, e isso a fez sentir um enjoo estranho. — Não acabei de dizer que te amo? Fiz alguma coisa para fazer você achar que não? Ian... — Assim como acontecia com ela, o primeiro nome dele também era reservado para momentos importantes. — Eu faço coisas nada a ver de vez em quando, mas...

— Não estou falando disso, Dee. Você não quer se casar agora?

— Bem... — O estômago dela deu uma cambalhota, embrulhou e se revirou. — Você quer?

— Eu perguntei primeiro.

— Posso saber o que motivou esse papo?

— Eu não consegui dormir. Só pensava em K. T. Harris caída ao lado da piscina, naquele terraço. E o jeito como a luz batia nela a fazia parecer demais com você. Por um minuto aquela ali *era* você, de verdade, na minha cabeça. Fiquei sem ar naquela hora.

Preocupada, aliviada, apaixonada, ela se levantou, se sentou no colo dele e o abraçou quando ele pousou o rosto no ombro dela.

— Tudo bem, eu estou bem, nós estamos bem. — Ela beijou os cabelos dele, claros como as suas cortinas. — Está tudo bem.

— Aquela imagem me fez pensar no quanto você significa para mim, e comecei a me perguntar se eu... Se nós não estamos perdendo tempo. Talvez devêssemos nos casar. Gostaria de saber se você queria que eu te perguntasse antes. Saiba que é você. Você é a minha escolha, a mulher que eu quero, Peabody. A única.

Ela recuou e segurou o rosto dele entre as mãos.

— Você é a minha escolha, Ian McNab. A pessoa certa. Nunca senti por outra pessoa o que sinto por você. Esse sentimento me faz feliz. Tudo isso a nossa volta me faz muito feliz... Meus pratos, suas canecas de pub. *Nosso* lar.

— Eu também me sinto assim.

— Mas não podemos nos casar agora. Isso é coisa de gente grande.

Ela disse isso com um sorriso que resultou em um sorriso ainda maior, dele.

— Mas um dia, daqui a um tempo...?

— Ah, claro. Vamos fazer uma festa enorme e maluca. Um casamento incrível. Vamos nos casar, ter filhos.

Dessa vez, ele sorriu e apalpou a barriga dela.

— Uma ela-body ou um ele-body.

— Sim, quando estivermos mais velhos. — Ela o beijou, e a luz do sol brincando entre as cortinas marcou aquele momento. — A melhor parte disso é você querer saber se eu gostaria que você perguntasse. Adorei saber que você faria isso. — Ela o abraçou de novo. — Amei de verdade. Repita a pergunta algum dia, mais pra frente.

— Você também poderia me perguntar.

— Nã-nã-não. — Ela cutucou a barriga dele com o dedo. — Você.

Ele cutucou as costelas dela.

— Por que não você?

— Porque foi você que começou com esse papo. — Ela deu uma risadinha quando ele a beijou. — Merda — murmurou quando seu comunicador tocou.

Ela se inclinou para trás, esticou o braço sobre a mesa.

— Mensagem de Dallas. Pedindo que eu a encontre no necrotério — Calculou o tempo e sorriu. — Ainda temos quinze minutos.

Ela deu um pulo, o pegou pela mão e o levou para o quarto. Quinze minutos inteiros com um cara que a amava o suficiente para perguntar se ela queria que ele perguntasse?

Muito melhor que uma tortinha de cereja.

Eve caminhava pelo longo corredor branco do necrotério. Já tinha se acostumado há muito tempo com o cheiro de morte disfarçado com desinfetante de limão. Já não pensava mais que os homens e mulheres que trabalhavam ali e escolhiam coisas para comer nas máquinas automáticas tinham acabado de retirar os órgãos de um cadáver, ou iam fazer isso logo depois de tomar café.

Já não se perguntava mais quantos ocupantes moravam nas gavetas frias ou quantos litros de sangue escorriam diariamente pelas valetas laterais das mesas de dissecção.

Porém, quando passou pelas portas da principal sala de autópsia e viu K. T. Harris sobre a mesa de metal, a semelhança com Peabody lhe provocou um forte choque.

Morris, o médico-legista chefe, estava diante de um monitor e se virou. Vestia um terno azul-marinho com riscas finas de prata. Tinha arrumado o cabelo cor de ébano em camadas elegantes que desciam pela parte de trás de sua cabeça.

Ouvia-se baixo um rock com ritmo forte e seco ao fundo. Uma xícara de café trazida da máquina automática e colocada sobre a bandeja de metal espalhava vapor na sala.

Os olhos exóticos de Morris passaram rapidamente por Eve e seguiram além, como se procurasse alguém.

— Achei que tinha vindo com Peabody.

— Ela já está a caminho.

— Essa situação é... Não sei direito como chamar isso. — Caminhou até o corpo nu sobre a mesa de metal, a incisão em Y já costurada. — Realmente, a semelhança é apenas superficial. Mas mesmo assim...

— Pois é. Eu sei.

— Admito me sentir grato por Carter estar de plantão na noite passada e ter feito esse trabalho no meu lugar. — Bateu com o dedo na tela para ligar o sistema. — Eu me sentiria perturbado se tivesse que trabalhar nela. Você não me requisitou.

Encolhendo os ombros, Eve enfiou as mãos nos bolsos.

— Estava tarde.

— Não foi por isso. — Seus olhos escuros estavam ternos quando ele fitou os de Eve. — Depois que eu perdi Amaryllis e tive que trazê-la para este lugar, você achou que qualquer semelhança com uma pessoa amiga me causaria dor.

— Não tinha sentido fazer isso com você.

— Mas faz sentido agradecer pela sua consideração. Sinto falta de Amaryllis. — Ele passou os dedos sobre o coração. — Acho que sempre sentirei falta do potencial que tínhamos de construir qualquer coisa juntos. Mesmo assim, sou melhor agora do que antes.

— Isso é bom.

— Quando cheguei aqui de manhã e olhei para a vítima, fiquei imensamente triste. Pessoas que fazem o que fazemos, que trabalham com a morte dia após dia, ainda conseguem achar algo assim indescritivelmente triste. É importante que isso aconteça, de tempos em tempos.

— Eu mal a conheci e já não gostei dela. Fiz questão de prestar atenção a todas as diferenças físicas entre ela e Peabody. E, ainda assim, a imagem dela morta me abalou.

— É bom saber que depois de todo esse tempo e de todas essas mortes, ainda temos um ponto fraco que pode ser acessado. Quer um café?

— Esse aí? — Ela olhou para a xícara fumegante, sentiu o cheiro amargo e áspero mesmo de longe. — Dispenso.

— É horrível — concordou ele. — Não sei se é bom ou ruim eu ter me acostumado com isso.

— Eu poderia conseguir café de verdade para você — ofereceu Eve.

— Se eu tivesse café de verdade por aqui, haveria uma invasão. Até os mortos ressuscitariam, como zumbis. Prefiro o café ruim, nem que seja para escapar desse horror.

— Não acho que café de verdade possa fazer K. T. Harris se levantar da mesa e atacar sua garganta.

— Cérebro — corrigiu Morris. — Zumbis comem cérebros.

— Eca. Que coisa doentia...

— Bem, é isso que os zumbis fazem — explicou ele, encerrando o momento de amenidades. Olhou para a tela e para os dados concretos. — Depois da tristeza inicial, veio a gratidão. Essa perda não foi minha nem sua. Acho que, de tempos em tempos, precisamos agradecer por isso.

— Tive vontade de beijar Peabody na boca ontem à noite por ela estar viva. Resisti, mas deu vontade.

Isso o fez sorrir.

— Somos umas manteigas-derretidas mesmo. A tenente que investiga homicídios e o médico dos mortos. Bem, outra pessoa ficará triste essa manhã.

— Nem tanto — garantiu Eve. — Ela era uma vaca. Não conversei com nem uma pessoa sequer que a conhecesse e gostasse dela, exceto pela mãe. E não sei se foi por "gostar" dela ou se foi só choque e tristeza por ter perdido um filho.

— Então ela era ainda mais diferente da nossa Peabody. É uma pena para a vítima, embora eu duvide que ela tenha sofrido muito. Segundo os resultados do exame toxicológico que Carter realizou e eu acabei de revisar, ela estava muito bêbada. O nível de álcool no seu sangue era de zero ponto trinta e dois. Também encontramos resquícios consideráveis de zoner.

— Ela bebeu a noite toda. Tinha cigarros de ervas na bolsa e encontrei seis guimbas no terraço. Elas estão no laboratório. Pode ser que haja algum zoner misturado com as ervas.

— Ela parece alguém que não se importava muito com a própria realidade.

— *Causa mortis*?

— Afogamento. Pulmões cheios de água, mas ela ainda estava viva quando entrou na água. Esse ferimento na cabeça... — Ele ampliou a imagem na tela e a colocou lado a lado com uma foto ampliada da borda da piscina. — Foi um golpe forte o bastante para deixá-la inconsciente, mas não foi fatal. Sem o mergulho, ela teria sofrido uma leve concussão que exigiria apenas alguns pontos e um analgésico forte para a dor de cabeça. A reconstrução da cena, segundo Carter, e com a qual eu concordo, determinou que a queda foi a causa do seu afogamento.

Ele trocou os dados na tela e exibiu uma reconstituição computadorizada da cena.

— Ela caiu ou foi empurrada para trás e bateu a cabeça nessa superfície áspera. O golpe a deixaria inconsciente por vários minutos, como eu disse. Talvez um pouco mais devido ao seu nível de álcool no sangue e ao zoner.

— Pela forma que ela bateu e onde ela bateu, não poderia ter caído nem pulado, rolado e caído na água por conta própria — especulou Eve.

— Não — garantiu Morris.

— Ela poderia ter recuperado a consciência, tentado se levantar e caído na piscina, depois de perder o equilíbrio?

— Se ela tivesse feito isso, eu teria encontrado outra lesão, porque a água era rasa. Esse arranhão forte em sua têmpora, como você pode ver na tela, mostra que ela foi arrastada. Além do mais, como você registrou na cena, os sapatos dela tinham arranhões nos saltos. Aqui...

Ele se virou para o corpo e apontou para o quadril direito.

— Outra leve contusão. É consistente com a queda inicial e com o relatório dos peritos sobre o sangue encontrado na borda.

— Sangue que foi lavado e não pode ter sumido sozinho, mesmo que ela tenha caído na piscina e espirrado água. O líquido não teria volume suficiente para limpar o sangue a essa distância.

— Não na reconstrução de Carter.

Eve enxergou tudo como clareza.

— Portanto, ela caiu sozinha ou com a ajuda de alguém. Ficou desmaiada, esse alguém a arrastou alguns centímetros até a borda e a jogou na piscina, onde ela se afogou.

— Essa é a nossa conclusão. Não foi morte acidental. Foi homicídio.

— Isso é tudo que eu preciso saber. — Ela se virou quando Peabody entrou correndo e parou.

— Nossa. Isso ainda é muito estranho — disse ela, olhando para o corpo. — Acho que as pernas dela são mais compridas que as minhas. Por que minhas pernas não podem ser mais longas?

Morris contornou a mesa, foi até onde ela estava, a segurou pelos ombros e deu um beijo na boca dela.

— Uau. — Peabody piscou várias vezes. — Hmmm, obrigada. Isso foi legal.

— É muito bom ver você — disse Morris, sorrindo para Eve com os olhos quando ele se afastou.

— Até agora, essa é a melhor manhã que eu já tive.

— Bem, mantenha esse astral — aconselhou Eve —, porque temos um homicídio, um circo montado pela imprensa e uma longa lista de suspeitos para investigar. Vamos trabalhar. Obrigada, Morris.

— Estou aqui para qualquer coisa. Peabody! — chamou ele. — Gosto das suas pernas exatamente como elas são.

— Puxa, o dia só fica melhor e melhor. — Deslumbrada, Peabody caminhou pelo túnel ao lado de Eve.

— Escute isso então. Chegou atrasada. E deu para ver muito bem, pelo seu jeito saltitante, que se atrasou por causa de sexo. Isso quer dizer que agora vou ter que repassar para você todas as descobertas do legista, e isso não faz meu dia ficar melhor e melhor.

— Não deu para evitar. McNab me pediu em casamento.

O segundo grande susto da manhã fez Eve parar subitamente.

— O quê? Meu Deus, como assim?

— Eu estava ali, comendo meu iogurte com frutas numa boa, em vez da rosquinha recheada que eu queria, e ele estava sentado com sua tigela de sucrilhos Crispy Crunchie Charms, e, do nada, me perguntou se eu queria me casar. — A emoção da lembrança a invadiu e a fez dar mais um pulinho em suas botas cor-de-rosa.

— É sério, na verdade, ele me perguntou se eu queria que ele me pedisse em casamento, o que na verdade foi ainda melhor e mais fofo. E então... Uau, nossa... Eu tive que transar.

— Ok. — De quantos choques ela ainda precisaria se recuperar naquele dia? Especulou Eve consigo mesma. — Quer dizer que...?

— Quer dizer que vamos nos casar. Um dia, não agora. Não queremos nos casar tão cedo.

— Estou confusa.

— Acho que ele precisava me contar que é isso que planeja para nós, um dia. E precisava saber se também era isso que eu queria. E é! — Peabody empinou o corpo, abriu e fechou os braços em uma espécie de autoabraço. — É exatamente isso. Ele ficou abalado ao ver alguém que se parece comigo, que está *sendo* eu, sabe... Morta.

— Sim, isso eu entendo.

— Ele precisava que eu soubesse disso e precisava saber da minha posição, então perguntou se deveria me pedir em casamento e nós... Ah, eu sou louca por ele, Dallas. Mas é mais do que loucura. Eu o amo de verdade, de forma absoluta, cada centímetro do corpo magro dele.

— Aposto que ama. — Eve levou um minuto pensando, enquanto elas saíam do necrotério. — Talvez eu nunca mais repita essas palavras, mas vocês combinam um com o outro. E estão agindo de forma cautelosa e inteligente ao decidirem esperar um pouco, antes de darem um passo tão grande.

— Vocês não esperaram — lembrou Peabody.

— Nada entre mim e Roarke foi cauteloso e inteligente. Nada em nós dois poderia ter dado certo, se você analisar friamente.

— Você está enganada. Quanto mais a gente olha, mais se torna claro o porquê de ter dado certo. O porquê de tudo funcionar tão bem entre vocês.

— Talvez sim. Mas, se você se atrasar novamente por causa de sexo, vai levar um esporro.

— Entendido.

— Vamos parar no caminho para conversar com Mavis e Leonardo. Eles foram embora do jantar antes de o corpo ser descoberto, mas estiveram lá a noite toda, inclusive durante a projeção dos erros de gravação. Portanto, precisamos dos depoimentos deles. Além disso, Mavis fez o papel dela mesma no filme, trabalhou com todo o elenco e os técnicos. Talvez tenha algo importante para acrescentar.

Eve ainda achava estranho voltar ao prédio e ao apartamento que já tinha sido dela. Agora, Mavis, Leonardo e sua bebê estavam no mesmo espaço em que Eve tinha morado. Um espaço que tinha dobrado de tamanho, pois eles pegaram o apartamento vizinho, derrubaram as paredes e reformaram tudo para acomodar a família que aumentou e o trabalho de ambos.

Mais estranho ainda era Peabody e McNab terem alugado um apartamento no mesmo prédio.

Muitas mudanças, pensou Eve, e em pouco tempo.

— É cedo — comentou Eve, quando começaram a subir as escadas que ela tinha subido todos os dias durante anos. — Mas quero fazer isso, mesmo que tenhamos que acordá-los.

— Dallas, eles têm uma bebê com menos de um ano de idade. Pode acreditar em mim, eles já estão acordados.

— Se você diz... — Ela bateu à porta, reparou no novo sistema de segurança de última geração e que alguém tinha pintado a porta da entrada de rosa-claro.

Leonardo, seus grandes olhos castanho-dourados ainda um pouco sonolentos e seu cabelo acobreado formando longos dreads abriram a porta com um enorme sorriso.

— Bom dia! Que surpresa agradável!

Vestia o que Eve supôs ser sua roupa de ficar em casa: uma túnica longa cor de creme com bordados elaborados nos punhos e calças largas cor de chocolate.

Embora ele as tivesse visto poucas horas antes, deu um entusiasmado abraço de urso nas duas.

— Mavis está terminando de vestir Bella. Vamos a uma aula de ioga em família agora de manhã, antes de Mavis ir ao estúdio para uma gravação e eu seguir para uma rodada de reuniões sobre os projetos de primavera.

— Ioga? A bebê pratica ioga?

— É uma boa atividade para a família.

— Ok. E primavera? Mal começou o outono.

— A moda está sempre à frente do seu tempo. Querem café? Eu tenho um pouco de pó da marca que Roarke usa. Fiquei mal-acostumado.

— Eu aceito. — Sentindo-se em casa, Peabody passou pelo belo espaço da nova sala e foi até a cozinha recém-projetada.

Eve tirou alguns segundos para olhar ao redor. Tudo tinha cor: as paredes, os quadros, as mantas jogadas aqui e ali para parecer aleatório. Eles tinham separado a cozinha da sala de estar com meias paredes feitas de algum tipo de vidro texturizado.

Toda vez que ela ia visitá-los, aquele lugar parecia cada vez menos com o que ela deixara para trás.

— Esse lugar ficou com a cara de vocês — decidiu ela. — Combina com os três.

— Estamos felizes aqui.

— Sim, dá para perceber. Escute, Leonardo... Desculpe termos aparecido sem avisar tão cedo, logo de manhã, mas é que...

Antes de ela ter chance de terminar, Mavis apareceu quase aos pulos, cabelos enrolados formando um topete encaracolado. Havia uma explosão de cores em seu top justo e nas calças largas e sanfonadas que iam até os joelhos. Pendurada no quadril da mãe, Bella usava calças parecidas com as de Mavis, só que na mesma cor da porta da frente, e vestia uma blusa branca com a palavra "Namastê" escrita em *strasses* brilhantes.

Bella gritou:

— Das! — Esse era o nome que a bebê dera a Eve. Ela continuou balbuciando uma série de sons incompreensíveis.

— Pensei ter ouvido alguém. E Peabody veio junto! — Mavis fez uma dança alegre em seus tênis vermelhos brilhantes. — Vocês chegaram bem a tempo de ver uma coisa. Olhem só! Ok, Bellissima, vá ver Dallas!

— Das! — gritou Bella quando Mavis a colocou cuidadosamente em pé, a bebê agarrada aos dedos da mãe.

— Você consegue, amorzinho. Você consegue!

Com seus olhos azuis enormes, Bella deu um passo inseguro em seus tênis cor-de-rosa. Depois, deu mais um, as mãos acenando como asas de pássaro quando soltou os dedos de Mavis.

— O que ela está fazendo? Como consegue fazer isso? — Eve fez um esforço para não recuar enquanto as perninhas e mãozinhas se agitavam e os olhinhos azuis da bebê brilhavam de emoção.

— Ela está andando! — Deixando o café de lado, Peabody saiu da cozinha. — Ela deu os primeiros passinhos.

Bella terminou a aventura ao esbarrar nas pernas de Eve, que ela agarrou como se fosse uma corda a salvando de um penhasco.

— Foi agora de manhã — fungou Mavis. — Leonardo a colocou no chão para brincar enquanto preparávamos o café da manhã dela. Então ela se apoiou na cadeira, se levantou e caminhou até onde ele estava. Foi até o papai! Ainda me emociono — conseguiu completar e secou o rosto.

Atrás de Eve, Leonardo fungou.

E Bella, a cabeça inclinada para trás, os dedos segurando as pernas de Eve e os olhos em súplica, disse:

— Das.

— O que ela quer?

— Que você a pegue no colo — disse Mavis.

— Por quê? Ela já sabe andar.

— Das! — insistiu Bella, que conseguiu dizer a pequena sílaba com tanto amor.

— Ok, ok. — Um pouco apreensiva, Eve estendeu o braço e a pegou no colo.

Bella balançou os pés com prazer.

— *Slooch*! — gritou, e pressionou sua boca sempre molhada contra a bochecha de Eve — Oi! Oi!

— Oi.

Bella deu um tapinha nas bochechas de Eve, balbuciou mais algumas coisas e lançou os braços para fora, gritando:

— Peebo!

— Essa sou eu! — Peabody se empolgou e se aproximou para pegar a bebezinha. — Eu sou a Peebo. Você é tão lindinha. E tão inteligente! — Peabody jogou Bella para o alto, e isso quase fez o coração de Eve parar de bater.

— Você é maluca?

— Ela adora isso. — Peabody a jogou mais uma vez para cima, e Bella gargalhou loucamente.

— Nós viemos aqui em uma visita oficial — avisou Eve, notando que Mavis não pareceu se importar nem um pouco com Peabody jogando sua filhinha para o ar como uma bola de basquete. — K. T. Harris foi assassinada ontem à noite.

— Assassinada? — A boca de Mavis se abriu em choque. — Ah, qual é, Dallas? Estávamos todos lá. E ela estava ótima, apesar de ser uma tremenda v-a-c-a — soletrou ela.

— Ela se afogou na piscina do terraço. E teve ajuda.

— Que horrível. Que coisa... — Leonardo passou a mão pelo rosto largo. — Nem sei o que dizer.

— Vocês saíram antes de o corpo ser descoberto, mas precisamos conversar com os dois.

— Olha, que tal eu levar Belle para brincar lá dentro? — ofereceu Peabody. — Assim vai ser mais rápido e mais fácil.

— Ah, você a leva? Não quero que ela sinta no ar essa energia de homicídio — explicou Mavis. — Isso não pode ser bom.

Bella se inclinou sobre o ombro de Peabody quando elas saíram da sala, acenou com a mãozinha e lançou beijos no ar.

— Tchau. Tchau.

— Vou pegar um café — anunciou Leonardo, passando a mão no ombro de Mavis ao seguir para a cozinha.

— Isso é um choque total! Puxa, nós estávamos lá e conversamos com ela. Quer dizer, mais ou menos. Teve aquela baixaria que ela armou durante o jantar... Você já sabe quem fez isso? — quis saber Mavis. — Já tem algum suspeito específico? Eles são todos atores, gente de cinema. Como um deles poderia matá-la? E pouco antes do lançamento de um filme importante?

— Sente-se, querida. — Leonardo trouxe canecas fumegantes em uma bandeja. — Preparei um belo chá de jasmim para você.

— O cheiro do café é muito melhor, mas, como eu ainda estou amamentando, não tenho tomado café — explicou Mavis. — Fiz algumas cenas com ela, você sabia? E, quando estávamos no clima do filme, ela era muito boa... Parecia a própria Peabody. Eu gostava dela quando estávamos contracenando.

— Ela tinha problemas com alguém?

— Com alguém? Era com todo mundo. Nos bastidores, ela era uma vaca desagradável, nem um pouco parecida com Peabody. Estava sempre tentando ferrar Marlo e não perdia uma chance de infernizar a vida de Matthew.

Mavis ergueu as pernas, cruzou-as e bebeu um gole do chá.

— Eu a ouvi gritando com Julian um dia, dentro do trailer dele, quando eu estava indo para o meu. E tratava Preston, que é um doce de pessoa, como se fosse um m-e-r-d-a qualquer. Com Andi, ela não tirava onda. Acho que sabia que Andi acabaria com ela. Além do mais, Andi tem uma boca criativa e um jeito de usá-la que pode ser pior que um soco na cara. Ela pegava no pé de Roundtree às vezes, mas ele não esquentava. Pelo menos era o que eu via.

— E ontem à noite?

— Gostaria de ter prestado mais atenção. Você viu algo, favinho de mel? — perguntou a Leonardo.

— Foi tenso. Não gosto quando as coisas ficam tensas, especialmente naquele nível. Ela nos interrompeu quando eu falava com Andi sobre o vestido dela para a estreia. K. T. insistiu que eu desenhasse um para ela também. Estava bêbada, foi grosseira, e Andi sugeriu a ela que pegasse sua língua e... — Ele corou — Foi uma sugestão fisicamente impossível, se é que vocês me entendem. Elas discutiram, K. T. jogou na cara de Andi que seu papel era maior, mais importante, e ela devia ter prioridade. Andi fez outra sugestão ainda mais pesada. Eu me senti desconfortável. K. T. saiu, e Andi voltou a discutir o vestido comigo como se nada tivesse acontecido.

— Bom saber. Andrea Smythe não mencionou nada disso ontem à noite.

— Olha, eu vi K. T. brigar com Matthew e quase voar nele — acrescentou Mavis. — Não ouvi o que falaram, mas pareceu algo intenso, e ela fez um gesto feio para ele antes de sair. — Mavis apontou o dedo médio para o ar. — Ele me pareceu irritado.

— Quando foi isso?

— Hmmm... — Ela fechou os olhos. — Pouco antes do jantar. Sim, alguns minutos antes de irmos jantar. E ela conversou com Julian pouco antes do escândalo. Ele não me pareceu muito revoltado, só meio entediado e irritado. Mas ela ficou muito puta. Os dois ficaram bem alterados. Tenho certeza de que ela saiu de perto dele e depois se sentou no fundo da sala de cinema, sozinha. Não prestei muita atenção nela porque queria ver os erros de gravação. Achei as cenas divertidas.

— Notaram mais alguém? Alguma pessoa que tenha saído da sala durante a sessão?

— Não. — Mavis olhou para Leonardo, que balançou a cabeça. — Estávamos aconchegados juntinhos, eu e minha luz do luar. E fomos embora logo depois. Trina é uma ótima babá, mas não queríamos ficar longe de Belle por muito tempo. Fomos nos despedir de Roundtree e Connie e meio que saímos de fininho. Ah, lembrei de mais uma coisa! Vimos Julian. Ele estava desmaiado no sofá da sala de estar.

— Tudo bem. Se algum de vocês se lembrar de mais alguma coisa, qualquer detalhe, avise a mim ou a Peabody.

— K. T. está morta. — Mavis balançou a cabeça como se ainda fosse difícil acreditar — O que acontece agora?

— Agora nós vamos descobrir quem fez isso com ela.

Eve relatou a conversa para Peabody, a caminho da Central.

— Nenhuma das pessoas que Mavis e Leonardo viram brigando com Harris mencionou isso no interrogatório — observou Peabody.

— Pois é. Vamos descobrir por quê.

— Vamos chamá-los à Central para depor?

Eve considerou a ideia.

— Vamos, sim. Podemos alegar que faz parte da rotina, mas faremos com que eles venham até nós. Entre em contato com cada um dos envolvidos e marque tudo. Quero registrar as novas informações, começar a montar o quadro do crime e a cronologia dos fatos. Depois, vamos conversar com eles, um de cada vez. Vamos remexer suas lembranças.

E manter o papo em um nível amigável, pensou Eve.

Por enquanto.

Capítulo Sete

— Comece uma investigação mais profunda sobre a vítima — ordenou Eve assim que ela e Peabody entraram no elevador da Central de Polícia. — Quem sabe achamos outra ligação entre ela e os demais convidados de ontem à noite na casa de Roundtree, incluindo empregados da casa e do serviço de bufê.

— Entendido.

Assim que elas saíram no corredor, Eve viu dois de seus detetives diante da máquina de venda automática que ficava perto da sala de ocorrências.

Carmichael, com os cabelos enrolados e presos na nuca por uma espécie de grampo, se virou.

— Olá, tenente.

— Olá, detetives.

— Nosso amigo Sanchez aqui está reduzindo nossas chances de beber alguma coisa.

— Só mencionei que o refrigerante de limão vendido aqui não contém limão de verdade. Se quiser uma bebida com limões de verdade, vá até a padaria da esquina. Eles fazem o próprio refrigerante.

— Meu argumento é que o nosso corpo já está cheio de produtos químicos, de qualquer jeito. Por que não acrescentar mais? — disse Carmichael.

— Fascinante — reagiu Eve.

— Bem, queremos algo para beber antes de irmos prender um monte de meliantes e criminosos — explicou Carmichael. — Já pegamos um ontem à noite. Dois traficantes foram executados naquele depósito de drogas ilegais disfarçado de quadra de basquete, que fica na Avenida B. Um dos caras já estava morto com vários buracos. O outro ainda respirava, mas também tinha um monte de buracos no corpo e teve a cabeça esmagada por uma barra de ferro. Vimos marcas de sangue e pedaços de pele grudados nela, embora não houvesse impressões digitais.

— Isso é mais interessante do que limões — decidiu Eve.

— Já que o cara arrebentado que conseguimos prender morreu hoje de manhã, temos um duplo homicídio. À primeira vista pode parecer que os dois caras mataram um ao outro.

— Mas, como o morto só com buracos no corpo não usava luvas, não tinha as mãos seladas e já estava mortinho da silva no local — acrescentou Sanchez —, é difícil aceitar que ele tenha limpado as próprias digitais na barra de ferro antes de morrer. E o médico-legista não encontrou nenhum pano, trapo ou lenço dentro do morto, já que ele poderia ter atacado o outro, limpado as digitais e comido o pano. Concluímos que foi uma terceira pessoa que atacou os dois e limpou a barra de ferro.

Sanchez era relativamente novo na Divisão de Homicídios, mas Eve gostava do seu estilo.

— Neste ponto da investigação, eu estaria inclinada a concordar com essa conclusão.

— Então vamos trazer para a delegacia um monte de doidões que sabemos ter ligação com os dois mortos, o que significa que vamos enfrentar um longo dia de papo-furado.

— Isso explica o nosso desejo de refrescar a garganta antes — concluiu Sanchez.

— Sim, explica. A barra de ferro já estava no local?

— Vimos várias espalhadas no lugar — confirmou Carmichael. — Restos de uma cerca de ferro que havia ali.

— Procure alguém novo no grupo, um aspirante a bandido ou a namorada de um deles que não faça oficialmente parte do bando. Outro bandido pode ter usado um elemento externo ao grupo. Barra de ferro é uma arma de oportunidade, e qualquer idiota que se preze prefere cortar em vez de espancar.

— Bem pensado — assentiu Carmichael. — Isso vai nos garantir menos baboseira.

— De qualquer forma, me recuso a beber limões falsos — avisou Sanchez.

— Há uma lanchonete na Avenida B que ainda serve *egg creams* de verdade — sugeriu Eve aos dois. — Custa dez paus, mas vale a pena.

— Conheço o lugar. — Carmichael chamou Sanchez. — Sei exatamente onde fica.

— Beleza, mas você é que vai bancar o lanche.

Eles seguiram em direção à passarela aérea, discutindo sobre quem devia pagar a conta. Para Eve, aquela era uma parceria boa e sólida que tinha se formado em um curto espaço de tempo.

— Agora me deu vontade de comer um *egg cream* — murmurou Peabody. — Perdi o café da manhã por causa do papo sobre eu querer ou não que ele me pedisse em casamento... E do sexo, que foi o saldo do papo.

— Então engane sua fome com limões falsos, porque você não vai levar essa bunda até a Avenida B. Faça a pesquisa que eu mandei e organize os horários dos interrogatórios complementares. Vou montar o quadro do crime e organizar o que temos.

Eve atravessou a sala de ocorrências, ouviu sons e sentiu cheiros familiares — açúcar artificial, gordura falsa, café falso, suor verdadeiro, vozes alteradas, toques de *tele-links*, zumbidos de máquinas —, e entrou na sua sala.

As luzes de recados do *tele-link* sobre a sua mesa piscavam mais que as ruas de Vegas II. Ela fez uma careta, foi direto até o AutoChef para tomar um café e pediu uma lista das pessoas que tinham ligado, sem ouvir as mensagens.

Repórteres... pensou, levemente aborrecida, enquanto a lista aparecia. E mais repórteres. Nadine, é claro — duas vezes. Ela precisaria lidar com eles em breve. Mas todos teriam de esperar pelo menos até depois de ela montar seu quadro e organizar suas anotações.

Quando começou a trabalhar, sentiu uma leve vontade de curtir aquele *egg cream*. Isso a fez pensar em doce e na barra de chocolate que ela conseguira esconder — de novo — das mãos gananciosas do nefasto Ladrão de Chocolates que a perseguia.

Olhou para a sua frágil cadeira de visitantes, em que o doce estava confortavelmente instalado — ela esperava —, na parte inferior do assento, que ela tinha removido para escondê-lo e depois reencaixado.

O chocolate também teria que esperar, decidiu.

Terminou de montar o quadro, colocou as fotos da vítima e as tiradas na cena do crime, acrescentou fotos de todos os que estavam no jantar e outras fotos da cena do crime, além de imagens da bolsa da vítima, das guimbas dos cigarros de ervas com zoner, do copo quebrado, dos resultados preliminares dos peritos e do relatório da autópsia feita pelo legista Carter.

Sentou-se à sua mesa e tomou o resto do café enquanto estudava o quadro.

Começou a organizar suas anotações para montar uma linha do tempo quando ouviu passos vindo em direção à porta.

Não era Peabody, percebeu de imediato. Os passos de Peabody tinham um ritmo específico. Aqueles eram passos decididos.

Whitney, reconheceu, e se pôs ereta atrás da mesa segundos antes de seu comandante entrar.

— Bom dia, Dallas.

— Bom dia, senhor. — Ela se levantou da cadeira e se sentiu inquieta. O comandante Whitney raramente a procurava. Mais raro ainda era ele entrar em sua sala e fechar a porta, como fazia naquele instante.

— K. T. Harris — anunciou ele.

— Sim, senhor. O médico-legista determinou que a morte dela foi homicídio. Como eu estava na cena do crime no momento exato em que ela morreu, interroguei, com ajuda dos detetives Peabody e McNab, todas as pessoas que também estavam presentes.

— Inclusive você?

— Sim, vou preparar uma declaração completa, comandante. O senhor receberá um relatório minucioso em breve.

— Sente-se, tenente.

Ele se acomodou na cadeira de visitante de Eve e franziu a testa.

— Por que, em nome de Deus, você não troca essa cadeira? É a mesma coisa que se sentar em um monte de tijolos instáveis.

Eve se sentiu estranha ao perceber que a bunda de seu comandante estava a poucos centímetros do seu chocolate.

— Não troco porque ninguém fica sentado em um monte de tijolos por muito tempo. Sente-se na minha cadeira, comandante.

Ele recusou a oferta com um aceno, continuou sentado e analisou o quadro dela por um momento. O comandante Whitney tinha um rosto largo, e a pele escura era muito marcada pelos anos e pelo peso do comando. Seus cabelos, cortados bem curtos, quase raspados, exibiam muitos fios prateados.

— Temos pontos complicados com os quais lidar neste caso. — Ele acenou com a cabeça para o *tele-link* de Eve, que não parava de piscar. — São os veículos de comunicação?

— Sim, senhor. Vou cuidar deles.

— Sei que vai, mas essa é só uma das complicações. Outra delas é a sua ligação com a vítima.

— Eu não tinha ligação nenhuma com a vítima.

— Dallas, você jantou com a vítima pouco antes de ela ser assassinada.

— Jantei com um monte de gente. Conheci a vítima e falei com ela apenas uma vez. Não tínhamos nenhuma "ligação", senhor.

— Vocês trocaram algumas farpas.

O rosto de Eve não registrou nada, mas por dentro ela sentiu uma fisgada de irritação e surpresa.

— Ela me dirigiu algumas palavras. Isso seria uma descrição mais precisa, comandante. A vítima estava bebendo muito e era, segundo todos os depoimentos recolhidos, uma pessoa difícil. Falou de um jeito inapropriado e ofensivo durante o jantar, mas não diretamente comigo. Minha resposta foi curta e apropriada. Fim de papo.

— Ela também interpretou sua parceira em um filme importante. — Apontou para o quadro. — Neste momento, os suspeitos também incluem os atores e as atrizes que interpretaram seu marido, os funcionários deste departamento e outras pessoas que têm ligação pessoal com você.

— Sim, senhor.

— A imprensa vai pegar esses dados e misturar tudo com estrume. — Ele pousou as mãos largas nas coxas. — Precisamos abordar a questão antes deles. O fato de você passar o caso para outro investigador não nos ajudará em nada, no momento, e poderá até atrapalhar a investigação — completou, antes de Eve ter chance de falar. — De qualquer forma, isso não pode ser ignorado — acrescentou, apontando para o *tele-link* sobre a mesa. — Precisamos de uma declaração clara e forte sua e de Peabody. Marcaremos uma coletiva de imprensa para hoje à tarde. Você trabalhará com o assessor de imprensa da corporação, que vai ajudá-la a redigir a declaração e a abordagem que vamos fazer na coletiva.

— Senhor... — tentou Eve, pensando que preferia ser espetada no olho com uma agulha suja de estrume.

— Nós dois preferiríamos que você e sua parceira dedicassem toda a energia e atenção ao caso, mas essa coletiva é necessária, Dallas. Já existem relatos da imprensa sobre "problemas" entre você e a vítima, e outros profissionais ressaltam o detalhe de você liderar a investigação da morte da atriz que interpreta a sua parceira. Todos os repórteres se deliciaram quando souberam que você jantou e esteve presente quando K. T. Harris morreu. Vamos lidar com esse problema e continuaremos atentos até que você encerre o caso. Como tenho certeza de que vai acontecer.

Ele se levantou.

— Vá à Sala de Conferência Um. Agora mesmo. Com Peabody.

— Sim, senhor.

Merda, pensou Eve, enquanto caminhava ao lado do comandante até a sala de ocorrências. Quando ele saiu, ela chamou Peabody.

— Venha comigo!

Essa merda já estava atrasando o trabalho.

— O que aconteceu? — quis saber Peabody.

— É a porra da imprensa — disse Eve, baixinho. — É a merda do assessor de imprensa da corporação. É a bosta de uma entrevista coletiva para os órgãos de comunicação. É a droga da declaração conjunta que teremos que dar sobre o assunto.

— Ah. — Peabody soltou um longo suspiro. — Acho que já sabíamos que isso ia acontecer.

— Sabíamos, mas achei que teria algum tempo para terminar meu relatório preliminar e analisar o laudo do laboratório antes de o circo ser armado. Alguém já espalhou que houve uma troca de "desaforos" entre mim e a vítima.

— Mas vocês não trocaram "desaforos". Ela era só uma idiota.

— Lembre-se disso.

Elas entraram na sala de conferências. Havia outro quadro montado ali, e Eve ficou instantaneamente irritada ao ver sua foto ao lado da imagem de Marlo, a de Roarke ao lado da de Julian, e assim por diante.

O homem que acabava de montar o quadro era alto e vestia um elegante terno cinza-escuro. Seu cabelo preto brilhante descia até a nuca. Abotoaduras em prata cintilavam nos punhos da sua camisa.

Ele se virou para Eve, um completo estranho com rosto marcante que destacava sua herança de raça mista na pele negra clara, nos olhos penetrantes e escuros repuxados nos cantos e nos cílios imensos. Quando ele sorriu, sua boca se curvou e exibiu uma pequena covinha no lado esquerdo de seu rosto.

— Olá, tenente Dallas. — Sua voz era igual à sua pele, rica e cremosa. — Olá, detetive Peabody.

— Este é Kyung Beaverton — apresentou Whitney. — Ele trabalha com Tibble, nosso secretário de Segurança, que o designou para trabalhar conosco neste caso.

— Podem me chamar de Kyung, por favor. — Estendeu a mão para Eve e depois para Peabody. — Terei o prazer de ajudá-las a atravessar o labirinto da imprensa que esperamos que surja. Na verdade, já estamos nele. Queiram se sentar, por favor.

Eve ignorou o pedido.

— Comece me dizendo por que você nos colocou no quadro junto dos suspeitos — exigiu Eve.

— Porque é isso que a imprensa vai fazer. Na verdade, já está fazendo. Isso é desagradável, mas a realidade geralmente é assim. Você não é a atriz, a atriz não é você, mas essa conexão será lembrada diversas vezes nos próximos dias. Devemos abordar a questão antes deles.

Ele abriu as mãos de dedos longos.

— Por mais que respeite a atriz que interpreta você, ela está apenas encenando um reflexo, um caso já investigado e encerrado.

Você espera que Marlo Durn continue interpretando personagens, fictícios ou não, enquanto você continua investigando homicídios. Nesse momento, sua prioridade é a investigação da triste morte de...

— O médico-legista já determinou que foi homicídio — informou Whitney.

— Ah. O assassinato de K. T. Harris. Você buscará todas as pistas possíveis sobre o que houve, mas não discutirá detalhes de uma investigação em andamento.

— Certo. — Eve relaxou um pouco. Ele não parecia ser tão idiota quanto os assessores com os quais ela já havia lidado antes.

— Alguém declarou que você discutiu com a vítima antes da morte dela.

— Isso é impreciso.

— Ótima resposta. — Ele ergueu um dedo e o sacudiu, como um professor faria para um aluno excepcional. — Excelente, mesmo. Por favor, sente-se. Consegui... requisitar sua marca de café preferida. Tomaremos café e você me dirá *exatamente* o que aconteceu entre você e a vítima. Detetive Peabody, por favor, sinta-se à vontade para complementar o relato com seus próprios pensamentos, ou qualquer coisa que tenha ouvido à mesa, incluindo as tramas paralelas.

— Tramas paralelas. — Eve analisou Kyung enquanto ele programava café para todos. — Gostei. Bela sacada.

— Inventar respostas rápidas e plausíveis é o meu trabalho. Sou bom no que faço, tenente, e sei que você e sua parceira também são.

Ele sorriu, vitorioso.

— Você não gosta, e fica até um pouco ressentida com tudo que aconteceu. Eu não a culpo. Também não é obrigada a gostar do circo da imprensa, e é por isso que faz bem em deixar que eu a guie por esse labirinto.

Ele sorriu mais uma vez quando colocou o bule sobre a mesa.

— Gosto desse circo. Geralmente nos saímos melhor em nosso trabalho quando gostamos dele, não é verdade?

Não, ele não é um idiota, mas é manipulador. De um jeito suave. Tudo bem, isso ela conseguia respeitar.

— Ok, Kyung, vou lhe contar tudo o que aconteceu.

Ela relatou tudo, inclusive as "tramas paralelas", palavra por palavra.

— Você deu uma resposta apropriada a uma declaração inadequada — comentou Kyung. — Mais alguma coisa foi dita?

— Não entre nós. Percebi que ela tinha problemas com outras pessoas do elenco, e esses problemas aumentaram por causa da bebida. Como eu não sabia que ela acabaria morta, não prestei muita atenção aos seus movimentos.

— Ela te chamou de vaca. — Peabody encolheu os ombros quando os olhos se voltaram para ela. — Depois que todos voltaram a falar, ela murmurou "vaca" baixinho. Foi McNab quem me contou, mais tarde. Ele estava sentado ao lado dela. Ele ficou irritado, mas disse que a ignorou porque achou que você não queria mais, hmmm... Tramas paralelas.

— Ele tem razão. E, se alguém não me chama de vaca pelo menos uma vez por dia, é sinal de que não estou fazendo meu trabalho direito.

Kyung sorriu ao ouvir isso.

— Acho que você se sairá muito bem com a imprensa se mantiver esse tom e essa atitude.

Eve olhou para ele.

— Os assessores de imprensa geralmente me aconselham a ser gentil, diplomática. E a usar tintura labial.

— Circunstâncias diferentes, estilos diferentes. — Ele encolheu os ombros. — Acredito que deva ser exatamente quem você é: basta ter respostas prontas para as perguntas que esperamos que surjam. E, quando for questionada sobre o incidente no jantar, e isso vai acontecer, deve responder o que me disse. O relato da discussão é impreciso. Harris fez um comentário inapropriado ao qual você respondeu de forma casual. Essa troca de palavras marcou a única vez em que você e a srta. Harris conversaram durante toda a noite. Se você relatar isso de um jeito prático, sem pressa, e pedir que façam a pergunta seguinte, deverá ser o suficiente.

Ele ergueu as mãos com as palmas para cima, e as abotoaduras brilharam.

— Se alguém insistir nisso, repita o que disse, amplie a explicação e relate que você e a srta. Harris se viram apenas duas vezes, por breves instantes, e que não se conheciam. A essa altura, você está focada em encontrar a pessoa responsável pela morte dela. Ouvi você dizer, em outras declarações envolvendo homicídio, que a vítima pertencia a você a partir daquele momento. Se isso lhe parecer certo e adequado, diga.

— Ela realmente pertence a mim agora.

— Sim, mantenha o diálogo nesse nível, e discuta só o que puder compartilhar publicamente sobre a investigação. Eles vão perguntar várias vezes como é investigar o assassinato da mulher que interpreta a sua parceira. E que se parece muito com ela.

— K. T. Harris não era minha parceira. Era uma atriz fazendo o seu trabalho. O meu trabalho é descobrir quem tirou a vida dela.

Ele sorriu de novo.

— Me sinto um pouco supérfluo, aqui. Marlo Durn é suspeita?

— A srta. Durn, assim como todas as pessoas presentes no momento do assassinato, já foi interrogada. Ela tem cooperado muito conosco e ainda é muito cedo para marcar alguém específico como suspeito.

— Como você se sente ao interrogar e investigar a mulher que interpreta você no filme "O Projeto Icove"?

— Como já disse, ela não sou eu, mas reconheço que é um pouco estranho. Quase todas as investigações de homicídios têm momentos estranhos.

— Não acha que essa ligação incomum poderá te influenciar ou afetar o seu trabalho?

— Por que isso aconteceria?

— Aqui, eu posso ajudar. — Ele juntou a palma das mãos, gesticulando para frente como se fizesse uma oração. — Se você responder a essa pergunta afirmando que, se acreditasse que a investigação seria afetada porque os atores de "O Projeto Icove" estão interpretando você e seus colegas, certamente não estaria liderando a investigação.

— Porque é o meu dever representar K. T. Harris agora — completou Eve. — Identificar o indivíduo que causou sua morte e levá-lo à justiça é o que eu jurei fazer quando entrei na Polícia de Nova York. Ponto final. Agora vai se foder para que eu possa fazer o meu trabalho.

— Perfeito. Se você se limitar a mentalizar a última frase em vez de verbalizá-la, ficará ainda melhor. — Ele exibiu seu grande sorriso de dentes brancos. — Não entendo o porquê de meus colegas considerarem você uma pessoa tão difícil.

— Quase todos eles são idiotas. Até agora, você não está sendo um.

— Espero que continue assim. Agora, detetive Peabody, vamos examinar suas possíveis perguntas e respostas.

— Vou ter que falar com a imprensa?

Ela não gritou de empolgação, mas chegou perigosamente perto.

— Harris te interpretou no filme, e você também estava presente no jantar quando ela foi morta. Você é a segunda pessoa mais importante da investigação. É melhor falar sobre tudo de uma vez nessa coletiva do que aos poucos.

Eve acompanhou o treinamento que ele fez com Peabody. Kyung pareceu satisfeito com as respostas dela, ajustando-as aqui e ali, para que tudo se mantivesse breve e objetivo.

— Você se sairá bem — declarou ele. — Me permita dizer que a imprensa vai continuar tentando tirar leite de pedra dessa história, e depois vão tentar mais um pouco. Tenente, sei que seu marido tem a própria equipe de imprensa e que alguém na posição dele sabe como lidar com repórteres. Nesse caso, porém, eu gostaria de coordenar nossas ações com a equipe dele.

— Isso depende de Roarke.

— Sim, mas, se eu contar a vocês o que pretendo logo de cara, não farei papel de idiota.

Ela soltou uma meia risada.

— Vou avisar que você não é um idiota.

— Agradeço muito. Estarei com vocês antes da conferência e ao longo dela. Se precisarem falar mais alguma coisa comigo antes, estarei à disposição. — Kyung se levantou. — Comandante Whitney, vou voltar ao meu trabalho.

— Obrigado pelo seu tempo. — O comandante permaneceu sentado por mais alguns instantes depois que Kyung saiu. — Quem vai chamar para prestar novos depoimentos?

— Andrea Smythe, Julian Cross e Matthew Zank. Para começar, senhor — disse Eve.

Ele assentiu.

— Vamos manter isso em sigilo o máximo que conseguirmos. Providencie a entrada deles pela garagem, em segurança. Vou liberar a entrada de todos. Chame alguém que não se comporte como tiete e peça que os acompanhe até o local do interrogatório.

— Sim, senhor.

— Está inclinada a suspeitar mais de algum desses três?

— Não no momento. — Sabendo que ele esperava ao menos um relatório genérico, Eve teve vontade de se colocar de pé, mas isso ia parecer estranho. — Vamos procurar ligações entre a vítima e qualquer empregado da casa ou funcionário do bufê. Mas ninguém do elenco ou da equipe que estava presente no jantar gostava da vítima, muito pelo contrário. Isso costuma ser motivo suficiente para homicídio, em especial quando a morte parece ter sido, como é o caso aqui, resultado de uma discussão ou de um confronto. Um empurrão, uma queda, arrastar a vítima e rolar seu corpo desacordado para dentro da piscina. O álcool pode ter sido um fator importante, e houve muito dele a noite toda. A vítima era uma mulher desagradável e difícil. Provocava atrasos e atritos no set de filmagem e fazia exigências.

Eve acenou com a cabeça para o quadro.

— Teve um relacionamento íntimo, em momentos diferentes, com Zank e com Cross. Os dois me ofereceram essa informação de forma voluntária. Zank também afirmou que a vítima continuou o perseguindo depois de ele ter terminado o relacionamento. Era violenta e obsessivamente ciumenta.

— Foi Zank quem contou que a encontrou na piscina e a tirou da água?

— Exato, senhor, e Marlo Durn. Creio que Zank e Durn estão envolvidos em um relacionamento em nível pessoal e sexual. Se a vítima descobriu, isso pode ter acrescentado mais conflito. No momento exato da morte, os convidados estavam reunidos na sala de cinema de Roundtree, assistindo ao que eles chamam de "cenas não aproveitadas", ou erros de gravação. Sabemos que Harris deixou a sala durante a projeção, pois o horário exato da sua morte confirma que ela morreu durante a exibição para os convidados. Ainda não conseguimos identificar quem mais pode ter saído da sala e ido ao encontro dela no terraço. Mas sabemos que houve tempo de sair, subir ao terraço, matar Harris e voltar antes do fim das cenas.

Ela fez uma pausa.

— Vamos investigar circunstâncias e conflitos anteriores, e qualquer tipo de comportamento violento. O empurrão ou a queda inicial me parece algo impulsivo, feito em um momento de raiva. Só que atirar uma mulher inconsciente dentro de uma piscina é um ato deliberado, tanto quanto ir embora enquanto a mulher se afoga. Pode ou não ter sido algo premeditado, comandante, mas, certamente, houve frieza.

— Existe a probabilidade de um empregado da casa ou do bufê ter tido um relacionamento com ela que se tornou vingativo ou assassino?

— Essa possibilidade é mínima. O assassino ou a assassina será alguém do elenco ou da equipe, uma das pessoas que trabalhou com ela, alguém que ela pressionou, insultou, ameaçou.

— E que revidou. — O comandante se pôs em pé. — Assassinatos de celebridades... — murmurou ele. — Provavelmente, vão produzir outra porcaria de filme com essa história. — Ao ver a expressão atordoada e levemente horrorizada de Eve, sorriu. — Você poderia escrever um livro sobre isso — sugeriu. — Me mantenha atualizado. E não se atrase para a coletiva de imprensa.

— Merda! — exclamou Eve, depois que ele saiu. — Merda. Talvez ele tenha razão.

— Quem será que me interpretaria nesse novo filme? Nossa, é muito louco, né? Alguém fazendo o papel da Peabody que investiga o assassinato de alguém que interpretava a Peabody em outro filme. E depois ainda tem...

— Pode parar! Você está me dando dor de cabeça. Vá fazer suas pesquisas. — Eve massageou a parte de trás do pescoço ao voltarem para a sala de ocorrências. Ao chegar na porta, ela parou e examinou o espaço por alguns momentos, pensativa.

— Policial Carmichael!

Quando a cabeça dele surgiu acima de sua estação de trabalho, ela o chamou.

— Minha sala.

Ela seguiu na frente. Enviou uma mensagem para Roarke, o alertou de que Kyung ia entrar em contato com ele e avisou que o assessor de imprensa não era idiota.

— Deseja algo, senhora? — perguntou o policial Carmichael, parado na porta.

— Você é fã de cinema, Carmichael? Gosta de ver filmes, acompanhar as fofocas de Hollywood, ler tudo sobre a vida das celebridades?

— Quando tenho tempo para ver alguma coisa, prefiro esportes. É ali que acontece a ação de verdade.

— Ok. Você serve. — Ela o designou como acompanhante dos que viriam depor, mandou que ele fosse discreto e o dispensou.

Feliz, Eve se livrou de todas as mensagens dos repórteres, transferiu-as para Kyung e voltou ao trabalho.

Completou o relatório inicial e anexou o próprio depoimento. Tinha dado início a uma investigação mais profunda sobre K. T. Harris quando o *tele-link* exibiu uma mensagem de Roarke.

Kyung não é um idiota. Vindo de você, é o equivalente a ótimos elogios. Vou conversar com ele.

Satisfeita, ela recostou-se na cadeira e analisou os dados de K. T. Harris.

Os pais se divorciaram quando ela tinha treze anos, observou. Tinha um irmão dois anos mais velho e havia crescido em Nebraska. Morou lá até a separação dos pais. A mãe pediu o divórcio, obteve guarda exclusiva dos dois filhos devido à violência doméstica do ex-marido e se mudou com eles para Iowa.

Eve não via muita diferença entre Nebraska e Iowa. Para ela, ambos eram estados imensos com muitos campos, celeiros e muitas vacas.

Aprofundou-se um pouco mais na pesquisa e examinou alguns dos relatórios policiais e documentos judiciais sobre a violência doméstica. Franziu a testa ao ver as fotografias apresentadas como prova que mostravam Piper Van Horn, a mãe, logo depois de ter apanhado do marido Wendall Harris. Também havia relatos de um pulso quebrado, um olho roxo e uma pequena concussão no filho Brice Harris quando ele tinha quinze anos. Depois do divórcio dos pais, o jovem passou a usar o sobrenome Van Horn, que era o nome de solteira de sua mãe. Wendall, o pai, tinha cumprido pena em uma penitenciária de Omaha, onde fez um curso de controle da raiva e entrou para o programa de prevenção ao uso de drogas e álcool. Ao se aprofundar um pouco mais, Eve descobriu que ele tinha morrido devido aos ferimentos sofridos em uma briga de bar, logo depois de seu filho Brice completar vinte anos.

Interessante, pensou Eve, K. T. ter mantido o sobrenome do pai. Interessante o fato de ela, aparentemente, ter herdado, ou escolhido — quem poderia dizer ao certo? —, a tendência para a irritação e violência, intensificada pelo excesso de álcool, do pai.

Percorreu os registros escolares da vítima. Uma aluna mediana com alguns problemas disciplinares. Nenhuma atividade extracurricular até os quatorze anos, quando se juntou ao grupo de teatro da escola.

— Veja só — murmurou. Aos vinte e dois anos, K. T. Harris já tinha acumulado uma série de multas por dirigir sob a influência de álcool ou drogas e teve a carteira de motorista suspensa. Em seguida, entrou para um programa de prevenção ao uso de drogas e álcool. Tal pai, tal filha.

Aos dezoito anos, Harris tinha deixado Iowa e se mudado para Nova Los Angeles. Além de novas multas por dirigir bêbada, enfrentou várias acusações de agressão. Os registros foram retirados em ambos os casos. Mas houve mais um ocorrência por dirigir alcoolizada, que resultou em um novo programa de reabilitação, devidamente concluído.

Nada funcionou, pensou Eve, e lembrou-se do rosto, da voz e da tristeza de Piper Van Horn quando ela entrou em contato com a mulher para lhe comunicar que sua filha K. T. estava morta.

A mãe lamentou a morte da filha, refletiu. A maioria dos pais lamentava. Não todos, mas a maioria. Stella, refletiu Eve, não pensara na filha que tinha gerado, maltratado e abandonado nas mãos de um monstro. Nem mesmo a reconheceu quando as duas ficaram cara a cara.

Isso não vem ao caso, lembrou a si mesma. Pense na vítima. Quanto mais ela entendesse a vítima, mais chances teria de entender o assassino.

O que ela via ali era uma mulher que tinha crescido em um ambiente de violência e raiva e que parecia ter encontrado prazer ou uma válvula de escape na atuação, mas que alimentou seus ciclos de raiva e violência até a sua morte.

Por quê? Eve se perguntou. E por que razão isso importava afinal de contas?

Virou-se para o quadro. Será que a vítima sabia alguma coisa sobre um ou mais integrantes do elenco e da equipe? Algo com o qual ameaçara o assassino ou a assassina? Algum tipo de exposição — uma situação constrangedora que poderia prejudicar a carreira de quem a matou?

Ou simplesmente tinha pressionado alguém mais do que deveria?

Eve virou-se novamente para ler o relatório que acabara de chegar do laboratório.

— Dallas? — Peabody estava parada na porta.

— Zoner nos cigarros de ervas, quase meio a meio.

— Caramba... Com tudo isso mais o vinho, ela nem precisava bater com a cabeça para desmaiar.

— Aposto que depois de cair ela não acordou mais. Foram encontrados resquícios de sangue nos pedaços recuperados de pano queimado. Era sangue da vítima. Havia só o DNA da vítima nas guimbas recuperadas na cena do crime. As marcas nos saltos dos sapatos dela condizem com o material e o design da borda da piscina.

— O resultado chegou rápido.

— Para variar. Vamos manter o zoner em sigilo por enquanto, para ver se alguém menciona esse hábito.

— Sim, senhora. Carmichael está subindo com Andrea.

— Ótimo. — Eve manteve os olhos nos dados. Vamos dar alguns minutos para ela se instalar.

Um de cada vez, disse a si mesma. Ela ia raspar um pouco do verniz cintilante de Hollywood e descobrir o que havia por baixo dele.

Quanto mais coisas Eve descobria sobre Harris, menos gostava dela. Mas isso não tornava o caso menos dela.

Capítulo Oito

Vestindo um vermelho de parar o trânsito e com os cabelos caindo em brilhantes ondas douradas, em vez do preto sutil de Mira, Andrea Smythe se sentou à mesa marcada pelo tempo da Sala de Interrogatórios. Usava argolas pretas e ousadas nas orelhas e brilhosas pedras pretas formavam um coração alongado, que estava pendurado na altura da cavidade de sua garganta.

Ela inclinou a cabeça com um sorriso quando Eve e Peabody entraram.

— É muito satisfatório saber que o nosso cenógrafo foi tão preciso. Tudo isso se parece muito com o que estamos usando no filme.

— Não há muito o que projetar — comentou Eve. — Ligar filmadora. Aqui falam a tenente Eve Dallas e a detetive Delia Peabody, interrogando Andrea Smythe, para o caso de K. T. Harris, Processo H-58091.

— Que formal!

— Não estamos em nosso melhor traje, mas levamos homicídios muito a sério por aqui. Agradecemos a sua presença.

— Pareceu a decisão certa a se tomar, dadas as circunstâncias.

— Já foi informada de seus direitos e deveres. Precisa que eu os leia novamente?

— Não. Tenho uma memória excelente.

— Ótimo. Isso é útil. — Eve e Peabody se sentaram. — Tem algo a acrescentar ao seu depoimento de ontem à noite? Alguma correção ou alteração no que disse?

— Não.

— Aceita beber algo antes de começarmos? — perguntou Peabody. — Café? Um refrigerante?

Andrea sorriu novamente.

— Sua função é me deixar à vontade enquanto sua tenente me mantém tensa. É uma boa estratégia. Acho que Marlo e K. T. capturaram bem essa característica nas filmagens. Não é exatamente igual, mas é muito parecido. Não quero beber nada, mas obrigada por oferecer.

— Isso aqui não é a cena de um filme — avisou Eve. — Não existe um roteiro. E o cadáver é muito real.

— Estou ciente disso. Mas será que eu deveria me adequar ao papel? — Andrea deu de ombros. — Me vestir de preto em respeito ao luto e adotar um semblante solene? Eu poderia até produzir uma ou duas lágrimas. Mas não fico muito bem de preto, e não é segredo nenhum que K. T. e eu não éramos amigas. Sinto muito ela estar morta. Lamento em termos filosóficos, porque a morte faz parte da vida, e acho que, fora da ficção, homicídio é uma estratégia dos covardes, simples assim. Um ato egoísta e autocentrado. Tirando isso, a morte dela pouco significa para mim.

— Mas foi um tanto inconveniente, não acha? Já que nem todas as cenas dela tinham sido filmadas.

Andrea deu de ombros novamente e cruzou as pernas.

— As cenas de K. T. estavam quase todas gravadas, e Roundtree vai encontrar um jeito de contornar o pequeno problema que a falta dela trouxe. É um diretor brilhante e inovador.

— E a imprensa ainda vai aumentar tudo isso.

— É verdade. É o nosso destino. A máquina vai lucrar muito mais com K. T. morta do que lucrou ou teria lucrado com ela viva. Irônico, não acham? Ela finalmente terá toda a fama e atenção que ansiava. Precisou apenas ser assassinada para conseguir tudo. Nossa, foi um jeito desnecessário e frio de falar — acrescentou Andrea, com um suspiro. — Até mesmo para ela. Desculpem por eu me expressar assim.

— Você já deixou claro que não gostava de Harris e que a achava pessoal e profissionalmente... "Difícil" é a palavra que não para de aparecer nos depoimentos. Essa descrição foi precisa?

— Foi na mosca!

— Você e ela batiam muito de frente?

— Às vezes, sim. Duvido que alguém envolvido com a produção de "O Projeto Icove" tenha escapado de um confronto com K. T. Como eu disse, isso tudo faz parte do circo.

— Você tem falado abertamente sobre o tom do seu relacionamento com a vítima e seus sentimentos em relação a ela. É por isso que estou tendo dificuldade em entender por que não está se abrindo em relação à briga que teve com K. T. ontem à noite, pouco antes de ela ser assassinada.

— Nós brigamos ontem à noite? — Andrea colocou as mãos sobre a mesa e sorriu. — Não me lembro exatamente. Trocamos palavras desagradáveis com tanta frequência que esses momentos viram tudo uma coisa só.

— Não acho que seja isso. Não com essa sua memória excelente. Uma discussão entre vocês duas na noite da morte dela é difícil de esquecer.

— Ela foi deliberadamente rude no jantar e deixou Connie chateada. Comentei com K. T. que ela era uma idiota de marca maior, e sua bunda imensa merecia ser chutada com força para fora dali. Ela estava tão bêbada que me mandou ir me foder. Foi basicamente isso, e não me abalou nem um pouco.

— Como eu já disse, não acredito nisso. Se fosse tão simples assim, você não teria mentido para mim ontem nem saído pela tangente. Isso me diz que foi algo mais pessoal, mais intenso. Todos dizem que ela costumava te evitar, mas, ontem à noite, vocês duas foram vistas tendo uma discussão acalorada. Que você não mencionou em seu depoimento. E sobre a qual continua mentindo até agora. Qual era o lance dela com você, Andi? O que ela jogou na sua cara ontem à noite?

Andrea olhou fixamente para Eve.

— Não faço ideia do que você está falando.

— Viu só? Isso me deixa ainda mais com a pulga atrás da orelha. O que acontece quando eu fico com a pulga atrás da orelha, Peabody?

— Quando a pulga se instala atrás da sua orelha, a senhora começa a cavar. E, quando começa a cavar, começa a encontrar coisas que as pessoas queriam que ficassem enterradas. Muitas coisas — reforçou Peabody. — Às vezes eles não têm nada a ver com o caso, mas, uma vez descobertas, precisam ser investigadas a fundo.

— Exato. E, quando eu começo a descobrir coisas, preciso fazer mais perguntas, conversar com mais pessoas. E a imprensa vai estar sempre com seus ouvidos atentos a absolutamente tudo. Falando nisso, vou participar de uma coletiva de imprensa hoje à tarde. Quem sabe as perguntas que poderão aparecer?

— Agora quem está ameaçando quem? — reclamou Andrea.

— Isso não é uma ameaça, é um resumo do que vai acontecer. Quanto mais você tentar esconder de mim, mais eu pretendo cavar. Vou acabar descobrindo, é claro, e a coisa vai ficar feia.

Inclinando-se para trás, Eve se balançou um pouco em sua cadeira que estava apoiada apenas nas pernas traseiras. O pé direito de Andrea, dentro de um sapato vermelho com um fino salto preto, começou a tremer.

— Me pergunto se vocês não levaram a discussão para o terraço, a fim de terem mais privacidade. Pode ser que a discussão tenha esquentado, talvez tenha se tornado física. Você a empurra. Ela bate com a cabeça. Sangue começa a escorrer. Ela está inconsciente. Você, *putíssima* da vida. Aquela vaca não largava do seu pé e não saía das suas costas. Você decidiu que já estava farta dela. O que é mais um empurrãozinho nela? Dessa vez, para dentro da piscina. Ela mereceu. Ela *pediu* por isso, porra.

— Ninguém merece ser morto, e você está bem maluca se acha que vou cair nesse jogo à base de pura pressão. Eu não a matei. Não estive no terraço ontem à noite. E não tenho mais nada a dizer.

— É um direito seu. Vamos vasculhar a sua vida e descobrir tudo, porque agora eu sei que o que rolou ontem entre você e a vítima foi algo importante. E isso te apavora.

— Ela não me apavorava.

— Talvez sim, talvez não. Mas eu apavoro. — Eve se inclinou na direção dela. — Você acha que, por estar exposta ao público, a imprensa já desenterrou e noticiou tudo o que há para saber ou descobrir sobre você? Eles não chegaram nem perto. Se você roubou um sorvete quando tinha seis anos, eu vou descobrir. Se um de seus maridos sonegou impostos em algum momento, eu consigo descobrir. Se um de seus filhos, um dia, colou em uma prova da escola, eu vou descobrir.

Andrea também se inclinou na direção de Eve, e as duas trocaram olhares fulminantes. Mas, desta vez, a fúria era mais forte.

— Deixe os meus filhos fora disso.

Pronto, pensou Eve. O ponto fraco.

— Você tem um filho com mais ou menos a idade da vítima. — Eve olhou para Peabody.

— Cyrus Drew Pilling, vinte e seis anos — confirmou Peabody.

— Filho único com o segundo marido, Marshall Pilling. Vocês se casaram em outubro de 2034 e se divorciaram em janeiro de 2036. Não teve nenhum filho com seu primeiro marido, Beau Sampson, com quem se casou em junho de 2030 e de quem se divorciou em abril de 2032. Mas teve duas gêmeas com o terceiro e atual marido, e elas já têm dezoito anos. Se casou com Jonah P. Kettlebrew em setembro de 2040.

— Minha família não tem nada a ver com isso. Não gosto de insinuações ameaçadoras.

— Aposto que a sua família já visitou o set de filmagem. Talvez K. T. tenha dado em cima do seu filho, ou do seu marido. Ou pode ser que... Sei lá, talvez ela quisesse experimentar alguma coisa com as garotas. Quem sabe um dos seus filhos, ou todos, tenham aceitado a brincadeira e entraram no jogo dela? Que desagradável isso seria...

— Que coisa repugnante de dizer, ainda mais por ser sobre pessoas decentes. Pessoas que você nem conhece.

Eve se levantou, espalmou as mãos na mesa e quase colou o rosto no dela.

— Eu conhecerei todos eles. A escolha é sua. Rolou algo pessoal entre você e Harris, não foi? Não teve nada a ver com o trabalho nem com a maldade dela. Foi coisa em nível pessoal. Está estampado na sua cara.

— Tomei todo o cuidado e trabalhei duro para proteger meus filhos, para mantê-los fora dos olhos do grande público. Não vou permitir que você os exponha a essa nojeira só porque está querendo dar um tiro no escuro.

— Grande parte do meu trabalho de investigadora consiste em atirar no escuro. Harris andava ameaçando a sua família, Andi?

— Não teve nada a ver com a minha família. Não com a minha família de sangue. — Ela passou a mão na testa e ajeitou os cabelos enquanto avaliava Eve e, depois, Peabody. — Estávamos errados sobre você? Devo acreditar no que dizem sobre você agora? Você não é uma mulher...? Ou melhor, vocês duas não são mulheres íntegras?

— Essa merece uma medalha — disse Eve, fazendo um gesto para Peabody. — Mas acho que não passa de um tiro no escuro.

Andrea deu uma risada tensa.

— O problema foi com Dorian, meu afilhado. Ele é como se fosse meu filho. É um pouco mais velho que Cy e é amigo dos meus filhos desde que eles nasceram. A mãe de Dorian e eu nos conhecemos desde o ensino médio. Somos uma família.

Eve se recostou na cadeira novamente.

— Ok.

— Ele sempre foi um bom menino e é um bom rapaz. Só que alguns anos atrás enfrentou alguns problemas. Foi para a Califórnia tirar umas férias, como muitos fazem. Ficou com a gente por um tempo até eu conseguir arrumar um emprego para ele. Mas ele... Ele era jovem.

— Ok — repetiu Eve. — Em que tipo de problema ele se envolveu?

— Muitas festas, muita gente querendo e podendo oferecer drogas para ele. Não houve nada que pudéssemos fazer para impedir, e a mãe dele também não conseguiu ajudá-lo. Em um ano, quase um ano e meio, a vida dele foi ladeira abaixo, e ele foi parar na cadeia. Pagamos a fiança. Ele frequentou algumas reuniões dos narcóticos anônimos, mas depois voltou para as boates, para as festas, para as esquinas. E parou de trabalhar.

— É difícil — consolou Peabody, com gentileza — quando alguém que você ama machuca a si mesmo e você não consegue impedir.

— Sim. — Andrea se recompôs. — É brutal. Ele roubava ou então se prostituía só para conseguir a próxima dose de drogas. Mentiu, armou um monte de esquemas, e eu... Eu me senti responsável por aquilo. Afinal, ele tinha vindo para a minha casa, era muito inteligente, muito brilhante, novo. De repente, eu não o reconhecia mais, as drogas o transformaram em outra pessoa. Ele virou um mentiroso, um ladrão, um trapaceiro. Um jovem violento. Um dia, a conta chegou, e o traficante que ele tinha enganado o espancou quase até a morte. Ele estava praticamente...

Ela parou de falar e balançou a cabeça.

— Enfim... A polícia entrou em contato com o meu filho. Dorian tinha o número do *tele-link* de Cy em seus contatos. A expressão "chegar ao fundo do poço" é bem precisa. Quando Dorian conseguiu voltar a andar, foi direto para a reabilitação. Eu conhecia um lugar com uma reputação excepcional. Uma clínica discreta no norte da Califórnia. Isso o trouxe de volta e ajudou Dorian a se encontrar novamente.

— Como foi que K. T. descobriu tudo isso?

— Ela estava na mesma clínica. O destino pode ser bem filho da puta. — A amargura surgiu como um chicote em sua voz. — K. T. estava lá, no mesmo lugar, no mesmo momento. Às vezes, eles iam juntos às reuniões, e Dorian contou toda a sua vida no grupo de apoio. Como eu disse, a instituição conseguiu recuperá-lo. Hoje, ele mora em Londres e é advogado lá. Está noivo, prestes a se casar com uma linda moça. Eles vieram nos ver em Nova York mais ou menos uma semana atrás. E foram visitar o set de filmagem, é claro. K. T. o reconheceu. Quando descobriu nossa ligação, achou que seria divertido sugerir o que poderia acontecer caso a imprensa soubesse da história e do problema que ele tinha enfrentado.

— K. T. estava chantageando você?

— Não. Mas estava me provocando. Percebeu que isso me chateava e me tirava do sério mais do que qualquer outra coisa que ela pudesse dizer ou fazer. Dorian pagou caro por esse período da vida dele. Por que motivo ela se interessaria em tornar público o passado dele, expor sua família e sua noiva à vergonha pública? Para me atingir, é claro.

— Você subiu com ela até o terraço? Ela forçou e forçou a barra, Andi, até que você finalmente resolveu revidar?

— Não. Não — repetiu. — Durante a discussão que você citou, eu disse a ela que podia agir como quisesse, porque eu ia fazer questão de contar para os repórteres como foi que ela descobriu essas informações, e aí ela também ia se afundar no poço de merda que ela mesma tinha criado. Conversei com Dorian ontem de manhã e contei a ele tudo o que estava acontecendo.

Seus olhos se encheram de água, mas ela piscou várias vezes para evitar que as lágrimas caíssem.

— Ele me disse para eu parar de me preocupar, para eu não deixar que K. T. o usasse como arma para me intimidar. Ele contou à noiva tudo sobre o seu passado antes de pedi-la em casamento. Também contou tudo pelo que já passou em sua entrevista de emprego. A única coisa que ele ia lamentar, caso ela insistisse na ameaça, era a vergonha que isso poderia me trazer.

Dessa vez, ela não conseguiu conter as lágrimas.

— Só que o meu problema não era sentir vergonha.

— Você queria protegê-lo — murmurou Peabody.

— Eu já tinha feito um péssimo trabalho com ele antes. Mas agora ele não precisa mais de mim o protegendo. Então, quando ela começou a me pressionar ontem à noite, na festa, eu falei tudo o que queria ter falado há muito tempo. O resumo foi: "Vai se foder, sua vaca escrota." Essas foram as últimas palavras que eu disse a ela, e não me arrependo. Nem um pouco.

Quando eles terminaram o interrogatório, Andrea foi escoltada até a saída e Eve permaneceu sentada.

— Comprou a história dela?

— Comprei. Todos os fatos relatados podem ser facilmente verificados. O centro de reabilitação, o momento em que tudo aconteceu, se eles realmente estiveram lá e todo o resto. Seria burrice mentir sobre isso.

Eve assentiu.

— Mesmo assim, vamos conferir tudo.

— Você não acreditou?

— Eu diria que as chances são boas de ela ter um afilhado que esteve no mesmo grupo de reabilitação de K. T., que eles se reencontraram e que K. T. o reconheceu quando ele apareceu no set para uma visita.

— Então vamos tirá-la do topo da lista de suspeitos?

— Não, nada disso. Acredito que "vai se foder, sua vaca escrota" talvez tenham sido as últimas palavras de Andi para K. T. Harris. Mas ela pode muito bem ter dito isso no terraço, enquanto rolava o corpo inconsciente da rival para dentro da piscina.

— Ah, cara...

— A família é o ponto fraco dela. Harris se concentrou nisso e enfiou um estilete exatamente nesse ponto. Então, sim, talvez Andrea Smythe tenha revidado. *Vá em frente, abra o bico, sua puta, e será muito pior para você.* K. T. estava bêbada, agressiva, e as duas levaram a discussão para o terraço porque Andrea Smythe não queria que esse confronto acontecesse em público. A coisa fugiu ao controle. Sei lá, talvez Harris a tenha agredido primeiro, mas, quando caiu no chão, Smythe estava muito enfurecida e absolutamente farta. Arrastou Harris até a piscina, a jogou lá dentro, limpou o sangue e desceu para tomar outra bebida. Na visão dela, o mundo simplesmente tinha uma "vaca escrota" a menos.

— Realmente acha que ela seria capaz de fazer isso?

— Acho que teria coragem, sim. A frieza necessária eu já não sei. De qualquer forma, ela continua no topo da nossa lista de suspeitos.

Elas conversaram com Matthew em seguida. Ele vestia uma roupa casual, uma camisa de botão verde-escura por cima de uma camiseta branca, jeans e tênis de cano alto. Dispensou o refrigerante que Peabody lhe ofereceu, mas aceitou um suco cítrico. Analisou a parede com o vidro espelhado por dentro e se remexeu na cadeira.

— Sempre me perguntei como seria me sentar em uma dessas salas. Estou um pouco nervoso, como se o ar estivesse meio rarefeito.

— Tem algum motivo especial para estar nervoso? — quis saber Eve.

— Quando uma policial quer conversar com você numa sala como essa, é normal ficar nervoso. Faz parte, né? O interrogado já começa em desvantagem.

Ele tomou um gole do suco.

— Será que posso dar uma olhada nas instalações da Divisão de Detecção Eletrônica já que estou aqui? Ontem, marquei uma visita com McNab, antes de... Antes de tudo acontecer.

— Posso fazer um pedido ao capitão Feeney. — Roupa casual e atitude, pensou Eve. Ela usaria isso na conversa. — Como está se sentindo hoje, Matthew?

— Estou de boa. Não, na verdade, não. Ela já estava morta quando eu a tirei da água. Sei que isso pode parecer bobo, mas a ficha só caiu mais tarde. Ela já estava morta quando eu a tirei, quando fiz a RCP e a respiração boca a boca nela. Estava morta aquele tempo todo. Minha cabeça continua voltando àquele momento. Sei que tentei, mas ela estava morta o tempo todo.

— E vocês dois já trocaram intimidades no passado.

— Sim. Eu conhecia cada detalhe do corpo dela, a sensação da pele dela na minha, a boca dela. E, ontem à noite, eu a toquei, pus meus lábios nos dela. E ela estava morta. Mas ela... Parecia que ela estava viva. Não consigo superar isso.

— Você me contou ontem à noite que já não tinha envolvimento sexual com ela há vários meses.
— Exato.
— Mas ela queria voltar.
— Acho que ela queria o que não podia ter. Algumas pessoas simplesmente são desse jeito. Eu acho.
— Isso devia te incomodar, ainda mais por vocês estarem interpretando um casal no filme.
— Eu não diria que ela facilitava as coisas, mas, sem dúvida, era ambiciosa. Não estragaria nosso trabalho só para me sacanear.
— Disse que ela destruiu seu trailer.
— Isso. — Ele tomou mais um gole. — Só pode ter sido ela. K. T. não me queria nem se importava comigo tanto assim, para falar a verdade. Ela simplesmente... — Ele encolheu os ombros. — Eu devia ter deixado que ela terminasse comigo. Olhando para trás agora, eu devia ter aguentado até ela me largar. Desse jeito, ela não ficaria tão revoltada.
— Pelo que você me contou ontem à noite, parece que ela estava obcecada. Na verdade, acho que você usou exatamente essa palavra.
— Não me lembro. — Seus olhos, verdes como a camisa, voltaram a observar o vidro espelhado da sala. — Foi mais ou menos isso. Acho que ela não gostou de perder a chance de me dispensar. Pensando bem, tinha mais bala na agulha do que eu, em termos de carreira. Poderia insistir em que outro ator fosse escolhido para interpretar McNab. Talvez tenha achado que iríamos ficar juntos durante as filmagens, e depois ela daria um chute na minha bunda. Não sei. Não entendo por que estou pensando em todas essas coisas. Ela está morta.
— As coisas com ela não poderiam ter dado certo já que você e Marlo começaram a se envolver romanticamente.
Seu rosto ficou totalmente sem expressão, e ele pousou a bebida sobre a mesa.

— Não sei do que você está falando.

— Você não sabe que está dormindo com Marlo Durn ou não entende a expressão?

— Olha, não sei onde você conseguiu essa informação, mas...

— Está negando? — A voz de Eve ficou fria. — Porque mentir para uma policial durante um interrogatório não pega bem. Isso sempre nos deixa desconfiados e cismados.

Ele hesitou e mudou de tática.

— Meu relacionamento com Marlo não tem nada a ver com K. T. ou com qualquer outra pessoa. É pessoal.

— Você e Marlo brincando debaixo dos lençóis não tem nada a ver com uma mulher que, de acordo com seu depoimento, andava obcecada por você? Perseguia você? Vandalizou seu trailer? Isso faz algum sentido para você, Peabody?

— Nem um pouco. — O tom e a expressão de Peabody irradiavam uma simpatia suave. — Sinto muito, Matthew. É estranho e desconfortável quando a gente tem que falar sobre questões tão pessoais, mas, se você tentar evitar e fugir do assunto, vai pegar mal para você. Na minha opinião, você e Marlo são dois adultos livres para, você sabe... Se divertirem.

— Até parece... — murmurou ele. — Isso não tem nada a ver com K. T. — insistiu. — Eu e ela terminamos antes mesmo de Marlo e eu nos conhecermos.

— Mas K. T. não queria ter terminado — insistiu Eve.

O tom de voz e a expressão dele enrijeceram.

— Isso era um problema dela.

— Mas ela transformou isso num problema seu.

— Ela era um pé no saco, está bem? Já era um porre antes mesmo de descobrir que Marlo e eu estávamos juntos. A situação só piorou quando ela descobriu.

— E quando foi isso?

— Duas semanas atrás, eu acho. Ela foi ao trailer de Marlo e falou desaforos para ela. Contou um monte de mentira sobre mim para Marlo, disse que eu a estava usando, que eu e ela, K. T. no caso, ainda transávamos. Isso não é verdade. Fizemos uns *photoshoots* juntos, para divulgar o filme, mas estávamos dentro dos personagens. Coisa de trabalho, não estávamos juntos fora das câmeras. Para ser sincero, chegamos a um ponto em que eu mal conseguia suportar contracenar com ela.

— Esse confronto provocou atritos entre você e Marlo?

— Não. Marlo não acreditou nas mentiras de K. T.

— Mas isso te deixou chateado — pressionou Eve.

— Sim. Ok. Quando Marlo me contou tudo, fiquei puto. Tudo bem, tive um confronto com K. T., não deveria ter entrado na pilha dela. Era melhor ter ouvido Marlo e deixado tudo pra lá, mas não deixei. Mandei K. T. largar do meu pé, ficar longe dos meus assuntos pessoais, ficar longe de Marlo fora do set. Ela tentou me irritar e me disse que Julian e Marlo estavam transando. Disse que bastava eu perguntar que ele confirmaria tudo.

A raiva surgiu em seu rosto, corpo e em sua voz.

— Eu disse que ela era uma figura patética. Foi um inferno, um *flashback*, com ela gritando, chorando, ameaçando arruinar minha vida e minha carreira. Ela me disse que tudo o que eu fiz foi piorar as coisas.

— Defina "piorar".

— Marlo e eu conseguimos um apartamento. O imóvel pertence a um amigo meu que não trabalha no ramo do cinema. Ele ia ficar fora da cidade durante alguns meses e nos ofereceu o apartamento. Fomos cuidadosos, usamos disfarces para entrar e sair de lá, sempre discretos.

— Por causa de Harris?

— Não... Bem, por causa dela também. Mas os produtores e a máquina de imprensa querem focar a atenção do público no quarteto Eve/Roarke e Marlo/Julian. — Ele conseguiu abrir um sorriso. — Não seria tão sexy se fosse Eve e McNab que estivessem transando.

— Você está me irritando, Matthew.

Seu sorriso suave se ampliou.

— Viu só? Marlo e eu somos um time. Esse filme é uma grande oportunidade para mim. Decidimos manter nosso relacionamento secreto por causa disso. E porque queríamos que a coisa ficasse só entre nós. É fácil ser sugado pela máquina, ficamos ouvindo ou lendo que somos isso ou aquilo, que estamos fazendo isso e aquilo. A gente só quer uma chance de ver aonde isso vai nos levar sem ter que lidar com o glamour e o circo da imprensa. Sei que muitas pessoas acham que isso é Hollywood e que os atores só querem saber de trepar em vez de ter um relacionamento de verdade. Mas sinto que é real com Marlo. Desde a primeira vez que a vi, eu... Eu nunca senti isso por ninguém. Tudo que nós queremos é uma chance. Foi por isso que mantivemos as coisas em segredo. Por nós dois e pelo filme.

— Mas K. T. ficou sabendo do apartamento.

— Acho que ficamos um pouco descuidados. Sei que parece idiotice usar uma peruca ou se disfarçar na hora de ir para casa, e é mesmo. No começo, foi divertido, mas acho que demos bandeira em algum momento. Já estávamos no fim das filmagens e nos tornamos mais descuidados. Ela deve ter me seguido. É a única explicação. Ela sabia tudo sobre o loft. E me disse que...

O sangue voltou para seu rosto, e ele ergueu seu suco para tomar mais um gole.

— Ela disse que tinha fotos nossas e que tinha feito um vídeo de nós dois na cama.

— Filmou de dentro do apartamento?

— Ela disse que encontrou o cartão-chave da casa e a senha para entrar quando invadiu meu trailer e que clonou tudo. Depois, contratou um detetive particular para instalar uma câmera no quarto, em cima do armário. Talvez fosse tudo mentira, talvez não. Mas ela sabia detalhes sobre o apartamento, as cores, a disposição dos móveis. E, quando verificamos os dados da segurança, havia dois arquivos apagados, de dois dias diferentes.

— Isso deve ter sido perturbador.

— Sim. Nossa, e bota perturbador nisso... — Ele cerrou os punhos sobre a mesa, mas logo relaxou e tornou a pegar o suco. — Tive vontade de dar umas porradas nela, sabe? Nunca bati numa mulher em toda a minha vida, mas quis bater nela. Mas não bati. E sabe o que ela me disse?

— Sou toda ouvidos — disse Eve.

— Ela me mandou dar um fora em Marlo e fazer isso de forma bem espalhafatosa. Disse que precisávamos continuar de onde tínhamos parado, só que dessa vez era ela quem ia controlar tudo. Queria um grande anúncio para a imprensa sobre como tínhamos nos apaixonado um pelo outro durante as filmagens. Quem é que pede uma coisa dessa? — perguntou. — Quem gostaria de ficar com alguém que não quer ficar com você?

— E se você recusasse...?

— Ela faria o nosso vídeo vazar na internet. Já tinha contratado alguns caras que iam contar para todo mundo que trepavam com Marlo e que faziam coisas estranhas na cama.

A raiva pareceu se esvair, e ele completou, baixinho:

— Acho que ela enlouqueceu. Juro por Deus, acho que ela simplesmente pirou de vez.

— Quando foi que ela te deu esse ultimato?

— Ah, Deus... — Ele esfregou o rosto. — No dia que ela morreu. De manhã. Eu disse que não acreditava nela. Ela disse que eu a estava fazendo de boba, a tratando como uma piada, e ninguém que a ridicularizava se safava. Ela disse que me daria uma amostra do que tinha gravado, para eu ver que era tudo verdade.

— Ela pediu para você encontrá-la no terraço, Matthew?

— Ela me *mandou* ir lá. Contei tudo para Marlo. Não ia fazer isso, pretendia lidar com tudo sozinho, só que uma das coisas que juramos um ao outro foi sinceridade. Nada de fingimentos nem joguinhos. Então contei tudo para Marlo e pensamos: "Ah, que se dane. A vida é nossa, não é?". É aquilo que você disse, somos livres para estar um com o outro. Mas estarmos juntos não significa que íamos deixar uma porra-louca daquelas mandar na nossa vida. Além disso, se ela realmente tivesse nos filmado e tornado o vídeo público, nós a processaríamos.

Ele soltou um suspiro e colocou o suco de lado.

— Marlo estava a fim de levar isso a frente, talvez por estar na pele de uma policial durante tantos meses. Disse que, se K. T. realmente tivesse contratado alguém para invadir nosso apartamento e grampeá-lo, nós a mandaríamos para a cadeia sem pestanejar. E, se os produtores, Roundtree, o público ou a imprensa, não gostassem disso, eles que se fodessem também.

— Mas vocês dois foram até o terraço — lembrou Eve.

— Sim, a gente tinha um plano. Subimos mais cedo, antes do jantar, só para dar uma olhada, nos sentar lá e conversar. Decidimos voltar juntos para confrontá-la, forçá-la a nos ameaçar novamente, conversar sobre o detetive particular, a câmera, tudo isso. Marlo tinha um gravador na bolsa. Então, nós diríamos a K. T. que, se ela fosse em frente com o plano, nós entregaríamos a gravação para a polícia. Talvez as pessoas se excitassem vendo nós dois na cama, mas se empolgariam muito mais quando K. T. Harris fosse presa por chantagem e como cúmplice de... Ah, não me lembro do termo. Marlo já tinha na cabeça uma lista completa de crimes para acusá-la.

— E como correram as coisas com Harris?

— Não correram, porque ela já estava morta quando chegamos lá. Veja bem, eu discuti com ela no começo da noite. Pedi que ela esquecesse tudo aquilo, mantivesse sua sanidade e recuasse antes de a coisa ir longe demais e não haver volta. E ela agarrou meu saco.

Ele inclinou a cabeça para trás e olhou para o teto.

— Por Deus, ela me agarrou pelo saco e disse: "Você está nas minhas mãos, amor, é melhor se lembrar disso."

Ele respirou fundo e olhou novamente para Eve.

— Nós devíamos ter lhe contado. Devíamos ter lhe contado tudo ontem, logo de cara, mas a situação parecia tão... grave. E não havia prova alguma do que tinha acontecido. Depois que entendemos que ela estava morta e a RCP não tinha funcionado, Marlo vasculhou a bolsa de K. T. — Ele estremeceu. — Sei que pode parecer uma coisa fria a se fazer, mas ela já estava morta e nós queríamos recuperar... Como você se sentiria? — perguntou ele. — Como se sentiria se um bando de estranhos se sentasse para ver você e Roarke na cama, ou você e McNab? — olhou para Peabody.

— Provavelmente, eu ia querer causar danos terríveis à pessoa responsável — disse Eve.

— E nós íamos fazer isso. Essa era a solução de Marlo... Sua solução, tenente. Só que não havia vídeo nem nada perto disso dentro da bolsa. Ela devia estar mentindo o tempo todo. Não entendo. Juro por Deus, não sei por que ela mentiria. Talvez tenha achado que eu simplesmente cederia e, como eu não cedi, ela precisava evitar a humilhação. Sei lá...

— Ou talvez vocês já tivessem aguentado o bastante. Você ficou revoltado e a empurrou. Quem ia te culpar? Depois, tudo aconteceu rápido demais. Impulso e raiva. Talvez você não tivesse a intenção de matá-la e não queria que ela se afogasse. Queria apenas resgatar o vídeo, proteger vocês dois, sua privacidade, o filme. Só que você não a retirou da piscina a tempo.

— Não. Não. Não. Ela já estava na piscina, de bruços, quando chegamos lá em cima. Nem pensamos no vídeo quando... Eu tentei. Nós dois tentamos. Aconteceu exatamente do jeito que contamos.

Esquecemos a chantagem e as ameaças. Tudo aconteceu exatamente do jeito que relatamos. Eu juro.

— Incluindo a parte que Marlo subiu lá com você com um gravador na bolsa?

— Sim. Foi como eu disse, nós íamos... — De repente, uma luz iluminou seu rosto, como se um interruptor tivesse sido ligado. — Meu Deus, somos uns idiotas, estávamos tão focados em... Nós temos uma gravação. Marlo ligou o gravador quando estávamos indo para o terraço. E tínhamos testado o aparelho antes. Nós temos uma gravação.

Capítulo Nove

Eve decidiu esperar um pouco antes de determinar se Marlo e Matthew eram idiotas, inocentes ou calculistas. Nesse meio-tempo, manteve Matthew esfriando o traseiro em uma das salas de interrogatório enquanto Peabody entrava em contato com Marlo e requisitava sua presença na Central.

— Vamos falar com Julian enquanto esperamos Marlo chegar — propôs Eve à parceira. — Quando ela aparecer, a gente vê. Ou não vemos nada. Vamos descobrir se o Roarke de mentirinha tem algum segredo cabeludo que a Peabody de mentirinha tenha descoberto.

— Não gosto mais de pensar nela como Peabody de mentirinha. Quanto mais investigamos, mais cruel e maluca ela fica. Já é horrível a Peabody falsa ter sido assassinada, mas agora ela também é uma morta idiota e chantagista. Que deprimente...

— Sim, é péssimo para você.

— Pior que é mesmo. Como vou poder curtir o filme agora, sabendo que nos bastidores ela tentava chantagear McNab para levá-lo para a cama enquanto ele estava apaixonado por você o tempo todo? E que talvez haja um vídeo de vocês dois nus, transando e...

— Pode parar, senão você vai levar um chute.

— Ei! Talvez haja um vídeo da Peabody de mentirinha transando com o Roarke de mentirinha. Isso equilibraria as coisas. Talvez eu consiga uma cópia.

— Haverá um vídeo meu arrancando fatias da sua bunda para usá-las como papel de parede na minha sala. E vou fazer várias cópias dele para todo mundo ver. Traga Marlo aqui. Vou falar com Julian agora.

Eve seguiu para a Sala de Interrogatório. Lá dentro, Julian estava sentado com a cabeça entre as mãos. Quando ergueu o rosto, estava pálido, seus olhos, vazios e a barba por fazer.

— Não me sinto bem — anunciou ele.

— Sua cara mostra isso. Ligar filmadora. Aqui fala a tenente Eve Dallas, dando início ao interrogatório de Julian Cross. — Ela recitou os dados completos e se sentou.

— Estou em jejum — avisou ele.

— É mesmo? É o luto pela morte de K. T. Harris?

— Hmm... não. Bebi demais. Depois tomei um Sober-Up, um analgésico e um remédio para dormir quando voltei para o hotel. Foi demais para o meu organismo. Hoje vou tomar só líquidos saudáveis para eliminar as toxinas.

— Boa decisão.

— Preciso de um advogado?

— Você quer um?

— Quero ir para casa dormir. Quero acordar ontem antes de tudo isso acontecer. É como se fosse um sonho... Um pesadelo terrível.

— Você discutiu com K. T.

— Sim, durante o jantar.

— Não, depois do jantar. Antes da projeção dos erros de gravação.

— Discuti? — Os olhos dele, vermelhos e sem brilho, encararam os de Eve. — Sobre o que ela disse no jantar? Fiquei chateado e envergonhado. Eu já disse isso, não já?

— Mais ou menos. E quando ela esmurrou a porta do seu trailer ontem? O que ela queria?

— Eu... não me lembro.

— Corta essa, Julian. Você não estava bêbado naquela hora. Uma testemunha a viu batendo à sua porta. E ela estava com raiva, muito insistente. — Eve acertou o dia e estava contando com o fato de Peabody ter ouvido Harris gritar do lado de fora do trailer de Julian.

— Ela estava sempre revoltada com alguma coisa — disse ele, dando de ombros.

— E queria que você dissesse que estava tendo um caso com Marlo.

— Isso é *hype* de estúdio. É...

— Não, Julian. Ela queria que você *contasse* a Matthew que você e Marlo estavam transando escondido. Matthew e Marlo estão juntos, Harris não gostou disso e queria que você a ajudasse a acabar com o relacionamento deles.

— Eu não sabia que Matthew e Marlo estavam juntos.

— Até quando?

— Até ontem, quando K. T. começou a esbravejar por causa disso. Eles esconderam muito bem. Mas percebi ontem à noite, porque comecei a prestar atenção. Até então eu achava que eles eram apenas bons amigos. Talvez até tivessem transado, acontece, mas eu não sabia que eles estavam juntos.

— Por que ela achou que você ia fazer o que ela queria? Que ia contar para Matthew que Marlo o traiu com você?

— Eu sei lá! E eu não faria isso. Gosto de Marlo. De Matthew também. — A sinceridade tremeluzia em sua voz. — Eu não faria nada que os magoasse desse jeito.

— Não te incomodou o fato de Marlo preferir Matthew em vez de você?

— Na verdade, foi até bom saber que ela tinha um motivo para me dispensar.

— Você não está acostumado a ser dispensado, não é?

— Não muito — reconheceu ele, sem uma ponta sequer de orgulho ou vergonha. — Eu faço muito sexo. Gosto disso. É divertido, e depois eu sempre me sinto relaxado. Tudo bem Marlo preferir ficar com Matthew. Outra pessoa vai querer ficar comigo, certo?

Difícil discutir, pensou Eve, com alguém que parecia achar que sexo era tão simples e casual quanto comprar um refrigerante no bar da esquina que fica aberto 24 horas por dia. Para ele, talvez fosse assim mesmo.

Quando Peabody entrou, Julian visivelmente estremeceu, mas logo olhou para a mesa.

— A detetive Delia Peabody está entrando na Sala de Interrogatório — anunciou ela para a filmadora. — Obrigada por vir, Julian. Aceita algo para comer ou beber?

Ele balançou a cabeça e olhou para ela.

— Na verdade, posso beber um copo de água? Estou tomando só líquidos hoje.

— Tudo bem. — Peabody anunciou em voz alta que ia sair.

— Você não quis deixar Harris entrar no seu trailer ontem — continuou Eve. — Por quê?

— Ela estava gritando muito. Não queria arrumar briga.

— Por que ela queria brigar com você?

— Não sei, não sei. — Ele deixou a cabeça cair sobre as mãos novamente. — Ela estava sempre revoltada com alguma coisa.

Peabody voltou e colocou uma garrafa de água na mesa, diante de Julian.

— Qual foi a ameaça que ela te fez, Julian? *Sempre tinha* uma ameaça implícita em tudo que ela fazia. O que ela disse que faria caso você se recusasse a mentir sobre Marlo?

— Não quero falar sobre isso.

Eve olhou para Peabody e assentiu levemente.

— Julian. — Peabody estendeu o braço, mas, quando tocou em Julian, ele recolheu a própria mão.

— Desculpe. — Ele ergueu os olhos para o teto e tornou a baixá-los. — É que... você me lembra...

— Sim, mas eu não sou K. T. Não vou gritar com você, nem te ameaçar, nem dizer coisas que farão você se sentir mal. Ela fazia isso com você. E com muitas pessoas.

— Não sei por que certas pessoas não sabem ser legais. Não conseguem ser felizes.

— Ela não era feliz nem legal. Sempre buscava algo ruim. Todo mundo tem um lado mau, ou alguma coisa que não quer que os outros saibam. Ela gostava de descobrir essas fraquezas e as usava para ferir alguém ou para pressionar a pessoa a fazer algo que ela não queria. O que ela descobriu sobre você?

— Faz muito tempo.

— Ok.

— E não foi minha culpa.

— Acredito em você.

— A gente estava em uma boate. Eu tinha acabado de conseguir o papel principal no filme "Perdoado". Foi um momento fantástico, um divisor de águas na minha carreira, então fomos comemorar. Festejamos a noite toda, bebemos, usamos drogas. Não faço mais isso, mas naquela época fazia. Consumi um pouco de zoner ou Hype. Sempre tinha drogas espalhadas nos lugares, como brindes. Mulheres também. Sempre à disposição.

— "Perdoado". Esse filme foi lançado há uns dez anos. Você era muito jovem — comentou Peabody, com o mesmo tom compreensivo. — Devia ter uns vinte anos.

— Vinte e três. Foi um grande momento, ganhei muito dinheiro. Estávamos todos chapados, circulando pela boate, procurando por sexo, entrando e saindo dos quartos privados, você sabe como a coisa rola. — Ele deu de ombros e bebeu um pouco de água.

— Sei — concordou Peabody, embora não soubesse.

— Depois voltamos para a minha casa e algumas das garotas nos acompanharam, para curtir mais um pouco. Duas foram para o quarto comigo. De manhã, elas ainda estavam lá, desmaiamos os três juntos na cama. De repente, apareceu um cara na minha porta, berrando como um louco, dizendo que ia me matar. Uma das garotas era filha dele. Tinha dezesseis anos. As duas tinham.

Ele cobriu o rosto com as mãos e esfregou os olhos com força antes de abaixá-las.

— Como eu ia adivinhar? Elas nem deveriam estar na boate. Entraram com identidades falsas, dizendo ter vinte e um anos. Eu não as obriguei a transar comigo. Não as forcei. Mas comprei bebidas para elas, ofereci drogas, fiz sexo com elas. Se eu soubesse que elas tinham só dezesseis anos, não teria feito isso. Juro. Elas não pareciam ter dezesseis anos. Agiam como se tivessem muito mais, estavam em uma boate com garotas de programa e ficavam em cima de mim. O cara disse que ia chamar a polícia para me prender por estupro de vulnerável. Todo mundo começou a gritar ao mesmo tempo, e ele deu uma bofetada na filha. Bateu na garota com muita força e foi para cima de mim quando eu tentei impedi-lo de bater nela novamente. Meus amigos o arrastaram para fora, as meninas ficaram histéricas. Um dos meus amigos, advogado, começou a usar um monte de termos legais, disse que as garotas iam acabar em uma instituição para menores de idade e o pai iria preso por agressão. A coisa foi ficando cada vez pior.

— O que aconteceu depois? — perguntou Peabody quando ele ficou em silêncio.

— Ofereci dinheiro para eles. Muito dinheiro, para a coisa morrer ali e ser esquecida. Isso aconteceu há muito tempo, e eu não sabia que estava fazendo algo errado naquela noite. Se isso vazasse, teria me arruinado. Se eu tivesse sido acusado de estupro, ia acabar com a minha carreira. Até hoje pode me arruinar.

— K. T. descobriu tudo.

— É isso que ela faz — disse ele, com um tom amargo dessa vez. — Ela descobre os podres e pressiona as pessoas quando dá na telha. Nunca fiz nada contra K. T., mas ela me disse que ia divulgar o que aconteceu no meu passado para a imprensa. Tinha descoberto até o nome do cara e da filha dele. Ela me avisou que eu ia para a cadeia e que mais nenhum estúdio ia me contratar. Tudo aconteceu quase dez anos atrás, mas ela me disse que, mesmo assim, eu ia para a cadeia.

— A menos que entrasse no jogo dela e mentisse sobre Marlo?

— Isso. Disse que eu precisava falar para Matthew que eu e Marlo estávamos transando e dar detalhes a ele.

— Qual foi a sua reação?

— Recusei. Não ia fazer isso com os meus amigos. Ela me disse que eles não eram meus amigos. Perguntou se eu achava que algum dos dois aceitaria ir para a cadeia por mim. Ela me assustou.

Ele tomou mais um gole, devagar.

— O que você fez?

— Procurei meu amigo advogado e contei tudo o que K. T. tinha dito. Ele me aconselhou a enrolá-la por um tempo, disse que ia descobrir onde a garota morava hoje em dia, com o que trabalhava. Garantiu que eu não ia para a cadeia porque existe um lance de leis de prescrição, e esse era o meu caso. Mesmo assim, eu não queria que esse escândalo fosse parar na imprensa. Meu amigo disse que era quase certo que a garota e o pai também não gostariam que a história fosse divulgada, e seria a palavra de K. T. contra a minha. Mas me aconselhou a enrolá-la um pouco mais, dizendo que eu ia pensar, enquanto ele investigava mais a fundo.

— Você falou com ela sobre isso ontem à noite? — quis saber Eve.

— Tentei ficar fora do caminho dela. Mas ela puxou aquele papo nada a ver durante o jantar. Foi pior porque eu sabia o que ela queria que eu dissesse e fizesse. Então eu continuei bebendo para não pensar nisso. Mas ela me encurralou e insistiu mais uma vez. Disse a ela para me deixar em paz porque eu não ia ficar falando sobre aquilo com tanta gente por perto. Acho que disse algo estúpido sobre o meu advogado estar investigando o caso. — Ele passou a mão na testa. — Talvez eu tenha só pensado e não falei nada. Não sei ao certo. Está tudo embaralhado na minha cabeça. Bebi muito.

Ele colocou o rosto entre as mãos novamente.

— Connie tem razão — completou.

— Sobre o quê? — quis saber Eve.

— Beber não resolve os problemas. Só porque você não consegue se lembrar deles depois, não significa que eles não estão mais lá.

Para não perder o ritmo, Eve foi conversar com Marlo logo em seguida. Perguntou a si mesma se devia falar para a mulher que a interpretava nas telonas que ela parecia nervosa demais para uma policial. Em vez disso, simplesmente leu os dados importantes e se sentou diante da interrogada.

— Chegou rápido.

— Eu... estava aqui por perto.

— Esperando Matthew terminar, não é? Vamos economizar saliva e tempo: sabemos que você e Matthew estão envolvidos e querem manter seu relacionamento em sigilo. Estamos cientes de que K. T. descobriu tudo, inclusive o apartamento que você e Matthew estão usando. Também sabemos sobre a tentativa dela de chantagem com um vídeo de vocês dois em um momento íntimo.

— Já sabem muita coisa então. Espero que também saibam que Matthew não a machucou. Não íamos mais aceitar chantagem, intimidações e desaforos, mas não a matamos.

— Ela disse a vocês que tinha contratado um detetive particular e que ele invadiu o apartamento, instalou uma câmera e depois invadiu de novo para retirar a câmera. Mas vocês não denunciaram isso à polícia.

— Não. Era um assunto *particular*. Você sabe quão preciosa é a privacidade quando se tem tão pouco dela? E não sabíamos quem ela havia contratado. Se tivéssemos ido à polícia com essa história, ela teria negado. Como poderíamos provar? Decidimos que era assim que iríamos lidar com esse assunto nojento: provando tudo.

— Como?

— Matthew concordou em ir encontrá-la no terraço, só que nós dois íamos subir lá, com um gravador que eu tinha colocado na bolsa. A gente ia dar um jeito para que ela falasse sobre a invasão e a tentativa de chantagem. Então diríamos a ela para enfiar o vídeo gravado onde ela bem quisesse. Assim, teríamos uma prova, entende? Se ela vazasse o material que tinha, não só tornaríamos pública a confissão dela como iríamos processá-la.

Ela concordou bruscamente com a cabeça.

— Invasão de domicílio, extorsão, assédio sexual. Mas, quando chegamos lá em cima, ela estava caída na água. Já estava morta. Pode acreditar que Matthew não hesitou nem por um segundo... Pode acreditar. Mergulhou para tentar salvá-la. Apesar do que ela tinha feito e do que ameaçou fazer, ele tentou salvá-la. Tentou com muito empenho.

Lágrimas tremeluziam em seus olhos, assim como a urgência em sua voz oscilava.

— Ele teria salvado a vida dela se pudesse. Mas chegamos tarde demais. Depois, não contamos tudo isso a você porque não queríamos suspeitas sobre nós nem o pesadelo da imprensa e as consequências que ela traz no nosso pé. Não merecemos isso. Não fizemos nada, a não ser nos apaixonarmos.

— Que bom para vocês... Mas obstruíram a justiça ao esconder informações relevantes.

— Tudo bem. — Ela se sentou ereta e encolheu os ombros de um jeito brusco. — Pode me prender. Nós não fizemos nada de errado.

— Onde está o vídeo que K. T. fez de vocês?

— Não sei. — Marlo quase cuspiu as palavras. — Talvez fosse tudo mentira desde o início. Um blefe. Ela disse que mostraria a Matthew um trecho das imagens, então, se o vídeo existia mesmo, com certeza estava com ela na festa. Só que...

— Vocês procuraram e não acharam nada.

— Exatamente. Pode ser um gesto frio e egoísta, mas ela já estava morta. Não podíamos fazer nada a respeito. E se você tivesse encontrado a gravação? Ia atrás de quem pelo assassinato dela? E o vídeo ia acabar nas mãos da maldita imprensa, pode ter certeza. Então eu olhei na bolsa dela, mas não encontrei nada. Não havia nada com ela, nem na bolsa nem em qualquer lugar que eu tenha procurado lá em cima. Portanto, acho que você pode acrescentar "tentativa de roubo" e "não preservar a integridade da cena de um crime" à minha lista de pecados.

— É um mau momento para exibir essa atitude indignada, Marlo — avisou Eve, suavemente. — Onde está a gravação?

— Acabei de lhe contar que ela não tinha gravação alguma.

— Não estou falando da gravação dela, e sim da sua.

— Minha... — O rosto dela congelou. A mão que ergueu para passar por entre os cabelos despencou sobre a mesa. — Meu gravador. Ele estava ligado! Meu Deus, ele estava ligado o tempo todo. Fiquei tão focada nela que me esqueci disso. Ele ainda está dentro da bolsa que usei ontem à noite. Tudo ficou tão louco, complicado e horrível do nada. O gravador ainda está na minha bolsa, no apartamento. Vou buscá-lo. — Ela se levantou. — Vou buscá-lo, e você vai ouvir tudo o que aconteceu. E vai ver que nós não a matamos.

— Vou mandar dois policiais com vocês como escolta para irem até o apartamento. Eles trarão a gravação para mim. Só um alerta, Marlo. Temos uma excelente Divisão de Detecção Eletrônica. Se a gravação tiver sido adulterada, editada ou danificada, nós saberemos.

— Ótimo. — Ela ergueu o queixo e os ombros. — Como ela não foi falsificada, vocês também descobrirão isso. Eu a odiava. Ela era uma mulher metida a intimidadora, era doentia e amarga. Uma manipuladora que adoraria arruinar minha vida. Mas eu não a queria morta. Queria que ela soubesse e aceitasse que eu sou mais inteligente, mais forte e melhor que ela em tudo. Queria que ela soubesse que, depois do lançamento do filme, eu pretendia mostrar a gravação que fiz para Roundtree, para os produtores, e a vida dela seria arruinada. Ela teria sorte se conseguisse um papel de dona de casa em um comercial. Era isso que eu queria.

— Eu acredito nela — declarou Peabody quando Eve designou dois policiais para escoltar Marlo até o apartamento — Tudo que ela disse confere e faz sentido.

— Ela é uma atriz. Atores conseguem imprimir sentido e verdade a peças de ficção. Mas sim, também estou inclinada a acreditar nela. E queria saber onde está o vídeo que motivou a chantagem de K. T.

— Talvez tenha sido um blefe.

— Acho que não. Mas queria saber por que o assassino o levou. Para mais uma rodada de chantagem ou para a própria proteção? Depois que fizermos essa maldita coletiva de imprensa, precisamos ir ao quarto de hotel da vítima. Se ela tinha as cenas da gravação com ela, o vídeo completo, com certeza, está guardado em outro lugar.

— Posso fazer uma boa pesquisa agora enquanto você participa da coletiva.

— Boa tentativa, Peabody. — Eve conferiu as horas em seu *smartwatch*. — Vamos acabar logo com isso para podermos voltar ao trabalho pelo qual somos pagas. Quero descobrir quem é esse detetive particular, *se é* que ele existe — acrescentou enquanto caminhavam para a sala de mídia da Central. — Quero saber se ele existe e se recebeu alguma grana. Se foi pago pelo trabalho, poderemos achá-lo pelos dados financeiros da vítima.

— Pode ter sido pagamento à vista. Detetives particulares que invadem domicílios não gostam de deixar rastros.

— Sim, o pagamento pode ter sido em dinheiro vivo, mas certamente foi uma transação recente e uma quantia grande, já que o trabalho incluía invasão de propriedade. Ela teve que encontrar alguém que aceitasse fazer isso. Nós o encontraremos.

— Ele deve ter conferido a gravação, para garantir que tinha algo que valesse a pena levar para a cliente.

— Ah, claro. E é provável que tenha feito uma cópia para si mesmo, por segurança. Um detetive que aceita esse tipo de trabalho sórdido, provavelmente, é especialista nisso. É o homem que ela procuraria. Agora, com a cliente morta, ele tem duas opções: destruir as provas e descartar tudo que possa ligá-lo à vítima ou tentar lucrar com a gravação. Acho que, com as pistas que já temos, será fácil conseguirmos um mandado para grampear os *tele-links* de Marlo e de Matthew.

— Acha que eles não nos contariam se fossem chantageados de novo?

— Não contaram na primeira vez, e isso vai pesar na hora de conseguirmos o mandado. Enquanto isso, vamos fazer uma busca rigorosa no quarto de hotel de K. T. e no trailer dela. Vamos procurar por cofres alugados no nome dela... ou no seu.

— No meu nome? Mas por que...? Ah. — Peabody estufou as bochechas. — Ela pode ter usado o meu nome como disfarce.

— Aposto que esses atores têm distintivos da polícia, réplicas perfeitas que eles usam nos filmes. Seria fácil usar algo assim para alugar um cofre. É o que eu faria. Vamos verificar os bancos e depósitos alugados próximos ao hotel. Ela ia querer acesso rápido ao material caso precisasse.

Elas foram para a área de preparação na sala de mídia, onde Kyung as esperava.

— Que pontuais! — Kyung as parabenizou. — Há algo que vocês precisem ou queiram antes de começarmos?

— Só quero que passe rápido — disse Eve. — Temos novas pistas que precisamos investigar o mais depressa possível.

— Algo que queira compartilhar com a imprensa?

— Não.

— Ok então. Vamos nos manter dentro do que combinamos. Há uma garrafa de água na mesa. Você vai...

— Não quero me sentar diante de uma mesa — avisou Eve.

— Tudo bem — concordou ele, sem perder o ritmo. — Vamos trazer um púlpito grande. Vou explicar aos repórteres as regras do jogo e apresentar vocês duas. Vocês responderão às perguntas por cerca de quinze minutos. Quando esse tempo acabar, eu encerro a coletiva e vocês ficarão livres para investigar as novas pistas.

Ele tinha uma manha para lidar com as coisas, decidiu Eve. O púlpito surgiu rapidamente. Kyung ocupou seu lugar atrás dele para conduzir a apresentação. Conseguiu fazê-la com suavidade, simpatia e discrição ao mesmo tempo.

Quando ele se afastou, Eve avançou, com Peabody logo atrás dela. As perguntas explodiram ao mesmo tempo em gritos, se sobrepuseram e se chocaram. Eve simplesmente se manteve em silêncio, examinando a multidão.

Casa cheia, pensou quando quase todos os repórteres pularam de suas cadeiras com as mãos erguidas. As câmeras miraram nela como rifles a laser.

Ela reconheceu a operadora de câmera que trabalhava com Nadine, mas a âncora principal do Canal 75 não estava em lugar nenhum.

Ela é inteligente, lembrou-se Eve. Não é possível buscar detalhes da história quando você faz parte do drama. Provavelmente, Nadine tinha combinado com Kyung de observar tudo de um dos cubículos em forma de bolha instalados em volta da sala de mídia.

— K. T. Harris foi assassinada ontem à noite, aproximadamente às vinte e três horas.

Eve não se incomodou em lançar a voz acima dos gritos e ignorou vários pedidos para falar mais alto.

— Sua morte ocorreu durante um jantar na casa de Mason Roundtree e Connie Burkette — continuou, no mesmo tom calmo. — O jantar contou com a presença de várias pessoas ligadas à adaptação do livro de Nadine Furst, baseada na investigação do caso Icove, que está sendo filmado.

Fez uma pequena pausa.

— A detetive Peabody e eu responderemos a perguntas sobre o caso desde que elas não sejam feitas aos gritos por repórteres que parecem crianças malcriadas em uma excursão escolar. Primeira pergunta — pediu ela, apontando para um dos repórteres que se sentou e levantou a mão.

— Gralin Peters, da UNN — apresentou-se ele. — Tenente, já que a senhora estava no local na hora exata do assassinato e interrogou todos os convidados, tem algum suspeito?

— Todas as pessoas que estavam na casa na hora da morte de Harris foram interrogadas e prestaram seus depoimentos logo após a descoberta do corpo. No momento, estamos revisando esses interrogatórios e depoimentos, seguindo pistas e mantendo a investigação em andamento. Ainda não é possível nomear suspeitos.

— Como se sente ao saber que K. T. Harris, que interpretava sua parceira neste filme, foi assassinada enquanto você estava no local do crime? BiBi Minacour, da Foxhall Media Group.

— Da mesma forma que me sinto quando qualquer pessoa é assassinada em qualquer lugar de Nova York: que preciso descobrir a identidade do assassino, reunir provas contra ele ou ela e efetuar sua prisão.

— Detetive Peabody! Detetive Peabody! Sou Jasper Penn, do New York Eye. Considera difícil investigar o assassinato da atriz que a interpreta no filme e que se parecia tanto com você?

— É uma situação incomum, mas não, não considero mais difícil que qualquer outra investigação.

— Por que vocês duas não são consideradas suspeitas? Loo Strickland, do site Você Precisa Saber.

— Temos álibis — respondeu Eve, sem pestanejar, e obteve muitas gargalhadas.

— Mas, tenente, a senhora e a vítima brigaram publicamente pouco antes da morte dela.

— Essa afirmação é imprecisa. A vítima fez um comentário infeliz durante o jantar, e eu emiti algumas considerações sobre as palavras dela. Eu a vi por poucos minutos quando a conheci no set de filmagem, ontem de manhã. Como a vítima chegou atrasada para o jantar e se sentou do outro lado da mesa durante a refeição, não tivemos chance de conversar. Para ser sincera, essa breve troca de palavras foi a única vez em que a vítima e eu interagimos, e foi um contato indireto.

Ela fez um gesto para a próxima pergunta, mas Strickland completou:

— Qual foi o comentário dela e a sua resposta?

Eve pensou em ignorá-lo, mas logo entendeu que alguém perguntaria aquilo novamente.

— Você não Precisa Saber, pois isso não tem peso algum na investigação. Como eu disse, não nos falamos diretamente e houve muitos comentários, respostas e conversas antes, durante e depois da refeição. Afinal de contas, era um evento social.

— Tenente! Manter interações sociais não só com a vítima, mas com outros integrantes do elenco e da equipe, incluindo Marlo

Durn, que interpreta a senhora no filme, não caracteriza um conflito de interesses?

— Em primeiro lugar, só conheci a srta. Harris, a srta. Durn e os outros integrantes do elenco e da equipe ontem de manhã. Esse jantar foi o nosso primeiro contato pessoal. Portanto, o termo "interações sociais" é um exagero. Se minha parceira ou eu acreditássemos que esse contato ou essa ligação incomum influenciaria de algum modo ou impedisse o trabalho policial, certamente não estaríamos à frente da investigação. K. T. Harris é a nossa prioridade agora. Estamos aqui para lutar por ela.

— Alguém tirou a vida de K. T. Harris — emendou Peabody. — Não importa quem ela era, o que fazia para ganhar a vida, se era uma estranha ou uma amiga. Alguém tirou sua vida. A tenente Dallas e eu usaremos todos os recursos do Departamento de Polícia de Nova York para identificar o responsável pelo seu assassinato e promover justiça para a srta. Harris. Aqueles que buscam fofocas estão desperdiçando o nosso tempo. Tempo que precisamos para fazer bem o nosso trabalho.

— Mas as circunstâncias são pouco usuais, como afirmou a própria tenente Dallas! — gritou alguém. — Você está investigando o assassinato de uma atriz que falava e atuava como a detetive Peabody. Durante a investigação, terão que interrogar e investigar a vida de atores que falam e atuam como a tenente Dallas, como Roarke, como o detetive McNab, como o comandante Whitney, e assim por diante.

— Um assassinato quase nunca é usual — disse Eve. — Aposto que nunca parece usual para a vítima, ou para seus amigos e familiares. Aqui temos estrelas que desempenham papéis — continuou. — A vítima não é a detetive Peabody. Marlo Durn não sou eu. Espero que Durn continue interpretando outros personagens, reais e ficcionais, e eu pretendo seguir investigando homicídios e assassinos. Nesse momento, meu foco e o foco da minha parceira

Celebridade Mortal

é K. T. Harris. Ela é responsabilidade nossa agora. Minha parceira explicou isso muito bem. Quanto ao hype por ser alguém de Hollywood — acrescentou Eve —, podem desfrutar dele à vontade se isso aumenta os números e a audiência de vocês. Entendo que seja o trabalho de todos aqui, então façam seu trabalho que eu vou fazer o meu. Vamos, Peabody.

Ela se afastou do púlpito, virou as costas e foi embora, enquanto mais perguntas martelavam suas costas.

— Não saiu exatamente como combinamos — disse Kyung, com a voz calma —, mas foi excelente. Celebridades sempre atraem muita atenção. Especialmente celebridades como você, como a vítima e como as outras pessoas presentes no jantar.

— Não sou uma celebridade.

— É, sim, e terá que lidar com isso. Você é celebridade por mérito próprio, por ser esposa de um homem rico e poderoso e por ser a personagem principal de um *best-seller* que virou filme. Na verdade, enquanto as celebridades forem o foco da imprensa, isso lhe dará mais espaço e liberdade para trabalhar na sua prioridade: a investigação. Muitas dessas histórias vão destacar a estrela que morreu. Se a vítima tivesse sido alguém comum que se afogou em uma festa, não haveria interesse. Durante certo tempo, a atenção estará nela, em você, nas outras estrelas, e não no funcionamento direto e prático, o âmago da questão, que é descobrir tudo sobre a morte dela.

— Belo discurso. Agora, vamos trabalhar para chegar ao âmago da questão.

— Boa sorte. E, detetive Peabody? Muito bem. Seu desempenho na coletiva foi excelente.

— Obrigada. — Ela pigarreou enquanto caminhava com Eve. — Eu nem sabia que ia abrir a boca, mas, quando vi, já estava falando. Acho que ninguém realmente se importou com o fato de ela ter morrido... De ter sido assassinada. O interesse foi ela ter sido assassinada durante as filmagens, enquanto estávamos lá e em um momento que ela estava me interpretando. O interesse não foi ela, em nenhum instante.

— Não, não foi. Kyung está certo. Vamos deixar que eles foquem nisso e rolem nessa lama. Nosso interesse será sempre ela.

— Mesmo ela sendo uma vaca.

— Sim, independentemente disso. Entre em contato com McNab, mande-o começar a análise das finanças dela e veja se ele consegue achar algo que a ligue a algum detetive particular. Vamos ao hotel da vítima depois de pegarmos a gravação de Marlo.

— Sabe o que ia acontecer se esse vídeo vazasse? As gravações, quer fosse uma delas ou as duas?

— Sei. É por isso que devemos nos certificar de que vão continuar escondidas.

Capítulo Dez

Eve abriu o pacote com a gravação que os policiais de escolta tinham ensacado, rotulado e registrado.

— Feche a porta, Peabody.

Como queria uma tela maior que a do tablet, Eve ligou seu computador e reproduziu o vídeo nele. Cruzou os dedos, torcendo para que a máquina cooperasse.

Ela travou um pouco, a tela piscou algumas vezes, mas logo se estabilizou e o rosto de Marlo apareceu.

— Marlo Durn e Matthew Zank.

— Ei, por que sempre fala seu nome primeiro?

Ela riu e virou a câmera para ambos aparecerem. Eve reconheceu os brincos que Marlo tinha usado na noite anterior.

— Durn e Zank, em ordem alfabética. Vamos testar para ver se isso funciona.

Após um curto tempo em silêncio, a gravação voltou.

— Muito bem. — A voz de Marlo, mais calma agora, era ouvida em meio à imagem semiobstruída de um elevador. — Nós dois sabemos como vamos lidar com isso. Ela vai ficar chateada na hora, quando vir que estou com você.

— Ela que se foda. Pode estar puta da vida, mas é impossível estar mais revoltada que eu. Tenho vontade de dar um soco na cara dela.

— Matthew!

— Ok, você dá um soco nela então. Briga entre garotas é muito melhor... E mais sexy.

— Jesus — murmurou Eve. — Que *fascínio* é esse que os homens têm por brigas de mulheres?

— Além do mais — continuou Matthew —, você treinou muito e está com os músculos bem definidos desde que andou malhando para interpretar Dallas.

— Adoraria dar um soco nela. — A gravação exibiu a visão parcial de um bíceps feminino flexionado. — Mas o jeito que escolhemos é melhor. É bom que ela fique puta, como esperamos. Ela vai contar o que fez e repetir as ameaças de vazar a gravação da gente transando.

— É uma vadia. De qualquer forma, eu bem que gostaria de ver esse vídeo. Uma sessão privada, só para nós dois?

Marlo riu de novo. O ângulo mudou, Eve viu o peito de Matthew e seu rosto sorridente quando a câmera subiu mais.

— Eu preparo a pipoca — propôs Marlo —, mas antes precisamos pegar o vídeo. Se tudo der certo, ela vai nos entregar a gravação. Não vai querer arriscar sua carreira por causa disso. Ou será que vai?

— Tudo ficará bem, querida, vai dar tudo certo. Ela vai descobrir que não pode sacanear Zank e Durn. Meu nome na frente, dessa vez.

— Eu te amo de verdade. — A imagem mudou quando eles entraram no *lounge*. — Quando tudo isso terminar e estiver resolvido, poderemos viajar para algum lugar, por um tempo. Vamos procurar uma ilha, um chalé nas montanhas, algum lugar onde possamos ficar só nós dois, pelo menos por mais um tempinho.

— Topo qualquer coisa que você quiser. Vou aonde você quiser ir. — A tela ficou borrada.

Mas é claro, observou Eve. Apesar de Marlo ter deixado a bolsa semiaberta, ela ficou pressionada contra alguma parte do corpo de Matthew quando eles se abraçaram.

— Não me parece um assassinato sendo planejado — comentou Peabody.

— Ainda não.

— Ok. — Marlo recuou e soltou um suspiro profundo. — Ação!

— Cena externa, ambiente noturno — murmurou Matthew quando eles saíram no terraço. — Nossa, é lindo aqui fora. Mas gostei mais quando viemos mais cedo e ficamos sentados, só nós dois.

— Vamos fazer isso de novo. Quando resolvermos tudo.

— Ok, combinado. K. T.! — chamou ele em voz alta. — Você queria resolver aquele assunto. Vamos conversar.

— Eu não a vejo. Talvez ela ainda não tenha subido.

— Ela não estava na sala de cinema. Droga, K. T., pare de sacanear a gente.

Eles deram mais alguns passos. Luzes brincavam na superfície do canto da piscina quando eles entraram na cúpula.

— Talvez ela esteja...

— Ai, meu Deus!

— Marlo, o quê...? Caramba!

A imagem torta e meio inclinada mostrou Matthew correndo em direção à piscina, pulando na água completamente vestido e virando o corpo que flutuava para revelar o rosto de K T.

Marlo soltou um grito sufocado, a imagem deslizou e ficou levemente fora de foco quando sua bolsa caiu na beira da piscina. Eve viu as pernas dela correndo, viu seus pés, a observou cair de joelhos e estender a mão para ajudar Matthew a puxar o corpo para fora da água. Suas vozes eram indistintas, palavras misturadas e confusas.

O que aconteceu?

Me ajude a tirá-la da água.

Ela está morta? Meus Deus, ela está morta?

Chega pra lá, chega pra lá. Ela não está respirando.

Eve viu Matthew realizar RCP e fazer respiração boca a boca, enquanto Marlo esfregava a mão de K. T. entre as dela, como se tentasse aquecê-la.

Acorde! Acorde! Vamos!

Ela está gelada, muito gelada. Não é melhor eu procurar um cobertor?

Ela se foi, Marlo. Ela se foi.

Ele se sentou sobre os calcanhares, muito pálido, a roupa pingando. Sua respiração parecia ofegante e difícil quando Marlo se ajoelhou, tremendo.

— Temos que chamar uma ambulância. Vou pegar meu *tele-link*.

Mas Matthew segurou a mão dela.

— Ela está morta. Ela morreu, Marlo.

— Mas não pode ser... Como assim? Deve haver algo que possamos fazer.

— Não consegui trazê-la de volta. Ela está morta. Ela... Ela já está gelada.

— Ah, Matthew. — Com o corpo entre eles, os dois se inclinaram um na direção do outro, parecendo náufragos se sustentando. — O que vamos fazer? O que deveríamos fazer? Dallas e Peabody! Temos que descer e contar tudo a elas.

— Sim. Cristo, estou tremendo. Sou um herói de araque. Preciso de um minuto. Preciso só de um minuto.

— Está bem, tudo bem. — Ela o abraçou e recuou. — A gravação. Precisamos pegá-la — disse ela, se levantando.

— Marlo, não toque em nada!

— Vou só pegar a gravação. Deve estar dentro da bolsa dela, que ficou bem ali. Se a polícia a encontrar, eles poderão pensar que...

Matthew, eles poderão achar que nós a matamos, que brigamos com ela, ou que... A gravação não está aqui. Não tem nada aqui. Tem algum bolso na roupa dela? O vídeo ainda está com ela, em algum lugar?

— Marlo, pare... Pare! Não tem nada com ela. Deve ter mentido. Simplesmente inventou uma mentira e agora está morta. — Suas palavras saíram ásperas e roucas. — Ela está morta, e não estamos fazendo nada a respeito.

— Você fez tudo que pôde. — Marlo caiu ao lado dele e acariciou seus cabelos, que pingavam. — Ela deve ter batido a cabeça e caído na piscina. Estava bêbada, caiu e se afogou. Olha, ali está o copo dela. Um pouco de vinho derramado e o copo quebrado. Foi um acidente terrível. Deus, Connie vai se sentir péssima com isso. Precisamos descer agora. Vamos, amor. Vamos lá pedir ajuda.

— Sim, sim. O que vamos dizer a eles, Marlo?

— A verdade. Subimos até aqui e a encontramos. Você a puxou para fora da piscina, mas não conseguiu salvá-la. Não precisamos contar o resto. Não é do interesse de ninguém além do nosso.

— Tem razão. Eu queria machucá-la, Marlo. Queria vê-la se contorcer de ódio. Mas agora não sei como me sentir. — Ele respirou fundo e se levantou. — Como você se sentiu quando eu disse que ela estava morta?

— O quê? Horrível. Horrorizada. Assustada. Enjoada.

— Ok, é isso que devemos demonstrar ao descer. Ainda não tivemos tempo de nos acalmar nem de pensar direito. Nós a encontramos, a tiramos da água, tentamos a RCP e fomos procurar ajuda. O restante não muda o que aconteceu, certo?

— Não, não muda. — Ela pegou sua bolsa. — Está pronto?

— Estou. Vamos logo.

Eles não disseram nada enquanto desciam a escada correndo. A filmadora minúscula continuou registrando o que acontecia enquanto eles relatavam tudo a Eve. Em algum momento, Marlo deixou a bolsa de lado. Ouviu-se um trecho indistinto de conversa e viu-se a imagem parcial de alguém passando. De repente, a gravação desligou automaticamente.

— Foi como eles disseram que aconteceu — disse Peabody.

— Sim. Só que os dois são ótimos atores, então... Precisamos garantir que foi tudo legítimo. Quero que Feeney faça testes na gravação original. Faremos uma cópia dela para colocar no arquivo do caso.

Ela pediu que providenciassem uma cópia, tamborilou na mesa.

— Foi uma cena fragmentada, mas deu para mostrar bem o que aconteceu. Não havia sangue. Ele já tinha sido lavado quando a gravação aconteceu. Não conseguimos enxergar a bolsa da vítima, aberta ou fechada, quando Marlo a vasculhou. Vamos ver o que ela diz sobre esse detalhe.

— Se isso tudo foi real, o assassino limpou o sangue e levou o vídeo. Portanto, ele ou ela sabia da existência da gravação.

— Supondo que havia uma gravação. E, se havia, vamos encontrá-la.

Por ordem de Eve, a suíte e o trailer no estúdio de K. T. foram trancados e lacrados. A gerente do hotel não ficou nem um pouco feliz com isso.

— O lacre da polícia deixa nossos hóspedes incomodados — avisou ela à tenente enquanto as escoltava pessoalmente até a suíte, conforme insistira em fazer.

— Aposto que o lacre também incomoda sua antiga, e agora morta, hóspede.

A gerente apertou os lábios e saiu com pressa do elevador, com seus saltos altos e finos.

— Todos nós aqui do Winslow lamentamos a morte de K. T. Harris. Só que temos responsabilidades com nossos hóspedes. Ela não foi morta aqui. A suíte não é uma cena de crime.

— Você é policial?

— Não, sou a gerente deste hotel.

— Então vamos combinar uma coisa: prometo não lhe ensinar como gerenciar o seu hotel, e você não gerencia a minha investigação de homicídio.

Na porta, Eve rasgou o lacre da polícia.

— Quero os dados do cartão-chave ou de qualquer outro cartão usado nessa suíte nos últimos três dias.

— Ninguém entrou na suíte desde que ela foi lacrada ontem à noite por dois policiais.

— Então os dados confirmarão isso, certo?

— Se a senhora duvida da minha palavra ou da segurança deste hotel...

— Não estou duvidando de nada... por enquanto — disse Eve, sentindo a sua paciência se tornar tão instável quanto os lábios da gerente. — Estou fazendo o meu trabalho. Agora, pode destrancar a porta com seu cartão-mestre, ou eu posso usar o meu. De um jeito ou de outro, volte ao seu trabalho depois.

A gerente passou o cartão com um movimento brusco.

— Quando vão liberar a suíte e retirar os pertences da srta. Harris?

— Seus pertences serão levados como evidências mais tarde, ainda hoje. A suíte só será liberada quando estiver convencida de que não há mais nada aqui relacionado à minha investigação. Você será notificada. Até lá... — Eve abriu a porta, esperou Peabody entrar, virou-se e bateu a porta na cara da gerente.

— Acho que ela não gosta de você — disse Peabody.

— Ah, qual é? Ainda nem comecei.

Eve colocou as mãos nos quadris e olhou ao redor. Elas estavam em uma sala de estar muito espaçosa, com cores e toques de sofisticação.

Um sofá macio em tons de ouro velho fazia uma curva e se destacava diante de uma parede coberta por espelhos de diferentes tamanhos e formas. Dos dois lados dele, havia mesas com luminárias altas em forma de pavão. Poltronas em azul-pavão estavam dispostas diante do sofá sobre um tapete com estampa ousada. Cadeiras menores cercavam uma mesa perto da janela com vista para o centro da cidade. Uma pequena fruteira encontrava-se no centro da mesa.

Um armário envernizado, também em azul-pavão, cobria completamente outra parede.

Curiosa, Eve o abriu e encontrou um telão de entretenimento, um bar totalmente abastecido e uma impressionante coleção de discos, vídeos e livros.

— Lugar simpático — elogiou Peabody. — E tem uma pequena cozinha ali. AutoChef, unidade de refrigeração grande, lava-louça, muitos copos e pratos. Tudo limpo, brilhoso e arrumado.

— Os funcionários do hotel vieram arrumar o lugar antes de lacrarmos a suíte. Temos um pequeno lavabo, e a ponta do rolo de papel higiênico está dobrada. Isso é sinal de que ninguém usou o banheiro desde que o serviço de quarto passou por aqui.

— Gosto quando eles fazem isso. Minha tia costumava fazer a mesma coisa quando eu ficava na casa dela. Também deixava um pedaço de doce caseiro em cima do meu travesseiro.

Eve entrou no quarto.

— Talvez sua tia tenha dado uma passada aqui — alertou ela, olhando para o chocolate com uma embalagem dourada e para a colcha cuidadosamente dobrada. Em cima da cama, uma cesta era composta por pantufas, um roupão dobrado com o logotipo do hotel e um cartão desejando ótimas noites de sono para a srta. Harris.

Às vezes, Eve se perguntava se os mortos sonhavam depois que iam para algum lugar e esperavam sabe-se lá o quê. Mas duvidava que as noites de sono de uma pessoa assassinada fossem ótimas.

— O que você vê aqui, Peabody?

— Muitos travesseiros, boa roupa de cama, bom serviço de quarto. Um ambiente perfeito para ler e assistir a um filme na cama. E é muito silencioso, o lugar tem um isolamento acústico muito bom. Mal se consegue ouvir os sons de Nova York.

— O que você não vê?

— Desordem. Não vejo roupas nem sapatos espalhados, nenhum lixo ou objeto pessoal — percebeu Peabody. — Não há fotos nem lembranças. Ela ficou aqui durante várias semanas. Meses, na verdade. E não há nada dela aqui fora. Nem na sala de estar.

— Exatamente. Nada que a fizesse se sentir em casa. Ela devia gostar de estar em um hotel. Bom serviço, e nada pessoal. Um lugar confortável, espaçoso, bem equipado... e anônimo.

Eve abriu um armário.

— Há muitas roupas aqui. Peças elegantes, roupas de grife e até coisas casuais. O cesto de roupa suja está vazio. Ela deve ter usado o serviço do hotel. Vamos descobrir quando foi que eles recolheram a roupa dela, pedir uma lista das peças e pegá-las de volta.

— Deixa comigo.

Eve entrou no banheiro da suíte. Banheira de hidromassagem enorme, chuveiro com várias duchas, tubo de secar o corpo, toalhas brancas e felpudas à vontade.

A comprida bancada dourada ostentava amplas pias duplas e uma bandeja imensa de produtos com a etiqueta do hotel.

— Ela mantinha seus cremes e gosmas para rosto e cabelos dentro das gavetas — anunciou Eve, depois de abrir algumas. — Seus itens pessoais básicos também. Escova de dente, desodorante, analgésicos, tranquilizantes leves sob prescrição médica. A maioria das pessoas costuma deixar alguma coisa em cima da bancada, certo? Uma escova de cabelo, a escova de dente, coisas desse tipo. Mas ela mantém tudo dentro das gavetas. Não olhem para as minhas coisas. É tudo meu, meu, meu.

— Talvez ela fosse apenas uma pessoa metódica e muito organizada.

— Ela não era metódica nem organizada. As coisas estão meio bagunçadas. Ela jogava tudo ali e fechava as gavetas. Tudo anônimo, como o resto. Comece pelas gavetas — decidiu Eve. — Eu fico com o closet, vou olhar de cima a baixo.

O serviço do hotel também tinha arrumado o closet, notou Eve. Tudo estava perfeitamente pendurado — organizado pelo tipo da roupa e, dentro dos tipos, por cores. Sapatos, em grande quantidade, se alinhavam nas prateleiras ao longo da parede lateral. As bolsas estavam acomodadas em cubículos, uma delas pendurada num gancho.

Era a bolsa do dia, concluiu Eve. Pelo peso, a vítima gostava de levar metade da sua vida dentro dela. Eve pegou a bolsa e a jogou sobre a cama.

— Caraca, quem precisa de todas essas tralhas? E ela carregava tudo isso, fora o que tinha na bolsa de festa ontem à noite.

— Algumas pessoas gostam de estar preparadas para qualquer emergência.

— Tal como fome, peste e invasão alienígena?

— Tudo isso pode acontecer, ora.

— Carregar uma bolsa com tudo é sinal de paranoia. Bom saber disso.

Eve vasculhou a bolsa. Eletrônicos, pacotinhos de biscoitos, balas de hortelã, maquiagem, uma caixa de pílulas com analgésicos e alguns tranquilizantes.

Cheirou o conteúdo de uma garrafa pequena na bolsa.

— Vodca — anunciou. — Tenho quase certeza. Vamos confirmar. Parece que ela também estava preparada para ficar em um lugar árido por muito tempo e esperava a volta da Lei Seca.

— Tudo isso pode acontecer.

Entretida, Eve balançou a cabeça.

— Não vejo o gravador. Também não achei dinheiro nem cartões, e ela não carregava nada do tipo quando morreu. Não pode ser só isso. Ela deve usar um cofre.

— Não achei nada até agora, a não ser por uma roupa íntima muito bem dobrada. As camareiras desse lugar devem ser de primeira. É uma lingerie sexy, beirando uma coisa mais safada, por falar nisso.

Interessante, pensou Eve e chamou a gerente para pedir a senha do cofre da suíte.

Talvez em retaliação pela porta na cara, a gerente se recusou a informar a senha. Em vez disso, insistiu em enviar alguém da segurança.

Enquanto esperava, Eve continuou a busca.

— Ela tinha um truque para saber se alguém mexeu no cofre — gritou ela. — Um fio de cabelo colado no canto inferior da porta.

— Isso é que é paranoia — decidiu Peabody — Ela guardava uma foto emoldurada de Matthew debaixo de todas as calcinhas. Isso é meio triste.

— Tire a foto da moldura.

Havia fichas de crédito e moedas soltas, notou Eve, verificando os bolsos das roupas. Purificadores de hálito. Outro cantil. Só pode ser vodca, decidiu Eve, depois de sentir o cheiro.

— Como foi que você adivinhou? — perguntou Peabody, entrando no closet com uma chave na mão.

— Porque ela é paranoica, e gente assim esconde as coisas. E é obcecada. Matthew era sua obsessão atual. E isso é a chave de um cofre alugado.

— É o que parece.

— Guarde a chave e continue a vasculhar tudo — ordenou Eve, ao ouvir o toque agudo da campainha. — Deve ser o segurança que veio abrir o cofre.

O segurança era grande e musculoso, tinha um aperto de mão forte e pouca coisa para dizer. Abriu o cofre rapidamente, assentiu e se retirou.

— O cofre está cheio — disse Eve a Peabody. — Dinheiro, cartões, joias, um notebook. Opa... — estalou a língua e balançou a cabeça para os lados — Isso parece ser um saquinho de zoner. Também temos um envelope com fotos de Matthew sozinho e outras de Matthew com Marlo, provavelmente tiradas pelo detetive particular. Em algumas, eles estão disfarçados, em outras, não. Matthew e Julian, Matthew com Roundtree, e assim por diante. E tem um cofre menor. Um cofre dentro de outro cofre. Paranoia.

— Achei várias páginas de script com algumas anotações e... Como se chama mesmo? Umas ordens do dia. Tudo em cima de uma das mesas.

Eve pegou o cofre menor e o examinou atentamente. Roarke poderia abrir aquilo em dois segundos, talvez menos, provavelmente só com o poder da mente.

— Ah, que se dane! — exclamou, pegando seu canivete. — Qual é o banco que ela usa quando está em Nova York?

— O Liberty Mutual, perto de Chelsea Piers. McNab descobriu, pesquisando as finanças dela.

— Ela não alugaria um cofre nesse banco nem nessa agência para guardar o que quer que tenha nesse cofre. Ela é mais do tipo "não coloque todas as galinhas no mesmo galinheiro".

— Acho que o ditado é sobre ovos e cestas.

— Galinhas, ovos, tudo a mesma coisa. — Depois de remover a placa eletrônica do cofre menor, Eve tentou espiar pelo buraco, espetou o canivete e sacudiu o objeto.

Ninguém ficou mais surpreso que Eve quando o cofre se abriu.

— Não foi tão difícil — murmurou.

— Outro notebook, um cartão escrito A. A. Asner, Detetive Particular e Segurança. Tem um endereço na Stone Street

— anunciou Eve. — E uma gravação lacrada. Aposto que é uma cópia. Se ela tem a original, deve estar no cofre alugado.

Eve pegou o notebook e tentou entrar no dispositivo.

— Tem senha. — Pensou por um momento e digitou "matthew". A tela cintilou e abriu.

— Paranoica, mas previsível. — Ela analisou tudo, começando pelo último arquivo aberto. — O jantar está assinalado aqui, com data, hora e alguns comentários expressivos.

Connie deve organizar um evento sofisticado para impressionar a Vaca Magra e sua parceira Capachobody.

— Capachobody! Que porra é essa? — reclamou Peabody

— Eu sou a Vaca Magra e nunca a tinha visto na vida.

Estou farta da Andi Cuzona, mas ela vai calar a porra da boca depois de hoje. E está na hora do Bobulian entrar na linha. Galinha Marlo já era e Matthew vai voltar para onde ele pertence e gosta de estar.

A noite promete.

— E prometeu mesmo — reconheceu Eve. — Mas não do jeito que ela imaginou.

Ela analisou o arquivo anterior.

— Anotação de um pagamento de cem mil dólares em dinheiro para um tal de Triplo A. Deve ser o pagamento do detetive. Foi feito em duas parcelas. A primeira, uma semana atrás, e a outra há três dias. E tem um código. 45128. #1337.

— Senha e número do cofre alugado?

— Eu diria que sim — concordou Eve. — Vamos verificar os bancos, o Lower West para começar, e ver se ela alugou um cofre pessoal no nome dela. Ou no seu.

— No meu nome de novo?

— Paranoia — repetiu Eve. — E ela brinca com a situação, é um lance natural. Terminamos aqui, encontramos o banco, o cofre alugado, e depois fazemos uma visita ao Triplo A.

Mais uma hora de pesquisa mostrou que elas tinham ganhado na loteria. Enquanto Peabody tentava descobrir o banco, Eve chamou os peritos e a DDE. Queria que passassem um pente-fino na suíte, os *tele-links* e o sistema de segurança verificados, todos os pertences pessoais da vítima guardados, selados e registrados como evidência.

— Ainda estou tentando achar o cofre alugado — avisou Peabody.

— Vamos ao escritório de Asner. Continue a busca.

Uma personalidade paranoica e obsessiva viciada em substâncias ilegais. Por que se dar ao trabalho de matá-la, pensou Eve, quando provavelmente ela se autodestruiria em pouco tempo?

Ela escondia seus cantis e as drogas, mas ninguém consegue escondê-los por completo. Seus colegas deviam saber que ela tinha problemas com álcool e drogas. Se ela ameaçasse um deles, qualquer um, a pessoa ameaçada poderia se vingar expondo os segredos mais ocultos de K. T. Harris.

Considerou Matthew e Marlo. Eles poderiam tê-la matado, depois voltado ao local do crime e gravado a descoberta. Era algo elaborado e dramático, mas essa é a especialidade deles, não é? Sua natureza, até certo ponto.

O motivo parecia fraco. É claro que o público ter acesso ao vídeo dos dois fazendo sexo seria embaraçoso, mas eles não fizeram nada de errado. O público ia ficar chocado, achar graça e prestar solidariedade a ambos.

A possibilidade de uma briga com empurrão e queda que poderia passar por um acidente ou uma impulsividade do momento passou pela sua cabeça de novo. Poderia até ser rotulado como legítima defesa. Ela me atacou, eu a empurrei e ela escorregou.

O resto pode ter sido pânico.

Não, não parecia ser um caso de pânico. O mais provável era ser algo mais calculado. Eve seguia mais a linha do: *a coisa já foi longe demais, vamos acabar com isso de uma vez por todas.*

Por que levar o vídeo? Por que limpar o sangue?

Porque a gravação tinha valor. Porque quem fez isso era novo na brincadeira e assumiu que a morte dela seria determinada como afogamento acidental, o resultado de uma queda *dentro* da piscina.

De volta à estaca zero. Poderia ter sido qualquer um deles.

— Descobri! New York Financial, e ela usou *mesmo* o meu nome. — Peabody curvou os ombros. — Isso é meio assustador.

— Mas não imprevisível. Qual é o endereço?

Eve programou o GPS quando Peabody informou o endereço.

— O banco fica a um quarteirão da agência do detetive particular. Vamos tentar falar com ele primeiro enquanto solicitamos um mandado para o cofre alugado.

Peabody solicitou o mandado e se recostou no banco.

— Tudo isso por causa de um cara? Um sujeito que a largou e estava envolvido com outra pessoa?

— Não, ele é um... Como é que se fala mesmo? Um McGuffin. Tudo isso é sobre ela. Se não fosse Matthew, seria outra pessoa ou outro motivo. É um caso de ego e ganância. Jogos de poder e uma vítima naturalmente revoltada.

— Não acredito que fiquei empolgada quando anunciaram que ela ia me interpretar no cinema. "Capachobody"... — murmurou Peabody. — Ela não tinha nenhum respeito por mim. Gostaria de ter descoberto o ser humano podre que havia ali antes de ela morrer. Teria mostrado quem era o capacho para ela.

— Por quanto tempo vai alimentar esse trauma?

— Um tempinho. Nunca investiguei uma vítima em quem eu gostaria de ter dado um soco na cara antes de alguém matá-la. Tenho treinado muito defesa pessoal.

— Sério?

— Muito sério. Acho que estou melhorando. E já perdi dois quilos. Na verdade, um quilo e setecentos e vinte gramas.

— Um quilo e setecentos e vinte gramas. — Eve a olhou meio de lado. — Tá falando sério? Você conta os gramas?

— É fácil para você me zoar, Vaca Magra.

— Ei! Para você, é tenente Vaca Magra, ouviu, detetive Capachobody?

Isso provocou uma contração labial em Peabody que se transformou em um sorriso relutante.

— A questão é que eu tenho treinado muito, aprendi a não dar dicas dos meus próximos movimentos e tudo. Conseguiria derrubá-la com facilidade em um mano a mano.

— Tenho certeza que sim. Você esfregaria o chão com a cara dela se alguém não a tivesse matado primeiro. Que filha da mãe egoísta... O mínimo que ela devia a você era viver o bastante para levar umas porradas suas.

— Não me importo com o quanto isso é estranho. — Peabody cruzou os braços e ergueu o queixo. — É a mais pura verdade.

— Talvez, quando prendermos o assassino, haja uma oportunidade para você treinar seu mano a mano. Se der um soco nele, isso talvez lhe traga alguma satisfação.

— É, acho que sim. Nossa, já me sinto melhor. Obrigada.

— Disponha. — Eve decidiu que o destino a tinha recompensado por acalmar Peabody quando surgiu uma vaga no nível da rua a meio quarteirão do prédio do detetive particular.

— Talvez você possa perder aqueles gramas extras caminhando até o escritório de Asner e depois voltando.

Capítulo Onze

A agência de detetives de Asner ficava em cima de um restaurante polonês especializado em pierogi, em um prédio de tijolinhos muito malconservado, situado entre um salão de tatuagens imundo e um bar fedorento. Para chegar à agência de investigação, eles adicionaram um lance de escadas à caminhada.

— Pierogi! Só de sentir o cheiro de pierogi a pessoa já engorda. É um fenômeno médico.

— Então prenda a respiração — aconselhou Eve quando elas começaram a subir as escadas.

Assim como o prédio ficava espremido entre o bar e o salão de tatuagens, a agência de Asner se situava entre um escritório de advocacia — cuja especialização, imaginou Eve, era atender pessoas desprezíveis — e a empresa de um fiador. Certamente, todo o andar compartilhava clientes.

Eve abriu a porta e se viu em um saguão claustrofóbico, onde havia espaço só para a mesa em que a loura peituda com ar de tédio pintava as unhas de vermelho-sangue.

Clichês são clichês por um motivo, refletiu Eve.

— Boa tarde — cumprimentou a loura com um sotaque estridente do Brooklyn enquanto se endireitava diante da mesa. — Em que podemos ajudá-las?

Eve exibiu seu distintivo.

— Precisamos falar com o sr. Asner.

— Sinto muito, mas o sr. Asner não está no momento.

— Onde ele está?

— Sinto muito, não posso lhe dar essa informação.

— Está vendo isso aqui? — Eve bateu com a unha no distintivo.

— Estou, sim. — Com ar de quem queria cooperar, a loura assentiu com força e arregalou os olhos. — Se a senhora me disser o motivo da sua visita, posso avisar ao sr. Asner quando ele voltar.

— E quando ele volta?

— Sinto muito. Não tenho como fornecer essa informação.

— Escute aqui, meu bem. Somos da polícia, você captou esse detalhe? Viemos aqui resolver assuntos da polícia. Precisamos saber o paradeiro do seu chefe.

— Sinto muito...

— Pare de repetir isso.

— Mas é *verdade*! — A loura balançou no ar os seus dedos de ponta vermelha. — Não tenho como lhe dizer porque eu não sei. Ele me disse que tinha outros negócios para resolver e que eu devia ficar aqui segurando as pontas.

— Consegue entrar em contato com ele?

— Já *tentei*, porque Bobbie apareceu e me chamou para tomar um drinque mais tarde, mas não posso ir porque estou cuidando das coisas aqui. Tentei ligar para o sr. Asner para perguntar quando eu podia ir embora, mas a ligação caiu na caixa postal.

— Isso é normal?

— Bem... depende. Às vezes, esses negócios de fora do sr. A envolvem, hmmm... Apostas. Quando isso acontece, ele não atende o *tele-link* por um bom tempo.

— Sabe onde ele faz essas apostas?

— Em vários lugares. Ele circula por aí.

— Aposto que sim. Você tem um nome?

— Tenho, sim.

Eve esperou um segundo. E mais um.

— E qual seria esse nome?

— Barberella Maxine Dubrowsky. Mas todo mundo me chama de Barbie.

— Tá falando sério? Ok, Barbie, vamos mudar a estratégia então. Vocês têm alguma cliente que se pareça com a minha parceira aqui?

Barbie prendeu o lábio inferior entre os dentes. Um método de concentração, imaginou Eve.

— Hmmm... Não, acho que não.

— E uma cliente chamada K. T. Harris?

Dessa vez, os cílios dela tremeram, mostrando ansiedade.

— Não sei se devo contar...

— Deve, sim.

— Ok, não temos. Pelo menos, não me lembro desse nome. Mas tem uma atriz com esse nome. Ela costumava namorar Matthew Zank. Ele é muito gato. Eu a vi em um filme sobre corporações, crimes, ou algo assim. Não entendi a história. Mas ela me pareceu uma boa atriz, e além do mais seu par nesse filme foi Declan O'Malley, e ele é...

— Um gato — completou Eve.

— Exatamente.

— E Delia Peabody? Têm alguma cliente com esse nome?

— Ah, claro. Ela veio ver o sr. A faz mais ou menos uma semana, por aí. Ficou bastante tempo na sala do sr. A, talvez uma hora, e ele pareceu muito empolgado quando ela saiu. Só que... — Ela olhou por cima do ombro e sua voz de boneca virou um sussurro. — Eu a achei meio babaca, sabe?

— Ah, achou?

— Ela ficou me dando ordens, como se eu fosse... — Barbie estalou os dedos e em seguida fez cara de terror ao olhar para as unhas. — Ai, que sacanagem! Borrei tudo. Sou muito educada com os clientes, mas me deu vontade de falar assim para ela: "Escuta aqui, só porque você é rica não significa que pode estalar os dedos, ficar me dando ordens e olhando para mim como se eu fosse lixo."

— Por que achou que ela era rica?

— Ela usava uns sapatos superluxuosos. Eu os vi na *Styling*, e eles custam o *olho da cara*. Ela também usava um vestido bem estiloso. Quando uma ruiva aparece aqui com um vestido chique e sapatos luxuosos, eu sei que ela tem dinheiro. Mas isso não significa que ela pode mandar em mim, mandar eu sair em busca de um café decente, "com creme e sem açúcar", pelo qual ela nem me pagou, por falar nisso. Até parece que eu tenho grana para despesas extras aqui, e o café me custou dez paus. O sr. A me deu o dinheiro do café uns dias depois, mas ela não devia ter feito isso, não é?

— Com certeza. Você sabe por que ela contratou o sr. A?

— Eu preenchi o formulário. Não tem problema eu contar para vocês? É confidencial.

— Somos da polícia — lembrou-lhe Eve.

— Então tudo bem... Eu acho. Veja, eu preenchi um formulário e um contrato de vigilância doméstica. Fazemos muitos trabalhos desse tipo porque as pessoas colocam chifres umas nas outras, e isso não é correto. O sr. A me disse para deixar o valor do contrato em branco.

— Isso é normal?

— Nem um pouco. Mas eu não me meto, só trabalho aqui. Ele me mandou deixar o valor em branco e não me deu uma cópia para guardar nos arquivos. Disse para eu não me preocupar com isso, mas eu faço as cobranças e cuido da contabilidade da agência. Sou boa com números. Com números e com pessoas. — Ela sorriu e empinou seus impressionantes seios. — Eles são meu ponto forte.

— Ela voltou aqui depois?

— Não, só veio uma vez. Por mim, tudo bem, não gosto de pessoas mandonas que me desprezam. Mas o sr. A está de muito bom humor desde aquele dia. Exceto por hoje de manhã. Ele chegou, mal me cumprimentou e se trancou no escritório. Mas estava bem quando saiu e piscou para mim. Não que sejamos íntimos, se é que vocês me entendem. Eu não ficaria com um chefe meu porque é preciso manter esses lances fora do trabalho, certo? Senão, a pessoa não respeita a gente.

— Pensamento inteligente, Barbie.

— De qualquer forma, não vi a srta. Se-acha-body desde aquele dia. Aconteceu algo com ela? Não que eu ligue, só me preocupo com o sr. A.

— Podemos dizer que algo aconteceu, sim. Quando o sr. A voltar, ou você conseguir entrar em contato com ele, agradeceria se lhe avisasse que eu preciso falar com ele. — Eve entregou um cartão a ela.

— Pode deixar que eu aviso. Mas acho que não vou segurar as pontas por muito mais tempo. Em todo o caso, não temos mais nenhum cliente marcado para hoje. Mas deixarei uma mensagem caso eu vá embora antes de ele voltar.

— Obrigada. Você foi muito útil.

Ela sorriu.

— Que bom! Gosto de ajudar.

Depois que elas deixaram a agência, Peabody enfiou as mãos nos bolsos.

— Esses apelidos idiotas estão me irritando.

— Mas você não se acha. Harris é que era assim.

— Mas é a droga do *meu* nome que está pagando o pato. E agora fiquei com vontade de fazer xixi. É como se minha bexiga estivesse querendo provar alguma coisa.

— Faça xixi lá no banco. Considere uma forma de depósito.

Elas encontraram outra gravação no cofre, mais dinheiro e dois recibos datados e manuscritos, emitidos por A. A. Asner, no valor de cinquenta mil cada.

Guardaram o material, etiquetaram e levaram tudo de volta para a Central.

— Registre a entrada desse dinheiro e guarde-o em um lugar seguro — disse Eve a Peabody. — Vou levar os gravadores até Feeney para uma análise rápida. Faça um relatório do que aconteceu hoje. Quando eu terminar com os vídeos, vou passar no estúdio para procurar algo no trailer da vítima antes de voltar para casa.

— Não quer que eu vá com você?

— Não, já sabemos que ela é muito paranoica para ter deixado pistas no próprio trailer. Mesmo assim, precisamos olhar, então deixe que eu cuido disso. Faça o relatório e mande para Whitney. Depois, mande uma cópia para Mira e marque uma hora para mim com ela para amanhã.

— Ok. Dallas? Estive pensando... Não existe arma do crime. Temos motivos por toda parte e um monte de oportunidades. Mas este é um grupo unido se você analisar bem. Eles passam horas juntos todos os dias há meses, todos trabalham na mesma coisa, vivem no mesmo mundo.

— Sem dúvida que sim.

— Bem, não sei se algum deles nos contaria se tivesse visto alguém sair da sala de cinema. Não sei se alguém desse grupo nos contaria caso soubesse qual deles matou Harris.

— Provavelmente não. Pelo menos, não no momento.

— Não vejo como vamos resolver esse caso ou provar algo, a menos que o assassino decida confessar e se entregar.

— Talvez possamos providenciar exatamente isso. Por enquanto, continuamos dando um passo de cada vez, trabalhando no caso. E não coloque no relatório que você acha que nós estamos ferrados.

Mas ela tinha razão, refletiu Eve, enquanto se dirigia para DDE. Havia uma vítima de quem ninguém gostava. Uma pessoa que ameaçou, manipulou ou irritou todos que estavam no local do crime.

Três policiais também estavam lá, pensou ela, irritada. Mais uma psiquiatra e um ex-criminoso civil que tinha virado consultor criminalístico. Estavam todos lá, na mesma hora e no mesmo lugar, e, mesmo assim, eles não tinham conseguido reduzir de forma expressiva a lista de suspeitos.

Isso a deixava envergonhada e enfurecida.

Ela mergulhou no ambiente de cores e sons da DDE. E movimentos, pensou, ao ver McNab andando pela sala com um tipo de ritmo empinado. Ele quase dançava e dava passos para o lado quando um de seus colegas *geeks* de eletrônicos vinha empertigado em sua direção ou ziguezagueava em seu caminho.

Como em uma dança estranha e desarticulada, pensou Eve, até os colegas sentados em cadeiras giratórias se balançavam, rodavam ou tamborilavam na mesa ao ritmo de alguma batida interna constante.

Parou na frente de McNab e o cutucou para chamar sua atenção.

— Oi. — Ele tirou o fone de ouvido. — Já tenho o relatório das finanças para você.

— Dois saques de cinquenta mil cada um nos últimos dez dias.

— Ah, que sem graça... Assim, você estraga a diversão.

— Achamos o detetive particular que ela contratou. Temos mais alguma coisa interessante?

— Na verdade, temos. Venha se sentar aqui à minha mesa.

Ele apontou o caminho para o seu cubículo — decorado recentemente, observou Eve, com um pôster de uma macaca vestindo um tutu de bailarina e pilotando um skate aéreo com um tablet em uma mão e um sanduíche na outra, enquanto seu fone de ouvido emitia luzes verdes. Um macaco menor pegava uma carona em uma mochila que estava nas costas dela.

O pôster foi intitulado MAMÃE MULTITAREFA.

— Achei que tinha encontrado a mina de ouro com os saques de cinquenta mil, mas investiguei todo o restante para garantir. Ela agendou pagamentos automáticos para a sua casa em Nova Los Angeles e outros para despesas domésticas e os blá-blá-blás de sempre. Também vi taxas para o agente dela, negociadores. Ela não gasta muito, considerando o que ganha. A maior parte da grana vai para tratamentos faciais ou corporais. E roupas.

Ele repassou o que Eve supôs ser os "blá-blá-blás de sempre".

— Me deparei com uma grana alta gasta em um lugar chamado "I Spy" e fui pesquisar. É uma loja aqui na Times Square. Veja só... Ela comprou duas câmeras de espionagem há algumas semanas. São minúsculas, mas têm sistema de ativação por voz, movimento e som ambiente, além de controles remotos, temporizadores, todos os recursos. Achei o funcionário que as vendeu, e ele se lembrou dela. Mas ele a descreveu como uma ruiva... "Uma ruiva insistente e durona", para ser mais exato.

— Encaixa no perfil da vítima. Ela estava ruiva quando contratou o detetive particular e quando alugou o cofre em um banco no centro da cidade. Esse devia ser seu disfarce principal. Duas câmeras? Interessante. Momento de compra interessante também. Bom trabalho, McNab.

— Todos os elogios são bem-vindos. Achei mais uma despesa grande. Ela fez um depósito volumoso para reservar uma casa de veraneio de alto padrão e classe para uma estadia de duas semanas, a partir do dia vinte e três de dezembro. A casa fica no Olympus

Resorts. Também já tinha reservado um jatinho particular para dois passageiros e teve que informar os nomes: o dela e o de Matthew Zank.

— Também muito interessante. Envie esses dados para o meu computador de casa. Vou dar uma olhada em tudo quando chegar. Feeney está na sua sala?

— A última vez que o vi, estava.

Ela foi até lá. O capitão do navio barulhento com cores exageradas estava encolhido diante da mesa, a camisa amarrotada. Fios prateados passeavam pelo seu pouco volume de cabelos cor de gengibre. Seu rosto, caído como uma rede velha e confortável, estava tão amarrotado quanto sua camisa.

Enquanto trabalhava na tela, ele pegou uma das amêndoas caramelizadas expostas em uma tigela de formato assimétrico sobre a mesa.

Eve deu uma batida seca na porta aberta.

— Tem um minuto?

— Estou trabalhando no maldito orçamento da minha divisão. Posso conversar com você por uma hora, se for preciso.

— Eu já terminei o meu.

— Ah, não venha se gabar.

Ela sorriu e fechou a porta. Os olhos caídos de Feeney se abriram e pareceram afiados como lanças.

— Trouxe donuts? Não sinto cheiro de donuts.

— É porque eu não trouxe.

— Então por que fechou a porta?

— Porque preciso que você analise um material.

— Já analisei a gravação da bolsa. Está limpa, gravação original, sem edição nem cortes.

— Ótimo. Mas esse material é outro. E é confidencial. — Ela se serviu de duas amêndoas caramelizadas e analisou a pequena tigela torta em laranja, verde e azul. — Foi a sra. Feeney que fez isso?

— Não. Ela consegue fazer coisas melhores agora. Na maioria das vezes. Foi minha neta que fez isso para mim. A garota pediu uma porcaria de uma roda de oleiro e outro forninho de cerâmica de Natal. Quem pensa em Natal com tanta antecedência?

Aparentemente, K. T. Harris tinha pensado.

— Por um acaso, você já viajou — quis saber Eve quase para si mesma — para bem longe, para passar férias de Natal?

— Por que diabos faríamos isso? É Natal!

— Pois é. Então, minha vítima contratou um detetive particular para instalar uma câmera secreta no apartamento do ex-namorado, no lugar onde ele está morando atualmente com a nova namorada. Tenho duas gravações: uma que ela guardou no cofre de uma suíte de hotel e outra que guardou em um cofre alugado em um banco.

— O que ela gravou? Dobermans transando? O planejamento de um ataque terrorista?

— Não sei dizer, porque ainda não vi os vídeos, mas imagino que ela os tenha flagrado fazendo o que as pessoas fazem quando estão em suas camas.

— Deve ter algo a mais para ela esconder duas cópias em locais separados.

— Bem, tenho que assistir para analisar, mas quero saber se uma das gravações é a original. Você consegue descobrir?

— Claro. — Ele se virou para o computador, abriu um programa por comando de voz e brincou no teclado por alguns instantes. — Vamos ver os vídeos.

Eve pegou as duas gravações, tirou o lacre de ambas, anotou a hora e a localização, o nome dela e o de Feeney. Ele colocou os vídeos no monitor e ordenou à máquina:

— Preparar para reproduzir os dois arquivos simultaneamente, em tela dividida. Veja bem, o programa reconhece qualquer anomalia e vai determinar qual é a gravação original e qual é a cópia.

Ele mandou o computador começar a exibição.

A tela cintilou e surgiram duas cenas idênticas quando Marlo entrou no quarto do apartamento.

— Essa é a atriz, certo? Ouvi dizer que ela se parecia muito com você. Eu não acho.

— Fica mais parecida quando está maquiada para gravar.

Fora das telonas, Matthew a chamou e perguntou se ela queria um pouco de vinho.

— Não posso recusar. — Ela foi até uma longa cômoda com revestimento em prata suave e abriu a gaveta. Pegou o que parecia ser uma camiseta, uma calça de moletom e jogou tudo na cama. Em seguida, tirou pela cabeça o suéter que vestia.

Com os olhos fechados, ficou parada por um momento, só de sutiã e calças cargo, alongando e girando os ombros para trás.

Matthew chegou com duas taças de vinho e sorriu.

— Gostei da roupa.

Ela sorriu de volta.

— Me machuquei um pouco hoje na cena de luta.

— Mas tirou de letra.

— Estou sentindo cada músculo do meu corpo. — Ela pegou o vinho, tomou um gole, soltou um suspiro de satisfação e comentou: — Isso é um bom começo. Vou trocar a roupa para me sentir mais solta e depois tentar aliviar algumas das dores.

— Posso te ajudar com isso. — Ele deixou o vinho de lado, colocou as mãos nos ombros dela e a fez gemer quando a massageou.

— Você está com manchas roxas, amor.

— Aposto que estou. Não consigo imaginar com quantas marcas roxas Dallas ficou depois de lutar de verdade. Devemos terminar as tomadas amanhã, se eu conseguir andar. Soube que K. T. ficou perturbando Nadine e Roundtree? Ela queria que Peabody participasse da cena.

— Sim, ouvi uma história dessa. Não pense nela. Você fica tensa só de pensar nisso. Ela não vale a pena.

— Eu sei, eu sei. Ela não se importa com o filme, tudo o que quer é mais tempo de tela. Ela gritou com Preston hoje. Deu para ouvir o escândalo dela do camarim. Ela ameaçou demiti-lo porque não gostou dos ângulos que ele usou nas cenas complementares que dirigiu, aquelas que se passam na sala de ocorrências.

— Ah, pelo amor de Deus.

— E ela fez Lindy, a menina do bufê, chorar. Reclamou de alguma coisa do macarrão. Juro, a cada dia que passa, ela fica mais cruel e maluca.

— Daqui a poucas semanas, as filmagens terminam, vamos ser dispensados, e ela estará fora das nossas vidas.

— Até começarem as rodadas de marketing e divulgação, as entrevistas com a imprensa, os pré-lançamentos. Só de pensar nisso, eu... Não, vou parar de falar dela. Por que pensar naquela maluca quando o cara que está comigo está fazendo uma massagem nos meus ombros?

Ele inclinou a cabeça e a beijou entre as omoplatas.

— Só relaxa.

— Vou fazer isso. Vou relaxar. Sério. — Ela se virou e estendeu a mão para colocar o copo ao lado do dele. — Tenho tantas dores e tantos lugares que precisam de uma boa massagem...

— Coitadinha.

Ela riu quando pegou as mãos dele para levá-lo até a cama. E então o empurrou, jogando-o de costas no lençol.

— Acho que pele na pele é a única resposta — completou ela, colocando a mão nas costas e abrindo o sutiã.

— Estou a seu serviço.

— Tenho algumas ideias sobre como você poderá ajudar. — Ela jogou o sutiã longe e desabotoou a calça.

Quando ela deslizou nua em cima dele, Eve sentiu um calor de vergonha se espalhar por trás de seu pescoço. Lutou contra a vontade de mudar o apoio do corpo de um pé para o outro.

Onde é que ela estava com a cabeça ao levar aquilo para Feeney ver? E ainda assistir com ele! Talvez fosse bobeira, mas Eve sabia muito bem que ele se sentia tão desconfortável e constrangido quanto ela.

Se eles estivessem assistindo a um assassinato sanguinário, com machados cortando gente, sangue jorrando e explosões queimando pessoas, nenhum dos dois teria piscado. Mas uma mulher nua e um homem seminu — ah, merda, agora ele estava totalmente pelado — curtindo um sexo divertido?

Tortura.

— Ok. — O som do pigarro de Feeney foi explosivo. — Pausar vídeo. — ordenou ele. — O que vimos já é o bastante para analisar. Não houve edição nem cortes em nenhuma das cópias. — Ele não olhou para Eve enquanto falava, o que a deixou profundamente grata. — E os dois vídeos são cópias.

— Nenhum dos dois é o original?

— É isso que estou dizendo. — Com muito cuidado, ele lacrou o material novamente e o devolveu.

— Asner. — O constrangimento desapareceu quando ela considerou as probabilidades. — Esse é o nome do detetive particular. Foi ele que ficou com o vídeo original, talvez para fazer chantagem por conta própria. Ou quem sabe ele simplesmente goste de assistir.

— Mas ele poderia assistir à cópia.

— Verdade. Ele ficou com o original e, se vendê-lo, poderá ganhar uma grana alta. — Ela ainda teria que vasculhar o trailer de K. T. para procurar o original, mas estava fortemente inclinada a achar que o detetive o tinha. — Talvez ele venda o vídeo para algum canal de fofocas ou chantageie os dois que foram filmados. Preciso ter uma conversa com A. A. Asner. — Ela pegou as gravações. — Obrigada, Feeney.

— Não foi nada. — Com as bochechas ainda vermelhas, ele voltou para o que estava fazendo.

Retornando a sua sala a fim de reunir tudo que queria levar para casa, Eve pegou o *tele-link* e ligou mais uma vez para a agência de Asner.

A voz estridente de Barbie disse que a agência estava fechada no momento, informou o horário de funcionamento e sugeriu que ela deixasse uma mensagem sobre o que se tratava.

— Aqui fala a tenente Dallas, do Departamento de Polícia de Nova York. Preciso falar com o sr. Asner o mais rápido possível. Tenho algumas perguntas de rotina sobre uma investigação em andamento.

Não disse mais nada. Asner tinha pelo menos cem mil dólares no bolso e poderia fugir se ela o pressionasse muito.

Olhando a hora e calculando o tempo que levaria para chegar ao estúdio e mais quanto tempo levaria para vasculhar tudo — especialmente agora, que também pretendia vistoriar o trailer de Matthew —, ela ligou para Roarke em seguida.

— Olá, tenente! — O rosto dele apareceu na tela. — Que *timing*... Acabei de terminar uma reunião.

— Estava em uma reunião? Estou chocada. — Ela franziu o cenho ao ouvir o barulho de fundo e ver a sala fora de foco atrás do rosto bonito dele. —Está de saída? Ainda precisa passar em algum lugar?

— Não. Na verdade, estou voltando de um lugar: Cleveland.

— Ok. Escute, ainda preciso voltar ao estúdio para dar uma olhada no trailer da vítima e em outras coisas. Vou me atrasar.

— Vai se atrasar? Estou chocado.

— Essa eu mereci.

— Vou ao seu encontro — propôs ele. — Preciso resolver um negócio no centro da cidade. Encontro você no estúdio, no trailer de Harris, como você disse. Quando terminarmos lá, iremos jantar em um lugar com vista para o rio.

— Parece um bom plano. Mas nada extravagante, ok?

— Pizza e cerveja.
— Está tentando me seduzir?
Ele riu.
— Sempre. A gente se vê daqui a pouco.
Ela recolheu o que precisava e voltou para a sala de ocorrências.
— Nenhum dos dois vídeos é o original — contou a Peabody.
— Asner ainda está em algum local desconhecido. Vamos tentar encontrá-lo em casa amanhã de manhã. A menos que surja algo novo, me encontre lá.
— Tenente! — chamou Sanchez, quando ela se virou para sair.
— Foi a namorada. Estou falando do caso dos dois idiotas mortos.
— Ah, foi?
— O ex-namorado, que não queria ser ex, ameaçou o namorado atual com uma faca e a enfiou nele bem antes de o atual pegar a própria arma. O atual começou a perder muito sangue enquanto o ex continuou fazendo buracos nele até sobrar pouco espaço para furar. Foi então que a namorada pegou o cano e acertou o ex. Ela disse que só quis tentar impedi-lo de matar o namorado atual. Chegou muito tarde para isso, mas a versão dela combina com o que vimos. Talvez ela tenha batido no ex com o cano muito mais vezes do que pode ser considerado normal, mas o atual estava ali no chão caído, morrendo, ou já morto.
— Vocês vão acusá-la formalmente?
— A questão é que conversamos com algumas pessoas, e todas confirmaram que o ex os estava incomodando, ameaçando e já tinha provocado outras brigas. Ele também batia muito nela, e foi isso que fez dele um ex. Talvez consigamos homicídio doloso qualificado, talvez homicídio culposo. A promotoria reclamou um pouco, mas não se entusiasmou com o caso. Carmichael e eu não vemos motivo para levar isso adiante.
— Veja se Carmichael consegue convencê-la a entrar em um dos nossos programas para vítimas e depois a libere se a promotoria estiver de acordo.

— Obrigado, tenente. Era essa conclusão que estávamos pensando.

Às vezes, pensou Eve, correndo para pegar o elevador da garagem, as coisas realmente tem a conclusão que a gente esperava.

Ela entrou no estúdio usando o distintivo como arma de persuasão e ordenou que a segurança liberasse a entrada de seu consultor civil quando ele chegasse.

Foi direto para a parte dos fundos da pequena cidade de trailers.

Alinhados e muito próximos uns dos outros, reparou Eve. Não havia muita privacidade ali. Eles pareciam iguais do lado de fora, notou, exceto pelos nomes nas portas.

Seguiu as instruções do guarda e chegou ao trailer de Harris, que estava com a porta lacrada. Ele ficava entre o trailer da atriz que interpretava Nadine e o ator que fazia o papel de Feeney. Não ficava perto dos trailers de Matthew, Marlo ou Julian, observou. Certamente, isso dava a Harris mais motivos para reclamar.

Eve abriu a porta e entrou.

Sala de estar com sofás em cores vivas, reparou. Uma grande poltrona giratória de couro. A mesa tinha uma fruteira, com frutas não tão frescas quanto uma vez foram. Na pequena área da cozinha, a unidade de refrigeração estava totalmente abastecida: água, vinho, refrigerantes, uma seleção de queijos, frutas vermelhas guardadas em um recipiente transparente fechado. Uma garrafa de vodca no freezer.

Para sentir o lugar, ela começou pelo espaço onde dormiam e depois analisou o banheiro. Havia flores na bancada, também não tão vivas quanto uma vez foram, e uma caixa ao lado delas com sabonetes, xampus e cremes.

Embora o quarto não fosse espaçoso, tinha uma cama bem arrumada, uma poltrona elegante e um telão de parede. O armário tinha apenas hastes para pendurar roupas, e gavetas na parte de baixo.

Ela começou por elas. Em uma das gavetas, encontrou outra garrafa de vodca aberta, quase vazia, e um saquinho com zoner escondido no fundo de uma bota.

Tinha quase terminado de vasculhar o quarto quando ouviu a porta da frente se abrir. Pousando a mão de leve na arma, ela saiu do quarto... E era Roarke.

Nossa, será que ela algum dia deixaria de apreciar quão lindo ele era?

Ele sorriu só para acentuar sua beleza, foi direto até onde Eve estava e a beijou.

— Oi — cumprimentou Eve. — Como estava Cleveland?

— Com muito vento. O que estamos procurando no trailer da falecida, que teve sua morte pouquíssimo lamentada, K.T. Harris?

— Nada que eu espere encontrar, mas preciso olhar com atenção. Já terminei de vasculhar a parte dos fundos. Vou te repassar todas as informações novas.

Ele passou a ponta do dedo pela covinha no queixo dela.

— Um dos meus momentos favoritos do dia.

— Está de bom humor — notou Eve enquanto eles voltavam para a sala.

— Estou mesmo. Foi um dia produtivo.

— Não comprou Cleveland, comprou?

— Só uma parte da cidade. — Ele ergueu as sobrancelhas ao ver a garrafa de vodca, o saquinho de zoner e a caixa com as ervas de seus cigarros, que Eve suspeitava estar batizada com algo ilegal.

— Vamos organizar uma festa?

— Parece que a falecida pouco quista passava muito tempo, ou pelo menos parte dele, bêbada ou doidona. E andou muito ocupada nas últimas duas semanas.

Enquanto terminava o quarto, contou a Roarke as novidades e, em seguida, entrou no banheiro. Encontrou mais tranquilizantes prescritos por um médico diferente.

— Ela parecia ser uma mulher triste, que achava mais natural fazer inimigos do que amigos — sentenciou Roarke.

— E por causa disso tenho uma casa cheia de suspeitos com quem ela batia de frente, aborrecia, irritava ou ameaçava.

— Detesto perguntar isso porque ele me parece um cara gente fina, mas, já que ela reservou um jatinho e férias para os dois, será que Matthew pode ser cúmplice de K. T. para enganar Marlo de algum maneira? Aproximar-se dela, encenar essa chantagem e deixar a vingança verdadeira para mais tarde?

— É uma possibilidade, que, por sinal, já considerei. — Eve fez que não com a cabeça. — Mas não faz sentido. Por que pagar por um detetive de verdade? Bastava eles convencerem Marlo de que havia um detetive, uma invasão, uma câmera instalada. O próprio Matthew poderia ter plantado a câmera e poupado uma boa grana.

— É verdade.

— De qualquer forma, vou investigar as finanças dele a fundo, para ver se há alguma despesa exagerada. Liguei para ele e pedi permissão para examinar seu trailer. Ele liberou numa boa. — Ela encolheu os ombros. — Não há nada aqui. — Eve jogou os cabelos para trás. — Ela não correria esse risco. As drogas, a bebida e as ervas ilegais só estão aqui porque ela precisava delas.

Roarke saiu do trailer com ela, a esperou colar a fita de volta na porta e comentou:

— Aposto que ela instalou as câmeras que comprou na Times Square em algum lugar do trailer de Matthew e depois destruiu o lugar quando viu ou soube que havia algo entre ele e Marlo.

— Suponho que sim — concordou Eve. — É como costumam dizer: "O Inferno é fichinha perto de uma mulher rejeitada."

— É por aí — decidiu Roarke.

— Então é isso: tenho a autorização dele e posso vasculhar o trailer. Se eu estiver certa e nós encontrarmos as câmeras, posso ver o que foi gravado.

Ela foi na frente, pelos becos entre os trailers, e seguiu até onde ficava o de Matthew.

Embora o interior fosse igual ao de K. T., a sensação era totalmente diferente.

Este era casual, tinha aspectos de uma casa, um pouco de bagunça. Em vez de uma fruteira, a mesa continha uma pequena caixa de som e uma cesta com PowerBars, barras de chocolate e chicletes. Havia uma garrafa de vinho na unidade de refrigeração, mas as bebidas em maior quantidade eram sucos e refrigerantes. O freezer continha três caixas de sobremesas congeladas.

Roarke encontrou a primeira câmera presa no topo da janela em menos de dois minutos.

— A outra deve estar no quarto — disse Eve. — Por favor, vá pegá-la enquanto eu termino aqui. Não tem sentido eu não mexer nas coisas dele já que ele me deu autorização.

Eles saíram de lá em menos de meia hora. Não havia ervas ilegais nem drogas, a não ser por uns analgésicos normais e uma garrafa de vinho. Nada de brinquedos sexuais, mas havia lanches suficientes para uma turma inteira de crianças.

Ela olhou em volta novamente.

— Ele e Marlo não teriam vindo aqui para dar uma rapidinha. Há pessoas circulando, os trailers estão muito próximos uns dos outros. Talvez ela tenha achado que eles viriam transar aqui, ou então queria espioná-lo e acabou flagrando uns chupões ou amassos leves.

— Você escolhe as palavras de um jeito muito peculiar — observou Roarke, passando o braço sobre os ombros dela. — Vamos trocar uns chupões e uns amassos leves?

— Aqui? Só se eu estivesse bêbada.

— Verdade.

— Estava certo quanto a K. T. e as câmeras no fim das contas, uma tremenda paranoia. Ela era uma mulher paranoica e triste.

— Ela te deixou com raiva e um pouco triste. — Ele passou um braço em volta da cintura dela e pressionou os lábios sobre a sua têmpora. — Vamos curtir aquela cerveja com pizza e levar a cabeça para longe da tristeza.

— Sim — reagiu Eve, passando o braço em volta da cintura dele. — Vamos fazer isso.

Capítulo Doze

Um momento relaxante com comes e bebes era um conceito relativamente novo para Eve. Antes de Roarke, seu tempo de descontração restringia-se a uma cerveja em um bar cheio de policiais, cercada por outros colegas, falando sobre trabalho. Ocasionalmente, quando Mavis conseguia convencê-la, uma noite em uma boate. Mas, na maioria das vezes, ela vivia sozinha no apartamento, que agora era composto de cores e da família de Mavis.

Eve, particularmente, não costumava ficar procurando por ninguém para partilhar o fim do seu dia, mas fazer isso com Roarke — quer seja por causa de trabalho quer seja como agora, em um breve intervalo entre seus trabalhos — tornou-se um hábito.

E era melhor.

Ela gostou da pizzaria movimentada, do barulho, das conversas, de sua bela vista da marina e dos barcos que balançavam em seus ancoradouros. Ali havia cerveja gelada, pizza quente e um homem que a amava e compartilhava tudo aquilo.

Sim, era muito melhor.

— Por que você não tem um barco? — perguntou a ele.

— Acho que tenho um ou dois.

— Não estou falando de cargueiros poderosos ou algo do tipo, usados para transportar suas pilhagens de um lugar para outro.

— Pilhagens? Que palavra sombria! Tento permanecer na luz, agora que sou casado com uma policial. — Ele ergueu uma sobrancelha e a cerveja. — Imagine o quanto seria embaraçoso para nós dois se você tivesse que me prender.

— Não tem problema, eu pagaria sua fiança... Provavelmente.

— Bom saber.

— O que eu quis dizer foi: por que não tem um daqueles iates rápidos ou um daqueles barcos menores, um veleiro? — Mordeu a fatia da pizza e apontou com a mão livre para o mar e para a vista. — O tipo de barco que as pessoas acham que deslizar de um lado para outro em cima da água pode ser divertido.

— Você não quer ter um barco — afirmou Roarke.

— Eu? Não. Olhar para a água... É legal, estar na água... em uma piscina, na praia, tudo isso é legal. Pilotar no mar e acabar parando em um lugar com coisas que vivem debaixo da água e que querem comer você? Por que correr esse risco?

— Já estive nessa situação, e mais do que coisas que vivem debaixo da água e querem comer você, o próprio oceano pode ser implacável. — Como ela, ele olhou para a água e para o horizonte. — Vivi em uma ilha, de uma forma ou de outra, minha vida inteira — lembrou ele. — Devo gostar de ilhas.

— Mas não de barcos.

— Não tenho nada contra eles. — Ele serviu mais uma fatia de pizza no prato dela. — Já curti bons momentos em barcos, a trabalho e a lazer. Na época em que "pilhagem" era a palavra mais adequada para os meus negócios, eu passava um tempo considerável em barcos.

— Fazendo contrabando.
Ele sorriu de um jeito fácil, mas com ar perverso.
— Sim, esse é um jeito de rotular as coisas. Outro jeito seria "exercitar o livre empreendedorismo". Mas há mais do que policiais e bandidos nessa mistura quando se trata de empreender em alto-mar.
— Por exemplo...?
— Bem... — Ele olhou novamente para os barcos e depois para Eve. — Certa vez, no Atlântico Norte, em algum ponto entre a Irlanda e a Groenlândia, pegamos uma tempestade. Ou ela nos pegou, para ser mais preciso. Até hoje, aquilo é a minha descrição de inferno. Escuridão total, os clarões ofuscantes dos relâmpagos, que traziam ondas mais altas que prédios, maiores que o mundo, e que explodiam em lampejos assustadores. Os sons do vento, da água, dos gritos dos homens, o frio de entorpecer o rosto, os dedos, de congelar os ossos da gente por baixo da pele.
Ele tomou um gole de cerveja, balançou a cabeça e completou:
— Aí está uma lembrança...
Do tipo que ele raramente compartilhava e ela raramente perguntava.
— O que aconteceu?
— Bem, lutamos a noite toda, e durante o dia, para nos manter à tona. Era como ser sacudido de um lado para o outro, como dados balançados dentro de um copo. A água subia e invadia o convés. Você nunca se sente tão sozinho, eu acho, até estar em uma tempestade em alto-mar. Nem todos conseguiram sobreviver, e não houve ajuda para os que caíram na água. No instante em que caíam, os perdíamos de vista.
Eve percebeu que ele voltara ao passado e revivia cada emoção, então não disse nada quando ele se calou por alguns instantes, antes de prosseguir.
— Me lembro de ter sido golpeado, lançado contra a amurada e de ter visto o mar de perto, à espera, pronto para engolir um

homem. Me lembro de colidir com algo que não sei o que foi, mas me impediu de ser lançado dentro das mandíbulas do oceano. Quando consegui me segurar, agarrei a mão de alguém prestes a cair quando as ondas cruéis se avolumaram e o jogaram no ar, na minha direção. Vi o rosto dele no clarão de um relâmpago. "Pequeno Jim", era como o chamavam, porque ele era baixo e magricela. Mas era um cara durão, o Pequeno Jim. Eu tinha conseguido ganhar cinquenta dólares dele na noite anterior, em um jogo de pôquer. Meu *straight flush* de copas contra o *full house* dele. Eu o segurei tão firme... Pelo menos, achei que tivesse, mas a água nos atingiu de novo com toda a força, a mão dele soltou da minha e ele caiu.

Ele parou, ergueu a cerveja e deu um gole, como em um brinde.

— E esse foi o Pequeno Jim, de Liverpool.

— Quantos anos você tinha?

— Hmm? Ah, dezoito. Talvez um pouco mais novo. Perdemos cinco homens naquela noite. Você provavelmente não os chamaria de homens de bem, mas aquela certamente foi uma morte dura para eles. Mesmo assim, nós conseguimos salvar a carga. Mas desde então...

Ele deu de ombros e mordeu a pizza.

— Não tenho muita vontade de viajar de barco. Mas sei pilotar de forma bem decente caso sinta uma vontade repentina de navegar.

— Acho que desse susto a gente não morre. — Ela colocou a mão sobre a dele e perguntou: — Valeu a pena? Correr tantos riscos?

— Estou onde estou, e você está aqui comigo. Então... sim, valeu a pena, nem que seja só por isso. — Ele virou a mão para cima sob a dela, entrelaçou os dedos. — Por isso.

Ela pensou em tudo isso a caminho de casa. Raramente, perguntava detalhes sobre a vida que ele levara antes de os dois se conhecerem. Sabia da sua infância sofrida, a pobreza, a fome, os abusos violentos que ele sofrera nas mãos do pai.

Nenhum dos dois tinha lembranças de Natal alegres e felizes nem boas vivências da época que as pessoas chamavam de "anos de formação".

Eve sabia que ele tinha sido um rato de rua em Dublin, um ladrão, que furtava e carteiras aplicava pequenos golpes. Tinha usado essas habilidades e muitas outras para construir a base do que era, em resumo, um império de negócios.

Sabia que, embora Roarke já estivesse em busca de legitimidade total em suas atividades quando eles se conheceram, ainda tinha o dedo em atividades suspeitas, mais por diversão que por necessidade. Mas tinha abandonado de vez os negócios ilegais por causa dela. Por causa deles.

Ela conhecia fragmentos do seu passado, mas havia momentos importantes, como aquela tempestade no mar, que ela desconhecia.

Quando Eve matutava sobre isso — policiais tinham essa tendência —, geralmente, acabava deixando para lá. Porque ele tinha razão. O que quer que tivesse feito ou os lugares que tivesse frequentado, tudo aquilo o levara até ela.

Mas havia momentos em que ela se perguntava por que e como.

— O que você acha que une as pessoas? Além da atração física? Porque o sexo aproxima muitas pessoas que não funcionam como casal.

— Além da química? Acho que o reconhecimento mútuo tem certa responsabilidade.

Ela revirou os olhos para ele.

— Aquele papo de energias irlandesas inexplicáveis.

— Inexplicáveis?

— Ah, você sabe. — Ela balançou as mãos no ar. — Entendo Matthew ter se ligado a K. T. Harris no início. Os dois trabalhavam na mesma área, estavam sempre juntos, ambos são atraentes. Entendo, até certo ponto, por que ela se interessou ainda mais quando ele a dispensou. Pode ter sido orgulho, teimosia ou simplesmente birra. Mas isso é... Foi algo a mais. Obsessão é mais que orgulho e birra. Ela o seguiu, espionou, contratou um detetive particular que lhe cobrou caro para realizar atos ilegais e planejava chantageá-lo com os resultados. Estava tão interessada nisso que até planejou férias com ele. Não importa se ele não a quisesse ou se a aceitasse por pressão. É como se fosse um estupro. Acho que acabei de responder à minha própria pergunta.

— Poder, controle e violência banalizada. Tudo que você me contou mostra que ela queria ter poder sobre as pessoas, sobre a imagem dela, a própria carreira.

— Você sabe mais sobre poder, como obtê-lo e como mantê-lo, do que qualquer pessoa que eu conheço. Quando você quer algo, sempre encontra um jeito de conseguir. Você me quis.

Estendendo o braço, ele passeou os dedos pelas costas da mão dela.

— E consegui você, não foi?

— Porque eu também queria você. Puxa, pense só no seu café. Eu seria uma tola se o recusasse.

— E você não é tola.

— Mas, se eu fosse tola e dissesse não...

— Você disse no início.*

— Sim, e você foi embora. Aquilo foi orgulho, mas também foi estratégia. Me cortou da sua vida, e, como eu estava loucamente apaixonada, fui atrás de você.

— Caiu em si.

— Eu precisava do café. Mas, se eu não conseguisse, ia achar outro jeito de suprir a minha necessidade. E você, o que teria feito?

— Eu teria feito de tudo para te convencer de que você nunca seria feliz sem o meu café. — Incluindo me humilhar, pensou ele. Mas para que citar esse detalhe?

---

* Ver *Nudez Mortal*. (N. do T.)

— Nem tudo — corrigiu ela. — Um homem na sua posição *podia* ter feito de tudo, esse é o ponto. Você podia ter me pressionado, me ameaçado, me chantageado. Podia ter usado a violência. Mas você não faria isso.

— Porque eu te amo. — Os olhos dele encontraram os dela por um instante, e estava tudo ali. A simplicidade. A grandeza. — Machucar você não era o objetivo, nem uma opção.

— Exatamente. Para K. T., machucar foi apenas um meio, mas o objetivo era a posse. Na verdade, acho que machucar era um bônus. Ela não teria parado.

— O que isso te diz?

— Matá-la foi um jeito de detê-la. Não foi algo pessoal, no sentido íntimo da coisa. Foi mais como fechar e trancar uma porta quando o que está lá dentro é perigoso ou muito desagradável. A ausência de violência real no homicídio é parte disso. Ela caiu ou foi empurrada. O assassino não ficou em contato com ela, não bateu, não a agrediu, não a estrangulou. O que fez foi arrastá-la para a água e ajeitar o cenário. Pronto. Bem melhor assim.

— Você tirou Matthew da lista de suspeitos.

— A gravação confirma a versão dele e de Marlo, apesar de podermos argumentar que foi tudo uma farsa. Encenar é o trabalho deles. Mas devemos avaliar a ausência de vingança física. As intenções dela eram forçá-lo a um relacionamento sexual que ele não queria. Algo pessoal, íntimo, mas o assassinato não foi assim. Então sim, Matthew está no fim da lista de suspeitos. Já Marlo...

— Sério?

— Ela não está tão no fim da lista. Eu esperava algo mais físico da parte dela. Socos, tapas, arranhões, algo assim. Mas consigo enxergar um confronto com ela, como eles declararam. Também consigo imaginar Marlo a enfrentando primeiro, dando-lhe um empurrão, e então entrando em pânico ou ficando muito revoltada e decidindo arrastá-la para dentro da piscina. Matthew a acobertaria, porque ele a ama. Não é nada bonito, mas me parece plausível.

Ela deixou essa possibilidade dançar em sua mente enquanto ele entrava na alameda longa e sinuosa que os levava à casa. O sol poente pintava as pedras de dourado e lançava raios vermelhos em diversas janelas. As folhas, ainda verdes do verão, assumiam um pouco dessa cor e sugeriam a chegada implacável do outono.

Quando ela saltou do carro, viu que o ar continha a mesma promessa. Mas o vento era fresco, e não frio.

— Lá se foi o verão — comentou Eve.

— Bem, ele teve seu momento longo e quente este ano. Está fresco o suficiente para acendermos a lareira do quarto hoje.

Essa ideia a atraiu tanto que ela continuou sorrindo, mesmo depois que entrou em casa e viu Summerset quase flutuando no saguão.

— O Halloween vai ser só daqui a algumas semanas, mas vejo que você já comprou sua fantasia. É bom estar preparado.

Ele simplesmente ergueu a sobrancelha.

— Tenho uma caixa cheia de roupas suas de quando você veio morar aqui, e algumas ainda não viraram pano de chão. Você pode sair no Halloween vestida de mendiga.

— Uma casa previsível — comentou Roarke, pegando Eve pelo braço e conduzindo-a para a escada. — Isso é sempre um conforto para um homem.

— Ele falou sério sobre a caixa de roupas velhas? — quis saber Eve, quando o gato surgiu atrás deles. — Ou disse aquilo só para me sacanear?

— Não faço ideia.

Ela olhou para trás com um ar sombrio.

— Minhas roupas não eram tão feias assim...

— Sem comentários — disse Roarke, quando ela olhou para ele. — Nem um sequer.

— Ele só veste roupas de agente funerário, quem é ele para falar alguma coisa? Ei! — reclamou ela, quando ele a direcionou para o quarto. — Tenho que trabalhar.

— Sim, e estou interessado em ajudar, mas quero te mostrar uma coisa antes.

— No quarto? — Ela estreitou os olhos e o analisou de cima a baixo. — Já vi essa coisa. É legalzinha. Quem sabe eu arranje um tempo para brincar com ela mais tarde.

— Você é boa demais para mim.

Ele a conduziu em direção a uma caixa com um laço dourado que estava sobre a cama.

— Meu Deus! Comprou algo para mim em Cleveland? — Por reflexo, enfiou as mãos nos bolsos. — Você devia guardar o presente até o Natal.

— Ainda estamos em outubro, e você vai querer usar isso antes do Natal. Não veio de Cleveland.

— Eu já tenho tudo, e você continua comprando coisas para mim.

— Isso você não tem, e poderia descobrir o que é se abrisse a porcaria da caixa — disse ele, dando uma cutucada na cabeça dela.

— Tá bem, tá bem! O pacote é grande demais para joias, então é algo que, provavelmente, não vou perder por aí. Deve ser roupa, já que eu só tinha trapos antes de vir morar nesta casa. Com certeza, é algo legal. — Ela deu um puxão na fita. — Então, provavelmente, vou destruí-la no trabalho, e Summerset vai me fuzilar com os olhos. Esse é um dos motivos pelos quais eu preferia que você não... Hmmm... — Havia um sabor no som que ela fez, como uma mulher que experimenta um chocolate macio e cremoso. — Interessante.

Eve tinha uma fraqueza explícita por couro e cores estilosas, e ele sabia muito bem disso. Quando ela puxou a peça para fora da caixa, Roarke notou que o bronze profundo e brilhante combinava tão bem com ela quanto ele esperava. O casaco bateria quase nos joelhos dela e tinha um caimento reto. Os bolsos fundos, bem talhados e reforçados aguentariam tudo que ela precisasse levar. Os botões da frente e do cinto decorativo na parte de trás tinham o formato do seu distintivo.

— É lindo! — Ela pressionou o rosto contra a peça e inalou o seu perfume. — Muito lindo, de verdade. Mas eu adoro o casaco que você me deu no ano passado. — Enquanto falava, esfregou a bochecha contra o couro. — Eu realmente não precisava de...

— Considere essa uma peça de meia-estação. O outro casaco é comprido, para um tempo mais frio. Você pode usar esse agora mesmo. Experimente.

Ela viu a etiqueta.

— Foi Leonardo que confeccionou. Ele vai servir como, haha... Como se tivesse sido feito para mim. Olha só esses botões!

— Pensamos que você ia gostar.

Sim, ele pensou. Servia e combinava perfeitamente com ela. A cor, o corte, os enfeites sutis. Quando ela se virou para ele, a bainha da peça girou em torno das suas coxas.

— É confortável também. Não repuxa no ombro por causa do coldre. — Ela deslizou a mão para dentro do casaco, sacou a arma com suavidade e tornou a guardá-la. — Não atrapalha meus movimentos.

— Existe uma abertura no forro para colocar uma faca do lado direito, já que você prefere sacar em cruz com o braço esquerdo e usa a mão direita para manusear a arma principal.

— Não brinca! — Ela abriu a jaqueta e conferiu, tentou cruzar os braços para sacar a arma e a faca imaginária simultaneamente. — Que prático! Muito útil. Qual é a desse forro? Ele parece meio denso. Não é pesado, mas não parece um forro comum.

— Isso é algo em que trabalhamos no meu departamento de pesquisa e desenvolvimento há algum tempo — Ele foi até ela e acariciou o forro com os dedos. É à prova de balas.

— Ah, você está de sacanagem! — Sua testa se enrugou quando ela examinou o material mais de perto. — É tão fino e leve... E ainda se mexe.

— Confie em mim, foi exaustivamente testado. Leonardo conseguiu pegar o material e moldá-lo no casaco. Ele bloqueará uma rajada atordoante de força máxima, embora você vá sentir um pequeno impacto. Ele a protegerá de uma rajada de laser, embora o couro vá sofrer. E vai bloquear uma lâmina afiada, embora o couro externo não consiga resistir, o que será uma pena.

— Sério? — Ela sacou a arma novamente e a entregou a ele. — Tente me atingir.

Ele teve que rir só de imaginar a cena e pensou: *Típico. Essa proposta é a cara dela.*

— Não vou fazer isso.

— Não confia no seu departamento de pesquisa e desenvolvimento?

— Não vou atirar na minha esposa com uma arma de atordoar dentro do nosso quarto.

— Podemos ir lá fora fazer o teste.

— Eve... — Balançando a cabeça, ele guiou a mão dela para trás até ela recolocar a arma dentro do coldre. — Confie em mim. Esse casaco já foi testado. Você ganhou o protótipo de uma roupa muito natural e elegante. Em breve, vamos dar início à produção em série. Pretendemos negociar com o Departamento de Polícia de Nova York para que ele seja a primeira força policial a ter esse equipamento. Não tão estiloso quanto esse, é claro.

— É algo único! Ele realmente acompanha meus movimentos. — Ela testou, agachando-se, girando o corpo e tentando dar um chute de lado. — Não atrapalha a amplitude dos movimentos nem... — Foi nesse instante que ela percebeu.

— Você disse que já trabalha nisso há vários meses.

— Leva tempo para desenvolver algo novo e que atenda a requisitos específicos.

— Quanto tempo?

Ele sorriu de leve.

— Ah, eu diria cerca de dois anos e meio. Desde que me apaixonei por uma policial.

— Você fez isso para mim.

— E para mim também. Quero manter você ao meu lado. — Quando ela estendeu a mão e a colocou sobre o rosto de Roarke, ele a pegou pelo pulso e virou a palma dela para os seus lábios. — Já estávamos perto de conseguir, mas eu apressei um pouco a criação desse protótipo nas últimas semanas.

— Desde Dallas.*

— Ele feriu você. Sei que você não usaria um colete à prova de balas quando McQueen te atacou em nosso quarto de hotel, mas, mesmo assim, isso me incomodou. Ele te machucou, e eu não estava lá.

— Você estava quando precisei da sua presença. Eu o venci mais uma vez, embora quase tenha me perdido.

— Você não teria se perdido.

— Tudo que sei é que você estava lá quando eu precisei de você. Não sei se eu teria conseguido passar por aquilo sem você. Nunca mais quero voltar lá. — Ela fechou os olhos por alguns segundos. — Mas, se for preciso, sei que você irá comigo.

— Nunca precisará voltar lá sozinha, Eve.

— Você foi cauteloso comigo desde que voltamos de Dallas. Nada muito óbvio, mas deu para perceber. Não precisa ser.

— Eu poderia dizer o mesmo.

— Acho que nós dois enfrentamos um grande sufoco e temos tentado não tratar o outro de forma errada. Mas um de nós vai se

---

* Ver *Viagem Mortal*. (N. do T.)

esquecer disso em algum momento, ou ficar chateado e falar algo mais forte. E tudo bem. Estamos bem.

— Você não teve pesadelos desde Dallas. Achei que ia ter e me preocupei com... Eve — disse ele, com firmeza, quando ela recuou um pouco.

— Não são pesadelos. Não como aqueles. São só... — Ela deu de ombros, tirou o casaco e o colocou com muito cuidado na cama. — São sonhos, apenas sonhos. Às vezes, é só com ela, com Stella, e, às vezes, com McQueen ou com meu pai. Às vezes, com todos eles. Mas consigo acordar antes que eles fiquem ruins. Ou piores.

— Por que não me contou?

— Talvez porque temos tido mais cuidado um com o outro. Não sei, Roarke, são apenas sonhos. *Sei* que são sonhos, mesmo quando estou no meio deles. Não são nem um pouco parecidos com os que eu tive em Dallas. E consigo impedir que eles fiquem insuportáveis, consigo detê-los. Preciso fazer isso.

— Mas não precisa fazer sozinha.

— Não estou sozinha. — Ela tocou o rosto dele novamente. — Você está aqui. Se eu precisar, você está aqui.

— Já contou para Mira?

— Ainda não, pelo menos não abertamente. Farei isso — prometeu. — Sei que é necessário, mas ainda não estou pronta, simplesmente não estou. Eu me sinto... bem. Estou forte, normal. Sei que preciso falar com ela e passar por esse processo. Mas também sei que durante a análise não vou me sentir bem, forte, não vou me sentir em meu estado normal. Ainda não estou pronta para isso.

— Tudo bem.

Ela sorriu de novo.

— Estou sendo cuidadosa.

— Talvez, mas acredito que vai sentir quando estiver pronta. E eu vou saber se você não estiver. — Ele pousou os lábios na testa dela. — Mas logo estará.

Ela se inclinou na direção dele e deitou a cabeça sobre seu ombro.

— Obrigada pelo casaco mágico.

— De nada.

Ela se remexeu e passou os braços em volta dele para um beijo. Então suspirou.

— Ok, vamos ter que fazer isso agora.

— O que seria "isso"?

Ela deu um passo para trás.

— Como sempre, está vestindo roupas demais. Resolva isso.

Ela passou por ele e tirou o casaco e a caixa da cama.

— Isso é um momento de sedução? — quis saber ele. — Estou muito interessado.

— O lance é o seguinte... — Ela colocou a caixa e o casaco no sofá, antes de desafivelar o coldre. — Uma das coisas que preciso fazer é assistir a Matthew e Marlo transando e, dessa vez, vou ter de ver até o fim, já que Feeney e eu não queremos mais analisar o vídeo juntos e ficar mortificados, morrendo de vergonha. Como transar com você depois de assistir ao vídeo vai ser muito esquisito, faremos isso agora, antes que fique estranho.

— Talvez eu não esteja a fim.

Ela bufou, em deboche.

— Tá bom, até parece. — Ela se sentou para tirar as botas e olhou para ele. — Eu pagaria um jantar para te convencer se já não tivéssemos jantado.

— Mas não comemos sobremesa.

Ela exibiu um sorriso malicioso.

— É disso que estou falando.

Ele riu, sentou-se na beira da cama e tirou os sapatos.

— Tudo bem, já que você está tão determinada.

— Ah, é? — Ela se levantou, tirou a blusa e a calça. — Consigo aguentar um "não".

— Quem disse "não"?

Ela foi até onde ele estava, esguia e ágil, e sentou-se no colo dele, de frente. Agarrando seu cabelo, pressionou os lábios nos dele, aprofundando o beijo cada vez mais e colorindo-o com um tom escuro e perigoso. Deslizou a mão para baixo e o acariciou com vontade.

— Agora, sim, entrou no clima.

Ela se afastou, deslizou para a cama, rolou de lado e ergueu as sobrancelhas para ele.

— E quanto a essas roupas?

Demorou cerca de dez segundos para ele se livrar delas.

— Que roupas? — perguntou, e se lançou sobre ela.

Ela começou a rir quando eles rolaram na cama. O gato — que imaginara que aquela seria a hora da sua soneca — pulou da cama e foi embora com ar de nojo.

Ela precisava de algo leve, pensou Roarke, para compensar sua breve jornada de volta aos pesadelos e às más lembranças. Cutucou as costelas dela com as pontas dos dedos, fazendo-a se contorcer e ofegar, quase soltando uma risadinha.

— Golpe baixo. — Ela agarrou a bunda dele e a apertou com força.

— Quê...? Isso? — Ele fez cócegas em suas costelas novamente até que ela abafou uma gargalhada.

— Continue assim, e você não vai transar.

— Ah, pois acho que vou, sim, porque você vai estar fraca demais para lutar comigo. — Ele cutucou a lateral do corpo dela, e, quando ela soltou um grito agudo, um som muito raro e estranho vindo de Eve, ele também se acabou de rir.

— Te peguei agora — murmurou ele, mordendo o ombro dela de leve. — Bastam algumas cócegas, e você se amolece toda.

— Você vai arranjar problemas.

— Eu sei disso, e, como você está nua, soltando esses gritinhos, presa debaixo de mim, acho que sei como encontrá-los.

— Vamos ver quem está gritando aqui, meu chapa. — Ela mordeu o lóbulo da orelha dele, com alguma força, e ele berrou.

— Isso foi um uivo — afirmou ele. — Um uivo muito viril.

Ela se ergueu um pouco, mas ele usou o impulso para rolar novamente com ela por uma, duas vezes, até terminarem na mesma posição — só que do outro lado da cama.

— Você é mais leve que eu, tenente. E tem menos músculos. — Ele agarrou as mãos dela e as prendeu acima da cabeça. — É melhor desistir.

Ele baixou a boca para cobrir a dela mais uma vez, e, dessa vez, o som foi de puro prazer. O corpo dela ficou mole debaixo do dele, e a sola do pé dela deslizou lentamente para acariciar sua perna.

Quando ele menos esperava, viu-se de costas com o joelho dela pressionando seu saco, e o cotovelo, em sua garganta. Seus olhos brilharam ao olhar para baixo na direção dele.

— Peso e músculos valem menos que agilidade.

— Você é traiçoeira, sabia?

— Sou mesmo, então é melhor desistir logo. — Ela baixou o rosto até chegar com a boca perto da dele, soltou um suspiro provocante, recuou, deu uma mordida como amostra e depois mais uma, antes de cobrir sua boca com voracidade.

— Quem está todo amolecido agora, hein?

— Você é minha. — As mãos dele deslizaram pelas costas dela, seguiram para a frente e subiram até os seios. — Você é a minha garota.

— Que sentimental... — brincou ela, mas deu um pequeno suspiro e pousou os lábios nos dele novamente.

Ela nunca tinha sido a "garota" de ninguém, nunca quis ser. Isso sempre lhe pareceu um termo fraco, que significava submissão e vulnerabilidade. Mas, com ele, a palavra se tornava doce, boba e simplesmente certa.

Com mais carinho do que tesão, o tesão chegaria, ela deu mais beijos no rosto dele. Ah, como ela amava aquele rosto... Os ângulos, as maçãs do rosto, a mandíbula marcada.

Ela sentiu o afeto, a simplicidade e a força que emanava dele quando sentiu seus braços a envolverem.

Por um momento, eles ficaram em silêncio, com corpos colados, os lábios dela descansando na bochecha dele.

Quando ela pressionou o rosto contra a garganta dele, ele achou aquilo a coisa mais magnífica do mundo.

Sua garota, pensou ele, enquanto mãos e lábios começaram a alimentar as primeiras brasas do tesão. Sua garota forte, complicada e resiliente. Ele amava todos os cantos escondidos da sua mente e do seu coração — mesmo quando ela o enlouquecia. Não havia nada que ele quisesse ou valorizasse mais, não havia nada que tivesse desejado ou sonhado naqueles anos sombrios e, muitas vezes, desesperados da juventude que fosse tão rico ou poderoso quanto o que ela tinha lhe trazido.

Ele tinha acreditado no amor, apesar da falta dele em seus primeiros anos de vida, ou talvez por causa disso. Mas foi preciso ela chegar para lhe mostrar o que o amor significava, o que ele oferecia, o quanto custava, o quanto colocava em risco.

A respiração dos dois acelerou quando o tesão se tornou um incêndio. Ela se moveu sobre ele, maleável como seda, e depois debaixo dele, quando ele a virou. Quando ele a preencheu.

Mais uma vez, ele pegou as mãos dela. Mais uma vez, seus olhos se encontraram, e depois seus lábios. Unidos por completo, eles deixaram que o fogo os consumisse.

Mais tarde, em sua sala — com o quadro do crime montado e o computador ligado —, ela estudou os rostos, os fatos, as evidências, a linha do tempo.

E sentiu como se estudasse uma parede de tijolos em branco.

— Eu não os compreendo. Talvez seja por isso que não consigo entender o quadro completo: atuar, produzir, dirigir, o que é necessário para fazer um filme. É um negócio, uma indústria, mas tudo é baseado em fingimento.

— Está confundindo fingimento com simulação — opinou Roarke. — Não são a mesma coisa. A imaginação é essencial para uma condição humana saudável, para o progresso, para a arte, até mesmo para o trabalho policial.

Ela ia discordar do trabalho policial, mas reconsiderou. Precisava imaginar, até certo ponto. Imaginar a vítima, o assassino e os eventos, para encontrar a realidade.

Mesmo assim...

— Essas pessoas, os atores, eles têm que se tornar outra pessoa. Precisam querer se transformar em outra pessoa. Brincar de fingir, não é esse o termo? Brincar. Mas precisam ganhar a vida com esse trabalho. É por isso que existem agentes, agências, diretores, produtores.

Ela circulou o quadro do crime.

— O diretor. Ele precisa enxergar a tela como algo completo, certo? Precisa ver o todo para depois poder separá-lo em seções, em cenas. Ele dá as ordens, mas é dependente dos atores, que precisam usar sua direção para conseguir...

— Tornar-se outra pessoa — terminou Roarke. — Como você disse.

— Sim. O produtor tem o investimento financeiro e o poder. É ele quem diz "sim, dá para fazer isso", ou "não, é impossível". Ele também precisa ver o quadro geral, mas em termos de grana. Então precisa de mais do que os atores e o diretor colocam na tela. Precisa que eles cultivem uma imagem e gerem mídia, a fim de que o público consiga imaginar a vida real, com glamour, sexo e escândalos, dos atores que ganham a vida sendo outra pessoa.

Ela circulou o quadro novamente.

— Então, em termos específicos, você tem Steinburger como produtor. Imagino que os outros executivos o amparem, porque isso sempre acontece. E o público é alimentado com a imagem de Julian e Marlo juntos. Porque os caras da grana consideram que o público, em grande parte, é composto por idiotas que vão comprar a fantasia, e eu não discordo. E tem mais: o público *quer* essa fantasia e se prepara para comprar mais ingressos, mais filmes para assistir em casa. Porque, voltando aos negócios, todo mundo quer um retorno do seu investimento.

— O que isso te diz?

— Em primeiro lugar, que Julian, Marlo e todos os envolvidos concordaram com todo o esquema. A maioria das suas entrevistas é divertida e rolam flertes, sem nenhuma confirmação ou negação convictas. Se perguntarem a um deles, ou aos dois, se eles estão envolvidos romanticamente, eles oferecerão variações inteligentes do clichê "somos apenas bons amigos", com pequenas insinuações sobre química e tesão entre eles. O mesmo vale para Matthew e Harris.

Eve parou de andar na frente do quadro.

— No caso deles, a coisa é mais discreta, pois o investimento em sua fantasia não é tão importante. K. T. incentivou essa versão ao falar do quanto gosta da química e das suas cenas com Matthew. Ele conversa mais sobre o projeto como um todo, ou sobre o elenco como um grupo. É cuidadoso, mesmo nas entrevistas, para não se conectar em demasia com Harris. Não deseja essa fantasia em sua cabeça nem na do público. Fala estritamente do trabalho no set de filmagem. É cuidadoso — repetiu.

— E o que isso te diz?

— Ela não era importante para ele, no fundo. As pessoas matam o que, ou quem, não é importante, mas esse não é o caso aqui. Ele e Marlo se sentiam chateados e revoltados, mas não estavam dispostos a matar. Se eles discutiram e a coisa se tornou física, foi só isso. Mas ela estava viva quando caiu na água. Não era importante o suficiente para que eles a matassem, pois, tirando a invasão da privacidade e um pouco de vergonha que os dois iam passar, isso lhes traria o apoio dos fãs. Todo mundo adora pessoas que se amam.

— Eles estão felizes — acrescentou Roarke. — A felicidade é uma vingança excepcional. Se ela tivesse aceitado tudo numa boa, teria saído como a burra da história em vez deles. Eu concordo, esse cenário não funciona.

— E temos Andrea. K. T. ameaçou seu afilhado, abalou a paz que ele alcançou à custa de muito esforço, ameaçou sua reputação. Mães matam para proteger seus filhotes. Ela não mostrou sinal de tanto ódio no interrogatório, mas é uma atriz experiente e talentosa. Então, continua na lista. Depois, temos Julian. Se o relacionamento entre Marlo e Matthew surgisse agora, antes do fim do projeto, antes que ele tivesse chance de surfar no flerte e na química, alguns poderiam ver isso como Marlo escolhendo a estrela menor e coadjuvante, digamos assim, em vez do protagonista. Isso o faria parecer um bobo, ou estragar a imagem que ele cultiva, do tipo "as mulheres não conseguem resistir a mim". Para piorar, ela o envergonhou no jantar. Para piorar mais ainda, ele ficou bêbado. Um confronto, uma briga, raiva, ego, orgulho e álcool. Esses elementos me parecem fortes.

— Acho que você gosta de me considerar, ou o ator que me interpreta, o principal suspeito.

— Tem uma ironia interessante nisso. E mais que isso, ele simplesmente não é tão inteligente assim, e o trapo bêbado largado no sofá depois do jantar pode ser interpretado como uma forma de querer estar fugindo do próprio problema. De tentar fazê-lo sumir.

Ela balançava a cabeça enquanto imaginava tudo e prosseguiu:

— Na parte imaginativa do trabalho policial, consigo vê-lo a matando. Basicamente, foi um acidente seguido de encobrimento e posterior fuga da realidade.

Eve apoiou a lateral do quadril no canto da mesa.

— Temos Steinburger, com quem eu preciso conversar de novo. Ela está ameaçando os lucros dele, o brilho cintilante do projeto. É um grande pé no saco para o produtor. E, como aconteceu com vários dos envolvidos, ela poderia ter algo na manga contra ele. Mesmo cenário: confronto, queda, encobrimento. Ela também anda ameaçando Preston... Mesma história. Esse projeto é uma grande oportunidade para ele, pois está trabalhando com Roundtree, com grandes estrelas, um grande orçamento, e quer ferrá-lo porque ele não cede a todos os seus caprichos. Ele não tem o poder máximo, mas ela não se importa com isso.

— Até agora você só eliminou Marlo e Matthew — ressaltou Roarke.

— E Roundtree. Ele simplesmente não poderia ter saído da sala de cinema, subido ao terraço, matado K. T. e voltado naquela curta janela de tempo. Estava no centro de tudo, sentado na primeira fila. Mas Connie não estava, e, pela própria admissão, saiu da sala. Estava furiosa com Harris, e, como Roundtree deve contar a ela do trabalho e seus altos e baixos, provavelmente já tinha um belo estoque de coisas que a revoltavam. Também não identifiquei nada de suspeito nela, mas é uma grande atriz. E talvez K. T. também tivesse algo contra ela, ou contra Roundtree. Por fim, temos Valerie. Ela se mantém quieta, faz seu trabalho e segue ordens. É quem faz girar a engrenagem da imprensa, e K. T. ameaçava botar fogo nessa fogueira.

— É "lenha", mas dá no mesmo.

— Ela pode ter enfrentado K. T., exigiu que ela cooperasse, e a sequência dos fatos se mantém.

— Tudo bem, tenente, já expôs tudo. Agora quem acha que a matou?

— Vou falar na base do palpite, da suposição, e da imaginação, acho. Em ordem decrescente: Julian, Steinburger, Valerie, Andrea,

Connie, Preston. O que significa que preciso conversar com todos eles novamente, voltar ao começo e tentar tirar algo das conversas. Depois que eu falar com o detetive particular. Posso arrancar algo dele que modifique essa ordem.

Ela se levantou, deu uma volta em torno da mesa e se sentou.

— Mas um deles a matou, e vai ser o que estiver suando e se mostrar mais nervoso e preocupado. Assassinos de primeira viagem agem assim.

Capítulo Treze

Eve livrou-se do sonho que estava tendo e se viu envolta na luz enevoada do amanhecer. Respirou, simplesmente respirou, tentando dar a si mesma um instante para se certificar de que estava acordada, sem precisar fazer aquela transição brusca de um sonho para outro.

Sua garganta implorava por água, mas ela ficou parada por mais um instante, com os olhos fechados, esperando a pulsação diminuir.

O braço de Roarke a envolveu e a puxou para junto dele. Serviu de âncora para ela.

— Estou aqui.

— Não foi nada. Tenho que me levantar e começar a trabalhar.

— Shhh...

Ela fechou os olhos novamente. Odiava aquela fragilidade ao despertar, a sensação de fraqueza e o tremor, como se ela fosse quebrar caso se movimentasse muito rápido. Sabia que a sensação ia passar e que ia se sentir tranquila novamente, mas odiava do mesmo jeito. Também odiava saber que Roarke tinha mudado o velho hábito de já estar de pé, vestido e acompanhando só-Deus-sabe-o-que no mundo dos negócios, antes mesmo de ela se mexer na cama.

— Me conta.

— Não foi nada — repetiu, mas ele roçou os lábios sobre os cabelos dela, e isso a desarmou.

— Stella está no quarto do lugar em que morava, em Dallas. Aquele onde fomos fazer buscas. Mas, no sonho, esse também era o mesmo quarto de quando eu era criança. Não sei onde nós morávamos na época. Não importa. Ela está sentada diante da mesa minúscula com todas as suas tinturas labiais, os cremes, cosméticos, todos os troços que usava. Consigo sentir o cheiro dela, aquele perfume doce demais. Isso faz meu estômago doer. Ela está de costas para mim, mas me olha pelo espelho com muito ódio e desprezo. Também sinto esse ódio. É quente e amargo. Preciso de um pouco de água.

— Eu pego.

Ela não discutiu, não fazia sentido. De qualquer modo, ela já se sentia um pouco melhor, um pouco mais forte. Foi só um sonho, lembrou a si mesma. E ela sabia que era um sonho, mesmo estando nele.

Isso era importante.

Ela tomou a água que Roarke lhe trouxe, mas ordenou a si mesma que a bebesse lentamente.

— Obrigada.

Ele não disse nada, colocou o copo vazio de lado e pegou sua mão.

— A garganta dela — continuou Eve, colocando os dedos na própria garganta. — O sangue escorria pela garganta dela e manchava o vestido rosa que ela vestia quando eu a interceptei e a van foi destruída. Ela está com muita raiva. A culpa é minha, ela diz. Veja só este vestido. Eu o estraguei. Estraguei tudo. Então eu o vejo no espelho, atrás de mim. McQueen. Ou talvez meu pai. É difícil dizer. Faço um movimento para pegar minha arma, mas ela não está lá. Não tenho minha arma. E ela ri. Ela ri no reflexo do espelho, e é horrível. Tenho que sair daqui, preciso acordar. E então eu acordo.

— É sempre o mesmo sonho?

— Não, não exatamente. Não tenho medo dela. Quero perguntar por que ela me odiava tanto, mas sei que não existe resposta. Não sinto medo até o momento que, não importa o caminho que o sonho tome, tento pegar minha arma e ela não está lá. Então eu sinto medo. E sei que preciso acordar.

— Nenhum deles pode te tocar, nunca mais.

— Eu sei. E, quando acordo, estou aqui. Está tudo bem. Estou bem, porque estou aqui. Não quero que se preocupe comigo. Só vai fazer com que eu me sinta culpada.

— Vou tentar me preocupar só um pouquinho, para que se sinta só um pouco culpada.

— Acho que isso vai ter que servir. — Ela se mexeu para eles ficarem com o nariz quase colado um no outro, coração contra coração. — Não mude sua rotina por causa disso. Isso vai me deixar agitada e preocupada. E, se você não mantiver sua rotina de acompanhar tudo desde cedo, para garantir a busca pela dominação financeira mundial, como vai me manter à base de café? Se ficar negligente, vou ter que encontrar outro multibilionário irlandês que tenha ligações com fornecedores de café.

— Jamais. Continuarei minha busca, desde que prometa que vai me avisar quando tiver esses pesadelos. — Com suavidade, ele passou a mão pelo cabelo dela. — Não os esconda mais de mim, Eve.

— Combinado.

— E, como parece que o núcleo da minha felicidade repousa no seu vício em café, vou trazer mais um pouco para você.

— Não vou recusar, mas preciso me agitar. Vou encontrar Peabody na casa de Asner. Quero chegar ao apartamento dele antes que ele saia de casa.

— Asner? — perguntou Roarke, ao se levantar e caminhar na direção do AutoChef.

— O detetive particular.

— Ah, sim. Um café da manhã leve então. — O gato esbarrou nas pernas dele e serpenteou entre elas. — Pelo menos para alguns de nós.

Ela se levantou, sabendo que ele tentaria convencê-la a tomar o café e possivelmente o desjejum leve na cama. Pegou a caneca da mão dele e tomou um gole.

— Vou tomar um banho — anunciou ela. — É melhor você voltar à sua dominação mundial.

— Vou retomá-la depois que alimentar o gato.

Fez isso enquanto ela tomava banho. Então, tomando seu café, parou ao lado da janela.

Andavam cautelosos um com o outro, foi o que ela dissera. Sim, eles estavam assim, ultimamente. E parece que precisariam ficar assim por mais algum tempo.

Ela se sentiu mais como ela mesma — talvez até um pouco melhor, devido ao casaco mágico — enquanto dirigia pelo centro da cidade. Deixou os vidros do carro abaixados, para que o ar fresco pudesse acariciar suas bochechas, e se sentiu feliz porque os dirigíveis aéreos ainda não tinham começado a emitir suas propagandas barulhentas. O grunhido revoltado do tráfego de Nova York podia fazer barulho sozinho, sem ajuda vinda do céu.

Ainda era muito cedo para os dirigíveis publicitários e mais cedo ainda para a maioria dos turistas. Parece que Nova York quase pertencia apenas aos nova-iorquinos. As carrocinhas de lanches faziam seus negócios pela manhã, oferecendo basicamente café de soja e ovos mexidos empanados. Maxiônibus arrotavam e despejavam passageiros que seguiam para suas primeiras reuniões matinais ou mudanças de turno, enquanto os que passavam a pé caminhavam a passos apertados ou enxameavam as faixas de pedestres como formigas determinadas.

Ela tinha um plano, que era colocar A. A. Asner contra a parede. Acusações de invasão domiciliar, intrusão criminal, transgressão eletrônica, cumplicidade em atividades de chantagem — para começar — e as ameaças de perda da licença e de seus meios de subsistência deveriam fazê-lo abrir o bico como uma criança tagarela.

Ela negociaria com ele algumas das acusações desde que ele entregasse o vídeo original e todas as cópias, além de revelar todo e qualquer dado que tivesse sobre K. T. Harris, seus movimentos, suas intenções e seus encontros.

Se ele não tivesse feito uma pesquisa minuciosa sobre Harris, ou a tivesse seguido de perto, ela comeria seu novo casaco mágico.

Para cobrir todos os ângulos, Eve tinha solicitado um mandado de busca e apreensão, tanto para a casa dele quanto para seus escritórios, por conta de suas ligações com a vítima.

Esperava consegui-lo logo.

Estacionou em uma vaga elevada a um quarteirão e meio do prédio de Asner. Aquele era um bairro decente, observou. Melhor que o outro que escolhera para instalar sua agência de investigação. Ela imaginou grupos de crianças se arrastando pela calçada indo para a escola, algumas delas reunidas em grupo por pais ou babás. A algazarra infantil permeando o ar, enquanto a maioria seguia pelas calçadas, vestindo o que Eve imaginava ser a última moda infantil, botas de cano médio com solas grossas e duras como um pedaço de madeira.

Os que não faziam algazarra, se reuniam em grupos.

Uma mulher de macacão que erguia a porta automática de um pequeno mercado lançou um sorriso para Eve.

O tempo mais fresco, pensou Eve, tornava as pessoas mais gentis.

Ela gostou da caminhada e prometeu a si mesma que faria seu treino matinal à noite, que aquela visita a Asner antes do horário comercial tinha impedido.

Avistou Peabody vindo na direção oposta, em marcha rápida. As botas de caubói — presente que Roarke decidira comprar em Dallas e levar para ela — cintilavam o rosa escandaloso a cada passo que sua parceira dava.

O ritmo acelerou, e a boca de Peabody formou um "O" atordoado. Por instinto, Eve colocou a mão em sua arma e olhou para trás, mas Peabody já vinha dançando — essa era a única palavra que definiria aquilo — ao longo da calçada.

Ela exclamou:

— Ohhhh! — E estendeu a mão.

— Ei! Tire as mãos de mim.

— Por favor. Por favor, por favorzinho, ele é tááão bonito! Me deixe só tocar nesse casaco.

— Peabody, já não é constrangedor o suficiente estar usando essas botas de caubói cor-de-rosa de novo? Ainda precisa ficar aqui babando no meu casaco?

— Eu adoro! Amo, amo minhas botas de caubói cor-de-rosa. Acho que elas vão virar minha marca registrada, em termos de calçados. — Ela colou em Eve, acariciou a manga do seu casaco novo e exclamou novamente: — Ohhhh! É tão macio e nivelado. Parece manteiga.

— Se fosse manteiga, estaria derretendo em cima de mim.

— De certa forma, parece derreter. Tem volume, mas é macio e superchique. Quando você anda, ele parece flutuar. É tão magnífico quanto aquele seu outro casaco.

— Agora que discutimos nossas escolhas de roupa para o dia, talvez possamos ir atrás de Asner já que estamos aqui.

A mão de Peabody se aproximou mais uma vez, e Eve ergueu um dedo como aviso.

— Você já tocou. — Quando ela se virou para a entrada do prédio, Peabody soltou seu terceiro *ohhhh!* da manhã.

— O detalhe do cinto nas costas. Ele destaca a sua bunda.

— O quê? — Atordoada com essa informação, Eve tentou esticar o pescoço e olhar.

— Santo Cristo!

— Não, não. É em um *bom* sentido, não de uma forma vulgar.

— Ela se aproximou e tocou a peça. — Foi um presente, tipo, sem motivo? Adoro presentes desse tipo, são os melhores. No mês passado, McNab me deu o par mais bonito de brincos, com correntinhas em forma de coração, e foi sem motivo. Você sabe que um cara está preso de verdade a você quando ele oferece joias de qualquer tipo e sem motivo.

— Ok. — Pela avaliação de Peabody, aquilo significava que Roarke estava preso a ela como um homem em areia movediça.

— Ela parou na porta e pegou sua chave mestra. — Ele tem um forro à prova de balas.

— Como é que é?

Eve abriu o casaco.

— O forro é revestido com um novo material no qual o pessoal de pesquisa e desenvolvimento de Roarke está trabalhando. É à prova de explosões, pistolas de atordoar e resiste a facadas de todo tipo

— Tá falando sério? — Dessa vez, Eve não fez objeção quando Peabody tocou o material do revestimento. Na opinião da tenente, aquilo era uma avaliação policial e, portanto, permitida.

— É tão fino e leve, se movimenta com facilidade. Consegue te proteger de uma explosão?

— Foi o que ele disse, e deve ter certeza. Mais tarde, você pode atirar em mim com uma pistola de atordoar, para testarmos.

— Caraca! Sabe de uma coisa? O casaco é igual à viatura.

— Isso é uma charada?

— Não — riu Peabody, quando Eve passou o cartão mestre pela fechadura. — É um objeto comum... Digo, é especial, mas é só um casaco, certo? Sua viatura também parece um carro comum. Só que ambos têm o interior especial. Pensados para uma policial. Ele te entende como ninguém. Isso é melhor do que um simples presente.

— Tem razão, ele me entende, sim, e isso é muito mais que um simples presente. — Depois de entrar, Eve parou novamente. — Ele anda preocupado comigo.

— Ir a Dallas, estar na cidade, deve ter sido duro para vocês dois — comentou Peabody, com cuidado.

— Não force a barra.

— Li seus relatórios e acho que há muitas coisas, assuntos pessoais, que não estão neles. Eu também te entendo muito bem. Somos parceiras, devemos compreender uma à outra, certo?

— Sim.

— Um dia, quem sabe, nós podemos tomar um drinque e você pode me contar o que não colocou nos relatórios.

— Faremos isso. — E poderiam fazer, percebeu Eve, porque Peabody realmente a entendia. Não forçava a barra. — Um dia, eu contarei. O apartamento de Asner fica no segundo andar.

Enquanto subiam, Eve ouviu os sons matinais de um prédio antigo da classe trabalhadora, sem paredes à prova de som. As conversas abafadas e os ritmos dos noticiários da manhã na TV, música, portas batendo, o ganido dos elevadores e das crianças, que ainda não estavam caminhando juntas ou correndo em direção à escola.

Não havia sensores palmares na entrada dos apartamentos, ela notou, mas as fechaduras eram robustas, e havia câmeras de segurança nas portas. Ela avaliou o sensor palmar instalado na porta de Asner e percebeu que era falso, feito para desestimular arrombadores, e não o aparelho verdadeiro.

Usou a lateral do punho e deu três batidas fortes na porta. Quase imediatamente, a porta do outro lado do corredor se abriu.

O homem que saía de casa vestia uma calça de moletom, uma jaqueta de aquecimento e tênis de corrida. Carregava uma bolsa de ginástica no ombro. Exibiu um sorriso largo ao colocar um boné sobre os cabelos castanhos desgrenhados.

— Acho que A não está em casa.

— Ah, não? — perguntou Eve.

— Mandei mensagem para ele alguns minutos atrás. Somos colegas de academia e geralmente vamos juntos para lá todas as manhãs. Ele não me deu retorno, então... — Ele deu de ombros.

— Você o viu ontem?

O sorriso desapareceu, e um ar de suspeita surgiu.

— Vi, sim. Por quê?

Eve exibiu seu distintivo.

— Precisamos conversar com o sr. Asner. Quando foi que você o viu ontem?

— Mais ou menos por volta dessa hora, quando saímos para a academia. Aconteceu alguma coisa?

— Precisamos conversar com ele sobre uma investigação em andamento.

— Então deviam tentar a agência dele. — Ele lhes forneceu o endereço que elas já tinham. — Ainda é cedo, mas, se ele estiver trabalhando em algo que o manteve fora a noite toda, pode ser que esteja lá.

— Algo que o manteve fora a noite toda?

O homem mudou de atitude, sentiu-se obviamente desconfortável.

— É o que estou achando. Combinamos mais ou menos de assistir ao jogo juntos ontem à noite, com alguns amigos, aqui, na minha casa, e ele não apareceu. E não é de perder nenhuma noite do jogo, principalmente quando fazemos apostas. Foi por isso que achei que ele tinha ficado preso no trabalho. Escutem, vocês deviam ir à agência dele. Não gosto de dar informações sobre um amigo para a polícia. É esquisito.

— Entendido. Obrigada pelo seu tempo. — Eve pegou um cartão. — Escute, se você o vir na academia, peça para ele entrar em contato comigo.

— Ok, pode deixar. — Ele guardou o cartão na bolsa. Parecia relaxado novamente e sorriu. — Se vocês encontrarem A antes de mim, avisem que ele está me devendo vinte paus.

— Pode deixar.

Eve esperou o vizinho descer a escada.

— Podemos tentar achá-lo na agência. Não é longe daqui, e talvez ele tenha dormido lá, especialmente se passou o dia jogando e perdeu grana.

Quando entraram na viatura, Eve contou a Peabody das suposições, teorias e conclusões a que tinha chegado na noite anterior.

— Concordo com relação a Matthew e Marlo — disse Peabody. — Eles são dois pombinhos apaixonados. Não que os pombinhos não matem o companheiro inconveniente, ou a velha tia-avó Edna, que é riquíssima, mas não desiste de viver e nunca morre. Mas a morte de Harris não se aplica a esses casos porque ela não é casada, e os dois parecem estar muito bem de grana. Havia algo na gravação que eu deva saber?

— Eles fizeram sexo e conversaram, umas bobeiras pós-transa. Depois, fizeram ioga juntos, pediram comida chinesa e comeram enquanto... Como é que fala? Passavam o texto das próximas cenas. Ele a ajudou na coreografia de uma cena de luta. As conversas que não tinham a ver com trabalho eram sobre planos de dar uma escapada juntos. A dúvida deles é entre Fiji e Corfu, ou era. Depois, viram um filme na cama, fizeram um round mais rápido de sexo e foram dormir.

— Tudo me parece normal — observou Peabody. — Estavam numa boa, juntos. Pombinhos felizes.

— A rotina da manhã seguinte também não trouxe surpresas. Um treino rápido, sexo no chuveiro, pelo menos é o que suponho, porque eles deixaram a porta do banheiro aberta e o áudio captou alguns sons sexuais. Frutas e iogurte no café da manhã, mais trabalho e conversas sobre a viagem a dois. Eles riram muito, se vestiram e saíram.

— Nenhum sinal de Harris ou do detetive particular entrando para recolher as câmeras?

— Ele teria editado as imagens em que apareceu se tiver um cérebro. E, como a gravação termina com eles saindo, ele tem. Nenhum sinal de Harris, e o nome dela, praticamente, nem foi mencionado pelas duas pessoas vigiadas. O que provavelmente a deixou frustradíssima.

Eve estacionou e olhou para a janela da agência de Asner ao saltar da viatura. O céu nublado tornava o dia um pouco sombrio, mas nenhuma lâmpada estava acesa.

— Ou ele ainda não chegou ou está lá dentro dormindo.

Quando elas entraram, começaram a se perguntar por que uma pessoa com cérebro se esquivaria da polícia. Ele certamente sabia que seria encontrado, e, quanto maior a demora para dar as caras, maior é a pressão que se sofre. Pode ser que estivesse elaborando uma história, um disfarce, ou talvez consultando um advogado.

Ou poderia ter pegado a grana que ganhou para desaparecer como uma nuvem de fumaça.

Eve não gostava muito dessa ideia, mas gostava ainda menos da outra possibilidade que rondava sua mente.

Ela se aproximou da porta da agência de Asner e bateu no vidro.

— Não está trancada.

A outra possibilidade tornou-se mais forte. Ela e Peabody sacaram a arma.

— Ele pode ter esquecido de trancar a porta — sugeriu Peabody, baixinho.

— Então está desperdiçando uma fechadura de ótima qualidade.

— Eve fez um sinal com a cabeça, contou até três e elas entraram juntas pela porta.

Uma rápida avaliação inicial mostrou uma desordem completa na recepção. Do computador da bancada, só restara o monitor. As gavetas tinham sido arrancadas e reviradas.

Novamente ao sinal de Eve, Peabody se moveu em direção à sala de Asner. Abriu a porta e cobriu o lado direito com a arma, enquanto Eve cobriu o esquerdo.

A desordem também reinava ali, assim como a morte. A. A. Asner estava caído no chão, de bruços. A parte de trás de seu crânio tinha sido esmagada, provavelmente pela estátua de um pássaro caída ao seu lado, coberta de sangue e pedaços de cérebro.

Ele não pagaria os vinte dólares da aposta ao seu companheiro de academia, pensou Eve, e não poderia ser pressionado para falar sobre sua cliente também morta.

Colocou a arma no coldre.

— Vá buscar o kit de serviço que eu vou dar o alarme.

— Atingido por trás — disse Peabody. — Com força, e foram vários golpes. Dessa vez, não há suspeita de ter sido um acidente.

Ela correu de volta para o carro enquanto Eve ligava para a Emergência, avisava sobre o cadáver e pedia guardas para preservar a cena do crime e fazer as primeiras perguntas aos vizinhos. Também pediu um grupo de peritos criminais e uma equipe do necrotério.

Pegando a filmadora, a prendeu em sua roupa e a ligou.

— Aqui fala a tenente Eve Dallas e a detetive Delia Peabody, dentro da agência de A. A. Asner, detetive particular. A porta não estava trancada, a detetive Peabody foi à viatura pegar nosso kit de serviço. A Emergência já foi acionada e equipes de apoio, solicitadas.

— A vítima, com identidade ainda a ser confirmada, sofreu vários golpes na parte de trás da cabeça. A arma parece ter sido a estátua de um pássaro preto com asas fechadas e bico curto. Um falcão — murmurou. — Ele foi agredido com uma réplica, um suvenir, ou algo do tipo, do filme "O Falcão Maltês", que é também um livro — lembrou ela.

O filme e o livro estavam entre os favoritos de Roarke.

— O herói da história é um detetive particular durão do início do século 20. Mais ironias, eu acho.

Ela saiu e analisou a porta principal.

— Nenhum sinal visível de arrombamento. Ele deixou o assassino entrar, ou entrou com ele. A vítima o conhecia, ou então não estava preocupado com a visita, pois os golpes fatais vieram por trás.

Com cuidado para não tocar em nada, ela caminhou em volta da sala.

— O morto ia em direção a sua mesa, de costas para o assassino. A arma do crime estava em cima de uma mesa à esquerda da porta do escritório, ao alcance da mão. Foi só pegá-la e esmagar o crânio da vítima. Asner caiu.

Evitando o sangue coagulado acumulado no chão, ela se aproximou do corpo.

— A vítima recebeu mais um golpe enquanto caía. Talvez um terceiro e um quarto golpes para garantir, quando caiu no chão. A bagunça é completa. O escritório foi saqueado, assim como a sala da recepção. Estão faltando computadores, e as gavetas foram reviradas. A vítima não está usando um *smartwatch*, possível assalto. Mas isso é falso. É uma mentira. Coincidência é meu rabo. Quem matou Asner também matou Harris. E queria o vídeo, queria informações, queria... silêncio.

Olhou para trás quando Peabody voltou com o kit de serviço, levemente ofegante.

— Quais são as chances de ser coincidência o detetive particular contratado por Harris ter tido o seu crânio esmagado cerca de vinte e quatro horas depois de ela se afogar?

— Quase zero — respondeu Peabody e entregou a Eve o kit de serviço e a lata de Seal-It, o spray selante.

— Eu diria menos que zero. Vamos confirmar a identidade dele e descobrir a hora exata da morte

— Tire o casaco.

— O quê?

— Ele é novinho em folha, Dallas, e espetacular. Por que arriscar respingar sangue e pedaços de cérebro nele? Passei três camadas do spray selante nas minhas botas para não sujarem.

Ela tinha razão, pensou Eve, tirando o casaco. Era por isso que os policiais não deviam vestir nada com que precisassem se preocupar na hora da sujeira.

Com o casaco de lado e em segurança, ela se agachou ao lado do corpo.

— A vítima foi confirmada como Abner Andrew Asner — disse Peabody, após verificar as impressões digitais. — Quarenta e seis anos, detetive particular autorizado, proprietário e empregado da empresa no local em questão.

Trabalhando com os instrumentos de medição, Eve fez que sim com a cabeça.

— Hora exata da morte: onze horas e vinte minutos da noite passada. Provavelmente, uma visita ou um encontro tardio. — Verificou os bolsos. — Não há carteira nos bolsos traseiros nem no bolso da frente do meu lado. Também não há fichas de crédito soltas. Algo no seu lado?

— Nada — declarou Peabody. — Ele também não usava nenhum *smartwatch*. Não trazia um *tele-link* no bolso, nem agenda eletrônica, nem arma de nenhum tipo.

— Há uma jaqueta no chão, debaixo daquele cabide de madeira. Verifique a peça e depois a mesa. Tentaram simular um assalto — continuou Eve —, do mesmo modo que tentaram fazer a morte de Harris parecer um afogamento acidental. Tentativa fútil e nada convincente para quem tem o *mínimo* de conhecimento sobre o trabalho policial.

— Porque não somos idiotas — confirmou Peabody. — Nada na jaqueta. Duas balas de hortelã no chão, como se tivessem caído do bolso. — Ela foi até a mesa enquanto Eve se colocava de cócoras.

— A vítima recebeu cem mil dólares, mas ficou com a gravação original. Não conseguiu resistir. Talvez haja mais alguma grana para eu conseguir com esse material, deve ter pensado. De quem? Ele, certamente, sabia que Harris ia chantagear Marlo e Matthew. Será que pretendia fazer o mesmo? Ou planejava mostrar o material para outra pessoa interessada?

— Temos que descobrir o que todas as possíveis pessoas interessadas estavam fazendo por volta das onze e meia da noite passada.

— Seria um bom começo.

— Provavelmente estavam todos no estúdio. Preston entrou em contato comigo ontem à noite para me dizer que eles marcaram de filmar a cena em que eu apareço no sábado. Disse que, se eu arrumasse algum tempo livre, poderia dar uma olhada na roupa que vou usar.

— Você pretende fazer isso?

— Bem... — Peabody parou de vasculhar os detritos em cima e em torno da mesa. — Você acha que eu não devia ir?

— Não há razão para não ir. Se não descobrirmos o culpado até lá, lembre-se de que policiais e assassinos interagem o tempo todo.

— Não tinha pensado nisso. McNab vai comigo. Pode ser que eles também o usem como extra em alguma cena. E eu consiga interagir com um assassino de Hollywood bem-sucedido. Tenho treinado o meu mano a mano, lembra? — Ela flexionou o bíceps direito.

— Quando for escolher sua roupa para a cena, pegue algo em que você possa guardar sua arma ou uma faca de tornozelo.

— Boa ideia. Nenhuma anotação ou agenda física, nenhum *tele-link* de bolso, nenhuma gravação.

— Continue procurando. Vou ver quem chegou na recepção.

Ela mal se levantou, e dois guardas entraram. Mandou ambos interrogarem a vizinhança e vasculharem a área externa em um raio de dois quarteirões. O assassino tinha levado equipamentos eletrônicos, portanto, tinha algum transporte próprio ou um cúmplice motorizado. Certamente, precisou estacionar e fazer pelo menos duas viagens de ida e volta. Eve ia descobrir até que horas o restaurante no térreo funcionava, assim como o estúdio de tatuagem. Ela não tinha dúvida de que o bar decadente estaria aberto e com algum movimento na hora do assassinato.

Ergueu a cabeça ao ouvir o clic-clic-clic de saltos vindo pelo corredor, acompanhado de risadinhas femininas e uma risada masculina, em um tom mais grave.

Foi até a porta e viu Barbie em uma saia vermelha pouco maior que um guardanapo, repetindo sua coreografia de jogar o cabelo para trás e piscar repetidamente os cílios na direção de um sujeito magro de mandíbula forte, que vestia um terno amassado.

Bobbie, presumiu Eve. Parece que eles tinham feito mais do que tomar alguns drinques na noite anterior.

Ainda rindo, Barbie viu Eve e bateu os cílios com mais força, dessa vez, de surpresa.

— Ah... Você voltou!

— Voltei.

— Foi A quem abriu a porta para você? Achei que ele fosse chegar mais tarde. Cheguei antes do horário porque me senti um pouco culpada por sair antes da agência fechar ontem.

— Você falou com o sr. Asner depois que eu e minha parceira fomos embora?

— Não. Ele não me respondeu, então eu mandei uma mensagem em vídeo para ele avisando que ia embora. — Ela mordeu o lábio inferior. — Ele está muito bravo? Achei que não se importaria, já que...

— Não, ele não está bravo. Lamento dizer que o sr. Asner foi assassinado ontem à noite.

— O quê? *O quê?* — Ela gritou o segundo "o quê". — A não pode ter sido assassinado. É um profissional.

— Parece que ele estava aqui com alguém, ou deixou alguém entrar, ontem à noite. Foi atingido na parte de trás da cabeça com a estátua de um pássaro preto.

— O Passarinho! Não! Você tem certeza, certeza? Porque A sabe cuidar de si mesmo. Ele não devia estar morto.

— Sinto muito pela sua perda.

— Mas... Mas... — As lágrimas surgiram como jatos de lava, rolando pelo rosto de Barbie quando ela o enterrou no peito do companheiro. — Ah, Bobbie!

— Meu nome é Robert Willoughby. Sou advogado. Aquele é o meu escritório — acrescentou, apontando para a porta vizinha. — Sei que a senhora precisa perguntar tudo, então vou lhe poupar tempo. Barbie e eu saímos daqui do prédio por volta das quatro e meia da tarde, fomos até o Blue Squirrel para um drinque e tomamos algumas doses. Acho que eram sete da noite quando saímos. Fomos jantar no Padua, um pequeno restaurante italiano na rua Mott. Decidimos fechar a noite ouvindo música e tomando mais alguns drinques no Adalaide. Acho que ficamos até meia-noite, e então fomos...

— Para a minha casa — completou Barbie, fungando um pouco.

— Podemos fazer isso porque não somos casados nem nada... Digo, não somos casados com outras pessoas. Bobbie, alguém matou A.

— Eu sei. Por que você não vai para o meu escritório, querida, e se senta um pouco lá?

— Posso fazer isso? — perguntou a Eve. — Me sinto péssima.

— Claro.

Bobbie destrancou a porta, a acomodou lá dentro e saiu.

— Ela não machucaria uma mosca. Literalmente.

— Não tenho motivos para acreditar que ela tenha algo a ver com a morte de Asner.

— A senhora disse que ele deixou alguém entrar, ou chegou da rua com alguém. Então não foi um arrombamento.

— Não há evidências de arrombamento, mas ainda não podemos descartar isso nessa fase das...

— Não foi arrombamento.

Eve olhou para ele.

— Talvez você e eu devêssemos conversar, Bobbie.

— Devemos, sim. Escute, quero ligar para a minha secretária. Ela e Barbie são amigas. Barbie ficaria melhor se tivesse alguém para lhe fazer companhia nesse momento. Deixe-me arranjar alguém para ficar com ela, e depois conversamos. Não vai demorar muito. Sunny mora a dois quarteirões daqui.

— Tudo bem.

Ele olhou para o escritório.

— Essa foi a primeira noite em que nós... — Ele soltou um suspiro. — E essa é uma "manhã seguinte" terrível.

Capítulo Quatorze

Já que Peabody era melhor com chorões e tinha um jeito de facilitar o contato e arrancar informações em meio a soluços, Eve a mandou conversar com Barbie enquanto interrogava Bobbie.

A planta do escritório de advocacia era idêntica à de Asner, com uma decoração sem frescuras. Ela deixou Peabody com a secretária Sunny e com uma Barbie chorona na recepção e foi se sentar com Bobbie em seu escritório.

— O que você sabe, Bobbie?

— Pode não ser nada. Sei que A estava nas nuvens nos últimos dois dias. Recebeu um grande pagamento de um cliente. Não conheço os detalhes e não sei se lhe contaria se soubesse.

— Tudo bem. Já descobri a maior parte deles.

— A questão é que... — Ele encolheu os ombros. — Ele gostava de jogos e estava muito empolgado. Eu sabia que ele tinha um lance grande rolando porque ontem passou por aqui e me disse que eu devia ir junto, pois ele ia me botar na boa também. Eu não me envolvo nesse tipo de coisa... Jogos, apostas. Não posso me dar ao luxo de me ligar a essas atividades. E não brinco com o dinheiro que não tenho, para começo de conversa. Então eu dispensei o convite. De qualquer forma, eu tinha trabalho acumulado.

— Ok.

— Pode ser que ele tenha apostado muito alto, perdido um dinheiro que não tinha, ou precisou pegar mais na agência.

— Ele guardava dinheiro lá?

— Não sei. Talvez. — Seus olhos voaram para a porta quando Barbie soltou uma nova onda de soluços.

— Minha parceira é boa em consolar as pessoas — garantiu Eve.

— Sim, tudo bem. — Bobbie pressionou os dedos nos olhos e respirou fundo duas vezes. — Ok. — Deixou cair as mãos sobre a mesa. — Então é isso. Pode ser que ele tenha apostado mais do que devia, e a pessoa que ganhou dele no jogo veio aqui para pegar o dinheiro que lhe era devido e o matou. Mas...

— Quem morre não paga as dívidas — terminou Eve. — Mas temos que verificar essas coisas. Sabe onde ele foi apostar ontem?

— O local muda o tempo todo. Acho que ele comentou que seria em Chinatown. O problema é... A senhora é tenente, certo?

— Sou.

— O problema é que... É verdade que A gostava de uma jogatina, mas não era burro. Fui com ele algumas vezes e nunca o vi jogar além do seu limite. Ele não marcava cartas e nunca aceitava jogos barra-pesada do tipo "quebro suas pernas se você trapacear". Só gostava de brincar, se divertir um pouco. Não acredito que possa ter sido isso.

— Acredita em outra coisa.

— Talvez. Escute, a senhora aceita um café?

— Não. Obrigada.

— Vou tomar um café. — Ele se levantou e foi até um AutoChef do tamanho de uma caixa de sapatos, instalado sobre uma bancada pequena. O aparelho fez ruídos sinistros de trituração e rangidos — Preciso trocar essa porcaria.

Ele pegou uma caneca, e o vapor soltou um cheiro pior que o do café do necrotério de Morris.

— Não sei se é algo importante, mas...

— Mas...?

Bobbie sentou-se, bebericou o café e fez uma careta.

— Por Deus, isso é mesmo terrível. A me fez algumas perguntas sobre legislação, em termos hipotéticos. Me convidou para sair, pagou uma cerveja e fez tudo para parecer que aquilo era uma conversa banal. Mas eu também não sou burro.

— Ele contratou você?

— Não. Se tivesse contratado, eu não estaria aqui conversando com a senhora. Ainda não me parece certo fazer isso, mas ele está morto. E não apenas morto, mas assassinado. Eu gostava muito dele. Todo mundo gostava de A.

— Quais foram os termos hipotéticos?

— Ele me perguntou se, quando alguém tinha algo em seu poder e pedia compensação de natureza monetária de uma pessoa interessada no material, poderia haver problemas legais? Fui bem direto e perguntei se era algum objeto roubado, e ele me garantiu que não, que se tratava de uma espécie de recordação. Nada exatamente ilegal.

— Exatamente ilegal... — repetiu Eve, e Bobbie conseguiu sorrir de leve ao tomar mais um gole de café.

— Pois é, eu também estranhei isso. Disse a ele que não poderia garantir nada especificamente, porque não havia muitos detalhes, mas, se ele tinha algo que lhe foi entregue sem violar a lei, pedir uma compensação não seria problema. Mas, se era alguma coisa que legalmente pertencia à parte interessada ou tinha sido obtida por meios ilegais, ele estava entrando numa área muito sombria. Ele me disse algo sobre "pagar uma gratificação a quem encontra algo é noventa por cento legal". Ouço papos desse tipo todos os dias e percebo quando alguém tenta racionalizar uma questão. Também sei que, às vezes, A ultrapassava os limites legais em seu trabalho. E sei que ele queria se aposentar.

— E você somou dois mais dois — ajudou Eve.

— Sim. Somando tudo, eu disse que talvez fosse melhor ele refletir com mais cuidado sobre essa ideia, mas não era isso que queria ouvir. Ele tinha o sonho de se mudar para as ilhas e abrir um negócio, como uma boate ou algum tipo de cassino com bar. Tive a sensação de que ele via o caso sobre o qual falava como uma chance de achar um pote de ouro, algo que coroaria seus projetos de aposentadoria. Na verdade, achei que era por isso que ele estava empolgado ontem e perguntei se ele tinha conseguido trocar a "recordação" por grana. Ele me disse que estava trabalhando nisso. Então...

Ele esfregou os olhos.

— Desculpe, a ficha ainda está caindo. Ontem, quando ele passou aqui e me chamou para o jogo, brinquei um pouco sobre o assunto com ele. Aquilo estava me incomodando. Ele comentou que alguns acontecimentos recentes tinham... Como foi que ele disse? Mudado a complexidade do negócio. Contou que estava repensando sua estratégia e que talvez entregasse a "recordação" à parte interessada, para garantir ao menos um pássaro na mão em vez de dois voando. Disse que tomaríamos um café hoje de manhã e que ele me contaria como as coisas correram.

Bobbie olhou para as mãos.

— Receio que as coisas não tenham dado certo. Receio não ter sido claro ou incisivo o bastante ao responder o que ele me perguntou.

— Em termos hipotéticos? — Eve esperou até Bobbie olhar para ela e o fitou longamente. — Eu diria que esse lance já estava em andamento e, provavelmente, não havia nada que você pudesse dizer para impedir o desfecho. Sinto muito pela perda do seu amigo.

— A senhora vai me avisar sobre a liberação do corpo para o funeral? A teve duas esposas, mas nenhum filho. Não creio que alguma das ex-esposas esteja interessada em cuidar disso. Ele tinha muitos amigos. Acho que poderíamos fazer uma vaquinha para cuidar dele.

— Eu te aviso. — Eve se levantou, foi até a porta e parou. — O que você está fazendo em um local como este, Bobbie?

— Este lugar é uma lixeira, né? — disse ele, olhando em volta.

— Mas é a minha lixeira. Trabalhei alguns anos como detetive particular. É uma atividade necessária, mas nem sempre a gente escolhe o cliente. Estar aqui pode parecer pouca coisa, mas pelo menos dá para escolher os clientes. Quando aparece algum.

— Boa sorte. Manterei contato.

Do lado de fora, Peabody respirou fundo.

— Ela estava arrasada de verdade. Tive a impressão de que o considerava como uma espécie de tio honorário. E não soube me dizer nada, Dallas. Nada além do que já tinha nos contado ontem.

— Bobbie pode ter mais alguma coisa. — A caminho do estúdio, Eve fez um resumo completo da conversa para Peabody.

— Isso praticamente confirma, hipoteticamente, que ele estava tentando vender o vídeo. Ou pode ser que, depois de saber que sua cliente estava morta, simplesmente tenha resolvido entregar o material.

— E a parte interessada achou mais fácil matar pela segunda vez. Asner foi burro e ganancioso. Parece que viu uma grande chance de lucrar ainda mais por um trabalho feito. Queria completar seu fundo de aposentadoria. Agora, ele está aposentado de vez.

— O assassino deve estar com o vídeo. Se Asner o levou até a agência, a gravação devia estar lá.

— Vamos revistar o apartamento dele. Pode ser que ele estivesse em negociação na agência, testando o terreno. Mandei os guardas lacrarem tudo. Agora precisamos falar com o pessoal do turno da noite dos restaurantes e bares. — A chance era pequena, pensou Eve, mas deu de ombros. — Quem sabe a gente dá uma sorte.

— Isso não tem a ver com o vídeo de uma transa de duas celebridades solteiras que não violaram leis nem códigos morais.

— Tem razão. Trata-se de uma luta por poder que se tornou agressiva. Trata-se de ganância, obsessão, necessidade de controle. Trata-se de eliminar obstáculos ou problemas.

— Voltamos à estaca zero. Pode ser, praticamente, qualquer um dos suspeitos. Se quem matou Asner queria a gravação por qualquer motivo que fosse e o vídeo estava com ele no momento do assassinato, o criminoso teve tempo suficiente para destruí-lo, escondê-lo ou fazer um milhão de cópias. Independentemente de qual tenha sido o motivo.

— Sim — concordou Eve, começando a pensar a respeito.

Um assistente do assistente de alguém as recebeu na área de Segurança e as acompanhou pelo labirinto que era o caminho até o estúdio preparado para ser a sala de interrogatórios da polícia. Foi em um lugar semelhante que, um ano antes, elas tinham interrogado as três clones conhecidas como Avril Icove.

Na área de observação, Marlo e Andi encenaram uma cena tensa e emocional entre Eve e Mira. Roundtree disse "corta!", retomou e cortou de novo, exigindo mais emoção das duas. No fim de uma tomada, Marlo caminhou até o vidro de observação e olhou para o lado de fora.

Não havia nada para ver ali, notou Eve. Supôs que o cenário seria adicionado mais tarde pela equipe de efeitos especiais. Julian entrou, foi até ela, e ambos olharam através do vidro.

— Corta! Perfeito. Vamos fazer closes das reações dos personagens.

Foi nesse instante que Eve deu um passo à frente.

— Preciso que você espere um pouco antes de fazer isso.

Roundtree virou-se e fez uma careta para ela, com a expressão de um homem imerso em seu trabalho e sem vontade de parar.

— Voltamos em cinco minutos. Preston...

— Vou precisar de mais tempo — avisou Eve.

— Se você precisa fazer perguntas, interrogue alguém que não esteja aqui, tentando *trabalhar*. Perdemos uma pessoa do nosso elenco. Temos a imprensa, os paparazzi *e* os malditos policiais pegando no nosso pé. Vou terminar só essa cena antes de...

— Você terá a imprensa, os paparazzi, os malditos policiais, principalmente eu, pegando no seu pé por mais um bom tempo. Aconteceu outro assassinato.

A fúria no rosto de Roundtree se transformou em um horror doentio, enquanto outros no set reagiam com suspiros de susto, murmúrios e xingamentos.

— Quem morreu? — quis saber ele, olhando em volta rapidamente, como um pai contando as cabeças dos filhotes da sua ninhada. — Quem mais foi assassinado?

— A. A. Asner, detetive particular.

Um ar de alívio seguido de irritação tomou conta do seu rosto e da sua voz, e ele fez um gesto largo em círculo, com o braço esticado.

— O que diabos isso tem a ver com qualquer um de nós?

— Muita coisa. Agora, podemos providenciar um lugar para eu e minha parceira interrogarmos quem puder nos dar mais informações, com o mínimo de inconveniência e perda de tempo nas suas filmagens... Ou podemos paralisar toda a produção até ficarmos satisfeitas.

Ela não tinha certeza se conseguiria seguir em frente com essa ameaça, mas soou assustadora. Roundtree ficou com uma cor de beterraba cozida demais.

— Preston! Ligue para o advogado, aquele idiota do Farnsworth que o estúdio nos arranjou. Já aturei muito de toda essa merda. Chega!

— Mason! — Antes de Eve ter chance de reagir, Connie entrou correndo no set. — O que está acontecendo aqui? Respire fundo! — Apontou um dedo ameaçador para ele. — Estou falando sério! Respire fundo e devagar.

Ele pareceu prestes a explodir, mas respirou fundo e depois mais uma vez quando Connie balançou o dedo estendido para ele. Sua cor esfriou alguns graus.

— Ela quer paralisar nosso trabalho porque um detetive particular foi morto. Não vou tolerar mais essa intimidação agressiva.

— Um detetive particular? Assassinado? — Algo no tom de Connie fez Eve focar a atenção nela.

— A. A. Asner. Não creio que esse nome lhe seja estranho. Não pretendo paralisar nada desde que obtenha alguma cooperação decente. Tenho um trabalho a fazer — avisou a Roundtree, que voltou a puxar seu cavanhaque ruivo. — Nós dois poderemos voltar ao nosso trabalho, mas o meu tem prioridade. Isso não é negociável.

— Você tem uma hora — disse o diretor a Eve.

— Podemos começar com isso. Preciso conversar a sós com todas as pessoas que compareceram ao jantar.

— Steinburger e Valerie não estão aqui. Foram lidar com essa bagunça do cacete. Nadine provavelmente está em algum lugar escrevendo outro livro sobre essa merda. Matthew não está na lista dos que tinham cenas marcadas para hoje.

— Vamos trazê-los todos para cá. Quanto mais cedo conseguirmos fazer isso, mais cedo vamos largar do seu pé.

Seus lábios se contraíram no que pode ter sido um sorriso relutante, rapidamente controlado.

— Preston!

— Pode deixar que eu cuido disso — garantiu o assistente.

— Uma hora de intervalo para todos! — explodiu Roundtree. — Quero todo mundo de volta aqui, pronto para trabalhar, daqui a uma hora.

— Ninguém sai do local! — completou Eve. — Vamos conversar com todo mundo do elenco em seus respectivos trailers. Vão para lá e esperem por nós — ordenou. — Mais uma coisa: preciso de um lugar para conversar com quem não faz parte do elenco — avisou a Roundtree.

— Tenho um escritório aqui. Pode usá-lo.

— Isso vai servir. Vou falar com você primeiro — disse, virando-se para Connie.

— Tudo bem. Vou levá-la até o escritório.

— Vou falar com você logo depois — disse Eve a Roundtree. — E depois com Preston. Quero ser informada quando os outros chegarem ao local.

— Vou cuidar disso — disse Preston, novamente, e saiu correndo.

— Peabody, por que não vai atrás de Preston e garante que todos vão para onde deveriam ir? E, para economizar tempo, entre em contato com Nadine. Descubra o paradeiro delas e assim por diante.

— Sim, senhora.

— Me acompanhe. — Connie, usando sapatos confortáveis e calça casual, liderou o caminho.

— Por que você está aqui hoje? — quis saber Eve quando elas saíram do estúdio.

— Todos estão nervosos e muito chateados, como era de esperar. Sou muito útil porque o elenco e os técnicos conseguem se abrir comigo. Sou um ótimo "muro das lamentações".

— E consegue impedir que seu marido imploda.

Connie suspirou e entrou em um corredor.

— Ontem tivemos um dia muito cansativo. Em nosso trabalho, estamos acostumados ao microscópio da imprensa. Ontem, porém, apesar de estarmos preparados, foi extenuante. Não sei quantos contatos eu aceitei, evitei ou transferi para Valerie. Não apenas repórteres, blogueiros e influenciadores digitais, mas também pessoas ligadas ao cinema: atores, diretores, produtores e técnicos que conheciam K. T. ou que simplesmente queriam saber tudo o que estava acontecendo.

Ela destrancou uma porta que dava para um escritório espaçoso, com um sofá enorme e confortável, um trio de generosas poltronas altas, uma brilhante cozinha comprida e um banheiro privado.

— Eu quero café. Você aceitaria um pouco? Já bebi muito café hoje, mas... Bem, ainda é muito cedo para tomar bebidas mais fortes, não é?

— Eu não me importaria de tomar um café. Sem açúcar.

— Mason se sente responsável por isso — começou Connie enquanto providenciava o café. — Não admite, mas eu o conheço. Nós organizamos a festa, e ela morreu lá. Estávamos irritados e impacientes com ela, e Mason se arrependeu de tê-la escolhido para esse filme. Nós dois sabíamos que ela era uma pessoa difícil, mas ela se comportou muito bem no início.

Connie balançou a cabeça e passou a mão sobre o cabelo que tinha prendido atrás da nuca, em um rabo de cavalo casual.

— Ela estava muito entusiasmada, sempre pronta a cooperar... No início. Nos últimos dois ou três meses, porém, houve uma série de brigas, exigências, frustrações, atrasos.

— Isso torna o trabalho mais difícil. Deve ser complicado para Roundtree manter tudo funcionando.

— Sim, muito complicado. Ele não reprime seus sentimentos ou pensamentos, como tenho certeza que você já percebeu. Foi por isso que deixou bem claro como via o comportamento dela. Jurou que nunca mais trabalharia com ela na vida. E agora, é claro, não vai mesmo. Ele se sente responsável por isso.

— Ele não é responsável, a menos que a tenha afogado.

— Não poderia ter feito isso. — Graciosa e contida, Connie foi até o sofá e colocou as duas xícaras em cima da mesa que ficava em frente a ele. Sentou-se e cruzou as mãos. — Quero que você me escute bem, tenente. Ele reclama, grita, pisa duro e rosna. Ele a teria rejeitado se pudesse, e isso não seria nada absurdo. Mas jamais lhe faria fisicamente mal.

Eve sentou-se.

— E quanto a você?

— Sim, eu sou capaz de agredir alguém. Cheguei até a pensar nisso. Acho que a maioria de nós é capaz de matar, nas circunstâncias certas... ou erradas. Eu seria capaz. Acho que seria. Com certeza, ficaria muito feliz em ter dado uns tapas nela e ainda faria uma dança de vitória. Fiquei muito revoltada com ela na noite da festa. Só posso lhe dizer que não fiz isso. Quero que descubra quem a matou, mas torço para não ser alguém com quem eu me importe. É difícil conciliar isso.

— Conte-me sobre Asner. O detetive particular.

— Você já sabe sobre Marlo e Matthew.

— Pelo visto, você também.

— Ela me fez algumas confidências ontem. Me contou tudo: que eles tinham se apaixonado, que estavam dividindo um apartamento no SoHo e que K. T. tinha descoberto e contratado um detetive. Ela me contou sobre o vídeo. Como eu disse, sou um bom muro de lamentações. Só pode ser esse mesmo detetive que foi morto. Você não estaria aqui fazendo perguntas se fosse outra pessoa. Mas eu não entendo.

— Ele tinha a gravação original e, pelo que descobrimos, pretendia vendê-la a quem tinha interesse.

— A imprensa?

— Acho que não.

— Quem mais? Marlo ou Matthew? — Obviamente exasperada, Connie ergueu as mãos. — Por Deus, espero que eles tenham bom senso. Pelo menos, tentei colocar um pouco mais de equilíbrio na cabeça deles ao conversar com os dois ontem. Quem se importa? — Ela ergueu o pulso e o balançou. — Sim, sim, a imprensa ia salivar, as redes sociais, explodir. O vídeo teria milhões de visualizações. É injusto, é claro. É uma terrível invasão de suas vidas particulares, isso ninguém discute. Mas, se você deseja justiça e privacidade, deve procurar outra área para trabalhar.

— Isso é pragmatismo?

— É sobrevivência — replicou Connie, com ar categórico. — Fiquei furiosa por eles e enojada com K. T., mesmo ela estando morta. Isso foi algo horrível, desequilibrado e egoísta de se fazer. Mas eles são duas pessoas jovens, lindas, felizes e talentosas. Não há razão para se descabelar. Se o vídeo vazar, paciência, basta lidar com a situação. Alguém como Valerie poderá aproveitar essa história a favor deles.

— Mesmo que vaze antes que o filme seja lançado, quando Julian e Marlo deveriam ser o foco das atenções?

— Isso não passa de bobagem, certo? Talvez aumente a curiosidade, pelo menos no início, mas não faz nenhum sentido. Muita gente se empolgou com essa história, em parte porque Marlo e Julian têm uma química maravilhosa, e em parte porque os personagens que interpretam são pessoas reais, um casal que está sempre em evidência e pelo qual a imprensa e o público têm verdadeiro fascínio.

Ela sorriu ao ver a expressão de Eve.

— Tenente, se você queria ficar fora dos olhos e do inconsciente do público, devia ter procurado um marido diferente. E não devia ser tão boa em seu trabalho.

Contra isso era difícil argumentar, decidiu Eve, usando o bom senso.

— Seu marido compartilha da mesma opinião sobre esse absurdo, Connie?

— Ele gostou da ideia de Marlo e Julian manterem um relacionamento por trás das câmeras. Sentiu que isso os mantinha dentro dos personagens durante mais tempo. Mas não sabia a respeito de Matthew. Acho que ninguém sabia.

— Onde você estava entre as dez e meia-noite de ontem?

— Em casa. Ontem foi um dia cansativo, e não era hora de sair e socializar.

— Roundtree estava com você?

— Claro. Eles interromperam as filmagens ontem, por razões óbvias. E por questões de segurança. Além do mais, havia o problemão logístico de gravar um punhado de cenas que envolviam K. T. Ao longo do dia, Mason, Nadine e o roteirista fizeram conferências holográficas, tentando resolver o problema. Depois do jantar, Mason se dedicou a rever as cenas e editá-las, para fazer com que algumas das alterações fluíssem melhor. Acho que só foi para a cama depois das duas, e ele queria estar no estúdio às seis, para uma reunião matinal com Joel e dois executivos do estúdio que vieram da Califórnia.

— O que você estava fazendo enquanto ele trabalhava?

— Coloquei um androide para atender aos *tele-links*, e ele foi programado para me chamar só em casos de emergência. Tive o suficiente para um único dia. Dei uma olhada em alguns roteiros, deitada na cama, ou pelo menos era o que pretendia fazer. Acho que apaguei às nove da noite.

— Então você e seu marido não estiveram juntos na mesma área da casa durante o período em questão?

Connie ficou em silêncio por um momento.

— Não. Se você quer saber se algum de nós tem um álibi, receio que não temos. Não recebi nenhuma ligação, não falei com ninguém, não vi ninguém das oito e meia até Mason tirar o roteiro que eu estava lendo das minhas mãos e se deitar na cama, por volta das duas da manhã.

— Ok. Obrigada pelo seu tempo.

— É só isso?

— Por enquanto, sim. Se puder chamar Roundtree, eu agradeceria. Vamos agitar tudo para que ele possa voltar logo ao trabalho.

Enquanto esperava, Eve fez algumas anotações e levou um momento para bisbilhotar o escritório. As paredes exibiam muitas fotos emolduradas. Roundtree ao lado de vários atores. Alguns ela reconheceu, outros não. Havia uma foto de Roundtree em algum local ao ar livre, no alto de um guindaste. Em outra, ele estava com um boné de beisebol virado para trás, enquanto olhava carrancudo para um monitor. Um dos seus Oscars de Melhor Diretor estava exposto em uma prateleira ao lado de outros prêmios, e Eve notou um troféu de futebol: Melhor Jogador da Temporada, da sua escola secundária em Sacramento, no que Eve calculou ter sido seu último ano do ensino médio.

Fotos de família estavam sobre a mesa, de frente para a poltrona.

Ele entrou com passos meio pesados, parecendo um urso mal-humorado.

— Devia me desculpar, mas que se foda. Não gosto de ninguém entrando no meu set e me dizendo o que fazer.

— Sim, eu reparei.

— E, se você tentar paralisar as filmagens, terá uma bela briga em suas mãos.

— Então por que você não tira esse cabo de vassoura enfiado na bunda e se senta para que não precisemos enfrentar esse problema?

Ele arreganhou os dentes para ela e sorriu.

— Ah, que se dane, eu gosto de você. Você me irrita, mas convivo com esse seu jeito há mais de seis meses. Você é uma filha da mãe teimosa, durona e batalhadora. Gosto disso.

— Oba! Onde você estava entre as dez e meia-noite de ontem?

— Trabalhando. Sou um filho da mãe teimoso, durão e batalhador.

— Trabalhou em casa? Sozinho?

— Não gosto de ninguém bufando no meu ombro. Temos uma porra de um problema monumental, preciso consertar as coisas. Tenho um elenco e uma equipe com pés e mãos atados. Connie...

— Ele se jogou em uma poltrona e pela primeira vez deixou o cansaço transparecer. — Ela adorava aquela piscina de merda.

Ele se recostou, puxando seu cavanhaque, e ficou pensativo.

— Fiz aquela piscina como uma surpresa para ela alguns anos atrás. Mandei fazer a obra enquanto passávamos uma temporada na Costa Oeste. Connie adora nadar e usava aquele espaço todos os dias aqui em Nova York. Todas as manhãs, mesmo que esteja trabalhando e tenha um compromisso às seis da manhã, ela curte a piscina antes.

Lançou seus olhos azuis afiados para Eve, e a raiva e a amargura vieram claramente à tona, quando completou:

— Você acha que ela conseguirá fazer isso agora? Subir ao terraço para curtir seu banho matinal? Ela se sente responsável pelo que aconteceu com K. T.

Eve inclinou a cabeça, pensando em como Connie havia dito a mesma coisa sobre ele.

— Por quê?

— Ela esculhambou K. T. depois do jantar. Connie tinha planejado a festa toda, até os mínimos detalhes, até a porra das balinhas de hortelã. Foi ideia dela armar aquele circo todo. Agora está doente com o que aconteceu e está tentando segurar as pontas para todo mundo. É assim que ela é.

Ele flexionou os ombros e se empinou.

— Agora vamos lá... Que merda é essa desse tal detetive particular e o que isso tem a ver com qualquer um de nós?

— K. T. Harris contratou o detetive Asner para instalar câmeras escondidas no apartamento em que Marlo e Matthew estão morando, no SoHo.

As sobrancelhas dele se ergueram de espanto.

— O quê? De que diabos você está falando?

Eve relatou tudo a ele, pelo menos o que quis contar. Notou que ele absorveu tudo, refletiu e fez cara feia, até que se levantou da poltrona e circulou pelo escritório.

— Idiotas. Um bando de idiotas. Por que diabos eu me importaria se Marlo e Matthew quisessem trepar como dois garotos de faculdade nas férias de primavera? Nossa Senhora. E juro por *Deus* que, se essa vagaba burra, egoísta e maluca não estivesse morta, eu mesmo a estrangularia.

Ele chutou a mesa, um sentimento e gesto que Eve entendeu, por se sentir propensa a fazer o mesmo.

— E por que diabos você não prendeu esse idiota, esse tal de Asner?

— Teria feito isso, mas é difícil fichar um cara morto.

— Merda. — Ele se jogou na poltrona mais uma vez. — Que merda federal...

— Quantos danos esse vídeo provocaria, caso vazasse?

— Sei lá, porra. Como é que eu posso saber? Não dá para prever a reação do público. Você simplesmente faz um bom trabalho, tenta escolher boas pessoas, bons roteiros, e depois joga os dados. Será um momento embaraçoso para Marlo e Matthew... E para Julian, mas isso não vai durar muito tempo. O estúdio vai fazer papel de idiota, pelo menos para os que vão saber que o outro romance, o falso, foi inventado. Fora isso, os dados continuarão rolando.

Peabody enfiou a cabeça na porta depois que Eve dispensou Roundtree.

— Quer uma atualização?

Eve entortou o dedo para chamá-la.

— Nadine ainda está um pouco chateada por não ter sacado a ligação entre Marlo e Matthew antes de você. Quer entrevistas exclusivas de manhã à noite, de frente, de costas e de ladinho. Ontem, entrou em contato via *tele-link* com todo mundo com quem estamos conversando. Na verdade, conseguiu entrar no quarto de hotel de Julian, com a permissão dele, para gravar uma entrevista exclusiva à tarde. Ela não teve muito a acrescentar, acho que era isso que você queria que eu descobrisse, mas continua cavando pistas como um terrier.

— Boa.

— Preston tem um álibi, eu já verifiquei. Ele e Carmandy ficaram no quarto dela até depois da meia-noite. Podemos confirmar com a segurança do hotel, mas me parece verdade.

— Tudo bem.

— Matthew está aqui no estúdio. Na verdade, já estava em seu trailer. Ele e Marlo chegaram juntos de manhã. Steinburger e Valerie também estão aqui. Ontem à noite, estavam no escritório dele, trabalhando na melhor forma de transmitir tudo à imprensa.

— Por que você não conversa com os pombinhos? Um de cada vez. Depois, fale com Andrea. Vou interrogar Valerie antes, depois Steinburger e, por fim, Julian.

— Por mim, tudo bem. Vou pedir a Valerie que venha para cá.

Eve ocupou-se com mais anotações e traçou linhas unindo vários nomes, até Valerie entrar golpeando o piso com seus imponentes sapatos de salto alto. Usava um fone de ouvido minúsculo e tinha um tablet pequeno preso ao que Eve supôs ser um cinto da moda. Trazia dois copos com tampa.

— São smoothies de manga — anunciou, colocando um deles sobre a mesa. — Achei que você poderia gostar. Agora, vamos lá... — Ela se sentou e cruzou as pernas. — Em que posso ajudá-la?

— Para começar, me informando sobre o seu paradeiro na noite passada, entre as dez e a meia-noite.

Valerie ergueu um dedo em um gesto do tipo "espere um segundo" e pegou seu tablet no cinto.

— Deixe-me verificar no meu cronograma. Esse horário obviamente está marcado na minha agenda principal, que é cópia da que tenho na minha agenda secundária, que está na minha pasta. E a pasta está na sala de Joel. Participei de holo-conferências com repórteres da Costa Oeste até as dez da noite. Acredito que minha agenda principal marca que o último encontro terminou às dez e dez, pouco além do tempo agendado. Depois, eu tinha uma reunião marcada com Joel para as dez e meia. Combinamos um horário para troca de ideias sobre como lidar com vários tópicos até mais ou menos uma da manhã.

— E onde vocês se encontraram e trocaram ideias?

— No *pied-à-terre* de Joel. Dormi no quarto de hóspedes do apartamento dele ontem à noite, para facilitar a situação.

— Situação?

Valerie manteve sua expressão simpática e levemente presunçosa.

— O assassinato de K. T. Harris é uma situação.

— Para dizer o mínimo. Você e Joel Steinburger estão sexualmente envolvidos?

— Não. Isso é um insulto.

— Um insulto porque vocês não estão mais envolvidos sexualmente? Tenho duas declarações diferentes confirmando que vocês já estiveram.

— Isso não é da conta de ninguém, nem é pertinente ao caso. O sr. Steinburger e eu não estamos envolvidos da maneira que você sugere.

— Mas já estiveram?

— Durante um curto período, vários meses atrás. Terminamos essa fase do nosso relacionamento de forma amigável e agora apenas trabalhamos juntos. Nada mais.

— Aham... E, ontem à noite, você e o sr. Steinburger trabalharam juntos no *pied-à-terre* dele, entre as dez e meia e uma da manhã.

— Isso mesmo. Também conversei com minha assistente, pelo que me lembro. Todos nós estamos fazendo muitas horas extras.

— Por causa da "situação".

— Exato.

— Como você está lidando com a parte da situação em que Matthew e Marlo são amantes?

— Desculpe. Como assim?

— Me diga o seguinte: quantas horas extras você dedicou a K. T. Harris enquanto ela estava viva?

— Não entendo o que você quer dizer.

— Quero dizer o seguinte: o quanto você lidou, encobriu e ficou calada quanto aos problemas de dependência de K. T., suas ameaças e o seu disfarçado desagrado geral por ela durante esse projeto?

— K. T. era uma atriz talentosa cujo trabalho era celebrado e respeitado. Como frequentemente acontece com artistas, seu temperamento era muitas vezes mal interpretado pelas pessoas de fora.

— Alguém realmente acredita nessa baboseira? Incrível...

Como resposta, Valerie simplesmente cruzou as mãos no colo.

— Me envie a lista dos participantes das suas holo-conferências e uma cópia das suas trocas de ideias. Vou falar com Steinburger agora.

— Ajudaria muito se você pudesse conversar com Joel em sua sala. Estamos muito ocupados hoje.

— Tudo bem. Me mostre o caminho.

O escritório do produtor ficava no mesmo lugar que o estúdio, pouco mais de trinta segundos de caminhada.

Um jogo de poder, decidiu Eve no momento em que entrou na sala, depois da batida de Valerie e da resposta de Steinburger. Ele estava sentado atrás de sua mesa com o ar de um homem muito ocupado. Seu escritório tinha uma parede cheia de telões, vários deles sintonizados em canais de notícias, com o volume no mudo. Computador, vários *tele-links*, arquivos e agendas eletrônicas lotavam sua ampla mesa.

Ele também tinha sofá, poltronas, prêmios, fotos e uma pequena mesa de reunião, na qual se encontravam agora.

— Sim, sim, sente-se. Já vou falar com você, tenente. Valerie, não sei para onde diabos Shelby foi. Sirva um café para a tenente Dallas.

— Não precisa se incomodar. Você pode ir embora agora — disse Eve a Valerie.

— Eu preciso de Valerie para...

— Isso terá que esperar — interrompeu Eve. — Não é uma reunião de negócios, e sim uma investigação policial. Você tem o direito de ter seu advogado presente ou poderá designar Valerie como sua representante legal. Entretanto, ela não terá restrição legal de nenhum tipo para manter sigilo sobre o que for dito nesta sala.

— Isso não vai demorar muito, Valerie. Vamos passar para a próxima rodada de reuniões daqui a... — Ele consultou seu *smartwatch*. — Vinte minutos. Faça um intervalo.

— Estarei por perto. — Valerie saiu e fechou a porta.

— Sinto muito por parecer apressado — começou Steinburger. — Estamos lidando com muitas dificuldades por aqui, em todos os níveis. Me disseram que você está aqui hoje devido à morte de um detetive particular, e acredita que isso tem relação com o assassinato de K. T.

— Exatamente. Preciso saber do seu paradeiro na noite passada, entre as dez e meia-noite.

— Muito bem, vamos ver... — Ele percorreu sua agenda, passando pelas linhas com um olhar sombrio. — Assisti à coletiva de imprensa holográfica que Valerie organizou com pessoas na Costa Oeste ontem à noite. O evento aconteceu entre as nove e dez horas da noite. Revimos a gravação e depois gastamos um tempo considerável trabalhando em como lidar com a situação.

— Lá vem essa palavra de novo.

— Como assim?

— Continue.

— Discutimos a organização de um memorial aqui mesmo, no estúdio, e faremos outro na Costa Oeste. — Ele recostou-se e girou de leve na cadeira. — Conversamos sobre vários assuntos. Como responder aos repórteres, quais entrevistas específicas devíamos aceitar ou marcar. Foi um dia muito cheio, pois, mais cedo, eu já tinha trabalhado com Roundtree e algumas pessoas ligadas à produção, tentando definir o que era necessário editar e mudar no roteiro e nas cenas já gravadas. Acho que Valerie e eu ficamos lá até uma da manhã. No momento, estou me mantendo em pé à base de café e estimulantes.

— Valerie ficou no quarto de hóspedes em sua residência, aqui em Nova York.

— Sim. Trabalhamos até tarde e pretendíamos continuar pela manhã.

— Enquanto vocês trabalhavam até tarde, conversaram sobre como lidar com a imprensa quanto ao relacionamento de Marlo e Matthew?

— Está falando de Marlo e Julian, certo?

— Não, não estou. — Ela se levantou. — Obrigada pelo seu tempo. — Ela parou no caminho para a porta. — Preciso saber mais uma coisa. Você tem um carro ou um veículo de algum tipo aqui na cidade?

— Tenho um carro, sim. Mas, na maioria das vezes, uso o nosso serviço de motoristas, para poder trabalhar mais facilmente durante as viagens. Por quê?

— Só uma curiosidade.

Ela saiu.

Roundtree e Connie têm carro, pensou Eve. Steinburger também. Será fácil verificar o aluguel de veículos dos outros.

Ela se reconectou com Peabody.

— Vamos para o apartamento de Asner em seguida. O que você conseguiu?

— Não há álibi algum para Andi ou Julian. Ambos ficaram sozinhos, alegando que preferem se manter discretos devido ao assédio da imprensa. Andi falou com o marido, mas isso aconteceu às nove da noite. Ele está vindo para Nova York hoje, para ela não ficar sozinha. Julian admitiu, ou declarou, ter tomado uma garrafa inteira de vinho e consumido tranquilizantes. Lembra de ter entrado em contato com vários amigos na noite passada, mas não se lembra das pessoas com quem conversou nem a hora em que isso aconteceu, devido ao vinho e ao tranquilizante. Disse que deixou o *tele-link* cair no chão, o aparelho quebrou e ele o jogou no reciclador de lixo.

— Que conveniente...

— Pois é. E você?

— Senti calma e compaixão ao falar com Connie. Me pareceu genuíno, mas nunca se sabe. Roundtree estava revoltado e demonstrou surpresa, que também me pareceu genuína, com relação ao novo casal. Connie já sabia do caso porque Marlo confessou tudo para ela ontem. Os Roundtree têm dois carros em Nova York e estavam em áreas separadas da casa durante o período em questão.

— Sem álibi.

— Exato. Valerie e Steinburger afirmam que trabalharam juntos até uma da manhã. Suas histórias combinam. Até demais.

— Oh-oh.

— Ela dormiu no quarto de hóspedes dele, em nome da eficiência.

— Outro "oh-oh".

— Ele também tem um carro em Nova York. Mas o mais interessante foi descobrir que os dois devem continuar em seus empregos e não tentar atuar, porque são péssimos nisso. Valerie está ligada em tudo, como um estetoscópio colado no coração das coisas, mas, mesmo assim, fingiu que não sabia de nada sobre os dois pombinhos. Eu poderia até ter acreditado se ela não mentisse tão mal. Se ela sabia, Steinburger também sabia, e vice-versa. Mas ele também optou por mentir e nem se deu ao trabalho de se espantar, simplesmente deixou o assunto de lado.

— O terceiro oh-oh é sempre melhor.

— Talvez. Vamos ver se o apartamento de Asner tem algo a nos dizer.

Capítulo Quinze

Ao contrário da agitação e do burburinho da manhã, o prédio de Asner estava quieto ao meio-dia. Todos na escola, pensou Eve, ou no trabalho, nas lojas, cuidando de outros afazeres.

No minuto em que tirou o lacre e destrancou a porta do apartamento, viu que alguém mais tinha se dedicado a outros afazeres.

— Ou Asner era um cara muito bagunçado ou alguém chegou antes de nós. — Peabody ficou em pé com os lábios colados enquanto examinavam a confusão da pequena sala de estar.

O conteúdo das gavetas reviradas jazia espalhado pelo chão, junto de seus armários. Em chumaços cinzentos e frágeis, os enchimentos das almofadas desbotadas do sofá e da poltrona tinham sido estripados.

— O lugar está vazio, mas vamos confirmar mesmo assim. — Eve sacou sua arma e seguiu em direção ao pequeno quarto.

Não faria diferença elas terem chegado mais cedo, pensou. guardando a arma. Mas puxa... Aquilo era irritante.

— O assassino quis confirmar que tinha todas as cópias do vídeo. Ou talvez Asner não tivesse o original na agência. De qualquer modo, esse foi um trabalho completo. E cuidadoso — observou Eve, enquanto abria caminho —, mesmo com essa bagunça. Ele não atirou as coisas para o alto a esmo. Isso faria barulho e alguém poderia reclamar àquela hora da noite.

— Ele matou Asner e bagunçou a agência — disse Peabody. — Levou a carteira de Asner, e a vítima não tinha nenhum código-chave. Portanto...

— Sim, deixei passar algo importante. O carro. O assassino não precisava ter transporte próprio. Nenhum detetive particular funciona sem ter um meio de locomoção próprio. O assassino pode ter levado o veículo de Asner.

Ela seguiu os passos mentalmente.

— Carregou o carro, veio dirigindo até aqui, vasculhou o apartamento e depois largou o veículo em algum lugar. Abandonou ou destruiu os eletrônicos. Serviço completo. Ele teve mais tempo para pensar nesse assassinato.

— Mesmo assim, foi burrice, Dallas. — Peabody empurrou com o pé um pedaço de gaveta que estava no chão. — É o vídeo de duas estrelas de Hollywood se pegando. Não é tão importante para provocar tudo isso.

— Sim, parece burrice. Um assassinato exagerado em todos os sentidos. Portanto, há algo mais, em algum lugar. Pode ser que Harris tenha mandado Asner fazer outro trabalho e ele acabou desenterrando algo do assassino. Talvez estejamos correndo em círculos atrás do próprio rabo em busca desse vídeo. Pode ser uma pista falsa, ou então só parte da história.

— Ele cobrou muito caro.

— Pode ter recebido cinquenta mil por cada trabalho. — Eve bateu com as mãos nos quadris. — Estamos andando em círculos. Vamos chamar uma equipe de peritos aqui para ganhar tempo. Precisamos confirmar se Asner realmente tinha um carro e, se for o caso, emitir um Boletim de Busca para Veículo Desaparecido. Quero que a equipe traga sensores. Asner pode ter um esconderijo que o assassino não encontrou. Não há nenhum computador nem *tele-links* aqui, então ele os levou. Foi uma trabalheira carregar tudo. Vamos dar uma olhada e ver se algum vizinho viu alguém enchendo a mala do carro de Asner ontem à noite.

Depois de passar um tempo considerável descobrindo que ninguém vira ou ouvira nada no edifício de Asner nem no prédio da agência de investigação, onde elas receberam ofertas de tatuagens com dez por cento de desconto, Eve e Peabody voltaram para a viatura.

— Às vezes, eu penso em fazer.

— O quê?

— Uma tattoo — disse Peabody. — Só uma, pequena. Algo divertido, com significado especial, ou...

— Por que você pagaria a alguém para entalhar uma imagem na sua carne?

— Bem, quando você fala assim...

— Escolha tattoos temporárias. — Eve atendeu o comunicador que tocava. — Dallas falando... Ok, recolha o veículo porque ele precisa ser periciado. Acharam o carro de Asner estacionado na Marina do Battery Park.

— Marina, água... É um bom depósito de lixo.

— Sim. Acho que devemos descobrir qual dos nossos amigos tem um barco. O que seria melhor do que jogar um monte de eletrônicos em um píer?

— Despejar tudo dentro do rio.

— Pode ser que nosso assassino esteja usando o cérebro dessa vez. Vamos para a Central. — Eve queria colocar os pés em cima da mesa e começar a usar o próprio cérebro.

Encontrou o relatório do médico-legista quando chegou à sua sala e desejou ter algum tempo para conversar pessoalmente com Morris. De certo modo, o relatório confirmou o que ela já imaginava. Vários golpes por trás, dados com a estátua do falcão. A reconstituição indicou que dois golpes de força considerável ocorreram depois de a vítima já estar caída de bruços, e os dois primeiros dos quatro golpes foram suficientes para matar Asner.

O exame toxicológico mostrou que a vítima tinha uma boa quantidade de bourbon em seu organismo na hora da morte. Não havia outros sinais de violência ou luta.

Eve adicionou o relatório, as fotos de Asner, da cena do crime e do apartamento ao seu quadro.

Depois, pegou uma caneca grande de café, sentou-se e colocou as botas sobre a mesa.

Analisou o quadro enquanto tomava café.

Havia todo tipo de ligações ali, pensou. Todo tipo de ego. E era preciso adicionar sexo, dinheiro e fama à mistura.

Comecemos com sexo, decidiu.

Conexão entre Harris e Julian/Matthew. Conexão indireta com Preston devido à sua ameaça de alegar assédio sexual. Ela aceitava o álibi dele, por enquanto. Em um grupo unido, as pessoas mentiam para se proteger.

Havia a possibilidade de Harris estar ligada por meio de sexo a outras pessoas da lista, pensou. Sexo sempre era uma possibilidade.

Conexão entre Matthew e Marlo. Mais uma vez, de forma indireta, por causa do golpe publicitário, a Julian. Isso conectava Harris e Marlo por meio do sexo. Duas vezes, na verdade.

Conexão entre Roundtree e Connie. Havia a possibilidade de um ou de ambos terem sido infiéis em algum momento — seja com a vítima ou com um dos outros elementos. Harris alegou ter tido um caso com Roundtree, mas isso não fora confirmado. Também alegou que Marlo tinha se envolvido sexualmente com Roundtree, mas também não havia confirmação disso.

Conexão entre Steinburger e Valerie, não importa se a ligação era antiga ou atual. Harris tinha muito talento para desenterrar sujeira alheia. Era possível que ela soubesse de algum segredo e ameaçou usar essas informações de alguma forma.

Nenhuma conexão sexual perceptível envolvendo Andrea.

Dinheiro.

Bem, dinheiro não parecia ser um motivo ali. Aquelas pessoas tinham dinheiro — embora mais dinheiro sempre fosse bom. Além disso, interesse público equivalia a mais dinheiro, e esse foi o motivo para promover os boatos de um romance entre Julian e Marlo, assim como a manipulação e ocultação dos problemas constantes com Harris.

Dinheiro... Ela precisava descobrir mais sobre como esse fator influenciava todos os envolvidos.

Fama. Isso era como sexo, certo? Emoções fortes, necessidades urgentes, coisas que se aplicavam em especial àquele grupo de indivíduos. Celebridade. A necessidade de ser uma celebridade, de manter e cultivar esse status. Assim como sexo e dinheiro, ser uma celebridade tinha a ver com poder. Algo que poderia ser usado para exercer mais poder e controle sobre as pessoas.

Tudo girava em círculos, pensou. E, no entanto...

Sexo, dinheiro, fama, poder. Era tudo uma mistura, uma sopa dentro da qual aquelas pessoas trabalhavam e viviam. E todos esses elementos também podiam ser armas e vulnerabilidades. Coisas que podiam ser ameaçadas, perdidas ou diminuídas.

Motivo... Manter o poder a todo custo.

O primeiro assassinato pode ter sido provocado por uma explosão de raiva ou por falta de jeito da vítima. Seguido por impulso/cálculo.

Tudo rápido, fruto da oportunidade, sem planejamento real ou reflexão profunda.

Mas o segundo? Golpes repetidos? Isso era raiva, pensou, misturada com um pouco de desespero. Ataque por trás, não foi um contato pessoal. Oportunismo de novo, pelo uso de uma estátua pesada que estava à mão. Mas não foi um ataque cara a cara. E houve um acompanhamento continuado e minucioso no assassinato número dois.

Até mesmo trabalhoso. Transportar os equipamentos eletrônicos, carregá-los até o carro da vítima e repetir a mesma coisa em seu apartamento. Também foi arriscado, embora menos. Uma ação movida a adrenalina. Uma tarefa definida para realizar, com um plano de ação.

Tinha que haver mais motivo ali do que a simples vontade de recuperar o vídeo de duas pessoas transando, sendo que elas eram perfeitamente livres para fazer sexo.

Adicione chantagem aos fatores sexo, dinheiro, fama e poder.

— Dallas?

Distraída, ela franziu a testa por cima do ombro e viu Peabody.

— Estou trabalhando.

— Eu sei, mas o irmão de K. T. Harris está aqui. Ele perguntou se podia falar com você. Já esteve no necrotério, e vão liberar o corpo amanhã. Pensei que talvez quisesse conversar com ele e não creio que faria isso aqui na sua sala.

Eve olhou para o quadro, a cena do crime e as fotos de Harris morta.

— Peça a alguém que o acompanhe até a recepção. Já estou indo.

Ela ficou sentada por mais um instante, revendo os dados da família de Harris para ter certeza de que compreendera tudo. Por fim, se levantou e ficou surpresa ao ver a chuva que batia contra a janela. Estava tão mergulhada em pensamentos que não notara o temporal.

Quando entrou na recepção, com suas máquinas de venda automática, mesas e cadeiras de espaldar alto, reconheceu Brice Van Horn de imediato. Ele não se parecia nada com um policial. Um homem grande, de ombros largos, cabelos curtos, escuros e recém-cortados, estava sentado com um ar pensativo, olhando para uma lata de refrigerante.

Era muito bronzeado, tinha um jeito simples, um fazendeiro alimentado à base de milho, na percepção de Eve. Vestia jeans, uma camisa xadrez e calçava botas muito gastas.

Ele levantou a cabeça quando Eve se aproximou da mesa, e ela notou seus olhos azuis, tão claros quanto o jeans que usava, e com alguns sulcos que se irradiavam a partir deles, provocados pelo excesso de sol.

— Sr. Van Horn, sou a tenente Dallas.

— Bom dia, dona. — Ele se colocou de pé e afastou a cadeira ao lado da mesa. Eve levou um momento para perceber que ele afastara a cadeira para ela se sentar. Aceitou a gentileza, para ele poder se sentar de novo.

— Meus sentimentos — começou.

— Perdemos Katie há muito tempo, mas obrigado. — Ele pigarreou para limpar a garganta e cruzou as mãos grandes e calejadas. — Senti que devia vir aqui. Não queria vir, mas minha mãe... Acho que não importa o que uma filha fez ou não, sua mãe sempre a amará de qualquer modo. Eu não queria que ela fizesse essa viagem, então pedi que ficasse em casa com minha esposa e filhos. Disse que ela precisava ajudar a cuidar da fazenda enquanto eu vinha buscar Katie e levá-la para casa.

Olhou para seu refrigerante novamente, mas não bebeu.

— Fui ao lugar onde ela está. O médico de lá...

— Dr. Morris.

— Esse mesmo, dr. Morris. Ele foi muito gentil. Todo mundo tem sido gentil comigo. Nunca estive em Nova York e não imaginei que as pessoas fossem gentis. A gente não devia se sentir assim em relação a lugares aonde ainda não fomos e a pessoas que ainda não conhecemos, mas...

— Foi uma longa viagem, de Iowa até Nova York.

— Por Deus, e como! — Um sorriso surgiu em seus lábios, mas logo desapareceu. — Sei que foi a senhora quem cuidou dela.

Eve sentiu a frase com intensidade.

— Fui eu, sim.

— Queria lhe agradecer por isso. Katie era uma mulher difícil, mas era minha irmã. Já faz mais de cinco anos desde que a vi pela última vez. Não posso fazer nada a respeito. Não posso mudar a realidade e fiquei muito chateado com ela esse tempo todo, sentindo mágoas terríveis. Mas ela certamente não merecia morrer desse jeito. A senhora sabe quem a matou?

— Estamos investigando com muito empenho... — Ele parecia tão triste, notou. Tão grande e deslocado, tão perdido. — Acho que sei quem a matou, sim, mas ainda não tenho como provar. Estou trabalhando nisso. Faremos tudo o que for possível para identificar o assassino dela e obter justiça para a sua irmã.

— Não posso fazer mais do que levá-la de volta. Mesmo depois de tudo que Katie aprontou, minha mãe acompanhava tudo que ela fazia. Todos os filmes de Hollywood, essas coisas. Mamãe sempre viu tudo. Ela me disse que Katie estava trabalhando em uma fita sobre a senhora.

As palavras antiquadas combinavam com ele, pensou Eve.

— O filme não é sobre mim. É sobre um caso em que trabalhei.

— Eles me disseram que a senhora estava lá quando ela morreu.

— Estava, sim.

Ele assentiu e desviou o olhar.

— Mamãe quer enterrá-la em casa. Katie odiava tudo que tinha a ver com a nossa casa, mas mamãe quer, então... A senhora a conhecia?

— Não. Não exatamente.
— Acho que nós também não. Digo, não conhecíamos essa Katie. Só a de antes. — Ele tomou mais um gole e colocou a lata de lado novamente. — Meu pai era um homem durão. Viveu de forma dura e morreu da mesma forma. Katie o amava. Nem sei se aquilo era amor. Era igualzinha a ele, e acho que é por isso que se portava desse jeito.

Eve ficou calada. Se ele precisava desabafar, ela poderia aprender alguma coisa nova.

— Ele machucava minha mãe, costumava bater nela. Era um cara grande, como eu. Quer dizer, como eu sou agora. Minha mãe é pequena. Costumava me dizer para cuidar de Katie, porque ela era mais nova que eu. Quando meu pai chegava em casa bêbado e violento, ela me pedia para tirar Katie de casa e mantê-la longe dele. Eu era só uma criança. Não podia fazer nada para ajudar minha mãe, não naquele momento. Quanto a Katie... Ela não queria ficar longe dele.

Ele apertou os lábios e balançou a cabeça.

— Nada do que ele fazia era errado aos olhos de Katie. Mesmo quando nossa mãe estava sangrando, ela não via que ele estava errado. Quando ficou um pouco mais velha, Katie contava coisas para ele, dedurava quando mamãe conversava com alguma das suas amigas por muito tempo ou não fazia alguma tarefa de casa. Às vezes, ela inventava coisas. Fazia isso para vê-lo agredir nossa mãe, principalmente quando ela negava alguma coisa para Katie ou não deixava que ela tivesse algo que queria.

Tinha aprendido cedo, pensou Eve. Busque o poder e tome-o.

— Ele chamava Katie de princesa, falava que ela era melhor do que qualquer pessoa, dizia que ela precisava correr atrás e conseguir o que quisesse, mesmo que fosse à força. Ela levou isso a sério. Era só uma criança, então talvez não tenha sido tudo culpa dela. Ele comprava coisas para ela, a recompensava quando ela lhe contava algo sobre nossa mãe. Mamãe dava a Katie quase tudo o que ela queria. Não dá para culpá-la. Só que Katie queria sempre mais, nunca era o suficiente.

— Deve ter sido difícil para você — comentou Eve —, ser pego no meio do fogo cruzado, sem ter o poder de deter seu pai.

— Um dia, achei que já era grande o suficiente para detê-lo. Não era, e ele me bateu tanto que mijei sangue durante... Me perdoe.

Eve apenas balançou a cabeça.

— Foi nesse momento que sua mãe o deixou?

— Acho que a senhora já sabe um pouco a respeito. Minha mãe parecia aguentar quando ele batia nela, mas, quando meu pai fez a mesma coisa comigo, ela não aceitou. Esperou até que ele desmaiasse de bêbado, me levou para o hospital e chamou a polícia. Katie gritou o tempo todo que minha mãe era uma mentirosa e que seu pai nunca tinha tocado em mim. As pessoas por lá conheciam bem o meu pai, e as mãos dele estavam muito vermelhas de tanto me bater. Então ela... — Ele fez uma pausa e tomou um gole demorado. — Então ela disse que meu pai a estava protegendo de mim, porque eu tentei agarrá-la... daquele jeito.

Ele baixou a cabeça e a sacudiu para os lados.

— Minha própria irmã! Eles não acreditaram, e ela continuou mudando a história. Mas tiveram que fazer perguntas, testes e interrogatórios. No fim, eles o prenderam.

— E sua mãe levou vocês para Iowa.

— Sim, fizemos as malas e fomos. Uma senhora conversou com minha mãe sobre as coisas que ela poderia fazer lá e indicou um lugar onde poderíamos morar durante algum tempo, até nos instalarmos de vez. Eu ainda tive que ficar no hospital por mais uma semana, mas, assim que fui liberado para viajar, nós fomos. Katie a odiava por isso... Odiava a nós dois, eu acho. E transformava a nossa vida num inferno sempre que tinha chance. Mas teve que aceitar, ir à escola e consultar um terapeuta, por ordem do juiz.

Meu pai não quis ter mais nada a ver com a gente, nem com Katie, depois que saiu da cadeia. Ela culpou a mamãe por isso também.
Olhou para cima novamente.
— Vou lhe dizer uma coisa, dona. Quando saímos de casa, aquela foi a primeira vez que eu me lembro de minha mãe ter passado uma semana inteira sem ser espancada. Como é possível culpar alguém por querer passar uma semana sem apanhar do marido?
— Não sei. Acho que, para algumas pessoas, a violência se torna um modo de viver. Se torna o normal.
— Acho que é verdade. Enfim, meu pai se envolveu em mais confusões quando saiu da cadeia, acho que bateu de frente com alguém mais cruel que ele, e esse foi o seu fim. Katie nos culpou por isso também. Acho que esse era o normal para ela. Teve problemas na escola, roubou coisas, ficava bêbada sempre que podia, começou a fumar zoner e tudo o que pudesse conseguir. E, quando teve uma oportunidade, foi para a Califórnia. Mamãe tinha mudado os nossos nomes, legalmente, mas Katie manteve o sobrenome dela. Isso diz muita coisa. Não sei por que estou lhe contando tudo isso — completou.
— Isso me ajuda a conhecê-la melhor. O que ela era, o que fazia. Me ajuda a conhecê-la. E conhecê-la me ajudará a encontrar quem a matou.
Seus olhos lacrimejaram, e ele tentou se recompor em silêncio por um momento.
— Não sei como devo me sentir. Minha mãe está sofrendo muito, mas eu não consigo. Não consigo chorar pela minha irmã.
— Você fez uma longa viagem para vir até aqui e levar sua irmã para casa. Isso já mostra muita coisa.
— Fiz isso pela minha mãe. — Uma única lágrima escorreu pelo seu rosto. — Não foi por Katie.
— Não importa. Você veio e a levará para casa.
Ele fechou os olhos e suspirou.

— Quando minha esposa estava carregando nosso primeiro filho na barriga, eu fiquei com muito medo. Tive medo de ser como ele era, de fazer o que ele fazia. Achei que isso estava em mim, no meu sangue, como estava no de Katie. E então eu tive meu filho. — Ele ergueu as mãos, como se segurasse um bebê. — Eu não conseguia entender como... Como um pai poderia... Eu preferia cortar meu braço fora a machucá-lo. Juro por Deus. No caso de Katie, é como se ela não conseguisse ser de outra maneira. E agora, alguém a matou, como alguém matou nosso pai. Será que isso já estava definido desde o princípio?

— Não. Não acredito nisso. Ninguém tinha o direito de tirar a vida dela. Sua irmã fez escolhas erradas, e é difícil para você se reconciliar com essa realidade. Homicídio também é uma escolha. Farei tudo que puder para garantir que a pessoa que escolheu fazer isso com ela pague pelo seu ato.

— Acho que é isso que eu precisava ouvir. Acho que foi por isso que vim vê-la. Poderei dizer tudo isso a minha mãe, e acho que isso vai confortá-la um pouco.

— Espero que sim.

Ele suspirou de novo.

— Acho melhor eu ir procurando algo para fazer até dar a hora de ir embora amanhã.

— Você tem dois filhos, certo?

— Um menino e uma menina, e vamos ter o terceiro.

Ela pegou um cartão seu, o último que tinha, e fez uma anotação mental para pegar mais cartões.

— Conheço um garoto, o nome dele é Tiko* — disse Eve, rabiscando algo no verso do cartão. — Ele vende echarpes e coisas do tipo em uma esquina de Midtown. O endereço está aqui. Ele é um garoto legal. Vá comprar um lenço ou um cachecol para a

---

* Ver *Recordação Mortal* e *Estranheza Mortal*. (N. do T.)

sua esposa e para a sua mãe. Diga a Tiko que foi indicação minha e receberá um bom desconto. Depois, pergunte onde comprar algumas lembranças de Nova York para os seus filhos por um bom preço. Ele saberá indicar.

— Obrigado. Farei isso.

— Pode entrar em contato comigo se quiser. As informações estão no cartão.

— As pessoas não deviam dizer que os nova-iorquinos são frios e rudes. A senhora foi gentil e simpática.

— Não espalhe isso por aí. Nós, nova-iorquinos, temos que zelar pela nossa reputação.

Quando Eve caminhou de volta para a sala de ocorrências, Peabody se levantou de sua cadeira para falar com ela.

— E aí, como foi?

— Está passando por um momento difícil. Se sente culpado por achar que não está sofrendo, mas está. Ele é completamente diferente de Harris. É como uma imensa árvore robusta, enquanto Harris é a trepadeira vulgar que sobe na árvore. Ele me fez ver com mais clareza algumas coisas sobre a irmã.

— Por falar em clareza, Mira está na sua sala.

— Merda, me esqueci da consulta.

— Ela apareceu há alguns minutos. Disse que tinha um compromisso marcado nesse setor e acabou de chegar.

— Tudo bem então. Fique em cima dos peritos forenses. Talvez o assassino tenha cometido algum deslize com o carro de Asner. E quero que a equipe de busca encarregada pelo apartamento dele me informe até se achar uma gota de cuspe seco que não seja de Asner.

— Deixa comigo. Nesse meio-tempo, fiz aquela pesquisa do barco. Nenhum dos suspeitos tem barco em Nova York.

— Merda.

— Mas tem um detalhe. Roundtree e Steinburger já tiveram barco em Nova Los Angeles. Julian e Matthew também são marujos experientes, e pode-se dizer o mesmo de Andrea Smythe. Ela e o marido têm um iate nos Hamptons. Então andei pensando... Talvez um deles tenha um amigo com barco atracado na marina daqui e o tenha emprestado. Ou um deles pode ter roubado um barco só para jogar as provas no rio.

— Bem pensado, boa abordagem. Trabalhe nisso.

— Posso usar McNab?

— Já disse que não quero ouvir sobre sua vida sexual.

— Rá-rá! É que isso vai exigir muitas pesquisas e referências cruzadas. Ele tem habilidades extraordinárias. Ops, esqueci que não devo mencionar minha vida sexual.

— Rá-rá para você também. Peça a permissão de Feeney se for precisar de McNab antes do fim do turno. Quando estiverem liberados, a festa é por conta de vocês. E esse é o fim das alusões à sua vida sexual.

Ela seguiu em direção à sua sala e viu Mira em pé, diante de sua janela minúscula.

— Que chuva terrível! — comentou Mira. — A volta das pessoas para casa será um inferno.

— Vai compensar o tráfego tranquilo e sem estresse que tive hoje de manhã. Sinto muito pelo atraso, doutora. Eu que devia ter ido até você.

— Eu estava aqui perto, e Peabody me contou que você estava conversando com o irmão de K. T. Harris. — Ela se virou, linda em seu terninho cor-de-rosa e suas pérolas favoritas. — Esse tipo de conversa raramente acontece sem estresse.

— Ele é um homem muito decente que está se martirizando por sua irmã não ter sido uma mulher muito decente. O pai deles espancava a mãe regularmente. Harris não só ficava do lado dele, como também lhe repassava informações, muitas vezes falsas, sobre a mãe. Por causa disso, ele sempre tinha uma desculpa para bater na mãe das crianças e recompensar a filha por sua "lealdade". Quando o filho se julgou grande o suficiente para tentar detê-lo, acabou no hospital. A mãe finalmente chamou a polícia e mandou o safado do marido para a cadeia. Harris não ficou satisfeita com isso, alegou que a agressão não tinha acontecido, apesar do seu irmão ter ficado mijando sangue no hospital. Em seguida, alegou que o irmão tentou molestá-la e que o pai a tinha protegido.

— Mentir, colocar a culpa nos outros, mentir mais para escapar da própria culpa e proteger seu *status quo*.

— A qualquer custo. Ela também não ficou satisfeita quando a mãe se mudou com os filhos. Parece que Harris decidiu que sua missão de vida era seguir os passos do papai.

— Assumir o sobrenome dele profissional e legalmente é uma espécie de declaração disso — concordou Mira. — Ela enxergava a mãe como uma pessoa fraca e entendia que era seu pai quem detinha o poder. Tomou partido do poder e gostava de ser recompensada. Quando sua mãe pôs um fim nesse ciclo, isso não foi visto apenas como punição, mas como uma nova tentativa de arrancar o poder *dela*.

— Desde então, a filha passou o resto da vida procurando formas de conseguir poder e mantê-lo. Mentiras, chantagens, ameaças. Todo mundo diz que Harris tinha talento, e ela devia gostar muito do próprio trabalho. Mas isso era secundário, porque o foco era assumir o controle das pessoas ao seu redor. E, me parece, fazer com que todos à sua volta tivessem medo dela. Medo e respeito eram a mesma coisa para ela.

— Concordo. Ela compensava as perdas com drogas e álcool, o que provavelmente a fazia se sentir mais poderosa. O irmão deu indícios de algum componente sexual no relacionamento entre pai e filha?

— Não, mas eu diria que o pai foi a primeira obsessão dela.

— Meninas jovens têm fantasias do tipo "casar com o pai". É uma fantasia benigna, não sexual e normalmente superada. O caso de Harris pode ter sido mais complicado. Ela obteve o poder que tinha do pai, do vínculo que tinham, baseado em violência e traição. Os homens com quem ela se envolveu mais tarde, como Matthew, tornaram-se suas obsessões, sim, mas não substitutos. Ela queria obter mais poder dos homens com quem se envolvia. Queria assumir o papel do pai e ter o controle das coisas. Sua mãe cortou o poder do seu pai quando o abandonou. Isso não poderia acontecer com ela. Seria inaceitável.

Eve virou-se para o quadro e viu o rosto que, curiosamente, não a lembrava mais de Peabody.

— Quanto mais coisas descobrimos, mais ela parece a assassina do que a vítima.

— Se ela tivesse sobrevivido, tudo poderia ter extrapolado para isso — disse a médica. — Seu assassino extrapolou com a segunda vítima. Houve mais violência, foi um planejamento complicado. O primeiro assassinato foi passivo. O segundo, com vários golpes, mostra uma raiva que ele não sentiu antes com Harris, ou talvez não percebeu que sentia. Existe um padrão aqui: pegar o *tele-link* dela, pegar os eletrônicos de Asner. A tentativa de fazer a morte de Harris parecer um acidente ou azar, e a tentativa de fazer a morte de Asner parecer um assalto.

— Ambas uma tentativa de merda.

— Também é um padrão. Seu assassino, ou assassina, se acha inteligente e cuidadoso, acredita que pode criar essa ilusão. Com Asner, ele passou um tempo considerável e enfrentou grandes problemas. É inteligente, organizado, focado. Havia um propósito nas mortes, e o vídeo me parece um motivo fraco para isso.

— Nossa, concordo plenamente.

— Isso pode sustentar o assassinato de Harris se o enxergarmos como um ato de impulso e raiva, seguido de uma rápida tentativa de encobrir o feito. A morte de Asner eleva tudo a outro nível.

— Acho que Harris contratou Asner para outro trabalho e ele acabou encontrando algo mais prejudicial do que duas estrelas de Hollywood fazendo sexo fora das telonas. Pode ser que Marlo e Matthew tenham usado o vídeo como uma ameaça falsa, tipo "me dê o vídeo, e não processamos você". Se não estão envolvidos nas mortes, pode haver algo prejudicial ao assassino. Algo pelo qual ricos e famosos arriscariam matar.

— Talvez você tenha razão. Sabemos que isso se encaixa na patologia de Harris. Você já descobriu que ela mantinha ameaças pendentes sobre várias cabeças.

— E, mais uma vez, como no caso de Marlo e Matthew, nada que justificasse matar Asner, já que os indivíduos citaram essas ameaças na gravação que fizeram. Asner deu a ela outro material, ou o assassino receava que ele desse. Algo que não apareceu nos interrogatórios.

Ela olhou para o quadro.

— Preciso olhar tudo isso de novo. Eu disse ao irmão dela que ela não merecia morrer assim.

— Você acredita nisso?

— Acredito que ela precisava ser impedida. A senhora diria que ela precisava de ajuda, terapia, aconselhamento. Eu me inclino para a ideia de que ela precisava ser punida. Ela não tinha uma "inclinação" para o mal — percebeu Eve, à medida que falava. — No caso dela, era uma orientação sólida. Quem intimida os outros merece pagar por isso, mas ser morta é um preço alto demais. Então assumo minha postura de ela merecer um castigo, mas, mesmo assim, a defendo.

— Acho que ela precisava de ajuda e punição. Teve uma infância abusiva. Sei que você não enxerga desse modo — completou Mira, encolhendo os ombros por instinto —, mas ela enxergava.

— Talvez, mas ela encontrou um jeito de fazer isso funcionar a seu favor. Será que...?

— O quê?

— Às vezes, me pergunto de que tipo de família ou ambiente doméstico Stella veio. Ela já nasceu doida... egoísta, violenta, sem coração? Ou foi pega nesse ciclo do mal? Não desculpo o que ela fez ou quem foi. Os ciclos precisam ser interrompidos.

— Tenho certeza que você sabe que Roarke poderia descobrir isso.

— Não tenho certeza se realmente quero saber. Talvez. Um dia. Ele está preocupado comigo. Sei que ele quer que eu converse com a senhora.

— Tem motivos para estar preocupado?

— Eu não quero que ele se preocupe.

— Isso não responde à minha pergunta.

Eve suspirou. Descobriu que não queria café — isso era uma novidade — e serviu uma garrafa de água para as duas.

— Eu sonho com ela. Não são pesadelos, não exatamente. São sonhos estranhos e lúcidos. Ela me culpa, o que se encaixa com o jeito como ela pensava e agia.

— Você se culpa?

Eve levou um momento antes de responder.

— O irmão de Harris? Parte dele se sente culpado por não conseguir amar a irmã, e parte dele sofre por ela. Não sei se é culpa ou simplesmente aceitação que parte de mim sente. Não existe tristeza, luto. Já lhe garanti isso, e nada mudou, doutora. Sei que não sou responsável pelo que aconteceu com Stella. Ela era daquele jeito. McQueen é daquele jeito. Até meu pai tem mais culpa do que eu. Mas eu dei início a uma corrente de eventos quando a prendi em Dallas, antes mesmo de saber quem ela era.

Eve estudou sua garrafa de água, enquanto revivia mentalmente aquele momento, o instante decisivo em que deu ordem de prisão a uma suspeita, e viu o rosto de sua mãe.

— Dei início a essa corrente de eventos quando a forcei a entregar McQueen. Essa mesma corrente se quebrou quando McQueen cortou a garganta dela. Não posso e não vou fingir o contrário. Eu estava fazendo o meu trabalho. E outras vidas inocentes estavam em risco. Mas fazer o meu trabalho foi um fator determinante na morte dela.

— Fazer o seu trabalho salvou aquelas vidas inocentes. As escolhas que ela fez determinaram a morte dela.

— Sei disso. Acredito nisso. Mas estou envolvida na morte dos meus dois pais. Diretamente no caso do meu pai, já que foi a minha mão que segurou a faca. Uma criança, um ato em legítima defesa, sim, tudo verdade, tudo lógico. Só que... — Ela apertou a mão como se empunhasse o cabo de uma faca. — Foi a minha mão que segurou aquela faca. Foi com ela que eu dei início a essa corrente de eventos. É duro saber que, não importa o que eles fizeram comigo, não importa o que continuaram fazendo comigo, é duro saber que eu matei, ou que tive um papel importante, na morte das duas pessoas que me geraram.

— Eles não "geraram" você. Eles realizaram um ato que resultou na sua concepção e o fizeram com um objetivo de investimento e lucro. Eles não eram seus pais. Foram sua mãe e seu pai simplesmente nos termos biológicos mais estritos.

— Eu sei disso.

— Sabe mesmo? Você começou a chamá-la de Stella, isso é um distanciamento emocional. Mas continua chamando-o de "meu pai". Por que isso acontece?

Eve olhou para Mira, confusa.

— Eu... Eu não sei.

— É algo a se pensar, algo sobre o qual podemos conversar novamente. — Mira se levantou da cadeira de visitante e colocou a mão por breves instantes no ombro de Eve. — Diga a Roarke que nós já conversamos. Pode ser que ele se preocupe menos.

— Ok.

Sozinha, Eve franziu o cenho ao olhar para o quadro. Eles tinham sido sua mãe e seu pai simplesmente nos termos biológicos mais estritos. Por essa mesma percepção, K. T. Harris era apenas uma filha e uma irmã.

Por escolha própria, Eve decidiu, Harris havia morrido órfã.

Capítulo Dezesseis

É melhor voltar à cena do crime, decidiu Eve, e saiu para revisitar os três locais a caminho de casa. Mais tarde, em casa, abordaria as possibilidades com uma visão renovada.

No prédio de apartamentos de Asner, conversou com seu colega de academia novamente. Abalado, mas cooperando muito, o homem não conseguiu acrescentar nada de relevante às suas declarações anteriores.

Eve bateu em algumas portas. Todo mundo gostava de A, ninguém tinha visto pessoas estranhas entrando ou saindo de seu apartamento nem circulando pelo prédio na noite anterior.

Ela visitou o apartamento dele, ainda com o relatório dos peritos fresco na mente. Eles não encontraram nem mesmo um arquivo ou disco com dados. Já impressões digitais, sim, havia muitas. Da vítima, do colega de academia, de outro vizinho que fora visitá-lo e de uma acompanhante licenciada chamada Della McGrue. Eve resolveu passar na casa de Della para bater um papo com ela, antes de voltar para casa.

Tentou imaginar como o apartamento era antes de ser vandalizado.

Decoração simples, notou. Móveis baratos, exceto pela tela enorme que ocupava uma das paredes. Mania típica de homens, lembrou. Havia dois quadros em outra parede, retratando paisagens comuns.

Apenas dois conjuntos de lençóis. Um deles estava na cama, ela supôs, antes que o assassino os arrancasse para destruir o colchão. Um armário simples para roupas no closet e gaveteiros. Dois ternos, um preto e um marrom; meia dúzia de camisas; algumas meias; algumas cuecas; três pares de sapatos — quatro, contando com o que ele usava quando teve a cabeça esmagada; uma roupa preta; um chinelo comum; e um tênis de ginástica.

Roupas esportivas, shorts, camisetas e algumas gravatas.

Mesma coisa nos itens de banheiro, nada sofisticado. Nada de elegante na seção do oba-oba também, notou. Uma caixa de pílulas para estimular o desempenho sexual e uma caixa de camisinhas — com três a menos.

Eve sentou-se ao lado da cama. O detetive A era um cara simples que gostava de apostas, ia à academia de manhã, tomava cerveja, assistia a filmes e programas em sua TV enorme à noite. Ocasionalmente, usava os serviços de uma acompanhante licenciada.

Um detetive que não se importava em enevoar os limites da lei para turbinar seu trabalho. Talvez gostasse de explorar áreas levemente sombrias. Sonhava em ser dono do próprio bar e cassino em um lugar que fosse quente e tropical.

Um sujeito simpático cuja morte trouxe pesar aos vizinhos e provocou lágrimas genuínas de sua única funcionária.

A. A. Asner. Será que Harris o escolhera porque o nome dele foi o primeiro a aparecer nas listas? Eve supôs que ele conseguia muitos clientes dessa forma.

— Devia ter dispensado essa cliente — murmurou Eve.

Como Della McGrue morava a três quarteirões de distância, Eve foi procurá-la em seguida.

Os prédios do bairro tinham todos o mesmo estilo, mas, quando Della, com os olhos muito inchados, a deixou entrar, Eve viu que o apartamento da acompanhante licenciada não podia ser mais diferente do de Asner.

Havia cores e desordem, o latido alegre de uma bolinha de pelos minúscula que Della trazia agarrada em seus amplos seios. Um harém de travesseiros empilhados no sofá vermelho, velas largas, tigelas decorativas, mesas cobertas com miniaturas coloridas de animais, feitas de vidro brilhante.

Della ficou de pé, seus cabelos louros ondulados emoldurando um rosto de nariz arrebitado, lábios de boneca e olhos azuis que estavam vermelhos de tanto chorar. Falou algo em voz baixa com o cãozinho para acalmá-lo.

— Nós dois estamos muito chateados — anunciou a Eve. — Frisky simplesmente amava o nosso A. Podemos nos sentar? Não me sinto bem desde que soube o que aconteceu com ele. Estou bebendo algo para me acalmar. A senhora aceita um?

— Não, obrigada. Seu relacionamento com o sr. Asner era apenas profissional?

— Mais ou menos... Não exatamente. — Della aninhou o cãozinho agora quieto, embora trêmulo, em um dos braços, enquanto bebia um drinque cor-de-rosa em um copo longo. Quando fazíamos sexo, eu tinha que cobrá-lo. Preciso ganhar a vida, e A sabia disso. Mas eu sempre fazia um desconto para ele. Às vezes, saíamos para jantar ou ver um filme. Só para passar o tempo. Como amigos, sem sexo. Eu gostava muito dele.

— Sinto muito por ter perdido seu amigo.

— Acho que ele aceitava serviços arriscados. Geralmente, o trabalho dele envolvia problemas com seguros ou assuntos de divórcio. Trabalho de detetive é arriscado, mas eu nunca imaginei que alguém poderia...

— Quando foi que você o viu ou falou com ele pela última vez?

— Ontem. Ele recebeu uma bela grana de uma cliente e tinha outro lance marcado, mas quis uma transa antes para dar sorte. Não trabalho tão cedo, a menos que seja para um amigo ou cliente regular.

— Ele falou alguma coisa sobre essa cliente?

— Na verdade, não. Exceto que não gostava dela. Disse que era uma pessoa desagradável, mas seu dinheiro era ótimo. Ah, e ela não era quem dizia ser. Foi ela que o matou?

— Não, mas qualquer informação sobre essa cliente poderá me ajudar a encontrar quem fez isso.

— Ele não me contou muita coisa. Mas estava de ótimo humor. Trouxe as guloseimas favoritas de Frisky e chocolates para mim. Para a senhora ver o quanto ele era uma pessoa doce.

— Ele lhe contou por que estava de bom humor?

— Não exatamente. Só comentou que tinha tomado umas decisões, que coisas ruins acontecem e como isso, às vezes, serve para acordar as pessoas e fazê-las agir da forma correta mesmo que isso possa fazer com que passem um perrengue.

— Ele falou mais alguma coisa sobre isso? Deu outros detalhes?

— Não, só que ele se sentiu bem ao fazer o certo. E... Ah, avisou que ia se aposentar. Ele sempre dizia isso, mas me pareceu sério dessa vez. Ia viajar para as ilhas na semana que vem, para visitar algumas propriedades. Me convidou para ir com ele, e talvez eu tivesse aceitado. A era um cara divertido para se ter por perto. Logo em seguida, fomos para a cama. Depois, eu fiz um sanduíche para ele e... Ah, esqueci de contar um detalhe. Alguém ligou para ele pelo *tele-link*. Ele atendeu com um tom muito profissional, então eu vi que deveria ser algum cliente.

— Você ouviu alguma parte da conversa?

— Para ser sincera, não. Ele foi para o quarto para poder atender à ligação. Eu o ouvi dizer algo sobre um encontro às dez da noite. Acho que foi isso, dez da noite. Quando ele desligou, estava... pensativo. Sim, foi o que pareceu. Ele me deu um grande beijo, afagou Frisky e saiu. Nunca mais o verei.

Eve tentou mais algumas abordagens, mas logo percebeu que aquela fonte já tinha secado. Asner não citava nomes de clientes nem comentava com amigos sobre seus trabalhos confidenciais.

Mas Eve tinha conseguido um osso novo para mastigar. Pelo visto, o assassino tinha entrado em contato com Asner, e não o contrário.

Quando chegou à casa de Roundtree, o androide da casa informou que o sr. Roundtree ainda estava no estúdio e que a sra. Burkette não estava em casa. Melhor ainda, decidiu Eve.

— Preciso examinar mais uma vez a sala de cinema e o terraço.

— A senhora deseja que eu entre em contato com a sra. Burkette?

— Para quê?

— É que... Bem, não é a prática habitual eu permitir que pessoas circulem pelos aposentos sem que a sra. Burkette ou o sr. Roundtree estejam em casa.

— Eu não sou "pessoas". Sou a policial que atua como investigadora principal em um homicídio que ocorreu nesta casa.

— Sim, estamos muito abalados.

— Aposto que sim. Sei que vai se sentir menos chateado quando a pessoa que matou a srta. Harris for identificada, detida e acusada. Portanto, vou trabalhar nisso e reexaminar as áreas da casa que mencionei.

— Claro. Vou acompanhá-la até a sala de projeção.

— Conheço o caminho. — Eve pegou seu tablet e mostrou ao androide a foto da identidade de Asner. — Esse homem lhe é familiar?

— Não — garantiu o androide, depois da pausa momentânea enquanto escaneava a foto com seus sensores. — Não, eu não o conheço.

— Nunca o viu aqui pela vizinhança?

— Não tenho imagens dele na minha memória. Existe algo em que eu possa ajudar enquanto a senhora... reexamina?

— Não, mas obrigada. Vou embora assim que terminar.

Eve foi diretamente à sala de projeção. Ficou em pé por alguns minutos ali, trazendo a cena de volta à mente e tentando rever como tinha sido aquela noite. Todo mundo circulando, tomando drinques, comendo sobremesas, conversando em pequenos grupos ou sentado nas poltronas.

Um grupo grande e animado, pensou. Exceto por Harris. Ela estava emburrada, retraída, isolada.

Estavam todos bebendo e assistindo ao filme, pensou Eve, puxando a noite na memória e irritada por ter prestado tão pouca atenção à mulher.

É claro que nenhum deles sabia que Harris acabaria morta em menos de uma hora.

Ela apagou as luzes, sentou-se na mesma poltrona que ocupara naquela noite e tentou trazer o clima de volta.

Sua atenção ficara focada na tela, mas Roundtree não esteve longe em nenhum momento. Permaneceu sentado junto dela durante toda a apresentação.

Pessoas riam ou faziam observações. Ela fechou os olhos, ouviu a risada exagerada de Mavis, a voz de Andrea fazendo algum comentário. Mas quando? Quando?

Não tinha certeza.

Muitas risadas, murmúrios, gritos e grunhidos. Roarke murmurou algo em seu ouvido quando Marlo, na tela, se atrapalhou ao pegar sua arma falsa durante uma tomada.

Tudo bem, o importante não era o que ela ouviu, porque havia muita confusão sonora. O importante era o que ela não ouviu.

Nenhum comentário de Harris, pelo menos nenhum que chegasse até a fileira da frente. Nada de Valerie, Preston e Steinburger. Pelo menos que ela tivesse ouvido. Nada de Connie depois dos primeiros minutos de projeção.

Julian? Ele tinha dito algo com a voz arrastada pelo efeito do vinho. Logo no início, pensou. Talvez.

Tornou a acender as luzes e avaliou o formato da sala. Era grande, e o piso, levemente inclinado, permitindo que cada poltrona ou sofá tivesse visão desobstruída da tela. Havia também uma porta lateral e a saída principal ao fundo.

Um lugar fácil de entrar e sair, e eles não ficaram sentados todos juntos, as pessoas se espalharam. Como Roundtree a tinha levado, com Roarke, para sentar na frente, ela não tinha visto exatamente onde cada um tinha se acomodado.

Pegou suas anotações e fez um esboço das declarações que cada um dera sobre o lugar que tinha ocupado. Diminuiu as luzes mais uma vez e testou os lugares, sentando-se em cada um deles para obter os ângulos de visão da tela.

Interessante, decidiu, mas nem um pouco conclusivo.

Saiu da sala de projeção e foi para o terraço.

Pegou o elevador. O assassino teria feito isso, calculou. Aquela era a forma mais rápida e segura para alguém não ser visto pelos outros convidados ou empregados. O elevador ia direto para o *lounge* do terraço.

Levava menos de dois minutos e dava na piscina.

Harris estaria circulando de um lado para o outro ali? Fumando suas ervas suspeitas e bebendo, talvez. Com jeito de quem quer briga, ar ameaçador e cara amarrada.

O assassino teria discutido com ela? Impossível afirmar, muito menos se foi uma briga curta ou longa. Então a queda, a decisão.

Bastou arrastá-la para dentro da piscina, procurar pela sua bolsa de festa, pegar o pano do bar, usar a água da piscina para limpar o sangue, jogar o pano no fogo. E pegar o elevador de volta.

Uma questão de minutos, na verdade. Não levou mais que alguns minutos. Como uma ida rápida ao toalete. Por que alguém notaria?

Eve olhou para cima. A cúpula tinha sido parcialmente aberta. Era uma bela noite de outubro, mas...

Curiosa, voltou ao andar de baixo e procurou o androide doméstico.

— Uma pergunta: nessa época do ano, a cúpula da piscina, geralmente, fica aberta ou fechada?

— Hmm, fechada. A sra. Burkette usa a piscina todos os dias... Pelo menos, usava. Tem sido um outono quente, mas ela gosta de manter a cúpula fechada e a água sempre aquecida. E o mecanismo que fecha a cúpula precisa de conserto.

— Por quê?

— Está emperrando na hora de abrir e fechar. Ele trava, a não ser que você o desligue e o ligue de novo no instante em que a cúpula para de deslizar. A sra. Burkette já tinha mandado alguém vir aqui para consertá-lo, mas, desde a noite da festa, ela não usou mais o terraço. Ninguém foi autorizado a subir lá.

— Alguém mais sabia desse truque para fechá-lo?

— O sr. Roundtree, é claro. A maioria dos funcionários também, e a equipe de manutenção da piscina.

— Ninguém mais?

— Não que eu tenha conhecimento.

— Ok. Obrigada.

Então o assassino abriu a cúpula, refletiu Eve, enquanto dirigia de volta para casa. Se Harris a abriu, por que a fecharia? Ou tentaria fechá-la? Essa nova informação fazia Connie descer alguns lugares na lista de suspeitos. Se ela quisesse fechar a cúpula, saberia como fazê-lo.

O assassino não sabia. Talvez nem tenha notado que a cúpula não tinha fechado por completo. Simplesmente acionou o mecanismo e saiu.

Mas por que abri-la, para início de conversa?

Fumaça, por causa da mistura de ervas com zoner. Sim, aquela era uma boa possibilidade, decidiu. Talvez o assassino não gostasse do cheiro, fosse alérgico ou simplesmente quisesse tomar um ar fresco.

Com sua mente girando em torno dessas possibilidades e o que tudo aquilo poderia significar, passou pelos portões de sua casa.

A chuva a atingiu quando ela correu para a porta, e ao entrar encontrou o saguão vazio.

Fui mais rápida que você dessa vez, Espantalho, pensou, e, de forma deliberada, tirou a jaqueta e a pendurou no primeiro pilar da escada. Sentia falta de fazer isso quando o tempo ficava mais quente, pois sabia que esse ato deixava Summerset profundamente irritado.

Satisfeita consigo mesma, subiu a escada e entrou no quarto para vestir uma roupa de ginástica.

Passaria uma hora na academia de casa e nadaria algumas voltas completas na piscina para aliviar seus músculos e sua cabeça. Para evitar encontrar Summerset, pegou o elevador e parou quando viu Roarke, já suado, fazendo supino no banco.

— Que legal ver você por aqui — saudou ele.

— Não sabia que você já estava em casa. — Ela se aproximou e olhou para ele. — Já comprou tudo?

— Tudo que valia a pena comprar. Pelo menos, no dia de hoje. Você capturou todos os bandidos?

— Fiz minha cota diária. Pensei em suar um pouco enquanto amadureço algumas teorias, suposições e probabilidades, para depois tomar um banho e pegar outra leva de bandidos.

— Bom plano. É ótimo te ver. — Ele pousou os pesos nos apoios, se sentou e pegou sua garrafa de água. — Está a fim de uma corrida?

— Para começar, sim.

— Não me importaria de correr um pouco. Aonde você vai?

— Ainda não decidi.

— Tenho um novo programa de Realidade Virtual onde dois jogadores podem brincar.

Ela estreitou os olhos.

— O suor que estou procurando não é proveniente de sexo.

Ele jogou a cabeça para trás para beber sua água e riu com os olhos. Tinha amarrado o cabelo atrás da nuca, e sua pele brilhava.

Talvez ele conseguisse fazê-la mudar de ideia quanto à origem do suor, decidiu Eve.

— Não é engraçado como, tantas vezes, sua mente pensa direto em sexo?

— Talvez porque você esteja sempre me pegando.

— Talvez. Mas agora... — Ele se ergueu do banco e caminhou até um armário embutido no qual guardava o equipamento de Realidade Virtual. — O desafio é mais que uma corrida. Existem vários obstáculos, escolhas nas direções, cada um deles com suas consequências ou recompensas. Há cenários diferentes. Temos paisagens urbanas, rurais, suburbanas e, aparentemente, paisagens vastas e desertas de inúmeros tipos. Você pode escolher entre noite, dia, uma mistura dos dois. Basicamente, você que manda.

— Isso é um jogo ou um treino?

— Os dois. Por que não se divertir? Aonde você gostaria de ir?

Ela pensou em escolher uma paisagem urbana, pois era o que ela conhecia melhor. Mas, se aquilo também era um jogo, isso significava competição.

— Vamos para uma paisagem rural.

— Você sempre me surpreende.

— Assim, estaremos fora do nosso território. Misture o dia com a noite.

Ele entregou um conjunto de óculos para ela e iniciou o programa.

— O objetivo é chegar ao destino que será mostrado no mapa, na parte inferior da tela. Se você não conseguir ultrapassar um dos obstáculos ou se machucar, perderá pontos e distância. Se conseguir passar, ganhará pontos. Depois de vencer alguns dos obstáculos, será recompensada com algum objeto útil.

— Quantas vezes você já jogou isso?

— Algumas, mas nunca nesse cenário que escolheu. Vamos começar por ele. Trinta minutos está bom?

— Sim, deve ser o suficiente. — Eve colocou os óculos, estudou a paisagem que a rodeava e notou trilhas serpeantes, os caminhos que se cruzavam e, às vezes, eram bloqueados, e a luz pulsante que indicava o objetivo.

Bosques espessos, pouca luz, uma trilha irregular e muita vegetação rasteira. O tipo de lugar por onde animais estranhos vagavam. Animais com dentes afiados.

Ela se sentiria mais confortável atravessando um galpão escuro cheio de viciados homicidas.

Foi exatamente por isso que tinha escolhido algo diferente. Teria que se esforçar mais assim.

— Preste atenção aos pontos que piscam no mapa, pois eles indicam obstáculos ou algum elemento problemático. Está pronta?

— Estou.

O rugido do vento aumentou e açoitou as árvores quando o cenário ganhou vida ao seu redor. Ela ouviu o estrondo de galhos caindo e uma espécie de ruído e chiado de água batendo em algo. Poderia ser uma cachoeira.

Mas como saber?

Eve começou com uma corrida de aquecimento, depois de escolher a trilha à esquerda. Ouviu um estrondo maior, e uma árvore caiu na trilha, poucos metros à frente dela. Ela saltou os galhos e ganhou alguns pontos. Resolveu correr mais rápido.

Virou à direita, ouviu um rugido estridente que ecoou e decidiu que seria melhor pegar a trilha mais longa.

Corria sem parar agora, alcançou um bom ritmo e sentiu os músculos esquentando.

Viu uma ponte estreita e oscilante à frente, com cordas puídas e tábuas faltando. A ponte cruzava um imenso abismo. Um rio cor de lama rugia e se agitava loucamente no fundo do vale. Ela correu pela ponte, saltou sobre os espaços em que não havia tábuas e quase caiu quando a madeira rachou sob seus pés.

De repente, a estrutura começou a vibrar. *Ah, merda*, pensou, quando a corda desgastada estalou e as tábuas atrás dela caíram e desapareceram no fundo do rio agitado.

Ela pulou, agarrou a corda pendurada e impulsionou o corpo para a frente. Um vento violento e veloz a atingiu de forma tão estimulante quanto assustadora. Voou pelo ar e sentiu um tremor que lhe subiu dos tornozelos aos joelhos ao cair sobre uma borda estreita.

À direita, a borda se alargava um pouco e se recortava em degraus ásperos de pedra. No alto dos degraus, havia uma alcateia de lobos que uivavam. No momento em que considerou suas opções, os animais começaram a se espalhar.

Ela parou, considerou as possibilidades e começou a subir, arrastando-se pela face vertical do penhasco.

Suada e esbaforida, alcançou o topo.

Recompensa, piscou a tela. *Você ganhou uma faca.*

Ela tocou o próprio quadril, sentiu a bainha da faca.

Que máximo!

Um pouco ofegante, correu para o lado esquerdo, bem longe dos lobos. Assim que entrou no ritmo novamente, algo serpeou seu tornozelo. Quando menos esperava, se viu pendurada de cabeça para baixo, presa por uma corda que descia do galho de uma árvore.

Em algum lugar, ouviram-se tambores.

Provavelmente canibais, pensou. Tudo a ver.

No momento em que ela forçou o corpo para cima e cortou a corda — sentindo dores na musculatura abdominal —, aterrissou com força no chão da floresta e notou que o som dos tambores parecia muito mais perto.

Recuperou o fôlego e olhou o mapa para escolher uma direção.

Uma flecha cravou, com um estrondo, no tronco de uma árvore a poucos centímetros de sua mão.

Ela correu o mais rápido que pôde. Escalou uma montanha de pedras, caiu em um pântano lamacento e pulou de um penhasco em um rio para evitar um urso gigantesco.

Sua próxima recompensa — uma lanterna — veio a calhar quando a escuridão caiu como uma avalanche.

Molhada, sem fôlego e momentaneamente perdida, ela se surpreendeu quando a tela piscou FIM.

Tirou os óculos de realidade virtual, virou-se para Roarke e teve a satisfação de ver que ele estava tão sem fôlego quanto ela.

Além disso, ela tinha conseguido três pontos a mais que ele.

— Aparentemente, eu quebrei o braço — explicou ele. — Isso me custou pontos.

— Eu quase virei lanche de urso e perdi a faca quando caí em um pântano. Foi divertido.

Ele sorriu.

— Foi mesmo. Quer mais trinta minutos?

Ela tinha planejado se exercitar por uma hora, lembrou a si mesma. Por que não?

— Eu topo. Quero nadar um pouco depois, e aí vou trabalhar. Tenho perguntas na cabeça. Muitas. Se eu despejá-las em você, talvez consiga algumas respostas.

— Tudo bem então. Quem perder prepara o jantar. Quero comer carne vermelha depois disso.

— Vamos nessa!

— Voltamos ao começo ou continuamos de onde estávamos?

— De onde estávamos.

No fim dos trinta minutos adicionais, ela deslizou para o chão com o corpo todo mole.

— Fui atacada por um porco.

— Um javali — corrigiu Roarke.

— Um porco mutante. Eu sempre soube que havia porcos mutantes com dentes muito afiados na floresta. Por que as pessoas gostam de ir lá? E havia um campo. Muito bonito. Parecia seguro, mas havia cobras. Eu devia saber que haveria cobras.

— Eu ganhei um facão de mato. Foi muito útil. — Sentado ao lado dela, ele conferiu a pontuação dos dois. — Quero meu bife malpassado, por favor, querida.

— Droga! Eu estava indo muito bem até o porco aparecer. O filho da mãe me fez perder. E nenhum de nós chegou ao objetivo.

— Fica para a próxima. — Ele se levantou e ofereceu a mão para ela. — Ainda quer nadar? — perguntou, enquanto a puxava.

— Já nadei. Em um rio. Cheio de pedras pontudas e irregulares. Devia ter até jacarés. — Ela flexionou os ombros. — Mas foi um tremendo treino.

Ela tomou uma ducha em vez de nadar. E, para ser justa, preparou a refeição e serviu a comida em seu escritório. Mas não se opôs quando Roarke abriu uma garrafa de vinho.

Eles mereciam.

— Vamos lá então... — Ela tomou um gole longo e lento. — Consegue se lembrar de quem você ouviu, ou não ouviu, quando estávamos na sala de cinema, assistindo ao filme?

— Definitivamente, não. Não estava prestando atenção nisso.

— Nem eu. Essa parte da minha lista de tarefas foi um fracasso. Conversei com uma acompanhante licenciada que Asner tinha para sexo e amizade.

— É sempre bom transar com uma amiga.

— Eles transaram na tarde em que Asner foi assassinado, e depois ela fez um sanduíche para ele.

— Isso é que é amiga.
— Diz o homem que está comendo um bife.
— Onde está o meu sexo?
— Talvez você consiga esse prêmio. — Ela lançou um sorriso descontraído para ele. — Asner contou à acompanhante licenciada preparadora de sanduíches que tinha decidido agir de forma correta, mesmo que isso o colocasse em uma situação difícil.
— Interessante. Acha que ele decidiu entregar a gravação?
— Talvez. Levando em consideração como ele estava se sentindo, as conversas que teve com a secretária, com o amigo advogado, e agora isso, suponho que ele soube que sua cliente tinha sido morta e repensou os possíveis bônus que conseguiria com a gravação. Faça a coisa certa, devolva o vídeo, se aposente, vá morar nas ilhas.
— Só que, em vez disso, acabou morto.
— Pois é. Sua amiga colorida me disse que ele atendeu a uma ligação pelo *tele-link* pouco antes de sair. Ela não ouviu a conversa toda, mas ouviu quando ele concordou em se encontrar com o interlocutor na agência de investigação, às dez da noite.
— Então o assassino entrou em contato com ele.
— Exato. O assassino sabia sobre ele e como contatá-lo.
— Pelo *tele-link* de Harris?
Era bom ter alguém que ligasse os pontos.
— Essa é a minha aposta. Ele marcou o encontro, matou Asner, levou os arquivos e os aparelhos eletrônicos, pensou em tudo. As pessoas matam pelos mais estranhos motivos, mas não acredito que a gravação tenha sido a razão da morte dele.
— Você acha que Asner, por meio de Harris, ou vice-versa, descobriu algo que comprometia o assassino.
— Sim. Algo que ele pretendia entregar com a gravação de Matthew e Marlo. Pelo menos, o assassino receava isso. Descobrir segredos podres das pessoas, esse era o *modus operandi* de Harris, e isso encaixa. O irmão dela me procurou hoje.

Eles comeram enquanto ela relatava a conversa a Roarke.

— Que fim triste, não é? — comentou ele. — Ela não apenas se voltou contra os que a amavam como os usou para benefício próprio. Preferia ganhar coisas assim e exercer o poder a ter afeto ou uma amizade verdadeira.

— Ela escolheu ser como o pai ou simplesmente era igual a ele?

Roarke colocou a mão sobre a dela.

— Você é a prova viva do poder da escolha.

— A princípio, acredito que é assim que funciona. Você decide o caminho. Como no nosso jogo de treino. Vai para a direita, vai para a esquerda, para cima ou para baixo, e lida com os resultados. Então sim, acho que ela fez suas escolhas. Talvez ela acreditasse que preferia as coisas desse jeito. Mas não estava feliz. Dava para ver que ela não estava feliz com as próprias escolhas.

— Mesmo assim, continuava fazendo-as.

— Até que alguém escolheu matá-la. Não foi Roundtree nem Connie. Para mim, pelo menos com os dados que tenho até agora, também não foi Marlo nem Matthew. E não foi Preston.

— Diminuiu muito sua lista.

— O assassino abriu a cúpula da piscina.

— Como você sabe?

— Porque ele ou ela tentou fechá-la depois. Se Harris a tivesse aberto, não teria por que o assassino fechá-la. Pelo menos, eu não vejo nenhum motivo. A cúpula estava parcialmente aberta quando descobrimos o corpo.

— Sim, me lembro disso.

— Ela está enguiçada. Não fecha até o fim, a menos que você a desligue e ligue novamente. O assassino não sabia disso. Connie saberia, pois usava a piscina todos os dias.

— Está achando que alguém entrou pelo lado de fora?

Ela levava uma batata frita à boca e parou no meio do caminho.

— De fora de onde?

— Da cúpula, querida.
— Merda. Merda. Não tinha pensado nisso. Mas como a pessoa chegaria lá em cima?
— Há várias formas — disse ele, sorrindo. — Às vezes, estar do lado de fora é melhor que estar dentro do lugar onde quer entrar. Um controle remoto para abrir a cúpula, um ponto fraco em termos de segurança, eu imagino.
— Está pensando com a cabeça de um invasor de domicílios.
— Não faço mais isso. Só para prestar serviços à minha esposa.
— Rá-rá! Vou ter que rodar um programa de probabilidades, agora que você enfiou isso na minha cabeça, mas não creio que alguém tenha vindo de fora ou de cima. Acho que o assassino abriu a cúpula por dentro. Harris tinha fumado ou ainda estava fumando aquelas ervas misturadas com drogas, e seis daqueles cigarros formariam uma nuvem infernal em uma área pequena e fechada. Ela não podia estar lá em cima há tanto tempo, mas havia seis guimbas.
— Cúpula fechada, fumaça. Sim, consigo enxergar a cena. Ele, ou ela, queria um pouco de ar fresco. Sua lista se reduziu a dois homens e duas mulheres: Julian e Steinburger, Andrea e Valerie.
— Ou uma combinação desses nomes. Um poderia estar acobertando o outro. Estou de olho em Steinburger e Valerie, porque até onde eu sei são os únicos que mentiram para mim. Tem mais chances de ela acobertá-lo do que o contrário.
— A menos que ela saiba muito sobre ele, coisas que ele prefere não ver sendo divulgadas. Nesse caso, ele poderia estar disposto a protegê-la.
— Sim. Eles costumavam transar, e as pessoas costumam tagarelar depois de uma fornicada.
— Vou segurar minha língua.
— Ela costuma ficar cansada depois de tanto trabalhar em uma fornicada — comentou Eve, e isso o fez rir.
— É verdade.

— O que não consigo saber é, supondo que seja Steinburger, por que matá-la? Digo, pode haver muitas razões, claro, mas por que nesse momento específico? Por que não enrolá-la mais um pouco, satisfazer seus caprichos e fazer o que ela queria até o projeto estar finalizado? Ele criaria uma imensa dor de cabeça para si mesmo ao matar uma das próprias estrelas.

— O javali ou o rio — disse Roarke. — Nenhuma das duas opções é particularmente agradável, mas você precisa fazer uma escolha. Às vezes, sob pressão.

— Bom argumento. — Eve apontou para ele. — Muito bom. De um lado, você tem o porco mutante com dentes grandes e afiados que quer arrancar sua perna. Do outro, o rio com pedras pontudas no qual você pode cair, sangrar e se arrebentar todo.

— A maioria das pessoas pula.

— Porque a ameaça do porco mutante é mais imediata. É melhor se arriscar na água e nas pedras. Mas o melhor mesmo seria matar o porco mutante e passear em terra firme.

— Estou começando a achar que eu gostaria de ter escolhido carne de porco em vez de bife.

Quando ela riu, ele serviu mais vinho.

— Não precisa encher — pediu Eve —, porque vou passar para o café. Preciso pesquisar sobre Steinburger e Valerie. Se estou certa e eles estão juntos nisso, certamente existe algo a ser encontrado. E, se um detetive particular conseguiu achar algo, com certeza eu também consigo.

— Acredito em você, portanto acredite em mim: você consegue aguentar uma taça e meia de um agradável Cabernet. Me diga por que está focada em Steinburger. Não foi só porque ele mentiu.

— Se você mente para uma policial, é porque tem motivos. Muitas vezes, o motivo é bobo, mas ele existe. O pior é que ele foi agressivo no primeiro interrogatório.

— E agressão é uma forma de defesa.

— Exatamente. Tem mais uma coisa: o motivo foi poder e controle. Dela sobre a porra do mundo todo, até onde eu sei. E quem tem mais poder e controle nesse projeto, nessa indústria, dentro das opções que temos?

— Aquele que tem a grana. Quase sempre é assim.

— Sim, e, como você é podre de rico, deve saber bem disso.

— Naturalmente.

— Steinburger é quem tem a grana. É o dono da produtora e tem a reputação mais antiga e imaculada de todas. Todo mundo o considera um dos homens mais poderosos de Hollywood.

— Você andou lendo a seção de negócios.

— Preciso conhecer meu território — disse Eve. — Ele gosta dos holofotes, de divulgar seus projetos, alimenta a máquina que é a imprensa. Mas é um mentiroso, se coloca na defensiva e é quem tem a mão na roda da fortuna. Também tem uma jovem mentirosa e atraente à sua disposição: Valerie. Isso já basta para me dar uma direção. — Ela sorriu de novo. — Mesmo que o meu destino seja um brejo.

Capítulo Dezessete

Roarke demorou para terminar seu vinho enquanto Eve atualizava o quadro do crime.

Ela parecia tranquila no trabalho apesar da forma como tinha acordado naquela manhã, estava mais descansada desde que voltara de Dallas.

Suas feridas tinham curado. Roarke torceu para que as feridas invisíveis também tivessem começado a sarar.

— Dá para ouvir sua preocupação daqui — disse ela, olhando para ele.

— Estava só apreciando a imagem da minha esposa e pensando que ela parece estar bem.

— É o primeiro treino pesado que eu curto desde... Bem, já faz um tempinho. Eu precisava disso. — Ela continuou a atualização das informações e comentou: — Conversei um pouco com Mira.

— Ah, foi?

— Ela me me mostrou por onde posso começar a trabalhar, e vou fazer isso. Estou conseguindo lidar bem com as coisas, Roarke.

Ele se levantou, chegou por trás dela e a abraçou.

— Eu também. — Beijou o topo da cabeça dela e deu um passo para trás. — Se eu não achasse que você está conseguindo lidar, deixaria me vencer no jogo.

— Até parece!

Ele riu e a abraçou novamente, mais forte.

— Tem razão. Mas isso mostra que eu não te bajularia só por causa disso. Tenho muito respeito por você.

— E a mentira continua... Seu ego é tão grande que dá para mergulhar nele.

— Meu ego e meu respeito são tão grandes que formam longas sombras.

— Qual é a forma da sombra do respeito?

— Como assim?

— Porque a sombra do ego tem o formato de um pênis. Então fiquei me perguntando...

Ele a virou de frente e passou um dedo pela sua covinha do queixo quando ela abriu um grande sorriso ensolarado para ele.

— Acho que vou levar a sombra do meu pênis para o meu escritório. Quer que eu pesquise algo específico?

— Sexo e dinheiro.

— Achei que tínhamos encerrado o papo sobre o meu ego.

— Boa resposta. Digo sexo e dinheiro em relação a Steinburger e/ou Valerie. Porque tem algo escondido ali. Ela me pareceu muito presunçosa hoje de manhã. Como se tivesse acabado de transar ou recebido um grande bônus em seu salário. Há algo suspeito.

— Vou ver se consigo achar algo.

— Tem uma coisa me intrigando. Se o assassino marcou encontro com Asner pensando em matá-lo, teria levado uma arma. Mas usou a estátua do falcão maltês.

— Sério? Ele matou nosso velho amigo Sam Spade com o pássaro preto do filme? Que bela ironia.

— Não creio que Asner concordaria com você, mas foi isso mesmo. A questão é saber se o assassino optou pela ironia e pela conveniência ou não levou uma arma. Se não levou arma, é sinal de que o encontro não envolvia assassinato... Simplesmente aconteceu.

— Outra bifurcação na estrada, outra escolha. — Roarke assentiu. — Talvez o encontro fosse para negociar algo, e o assassino não aceitou os termos do acordo.

— Então que se dane? Vou dilacerar seu crânio? Para muitas pessoas, matar é mais fácil na segunda vez. Depois que já usou certa solução, por que não usá-la de novo?

Ela estudou a cena do crime das duas vítimas.

— Acho que nenhum dos dois assassinatos foi planejado, tudo foi decidido na hora. Voltando à troca de ideias... Depois de fazer uma curva, você deve fazer outra, ou recuar. Não dava para reverter o assassinato anterior, então ele fez a curva seguinte.

— E, geralmente, há outra curva adiante. Se foi Steinburger e ele usou Valerie como álibi, ela se tornou outra ameaça. Na próxima curva, ele poderá eliminar essa ameaça.

— Sim, poderá. Matá-la agora seria muito arriscado, mas talvez mais pra frente, em outra encruzilhada, ele poderá achar que é uma opção viável. Eu preciso do motivo. Posso pressioná-lo. Caso contrário, tudo que eu tenho são impressões pessoais.

Com as mãos nos bolsos, ela se balançou sobre os calcanhares e pensou em curvas de estrada, escolhas e consequências.

— Para um amador, até que ele fez um bom trabalho de limpeza depois do crime. Até agora.

— Talvez já tenha feito isso antes — sugeriu Roarke. — Pode ser que já tenha enfrentado essa bifurcação e feito essa escolha.

Ela parou e se virou para ele.

— Será que ele já fez isso? Não seria interessante? Será que esse é o motivo? Sexo e dinheiro? — disse a Roarke, caminhando para a sua mesa. — Vou pesquisar mais a fundo os antecedentes dele, para ver quem mais pode estar morto.

— Isso é perfeito, não acha? Eu sou sexo e dinheiro, vocês são cadáveres. Formamos um tremendo time.

— O melhor é usar nossos pontos fortes.

E se ele já fez isso outras vezes?, imaginou Eve. Um impulso acidental, deliberado e imediato.

E escapou numa boa...

E se K. T. Harris sabia ou suspeitava disso e mandou Asner investigar mais a fundo?

Eve se recostou na cadeira por alguns instantes. Quem estava diante de uma bifurcação agora? Poderia ser uma perda de tempo e uma corrida para lugar nenhum se ela estivesse errada. Mas, sem evidências, que escolha tinha, a não ser caminhar no escuro?

— Computador, pesquisar Joel Steinburger, que está identificado nesses arquivos. Exibir qualquer morte associada a ele.

Entendido. Processando...

— Tarefa secundária... Procurar assassinatos não resolvidos com os quais o suspeito tinha ligação, foi detido ou interrogado. Tarefa adicional: procurar suicídios ou mortes acidentais relacionadas ao suspeito ou à Big Bang Productions.

Levantou-se da mesa quando o computador deu início às tarefas. Foi até a cozinha, programou um café e o levou com ela de volta ao quadro.

Vamos aos fatos, pensou. Harris ameaçou Marlo, Matthew, Julian, Preston, Andrea e Connie.

Harris trocou palavras duras ou teve confrontos com Matthew, Julian, Andrea e Connie na noite de sua morte.

Harris passou algum tempo sob a cúpula do terraço, fumando zoner e uma mistura de ervas.

Harris sofreu uma queda e lesionou a parte de trás da cabeça.

Morte por afogamento.

Era apenas suposição ela ter um *tele-link* na bolsa e uma prévia da gravação. Uma suposição sólida, com alta probabilidade, mas não era um fato.

A cúpula estava parcialmente aberta.

O sangue foi lavado com um pano do bar e água da piscina.

Enquanto repassava tudo, Eve mexeu as fotos no quadro.

Harris contratou Asner para instalar câmeras no apartamento de Marlo e Matthew.

Asner fez isso, recuperou o material gravado e entregou uma cópia a Harris.

Também era apenas suposição ele ter guardado a gravação original.

Era a declaração de uma testemunha, e não um fato provado, que Asner recebeu um contato por *tele-link* e combinou um encontro.

Asner encontrou o assassino em seu escritório. Isso era fato.

A morte dele foi decorrente de vários golpes violentos com uma estátua de bronze.

Sem dúvida, foi o assassino que removeu todos os registros, aparelhos eletrônicos e usou o carro de Asner para transportar tudo.

O veículo foi achado na marina.

Primeira tarefa concluída...

— Ok, vamos ver o que temos. Colocar dados na tela.

A lista era longa, mas ela já esperava isso. Fez um pedido amplo da primeira pesquisa de propósito.

Três dos quatro avós, seu pai, uma madrasta, um irmão, vários primos, tias, tios e uma ex-esposa. Ordenou que os integrantes da família fossem listados como um subconjunto.

Os não familiares ficaram em uma lista mais comprida. Um colega de quarto de faculdade, vários atores, outros profissionais da indústria do cinema, seu jardineiro, o médico que tratava sua família havia muitos anos, um sócio nos negócios, a antiga professora de canto de sua atual esposa (que já estava aposentada quando morreu).

Eve ordenou um subconjunto com pessoas ligadas a ele profissionalmente e outro com ligações não comerciais ou fora da indústria.

Em seguida, ordenou que o computador fizesse uma pesquisa cruzada de quaisquer ligações que pudessem existir dentro de cada subconjunto — ou entre eles — e gerasse outra lista com esses resultados.

Enquanto analisava a lista, o computador informou que não havia assassinatos não resolvidos ligados ao nome do suspeito, com exceção da investigação atual.

— Isso é muito ruim — murmurou Eve.

Mortes acidentais ou por suicídio já era outro caso. Havia muitas.

Eve tomou mais café e começou a peneirar os nomes.

Em algum momento da busca, Roarke lhe enviou o registro de uma transferência de cinquenta mil dólares que Steinburger tinha feito para a conta de Valerie na noite anterior.

Eve incorporou esse dado ao arquivo antes de começar a montar um segundo quadro do crime.

Eve acreditava que a coincidência era tão rara quanto um ladrão honesto — e, quando ela se afastava o suficiente para analisar o conjunto, cada coincidência individual revelava um padrão.

Foi esse padrão que ela descobriu no instante em que deu mais um passo para trás, diante do novo quadro.

— Filho da puta. — Ela foi até a porta aberta do escritório de Roarke. — Vem ver isso. Preciso de um olhar diferente.

— Tenho dois olhos e posso te emprestar um. Estava fuçando as finanças dele um pouco — anunciou Roarke, ao se levantar.

— Pode ser que eu precise de mais pesquisas desse tipo.

— Adoro a oportunidade legítima de bisbilhotar a vida pessoal dos outros. Isso me mantém honesto.

— Mais ou menos.

— Expandiu a busca, pelo que posso ver — comentou, ao ver o segundo quadro. Eve tinha centralizado a foto de Steinburger e espalhado fotos dos outros à sua volta. Abaixo de cada foto do círculo havia uma data.

— O que essas pessoas têm a ver com Steinburger e seu caso atual?

— Estranhamente, estão todos mortos. Em ordem cronológica. Começando por Bryson Kane, colega de quarto da faculdade. Ele, Steinburger e outros dois alunos alugavam um apartamento perto do campus. Kane morreu graças a ferimentos sofridos ao cair de um lance de escadas. Sua morte foi considerada acidental, e o alto nível de álcool em seu organismo contribuiu para isso. Devido à ingestão semelhante de álcool em grande quantidade, os outros colegas de quarto, incluindo Steinburger, dormiam tão profundamente que não ouviram o forte som da queda. O corpo foi descoberto por um dos colegas de quarto, de manhã. Kane tinha vinte anos.

— Tão jovem...

— O próximo não era tão jovem. Marlin Dressler, oitenta e sete anos, bisavô da noiva de Steinburger na época, que foi sua primeira ex-esposa. Era uma pessoa muito importante na Horizon Studios, onde Steinburger teve seu primeiro emprego na indústria do cinema, como assistente do assistente de Dressler. O manda-chuva Dressler tinha uma segunda casa no norte da Califórnia, aonde ia para descansar. Caiu de um penhasco.

— Sério?

— Gostava de caminhar e era um botânico amador. Segundo alegações, foi até uma ribanceira perto de sua casa para recolher amostras de plantas. Perdeu o pé de apoio ao cair, quebrou uma perna, duas costelas e sofreu hemorragia interna. O legista calculou em doze horas o tempo que levou para morrer. Após a morte de Dressler, Steinburger subiu alguns degraus na escada do sucesso.

— Uma morte útil para ele.

— Curioso, não é? Dressler morreu seis anos depois de Kane. Três anos depois de Steinburger ter se casado com sua noiva e subido ainda mais na Horizon Studios, Angelica Caulfield, uma atriz, morre.

— Sim, conheço o trabalho dela.

— Era famosa tanto pelos seus excessos quanto pelo seu trabalho. Ninguém ficou muito surpreso quando ela morreu de overdose. A surpresa foi ela estar grávida de cinco semanas quando morreu. Pai desconhecido. Embora houvesse rumores de que Steinburger poderia estar envolvido romanticamente com ela, algo que ele sempre negou com veemência, esse boato nunca foi comprovado. De fato, rolavam muitos rumores sobre os outros amantes de Caulfield. Steinburger, no entanto, foi um dos produtores do último projeto dela e fez uma campanha intensa com o estúdio para que a contratassem nesse filme. A esposa de Steinburger também esperava o primeiro filho quando Caulfield morreu. Apesar de sua morte ter sido oficialmente declarada como acidental, havia, e ainda há, especulações sobre um possível suicídio.

— Mas nada sobre um assassinato.

— Ainda não. Avançando mais quatro anos, Jacoby Miles, um *paparazzo*, entre uma horda de outros, que perseguia Steinburger, foi espancado até a morte com um haltere de cinco quilos dentro da própria casa. Todas as câmeras e aparelhos eletrônicos de segurança foram roubados. A polícia acreditou que Miles tinha flagrado um assalto em andamento e prendeu um arrombador de domicílios no mesmo bairro poucas semanas depois. Apesar desse homem ter negado o arrombamento e o assassinato, cumpriu vinte e cinco anos por esse crime. Um mês depois do assassinato do *paparazzo*, Steinburger e sua esposa se separaram e entraram com pedido de divórcio. Dois dias após o divórcio ser homologado, Steinburger se casou com sua segunda ex-esposa.

Eve, apontando para a foto seguinte, continuou:

— Sherri Wendall. Atriz conhecida pelo seu timing perfeito para comédia e temperamento feroz. O casamento deles durou quatro anos e foi descrito como tumultuado. Três anos após o divórcio deles, Wendall morreu no que foi determinado como um afogamento acidental devido a uma queda e consumo de álcool. Essa foi a tragédia e o escândalo do Festival de Cannes daquele ano. Steinburger participou do festival, na condição de um dos donos da novíssima Big Bang Productions.

— Ela era uma atriz realmente brilhante. Você já viu alguns dos filmes antigos dela.

— Sim, era muito engraçada. Cinco anos depois que a divertida atriz se afogou no sul da França, Buster Pearlman, um dos sócios de Steinburger, ingeriu um coquetel fatal de barbitúricos e uísque escocês puro malte. A suspeita de suicídio foi alimentada por especulações de fraudes e desfalques promovidos por ele, algo que Steinburger testemunhou com tristeza, e resultou na ameaça de uma auditoria interna.

— Sim — murmurou Roarke. — Vou analisar essas finanças a fundo.

— Podemos avançar mais sete anos. Uma história longa, que vou resumir. Allys Beaker, de vinte dois anos, era estagiária no estúdio quando foi encontrada morta em seu apartamento. Segundo a perícia, ela escorregou no chuveiro e fraturou o crânio. O ex-namorado dela foi detido e interrogado, mas não houve provas para acusá-lo de nada. Ele afirmou em seu depoimento que acreditava que Allys estava saindo com outra pessoa, um homem mais velho e casado. Essa suposição foi confirmada por uma amiga da falecida, que afirmou que Beaker acreditava que o homem com quem se envolvera pretendia abandonar a mulher e se casar com ela. A essa altura, Steinburger estava casado havia dois anos com sua última ex-esposa. O que nos leva aos eventos atuais. Com todos esses dados, o que você enxerga no quadro?

— Um padrão. Você acha que ele vem matando pessoas há... Nossa, quarenta anos? Sem deixar pistas nem gerar suspeitas?

— Parei de achar na metade desses quarenta anos. Eu sei que é isso. Esse é o jeito dele de resolver um problema, é uma escolha. É preciso mais pesquisas para descobrir qual foi o problema em cada um desses casos. Alguns são óbvios — continuou, apontando para o quadro enquanto andava diante dele. — Um caso extraconjugal que resultou em uma gravidez e a futura mãe não largou do pé dele. Dificuldades com grana atribuídas a um sócio, alguém que podia estar envolvido no escândalo ou que tinha descoberto a fraude. Um fotógrafo intrometido que viu ou fotografou algo prejudicial à imagem dele. Uma jovem burrinha que insistiu em se casar com ele e provavelmente ameaçou contar tudo à esposa.

— Sexo e dinheiro, como você disse o tempo todo.

— A maioria dos crimes foi violenta, talvez um pouco impulsiva. Um empurrão, um soco, um acobertamento. Talvez ele até os considere acidentes. Ou legítima defesa, de um jeito distorcido.

Roarke colocou a mão no ombro de Eve quando ela parou ao lado dele.

— Nove pessoas.

— Muito provavelmente existem outras vítimas, mas já temos um começo e tanto. Ele é um *serial killer* que não se encaixa no perfil padrão. Ele não extrapola, não se fixa em um tipo de morte ou método. Suas ligações ou envolvimentos com cada vítima só surgem quando você analisa os casos em conjunto. Tirando isso, temos apenas quatro décadas de acidentes, suicídios, desventuras. Ou puro azar. Quem vai fazer a ligação entre a morte de um homem de quase noventa anos que gosta de dar caminhadas e escorregou em uma ribanceira com um garoto bêbado de vinte anos que rolou da escada seis anos antes?

— Você.

Eve balançou a cabeça.

— Não sei se eu teria feito essa ligação. Olhei para essa morte, a de Harris, como o primeiro assassinato de alguém. Analisei a lista de suspeitos e pensei em uma briga, um impulso, apenas isso. Seguido de pânico e acobertamento. Mira achou a mesma coisa, embora tenha falado da existência de dois estilos diferentes: o impulsivo e o calculista. Eu vi, mas não vi. Não com clareza. E então você disse que talvez ele já tivesse feito isso antes. Eu nunca considerei essa possibilidade. Nunca considerei isso tudo.

— E o que você enxerga agora, quando analisa o padrão?

— Ambição, ganância, autoindulgência, a necessidade obsessiva de preservar seu status e sua reputação. Tendências sociopatas e, com certeza, uma necessidade de controle. Ele matou Asner em vez de suborná-lo, assumindo o risco dessa segunda morte. Mas houve cálculo aí. Ele tinha um álibi e, apesar de Asner estar ligado a Harris, também estava conectado com vários tipos desagradáveis, devido à sua atividade profissional. Ele pagou a Valerie pelo álibi porque não pode se dar ao luxo de provocar uma terceira morte. Não agora. Mas, em um futuro próximo, ela sofrerá um acidente. Ele vai garantir que ela seja paga e recompensada até poder se livrar dela.

— Harris foi morta porque descobriu esse padrão.

Eve concordou com a cabeça.

— Ou pelo menos parte dele, nem que tenha sido um elemento, e contratou Asner para investigar. Ele pode ter descoberto mais que o padrão básico. Provavelmente, nunca saberemos tudo o que ele e Harris descobriram.

Ela se sentou na quina da mesa, pegou a xícara de café vazia e fez uma careta.

— Não tenho como provar nada disso.

— Por enquanto.

— É bom ter alguém que acredite que eu possa realizar pequenos milagres.

— Todos os dias. É provável que ele tenha feito outros pagamentos. Posso achar isso buscando nas datas próximas a cada uma dessas mortes. Posso analisar o desfalque nas contas abertas durante determinado período. E vou começar com o colega de faculdade, analisando seus registros acadêmicos.

— Tenho algumas ex-esposas que posso procurar, relatórios policiais que preciso analisar com mais atenção, investigadores que devo questionar. Não existe assassinato perfeito. Haverá outros erros, mais conexões. Steinburger pode ter se safado de seus crimes por mais anos que eu tenho de vida, mas agora a brincadeira acabou. Acabou — murmurou para si mesma. — Ele vai pagar por cada rosto nesses quadros. Preciso de café. Depois, vamos começar a realizar alguns pequenos milagres.

Casos arquivados tinham tom, abordagem e dinâmica específicos. Lembranças perdiam a precisão ou então mudavam. Evidências eram extraviadas. Pessoas morriam.

Pela primeira vez, Eve tinha uma vantagem na questão do fuso horário. Ainda era cedo o suficiente na Califórnia para ela começar a entrar em contato com pessoas, fazer perguntas, solicitar dados adicionais.

Teve sorte com o detetive McHone, agora detetive-sargento, que tinha sido investigador secundário no caso do suicídio de Buster Pearlman.

— Claro que eu me lembro. Pearlman tomou uma dose de barbitúricos suficiente para se matar duas vezes. Um desperdício de bom uísque, como comentou o meu parceiro na época. Ele foi o investigador principal do caso. Está aposentado agora. Mora em Helena, Montana. Passa o tempo todo pescando.

— Os dados que consegui acessar indicam que Pearlman estava, supostamente, desviando fundos do estúdio.

— Ele desviou cinquenta mil dólares naquela manhã para uma conta no exterior, aberta com o nome de solteira de sua esposa. Ela jurou que ele não seria capaz de roubar nem um chiclete sequer. O casal não tinha um padrão de vida superior aos seus meios, que já eram muito elevados. Os fundos desviados chegaram a dez vezes mais que o primeiro que encontramos. Nunca pôde aproveitar o resto.

— O que o levou a descobrir o desvio dos fundos?

— A esposa. Ela e as crianças tinham ido visitar os pais dela durante alguns dias. Quando voltaram, encontraram o corpo. Ela garantiu que não poderia ter sido suicídio. Ele nunca se mataria, nunca a deixaria, nunca abandonaria os filhos. Investigamos a fundo e forçamos a barra. Não demorou muito para encontrarmos o dinheiro ou perceber que havia problemas no estúdio. Eles tinham uma auditoria agendada para a semana seguinte.

— Me fale sobre Steinburger.

— Ele está na sua lista de suspeitos no caso K. T. Harris?

— Ele estava no jantar, então está na lista.

— Lembro que ele se mostrou inflexível em relação à inocência de Pearlman. Garantiu que devia ter sido algum tipo de acidente. Mostrou-se revoltado por mancharmos o nome do homem bom que era e perturbarmos sua família. Também ganhou muita simpatia por defender seu amigo e sócio. E por tentar apoiar a viúva e as crianças.

— Alguma vez isso lhe pareceu uma armação?

— Tudo me pareceu correto. O destino do restante do dinheiro era um enigma, mas, pelo que os contadores forenses conseguiram levantar, ele vinha desviando pequenos valores aqui e ali há alguns anos. Pode ter lavado essa grana de diversas formas.

— Não havia registros — insistiu Eve. — Não existia um segundo relatório contábil?

— Ele limpou seus eletrônicos. Infectou todos eles com um vírus. Não tínhamos tantos recursos para recuperar dados naquela época como temos agora.

— Você ainda tem esses dados?

— Nossa, isso já faz muito tempo... Dez ou quinze anos, mais ou menos. Não sei dizer ao certo.

— Eu agradeceria muito se você pudesse verificar, sargento McHone. Considerando o que podemos fazer agora, caso esses dados eletrônicos ainda estejam guardados como evidência, pode ser que você encontre algo relevante neles.

— Não penso nesse caso só Deus sabe há quanto tempo. Mas posso verificar, sim. Você suspeita que Steinburger matou Harris?

— Exatamente. E, se ele matou a minha vítima, aposto que também matou a sua.

— Filho da puta.

— Foi o que eu disse.

Ela conversou com mais policiais, fez mais anotações e bebeu mais café.

Roarke entrou, foi até a cozinha e voltou com uma garrafa de água.

— Varie a bebida um pouco.

— Você é a polícia do café agora?

— Se eu fosse, você estaria cumprindo prisão perpétua sem direito a condicional. Descobri algumas transações potencialmente interessantes. Uma transferência feita de uma conta que Steinburger escondeu furtivamente sob o nome de B. B. Joel.

— Big Bang Joel? Sério?

— Não é muito criativa, mas B. B. paga seus impostos como um bom garoto. No dia da morte de Angelica Caulfield, ele transferiu vinte mil para uma nova conta, aberta por Violet Holmes.

— No mesmo dia?

— Exato. O corpo só foi descoberto no dia seguinte.

— Possível premeditação. Configuração de um álibi antecipado. Espere um minuto. — Eve girou a cadeira de volta para a mesa e pediu alguns arquivos enquanto Roarke continuava.

— Naquela época, Holmes era apenas uma estrela promissora. Jovem e inexperiente, mas pronta para seu primeiro papel de protagonista. Steinburger e a Big Bang Productions fizeram dela uma estrela devidamente preparada. Ele e Holmes estiveram juntos algumas vezes, entre casamentos.

— Ela tem um barco atracado na marina onde localizamos o carro de Asner. Peabody e McNab encontraram quatro ligações possíveis entre pessoas que têm barcos aqui e Steinburger, entre outros da lista de suspeitos.

— Holmes e Steinburger viveram juntos durante alguns meses no passado — disse Roarke. — Pelo visto, continuam amigos.

— Tão amigos que aposto que ele sabe onde ela guarda seu barco. E como pilotá-lo.

— Eu não ficaria surpreso. Também houve uma retirada de dez mil da conta de B. B. Joel no dia seguinte ao afogamento da ex-mulher. Esse dinheiro não foi transferido, porque algumas pessoas insistem em dinheiro vivo.

— Ele é agitado. De onde veio o dinheiro dessa conta?

— Estou trabalhando na busca. Além disso, vi que pequenos depósitos de menos de cinco mil dólares cada um foram feitos nos primeiros meses após a abertura da conta. Isso aconteceu vinte meses antes do suposto suicídio do sócio. Os depósitos foram aumentando, mas se mantiveram abaixo dos dez mil dólares. Ele usa a conta regularmente. Talvez a veja como um lugar para manter seus trocados. Quer tirar uma grana e prefere que seu contador não saiba? Use a conta menor.

— Para o público, ele leva uma vida de luxos: poder, glamour, amigos brilhantes, viagens espetaculares. Mas é uma vida limpa. Talvez B. B. Joel aprecie coisas mais questionáveis.

Eve olhou para os quadros e decidiu:

— Hora de amarrar todas essas pontas de forma que tenha um peso significativo para convencer Whitney e a promotora.

— Eve, já são mais de meia-noite — avisou Roarke, quando ela se virou para o *tele-link*. — Quem você vai acordar?

— Peabody. Precisamos reservar uma sala de conferências para amanhã de manhã. Reuniremos Whitney, Mira e a promotora Reo, se ela puder. — Ela fez uma pausa e lançou um olhar pensativo para Roarke.

— Tenho vários passos para dar rumo à dominação financeira mundial amanhã, mas...

— Não, quem ia querer atrapalhar seus planos? Você pode repassar o que descobriu para Feeney? Vou levá-lo para a reunião ao lado do seu garoto favorito.

— Deixa comigo.

Houve uma pausa ofegante quando alguém atendeu ao *tele-link*, e, em seguida, ouviu-se uma voz rouca dizendo "Peabody", com o vídeo bloqueado.

— Localize Violet Holmes — ordenou Eve.

— Hã? Quem está falando? Ah! Pois não, senhora.

Eve ignorou o som de farfalhar, um resmungo masculino arrastado, um suspiro baixo e um gemido.

— Holmes, a dona do barco. Quero a localização dela. Reserve uma sala de conferências para as oito da manhã. Esteja lá. E leve McNab.

— Ok. O quê...? Desculpe. Nós estávamos apenas...

— Não quero saber o que vocês estavam "apenas". Na verdade, vou te suspender por trinta dias se você sugerir o que era esse "apenas". Holmes, sala de conferências. Apareça na minha sala trinta minutos antes para uma atualização.

— Sim, senhora.

— Bom trabalho no barco.

— Obrigada.

— Volte para o seu "apenas" — disse Eve e desligou.

Enviou pedidos prioritários para os outros que desejava na reunião, mas apenas por mensagem.

— Caso estejam "apenas"? — brincou Roarke.

— Vou ignorar isso porque não quero imaginar a cena. Preciso colocar tudo isso em uma ordem lógica. Estou perto disso, mas quero aprimorar.

— Farei o mesmo, para que Feeney consiga acompanhar a partir dali.

— Obrigada. Acho que devo algo a você.

Ele riu, inclinou-se e beijou a cabeça dela.

— Vou te cobrar qualquer hora dessas. Enquanto isso, dê um tempo no café.

Ela esperou até ele entrar em seu escritório para revirar os olhos. Mas aceitou sua sugestão e pegou uma água.

Capítulo Dezoito

Quando ele a sentiu se mexer ao seu lado, Roarke a puxou para mais junto dele e acariciou suas costas.

— Shhh... — disse ele, para acalmá-la. — Shhh... Se segure em mim e durma.

Ela estremeceu um pouco e enterrou a cabeça com mais força nele.

Roarke tinha acendido a lareira antes de eles irem para a cama. Agora, poucas horas depois, as brasas tremeluziam na base da lareira e lançavam uma avermelhada luz dourada no quarto.

Silêncio, calor, calmaria. É o que ele queria para o sono dela.

No entanto, ela o agarrou com força e ancorou-se a ele para escapar dos sonhos.

Ele roçou os lábios pelos cabelos dela, querendo afastar a tensão para longe de seu corpo, para apagar as imagens e emoções que lhe destruíam a paz.

Com os olhos fechados, ele continuou a acariciar suas costas com leves movimentos rítmicos pensados para acalmá-la.

No escuro, encolhido contra ele, o corpo dela parecia muito frágil. Não era, conforme ele sabia. Sua Eve era forte, resistente e atlética. Ele já a vira levar socos mais de uma vez. Já a vira socar também. Ele já tinha estado no lugar de quem recebera a força de seu punho e podia afirmar que ela tinha velocidade e poder nas mãos.

Ele tinha cuidado das suas feridas, como ela fizera com as dele, e sabia que ela se curava bem, com facilidade e rapidez. Essa era a sua policial resiliente e obstinada.

Mas havia partes daquele corpo duro e disciplinado que permaneciam frágeis — e talvez o fossem para sempre. Aqueles lugares vulneráveis o motivavam a proteger, confortar, fazer qualquer coisa que pudesse para lhe poupar os problemas de um hematoma ou golpe.

A vulnerabilidade dela o desmontava, ao mesmo tempo que sua força lhe trazia orgulho. E toda ela lhe inspirava amor além de qualquer medida.

De tudo que ele tinha desejado na vida, tudo o que sonhara ter, tudo o que lutara para ganhar por meios justos ou sujos, ele nunca imaginara ter algo como ela só para ele. Nunca imaginou que seria o homem que veio a ser por causa dela.

Naquele instante, sentiu que ela começava a relaxar de novo, lentamente. Torceu para que ela navegasse em direção àquele silêncio e calor, onde não haviam feridas nem golpes. E ele se deixou navegar com ela, envolvendo-a como um escudo.

Então, quando ela ergueu o rosto para vê-lo e ele baixou os lábios para colocá-los sobre os dela, aquilo foi outro tipo de sonho — tão suave e adorável quanto a luz do fogo que dançava nas paredes.

Seu coração se derramou sobre o dela em um murmúrio balbuciado em irlandês, enquanto ela se derretia diante dele.

Ela conhecia algumas daquelas palavras, ele já as tinha dito. Mas havia novas palavras agora. Ele sempre parecia ter mais para lhe dar. Naquele momento, ele lhe oferecia ternura, justamente quando ela não imaginava precisar de tanta suavidade. Ele lhe dava solidariedade quando a solidão machucava.

Um toque, um sabor, bem devagar, bem fácil, como se a paciência e o amor formassem um batimento cardíaco constante.

As preocupações que a perseguiam durante o sono se separaram e se dissolveram até que houvesse apenas o peso bem-vindo do corpo dele — o acariciar preguiçoso das suas mãos, o sabor excitante dele na língua dela.

Ela se deixou levar naquela suave corrente de sensações, sua ascensão preguiçosa e sua queda graciosa. Respirando e tocando-o tanto quanto era tocada. Como se nada no mundo importasse mais do que aquele momento. E como se, naquele instante, nada além deles existisse.

Quando ela se abriu, ele a preencheu. E, quando ele a preencheu, ela o envolveu.

Enquanto se moviam juntos na dança luminosa do fogo, a ternura trouxe lágrimas aos olhos dela e a fez ficar com a respiração ofegante.

— Eu te amo. — Envolvido e fora de si, ele pressionou o rosto no ombro dela. — *A ghra. A ghra mo chroi.*

— Amor — suspirou ela, enquanto se deixava levar até o pico, leve como uma pena sobre uma nuvem.

— Amor — repetiu quando se deitou, quente, sobre ele, e descansou a mão em sua bochecha. E ele enroscou o pulso dela em sua mão.

Ela dormiu, no silêncio e no calor.

Roarke dormiu com ela.

Quando ela acordou com a luz do sol, sentiu-se feliz por vê-lo na pequena sala de estar do quarto, tomando café, com o gato esparramado no colo, enquanto analisava os relatórios financeiros que apareciam na tela. E já completamente vestido com um dos seus ternos de deus do mundo dos negócios.

O que significava que ele estava acordado há uma hora, provavelmente mais, e cuidava de uma parte do seu reino.

Portanto, não estava tão preocupado com ela.

Ela viu que horas eram, grunhiu e saiu da cama para tomar banho. No tubo de secagem de corpo, fechou os olhos quando o ar quente a rodeou. Era hora de focar no jogo, ordenou a si mesma.

Quem diabos tinha cabeça para entrar em algum tipo de jogo antes de tomar um café?

Pegou o roupão atrás da porta e o vestiu enquanto voltava para o quarto e seguia direto para o AutoChef.

Bebeu metade da primeira caneca como se sua vida dependesse disso. Depois, se virou e estudou Roarke novamente.

— Bom dia.

— Ela fala.

— Sim, e terá que fazer muito mais que isso.

Ela foi até o closet e começou a pegar roupas aleatórias.

— Hoje não — decretou Roarke atrás dela.

— Não o quê? Hoje não devo usar roupas?

— Ah, quem me dera. Hoje você deve tirar um dos seus raros momentos para pensar em roupas.

— Eu penso em roupas. Elas me impedem de ser presa por atentado ao pudor. E, se eu tiver que lutar com algum idiota durante o dia, elas o impedirão de achar que sou uma viciada em sexo.

— Ambos excelentes motivos para vestir algo. Outro motivo é a sua reunião com a equipe. Você vai apresentar seu caso, e a si mesma, ao seu comandante e a outros colegas.

— Parte do trabalho policial. — Ela estava descalça, mas quase se balançou sobre os calcanhares. — Não vou me emperiquitar para fazer trabalho policial.

— Tenente, existem diferenças consideráveis entre atentado ao pudor, ser viciada em sexo e se emperiquitar. Isso aqui, por exemplo...

Ele selecionou uma calça justa em marrom chocolate com um tipo de acabamento aveludado, combinou a calça com uma jaqueta de três botões em azul profundo e forte e depois conseguiu adicionar uma blusa em estilo Oxford com listras que misturavam os dois tons.

— Uma apresentação limpa e confiante de alguém que está no comando e bem preparada para abordar os assuntos em discussão.

— Tudo isso?

— Calce suas botas novas. — Ele lhe entregou as roupas. — Elas funcionarão bem com isso. Com a jaqueta também.

— Que botas novas? — As sobrancelhas dela se uniram quando ele as pegou em uma prateleira. — E de onde elas vieram?

— Dos elfos que fabricam botas, presumo.

— Os elfos das botas ficarão revoltados quando elas estiverem tortas e arranhadas daqui a uma semana.

— Ah, acho que eles são tolerantes.

— Se esses elfos continuarem me trazendo roupas, vou precisar de um closet maior.

Mas ela se vestiu como ele recomendou e, em seguida, se sentou para calçar as botas, enquanto Roarke programava o café da manhã para dois.

Elas deslizaram pelos seus pés como se fossem manteiga, como diria Peabody.

— Ok. — Ela se levantou e deu alguns passos. — As botas são ótimas. Robustas. Eu certamente conseguiria chutar alguns dentes com elas.

— Os elfos tinham isso como prioridade máxima.

— Sei. — Ela fez um agachamento rápido, levantou-se com rapidez e se apoiou nos calcanhares. — Mas elas não são rígidas nem pesadas. Certamente conseguem aguentar uma perseguição a pé.

— Essa era a segunda prioridade deles. Vou comunicar sua satisfação para os elfos. — Ele colocou dois pratos de waffles em cima da mesa e lançou um olhar frio, como aviso, para Galahad. Em seguida, analisou Eve de cima a baixo. — Você parece confiante, elegante e absolutamente capaz de chutar uns dentes.

— Gosto mais da última parte.

— Apenas uma das inúmeras razões pelas quais eu te amo.

Ela se sentou. Quando ele se juntou a ela, colocou a mão sobre a dele.

— Me sinto confiante e elegante. Acordei assim porque você estava comigo ontem à noite, porque você me amou. E porque estava sentado aqui de manhã, fazendo o que sempre faz em vez de se preocupar comigo.

— Isso significa que você vai parar de se preocupar por eu estar preocupado?

— As coisas caminham nessa direção. Provavelmente, nós só precisamos ter uma boa briga por algo para encerrar o problema. Uma boa briga pode funcionar como um bom orgasmo e clarear as coisas.

— Puxa, agora fiquei ansioso por uma boa briga. Teremos que marcar isso na agenda.

— Acho que é melhor quando as brigas são mais... espontâneas.

— Orgasmo espontâneo obtido por meio de raiva. — Ele riu quando passou para ela o xarope de bordo que sabia que ela ia despejar com generosidade nos waffles. — Mal posso esperar.

— Lembre-se disso na próxima vez que eu te irritar.

Ela afogou seus waffles no xarope de bordo.

Trinta minutos depois, estimulada pelos waffles, Eve verificou o *tele-link*.

— Todos vão participar da reunião. Vou chegar cedo para conferir se tudo está do jeito que eu quero.

— Boa sorte. Devo ter algum tempo hoje à tarde para lidar com a briga que precisamos travar, ou para dar alguma ajuda a Feeney.

— Talvez consigamos as duas coisas. — Ela lhe deu um beijo rápido antes de seguir para a porta.

— Cuide da minha policial — disse ele. — Tente lamber esse prato, garoto, e você vai ver o que acontece — ouviu ela, quando Roarke brigou com o gato.

Isso a fez sorrir enquanto descia a escada.

Não teve tanta sorte com o tráfego como tivera um dia antes, mas usou o tempo de retenção e lentidão para aprimorar sua abordagem.

Queria um mandado de busca para a casa de Steinburger, seu escritório e seu carro; e outro para recolher todos os eletrônicos e jogá-los na frente de Feeney e da DDE.

As chances de obtê-los eram pequenas, e Eve sabia disso. Mas talvez ela pudesse, e provavelmente conseguiria, convencer a todos na reunião de que Steinburger vinha matando gente há quarenta anos. Pessoas que o irritavam, atrapalhavam ou que simplesmente lhe causavam sérias inconveniências.

No entanto, a incômoda questão da causa provável ainda permanecia em aberto.

Mesmo assim, ela pressionaria pelos mandados e, quando seus pedidos fossem negados — provavelmente seriam —, tentaria outro mandado para monitorar os *tele-links* e os computadores dele.

Queria resolver isso antes de conversar com as ex-esposas — as que tinham sobrevivido —, a amiga que tinha um barco, os antigos colegas de quarto na faculdade, a viúva de Buster Pearlman. Antes de mais uma rodada de perguntas com toda a equipe de Hollywood.

Muitas pessoas sentiriam o salto de suas novas botas no pescoço antes que ela terminasse.

Estacionou em sua vaga na garagem da Central. Subiu por um elevador que parou para deixar policiais entrarem e saírem. Desejou ter escolhido as passarelas aéreas quando um detetive disfarçado, que ela logo reconheceu, entrou na cabine trazendo um anão.

O anão tinha a cabeça raspada coberta de tatuagens, havia espaços vazios entre seus dentes, e ele emitia um rosnado feroz. Aquela cabeça careca devia bater na altura da cintura de McGreedy, mas o dono que a sustentava parecia cruel como uma cascavel.

Ambos emitiam um fedor de merda terrível.

— Caraca, McGreedy. — Um dos policiais se colou na parede do fundo da cabine, para escapar do fedor. — Você dorme no esgoto?

— Persegui esse filho da mãe em um. Mas consegui te pegar, não foi, seu merdinha? Esse bostinha mordeu meu tornozelo. Fiquei com marcas de dentes minúsculos de anão no tornozelo.

No momento em que ele disse isso, seu prisioneiro lhe deu um chute forte no tornozelo ferido, outro na canela, e soltou uma espécie de grito de guerra quando pulou, rápido e ágil como uma aranha, nas costas do policial uniformizado que estava à sua frente, dentro do elevador.

Em meio ao caos e ao fedor inacreditável, Eve acompanhou a cena. Dois policiais tentavam tirar o canalha maluquinho de lá enquanto ele puxava cabelos de forma aleatória, chutava e enterrava seus dentinhos em quem estava a sua volta.

Ela escolheu uma abordagem diferente. Sacou a arma e, mantendo uma distância cuidadosa, inclinou-se para frente, pressionando-a na cabeça do anãozinho enlouquecido.

— Quer provar isso aqui?

Ele se virou para Eve e arreganhou os dentes. Ela calculou que ele pretendia usar o policial agredido como trampolim para alcançar seu rosto.

— Você vai cair duro como uma rocha — avisou ela. — Não exatamente como uma rocha. Está mais para uma pedra pequena. Uma pedrinha feia e fedorenta. Depois, eu mesma vou chutar sua bunda até a porta da gaiola.

— Já o peguei, tenente. — Ofegando, rosnando e suando, McGreedy arrancou o prisioneiro das costas do policial e o jogou de bruços no chão do elevador. — Idiota.

— Policial...?

— Merda. Merda. Sou o policial Bingly, tenente.

— Policial Bingly, já que você terá que tomar um banho e trocar de farda, por que não ajuda o detetive McGreedy a imobilizar esse filhinho da puta e transportá-lo até a sala de desintoxicação?

— Sim, senhora. Merda.

— Rosas é que não são — concordou McGreedy.

— Segurem-no bem, por favor — pediu Eve, pulando para fora do elevador.

Aqui nunca existe tédio, pensou ela, enquanto cheirava a própria roupa só por precaução.

Ignorou seu escritório e seguiu direto para a sala de conferências, onde montou seus dois quadros do caso e pesquisou dados no computador.

Ao terminar, imaginou que Peabody já devia estar chegando. Decidindo que queria mais uma dose de café decente antes de dar início às coisas, trancou a sala de conferências e foi até a sua sala.

De repente, viu Marlo. Escondida debaixo de uma peruca morena comprida com alguns fios mais claros e óculos escuros gigantescos, ela saiu de uma das passarelas aéreas.

— Dallas!

— Não está trabalhando hoje?

— Só tenho cabelo e maquiagem às nove, então pensei que valia a pena tentar te achar por aqui para batermos um papo.

— Vou entrar em uma reunião agora, tenho só alguns minutos — concordou Eve, ao avistar Peabody e McNab, que subiam pela outra passarela. — Espere aqui um minuto, ok? — pediu a Marlo.

— Aquela é Marlo? — quis saber Peabody.

— Sim, vou conversar com ela. Vocês dois podem ir direto para a sala de conferências, já montei os quadros. Estudem, reflitam e se preparem para discutir o que está neles. O que tem nessa caixa aí?

— Donuts — respondeu McNab, sorrindo. — Nós pensamos... Bem, policiais, um café da manhã e uma reunião para instruções. Donuts são um ingrediente necessário nessa ocasião.

— Mal não vai fazer. Não vou demorar.

Eve lembrou que o quadro inicial do crime ainda estava em sua sala. Decidindo que aquilo poderia ser uma vantagem, levou Marlo para lá.

— Obrigada por... — Marlo parou com os olhos grudados no quadro. — Deus, essa imagem é forte. É muito desconcertante ver meu rosto ali, junto ao de pessoas que eu conheço e com quem me importo. Posso me sentar?

— Claro. — Quando ela se sentou, Eve apoiou o quadril na quina da mesa. Para sua tristeza, refletiu sobre quantas bundas tinham se sentado em cima da sua barra de chocolate nos últimos dias.

— Sabe, eu achei que tinha me tornado durona ao me preparar para esse papel. Sempre me mantive em forma, mas, Cristo, treinei muito para isso. Fisicamente, e achava que mentalmente também. Mas aprendi, bem depressa, que não sou forte nem metade do que imaginava. Consigo trabalhar, consigo me colocar lá, mas, assim que acabo a cena e volto a ser eu? Vejo que sou apenas Marlo Durn e tenho medo.

— De quê?

— Não há maneira de disfarçar a verdade que está ali. — Seu olhar voou para o quadro novamente. — Um de nós matou K. T., e não há como contornar isso. Sei que você acredita que quem fez isso também matou o homem que ela contratou para espionar Matthew e a mim. Por isso estou com medo. Porque trabalho com alguém que foi capaz de fazer isso.

— Asner procurou você, Marlo, ou Matthew, em busca de dinheiro em troca do vídeo?

— Não. — Ela olhou para a foto do detetive no quadro. — Eu nunca o tinha visto. Ele esteve dentro do apartamento, no nosso quarto. E agora está morto.

— Alguém procurou vocês?

— Não. Eu teria te contado. Isso vai muito além da invasão de privacidade, do constrangimento, até da raiva. Quis vir aqui para te ver e perguntar se você está mais perto de descobrir quem fez isso. Sei que você provavelmente não pode me contar, mas odeio ficar assim, sem saber. Odeio estar apavorada, odeio duvidar de pessoas com quem me importo. Odeio trancar a porta do meu trailer mesmo quando estou lá dentro.

— Tem medo de alguém em particular?

Marlo fez que não com a cabeça.

— Matthew está lidando com isso melhor que eu. Andi também. Julian está pior. Está um desastre. Connie ia voar até Paris para gravar alguns anúncios. A filha deles combinou de encontrá-la na cidade para poderem passar alguns dias juntas. Ela reagendou tudo porque não quer deixar Roundtree sozinho. Sei que isso não é muito importante, olhando a situação como um todo, só que...

— É difícil reorganizar sua vida, mesmo a curto prazo — concordou Eve. — É difícil imaginar que alguém que você julgava conhecer talvez não seja quem parece ser.

— Sim. — Marlo fechou os olhos. — Nossa, exatamente! Você pode me contar alguma coisa? Qualquer coisa?

— Daqui a pouco vamos fazer uma reunião importante sobre a investigação e alguns novos ângulos de abordagem.

— Isso é bom então. — Marlo deixou escapar um suspiro. — Isso é bom.

Essa notícia já ia circular mesmo, pensou Eve, perguntando a si mesma o que Steinburger pensaria ao saber da novidade.

— Há um pequeno detalhe que eu gostaria de conferir — continuou Eve. — Você provavelmente sabe a resposta, e isso pode adiantar um pouco o meu lado.

— Claro. Pode perguntar.

— Alguém além de Harris fuma? Cigarro de ervas ou de qualquer tipo?

— Hmm. — Marlo desanimou um pouco. — Eu fumo. Não muito, só de vez em quando. Nada de ervas, tabaco... Eu sei, eu sei, eu sei. Faz mal para mim e é dolorosamente caro. E é preciso fumar escondido que nem um ladrão. Cortei o cigarro quase por completo por causa disso. E, para ser franca, porque Matthew não gosta nem um pouco. Ele insiste que eu consigo obter o mesmo efeito com exercícios de respiração de ioga, o que simplesmente prova que ele nunca fumou nada.

— Então ele se opõe?

— Desaprova totalmente. E se preocupa. Tentei trocar para ervas porque ele não é tão radical com elas, mas... Droga, não é a mesma coisa.

— Alguém mais? Fuma ou é contra cigarros?

— Andi também fuma às vezes. Fila um cigarro meu ou fuma um de ervas. Muita gente da equipe sai na surdina para fumar um cigarrinho de ervas nos intervalos. Roundtree designou uma área só para eles, embora o estúdio não aprove. Joel teve um chilique quando soube.

Por dentro, Eve sorriu.

— Ele teve?

— Ele é a Gestapo do fumo. — Ela se endireitou novamente e revirou os olhos de forma dramática. — Juro que ele consegue saber se você deu uma única tragada uma hora atrás, a meio quilômetro daqui. — Fez ruídos de quem fareja o ar, uniu as sobrancelhas, engrossou a voz e fez uma imitação perfeita de Steinburger. — "Quem andou fumando? Não vou me expor a esse veneno! Preston! Valerie! Purifiquem esse ar agora mesmo!" — Ela forçou a tosse e cobriu a boca com o antebraço. — "Alguém me traga uma pastilha e um pouco de água da nascente!"

Então ela riu e se recostou na cadeira.

— Juro que é assim. Os olhos dele começam a lacrimejar se alguém por perto pensa em fumar. Ele e K. T. brigavam por causa disso o tempo todo. Eles costumavam... Hm, não quis insinuar nada. Não digo que ele seria capaz de matar alguém por isso. Ele simplesmente não aguenta, e seus olhos ficam vermelhos.

— Eu entendi. — Eve sorriu. — Sabemos que Harris fumou cigarros de ervas no terraço, embaixo da cúpula. Havia resquícios de DNA nas guimbas. Pelo que você contou, não me parece provável que ela os tenha conseguido com outra pessoa na noite da festa.

— Ela não pediria a ninguém, pode acreditar. Nem fumaria com ninguém.

— Isso responde a tudo que eu queria saber. É só um pequeno detalhe, como eu disse. Preciso ir para a reunião agora, Marlo.

— Ok. Obrigada. De verdade. — Ela se levantou e pegou a mão de Eve. — Isso provavelmente vai soar como uma bobeira, mas já me sinto melhor só de ter vindo aqui falar com você.

— Que bom que eu pude ajudar. Vou te acompanhar até a saída.

— Talvez também ache isso uma bobagem — disse Marlo, apontando para a peruca. — Usar perucas, óculos escuros e casacos enormes.

— Acho que eu odiaria se não pudesse andar pela rua, comprar um cachorro-quente de soja, dar um passeio e comer uma pizza sem ter pessoas olhando para mim, me empurrando e tirando fotos minhas.

— Faz parte do nosso mundo.

— Todos têm algum problema na profissão. Você não é obrigada a gostar de tudo.

— Matthew e eu estamos pensando em ir a público sobre a nossa relação. O que o estúdio quer não nos parece tão importante agora. Duas pessoas estão mortas. Isso é o mais importante, então... Ah, quer saber? — Arrancou a peruca e sacudiu o cabelo curto enquanto colocava a peça na bolsa. — Nossa, muito melhor assim. Que se dane! Eu sou Marlo Durn.

Ela lançou um sorriso de superestrela para Eve e caminhou em direção à passarela aérea.

Armada com aqueles dados adicionais, Eve caminhou até a sala de conferências. Lá dentro, McNab enfiava na boca o último pedaço de um donut.

Peabody olhava o quadro e se virou com os olhos arregalados.

— Puta merda, Dallas.

— Convencida?

— Está brincando? O padrão está todo aí. Bem aí. Ele mata pessoas.

— Não é exatamente um hábito — acrescentou McNab. — Eu diria que está mais para um hobby. E talvez haja outras pessoas que não tinham ligação com ele. Talvez, nos intervalos, ele mate pessoas que nem conhece.

— É possível. Mas me parece mais provável que os assassinatos que comete sejam, para ele, apenas parte dos negócios. Às vezes, ele demite a pessoa, às vezes, acaba com uma parceria. E, às vezes, mata.

— Falando dessa forma, é praticamente mais doentio ainda. — Peabody olhou de volta para o quadro. — Se ele tivesse o perfil de um verdadeiro *serial killer*, poderíamos dizer que sente uma compulsão para matar. Mas não categoriza compulsão quando se passam anos entre um crime e outro. É...

— Conveniência.

— Ainda mais doentio. Só de pensar que eu fiquei tão empolgada quando ele falou comigo sobre a participação especial e como eles iam me aproveitar para uma cena...

— Nós vamos pegá-lo, She-Body.

— Agora eu quero a porcaria de um donut.

— Trouxe o seu, recheado de creme e cobertura de calda de açúcar. — McNab o pegou na caixa para ela.

Ela deu a primeira mordida gigantesca quando Whitney entrou.

— Bom dia, comandante — saudou Eve. — Obrigada por reservar um tempo para nós.

— Você fez a reunião parecer urgente. Isso são donuts?

Peabody, incapaz de falar com a boca cheia de creme, assentiu.

— Os detetives Peabody e McNab acharam que os donuts eram adequados, senhor — explicou Eve.

— E quando não são? — Whitney escolheu um com geleia e cobertura de açúcar granulado. Mas o quadro chamou sua atenção antes que ele pudesse provar. Em silêncio, ele analisou os dados e o padrão.

— Nove?

— Sim, senhor. É possível que haja outras vítimas, mas essas datas, circunstâncias e esses horários foram os pontos que puderam ser confirmados. Estamos esperando a doutora Mira, o capitão Feeney e a promotora Reo. Gostaria de informar a todos sobre os dados e as minhas conclusões de uma só vez.

— Sim. Kyung se juntará a nós às nove em ponto. Posso ficar mais tempo, caso seja necessário.

— Espero que não.

Whitney balançou a cabeça.

— Isso é uma bomba.

E havia muitas circulando por aí, pensou Eve.

Ela desviou da passagem para Feeney entrar. Ele reagiu com entusiasmo aos donuts e ficou mastigando um enquanto analisava o quadro. Mira e Reo entraram juntas, e Eve ouviu um trecho da conversa das duas que falava sobre uma liquidação de sapatos.

Eve esperou enquanto as duas analisavam o quadro e Mira aceitava a xícara de chá que Peabody lhe trouxe. Em seguida, ela se sentou, provou o chá e estudou o que via.

A tenente lhes deu mais algum tempo e, depois, caminhou até o quadro, se colocando de frente para todos.

— Esses dados, o meu instinto e uma probabilidade de setenta e três ponto oito por cento dizem que Joel Steinburger matou os nove indivíduos representados nesse quadro. Os motivos podem estar um pouco turvos ainda, mas vamos começar com Bryson Kane. Quando a vítima e o suspeito tinham, respectivamente, vinte e vinte e um anos, este havia recebido um aviso de suspensão acadêmica iminente devido à sua presença irregular nas aulas e às suas notas baixas. Embora os registros mostrem que sua assiduidade às aulas não melhorou de forma significativa, ele passou da quase suspensão para o quadro de honra em um período de quatro semanas.

— Você acha que ele trapaceou — comentou Feeney.

— Exatamente. Acho que ele pagou à vítima, que era um estudante excelente, para redigir seus trabalhos e lhe preparar colas para testes ou provas. Acredito que a vítima quis parar de fazer isso ou pediu mais dinheiro pelo seu trabalho. Eles discutiram e o suspeito empurrou o colega escada abaixo. Suas notas despencaram abruptamente nas três semanas após a morte de seu colega de quarto. Isso foi atribuído à convulsão emocional natural que se abateu sobre o suspeito. Chamo isso de papo-furado. Suas notas caíram porque ele matou sua fonte. E teve que encontrar outra.

— Como pode provar isso? — quis saber Reo.

— Analisando os dados financeiros do suspeito durante esse período. E interrogando os outros colegas de quarto, instrutores e alunos.

— Segunda vítima — continuou ela. — O bisavô rico e influente da noiva do suspeito que também era seu chefe. Por ocasião da sua morte, a bisneta, que se casou com o suspeito, recebeu uma herança considerável. A partir do padrão que emerge neste momento, vemos que o suspeito tem interesse por outras mulheres além da sua.

— Traidores traem — comentou Feeney. — Ele traiu a namorada, o bisavô descobriu e o mandou romper o noivado.

— Essa é a minha percepção — concordou Eve. — O suspeito ganhou uma esposa rica, uma posição sólida no estúdio e o potencial de se tornar o próximo herdeiro. — Ela deu continuidade à ordem do quadro e anunciou: — Terceira vítima...

Eve fez malabarismo com dados e teorias, respondeu a perguntas, confirmou a cronologia de certos fatos.

— Considerando o espaço de tempo com que estamos lidando — começou Reo —, seria necessário um milagre para acessar todos os dados. Registros financeiros, viagens, depoimentos das vítimas. Sem falar na dificuldade em localizar e interrogar todas as partes envolvidas. Depois, ainda teremos que estar dispostos a confiar em suas lembranças e impressões.

— É por isso que ele continua se safando, porque espaça suas mortes e muda seu método. Nove pessoas, talvez mais, estão mortas porque Joel Steinburger as queria assim. Porque queria dinheiro, ou sexo, ou fama, ou uma reputação que não tinha. Estão mortas porque ele queria o caminho mais fácil para o tapete vermelho, os holofotes da imprensa, a posição de poder em uma indústria glamourosa. Queria todos os benefícios que advêm disso. O dinheiro mais uma vez, o sexo, a inveja dos outros.

— Não discordo de você, Dallas. Você tem apenas um padrão. Um padrão lógico e convincente. Mas não tem provas.

— Vamos consegui-las.

— Quão perto você está de pegá-lo pela morte de K. T. Harris e/ou Asner?

— Mais perto do que eu estava ontem. Mais perto ainda quando você os coloca um do lado do outro e *enxerga* o padrão. Me arranje um mandado para vasculhar a casa dele, o escritório, o veículo. Consiga um mandado para que eu possa confiscar e fazer uma busca nos equipamentos eletrônicos dele.

— Não quer que eu também arranje um pônei para você, aproveitando a viagem? — O sotaque sulista de Reo era duro como aço. — Onde está o motivo? O juiz e qualquer advogado decente, dos quais acredito que Steinburger tenha um batalhão, irá apontar que muitos homens na casa dos sessenta anos podem estar ligados a nove mortes ao longo de suas vidas. Que apenas um desses casos foi designado como homicídio, e pelo qual o indivíduo acusado foi condenado e cumpriu pena. Posso pedir a um juiz que analise tudo e enxergue o que você viu, e que eu também vejo, com clareza. Mesmo assim, isso não nos garante um mandado de busca.

— Então é isso? — reagiu Eve. — Não vai nem tentar?

— Claro que vou tentar. Droga. Quero afastar esse canalha medonho da sociedade pelo resto da sua vida. Só estou avisando que vamos conseguir apenas um grande, gordo e sólido "não" no pedido dos mandados.

Eve se afastou.

— Vou conversar com seu chefe — ofereceu Whitney a Reo — e com quantos juízes forem necessários. Se a doutora Mira refizer o perfil do suspeito... Tem alguma consideração quanto a isso, doutora Mira?

— Tenho. — Foi a primeira palavra que ela falou desde que tinha entrado na sala. — Tenho várias considerações.

— Antes disso, como garantia — Eve se virou, olhando para Reo —, que tal um mandado simples, para monitorar suas transmissões? Um rastreio feito pela DDE nos *tele-links* dele, computadores, tudo. Ele é o meu principal suspeito em dois assassinatos recentes. Posso eliminar vários dos outros suspeitos que estavam presentes na noite da morte de Harris. Tenho uma cúpula parcialmente aberta, evidências de que a vítima estava fumando cigarros de ervas com zoner e uma declaração que pode e irá confirmar que o suspeito tem uma aversão forte e quase irracional ao fumo. A cúpula estava fechada, com o mecanismo enguiçado. O suspeito não tinha conhecimento disso. Quando a abriu para espalhar a fumaça, não conseguiu fechá--la completamente depois de matar Harris.

— Podemos trabalhar com isso — calculou Reo. — Posso tentar autorização para um grampo. E trabalharemos com o promotor no suicídio de Pearlman. Se o seu contato nesse caso conseguir localizar as evidências e os arquivos da época, talvez consigamos voltar ao caso antigo agora que temos essa conta secundária. Mas, se você não descobrir algo bem depressa, teremos dificuldade em manter o suspeito sob vigilância quando ele sair de Nova York. Sem falar no resto.

Reo virou-se para os quadros novamente.

— Quero acreditar que podemos provar o que ele fez. Analisando de forma realista, porém, talvez levemos *anos* para reunir tudo.

— Ele tornará a matar — declarou Mira. — Não vai esperar anos dessa vez. Já matou duas vezes em dois dias, é um novo tipo de poder. Assassinou Asner com extrema violência, do tipo que ele só exibiu, pelo que vemos aqui, uma outra vez. Também existe um padrão. Sua privacidade foi violada. Ele reagiu com violência e então levou, e presumimos que também destruído, tudo que dizia respeito a ele. Nesse caso, porém, Asner não foi o fim do problema. Se Valerie foi paga ou recompensada para lhe fornecer um álibi, agora ela se tornou uma nova ameaça. Ele precisará eliminá-la, e eu não acredito que vá esperar muito tempo. Não serão anos nem meses. Semanas, talvez. Ele precisará terminar isso para se sentir totalmente no controle mais uma vez.

Ela olhou para Eve.

— Ele está mais perigoso agora, sem esse sentimento de controle. É organizado e planeja as coisas. É egoísta e consegue justificar todas as suas ações para si mesmo, conforme necessário. E é implacável. Tudo que atrapalha seu conforto, seu sucesso e sua ambição deve ser eliminado. Ele vem matando para alcançar as próprias necessidades há quarenta anos. Tornou-se um homem poderoso, respeitado, famoso e rico. Por um lado, matar, para ele, é o mesmo como é para um assassino de aluguel.

— Negócios — disse Eve.

— Sim. Por outro lado, é algo intenso, íntimo e pessoal. Amigos, amantes, ex-esposas. Talvez você descubra que ele teve um relacionamento sexual com K. T. Harris. Só duas das suas vítimas não faziam parte de seu círculo íntimo.

— E essas ele matou com extrema violência.

— Ele pôde extravasar sua natureza violenta com elas. Acredito que, quando você interrogar as ex-esposas e qualquer amante antiga ou atual, elas lhe contarão, se forem honestas, que ele preferia sexo violento, provavelmente com uma fantasia de estupro. A violência está sempre presente. Acabar com vidas lhe dá uma sensação de controle ao mesmo tempo que a necessidade de eliminá-las, quando se tornam uma ameaça, o controle.

— Ele ficará muito infeliz quando tirarmos o controle dele e o colocarmos em uma gaiola de concreto. Consiga um mandado para mim — disse Eve a Reo. — Qualquer coisa que você conseguir já vai valer.

Depois de uma batida rápida na porta, Kyung entrou.

— Vocês precisam que eu espere?

— Não. — Eve inclinou a cabeça ao olhar para ele. — Esse é um bom momento para encerrarmos. Se todos puderem ficar mais alguns minutos, eu agradeceria. Tenho uma ideia que talvez nos consiga o rastreio da DDE mais cedo do que supúnhamos.

Ela apontou para a caixa de donuts em cima da mesa de conferência com o polegar.

— Pode pegar um — ofereceu a Kyung.

Capítulo Dezenove

— Você precisa marcar outra coletiva de imprensa — disse Eve a Kyung.

— Creio que sim. — Depois de uma rápida avaliação, ele escolheu um donut conservador com cobertura de calda de açúcar e o quebrou cuidadosamente ao meio. — É necessário.

— Ok. Mas isso terá que esperar até que a promotora Reo solicite um mandado e a DDE seja acionada.

— Bem — Kyung abriu as mãos em sinal de surpresa. — Você é muito conveniente.

— Espero dizer o mesmo de você. Vamos anunciar que houve uma descoberta bombástica na investigação e que sentimos que uma prisão acontecerá a qualquer momento.

— Excelente notícia. — Kyung continuou estudando o rosto de Eve. — Se for verdade.

— A parte da descoberta bombástica é verdadeira. Na minha opinião. A prisão depende de como o assassino reagirá a essa parte verdadeira. — Eve virou-se para Whitney. — Comandante, faremos isso com a sua permissão, é claro.

— Estou de acordo — assegurou Whitney. — Você espera que o suspeito faça algum tipo de contato depois desse anúncio. Acha que ele se verá obrigado a isso, seja por pânico ou por curiosidade.

— Ele vai querer saber o que temos e se isso lança suspeitas sobre ele. O álibi dele para o assassinato de Asner é outra pessoa. Uma pessoa e um álibi que acredito terem sido comprados. Mas o preço pode subir. O álibi pode querer renegociar os termos.

— Eles devem resolver isso cara a cara — sugeriu Feeney, erguendo os ombros. — Não creio que usem um *tele-link* ou uma troca de e-mails para discutir o assunto.

— É verdade. Mas tenho alguém que poderá ter acesso ao suspeito pessoalmente. Nadine é boa na arte de fazer com que as pessoas digam coisas que não esperam ou não pretendem dizer. Qualquer pequeno deslize que ele fizer acrescentará peso à investigação. Quero chamar Nadine para esse grupo, comandante. Ela não só tem interesse no assunto como sei que não publicará nada que eu lhe repassar sem que eu dê um sinal verde para ela. Especialmente quando eu concordar, com relutância e certa irritação, em lhe dar uma entrevista exclusiva para o programa *Now* em troca da sua assistência e discrição.

— Ele manipula as pessoas — comentou Mira. — Ninguém pode viver como ele viveu e fazer o que ele faz há quatro décadas sem ter maestria em manipulação. Nadine também tem a habilidade da manipulação. Você também — disse a Eve. — Você sabe que ele mentirá para ela.

— Sim. Mas a respeito de quem? Porque, no instante em que ele acreditar que estamos prontos para prender alguém, terá que criar boatos sobre outra pessoa. Há um número limitado de suspeitos. Ele vai ter que colocar um deles na reta para se sentir seguro. E terá que mentir ou distorcer a verdade de algum modo. Quanto mais ele fizer isso, maior é a chance de escapar.

— Ele poderá matar um dos seus — apontou Mira. — E, como ele fez com seu sócio, encenar essa morte como se fosse um suicídio executado por sentimento de culpa.

— Sim, teremos que tomar medidas para evitar isso. Estou à procura de um meio.

— Desculpe. — Kyung ergueu a mão. — Não sou detetive, mas estou vendo o que acho que estou vendo?

Eve olhou para o quadro que ele apontava.

— Essa informação deve permanecer nessa sala.

— Entendido. Claro. Mas... você realmente conectou nove assassinatos a Joel Steinburger? Um dos produtores mais respeitados, reverenciados, bem-sucedidos e célebres da indústria do cinema?

— Só porque ele produz bons filmes, não significa que não seja um louco assassino. E estou prestes a encerrar sua vida de crimes e seu status de celebridade.

— Isso é gigantesco! A imprensa vai explodir com algo assim. A Polícia de Nova York e você, tenente, estarão no centro de tudo.

— Você me parece feliz com isso.

Ele simplesmente sorriu e deu uma mordida em seu donut.

— Assessores de imprensa são assim.

— Tem razão.

Eve saiu da sala de conferência e foi direto para a sua sala, a fim de entrar em contato com Nadine.

— E a dona do barco? — perguntou a Peabody.

— Divide um lugar em Tribeca com outra pessoa.

— Entre em contato com ela. Quero que ela nos encontre no barco.

— No barco?

— O mais rápido possível, Peabody. Nadine — saudou ela, no instante em que a repórter surgiu na tela. — Precisamos conversar.

— Tenho uma brecha na agenda hoje à tarde às...

— Agora.

— Dallas, estou bem no meio de uma...

— Acredite em mim, o que você está fazendo não é tão interessante quanto o que eu tenho.

— Sério? O que poderia ser mais interessante que finalizar acordos para uma entrevista exclusiva de Isaac McQueen, enquanto ele aguarda transporte para suas novas instalações, uma penitenciária fora do planeta, com segurança máxima? E ligar essa entrevista com declarações das gêmeas Jones e com a jovem que McQueen e sua cúmplice sequestraram no shopping de Dallas? *Sem falar* nas entrevistas com todas as sobreviventes que certa policial novata libertou quando prendeu McQueen em Nova York há mais de doze anos? Vamos fazer um especial de seis horas, em três partes, sobre tudo isso. Vai ser mega.

— Bom para você. Quer algo mais "mega" ainda? O tipo de mega que poderá significar outro livro e, tão certo quanto haver gente suada no inferno, fará Hollywood inteira bater à sua porta?

— Quando e onde?

— Marina Land Edge, no Battery Park. Espere aí. — Ela olhou para Peabody, que tinha retornado, levantado um dedo e articulado com os lábios: *Daqui a uma hora.* — Daqui a duas horas, Nadine. Não se atrase.

E desligou.

— É mega mesmo — disse Peabody. — Não estou falando no sentido de livros nem de filmes. Vai ser mega no sentido policial da coisa. Quando virei policial, não foi por causa de casos como esse. Quero dizer que é difícil imaginar que alguém possa fazer o que ele fez durante quarenta anos. Isso me faz sentir...

— Deprimida? — completou Eve. — Porque ele já devia ter sido preso muito antes disso? Se um policial tivesse olhado para a direita em vez de para a esquerda, para cima em vez de para baixo, feito uma pergunta a mais, talvez ele tivesse sido descoberto.

— Pois é. Sei que alguns nunca são pegos ou então escapam porque você não consegue encerrar o caso de forma convincente. Mas isso é... Nossa, já se passaram décadas, Dallas. Olho para esse quadro e vejo aquele universitário, um jovem mais novo que eu. Ele nunca vai envelhecer, nunca vai se formar nem se apaixonar. Já teria idade suficiente para ter netos, mas sempre terá vinte anos.

— Ele é uma boa vítima para você manter em mente. É bom para te ajudar a manter o foco ao lidar com isso. Lembre-se do rosto e do nome dele, Peabody. Lembre-se de que ele perdeu a chance de ter mais de vinte anos porque Joel Steinburger acabou com essa chance. Acabou e escapou numa boa. E depois acabou com a chance de outras pessoas. Vamos garantir que ele nunca mais faça isso.

O *tele-link* tocou.

— Dallas falando.

— Aqui é McHone. Tive sorte. Encontrei a caixa de evidências, os registros do caso, os eletrônicos que recolhemos. Recuperei tudo. Não consegui tirar isso da cabeça depois que falei com você, então mergulhei no passado e comecei a cavar.

— Estou lhe devendo uma. Olha, estamos com pistas quentes por aqui. Se eu puder analisar o material que você encontrou, posso mandar nosso melhor cão farejador da DDE e um consultor civil com habilidades incríveis para recuperar dados eletrônicos. Agradeceria muito se pudesse colocar minhas mãos nos arquivos do caso e em todo o resto.

— Se você achar algo que me permita garantir à viúva de Pearlman que ele não era covarde nem um ladrão, estaremos quites. Tenho que preencher uma papelada para liberar o envio e providenciar um transporte seguro.

— Posso acelerar um pouco isso. Peço ao meu comandante que lide com a burocracia e providencio o transporte. Se precisar de alguma coisa de mim, detetive-sargento McHone, basta me dar um toque.

— Pode deixar.

— Peça a Whitney que coloque a bola em campo — disse ela a Peabody. — Vou agitar o transporte.

Eve pensou em ligar para Roarke, mas estremeceu, xingou baixinho, foi até a janela e voltou. Era errado interrompê-lo toda vez que precisava de algo que ele podia fornecer.

Talvez fosse como engolir areia, mas resolveu entrar em contato com Summerset.

— Sim, tenente?

— Preciso de um transporte rápido e seguro para levar dois policiais do Departamento de Polícia de Nova York até a Califórnia e trazê-los de volta com evidências importantes.

— Entendo. Vou precisar do destino exato e do seu local de partida de preferência.

— Só isso?

— Suponho que seja urgente, então sim. Bastam o destino e o local de partida.

— Ok. — Ainda desconfiada, ela lhe informou os dados.

— Muito bem. Leve seus homens ao local de partida com uma identificação válida e uma autorização assinada em trinta minutos.

— Assinada por quem?

— Por você, tenente. Como os jatinhos sempre estão à sua disposição, os pilotos precisam apenas de uma autorização sua, a menos que você pretenda acompanhá-los. Nesse caso, ela não será necessária.

— Não, eu não vou. Eles estarão lá em trinta minutos. — Ela engoliu mais areia e completou: — Obrigada.

— De nada.

Eve franziu o cenho para a tela do *tele-link*. Como ela podia adivinhar que era tão fácil assim? Se soubesse disso, teria entrado em contato pessoalmente com a estação de transporte. Por outro lado, provavelmente Summerset conseguiria resolver tudo mais rapidamente.

— Dallas.

— Que foi? — Distraída, ergueu os olhos e viu Reo na porta. — Pode falar.

— Você conseguiu seu mandado. Já avisei Feeney.

— Beleza. Vamos começar a rolar essa bola.

— Sei que não quer ouvir isso, mas precisará de muita sorte para ele abrir a boca sobre qualquer coisa desses assassinatos que possa ser levada ao tribunal.

— Talvez ele nos conte outra coisa que poderá nos ajudar. É um processo, Reo.

— Sim, e pode levar anos. Se você, algum dia, conseguir abrir um processo contra ele pelos antigos assassinatos. Não era melhor você se concentrar nos dois crimes que já tem nas mãos?

— Consigo me concentrar em mais de um objetivo ao mesmo tempo. Um garoto de faculdade, uma mulher grávida, um marido e pai, um velho, uma mulher inteligente o bastante para se divorciar dele, um cara que estava só fazendo o seu trabalho. Quem você quer que eu esqueça?

— Nenhum deles. Mas, se você conseguir encerrar o caso com Harris e Asner, ele nunca mais verá a luz do dia. Ele só tem uma vida, Dallas, e, se fizermos isso direito, ele gastará o que resta dela em uma gaiola.

— Tudo seriam flores se a questão fosse apenas ele. Temos mais sete pessoas e as vidas que elas nunca conseguirão viver. Você olhou para cada um daqueles rostos? — quis saber Eve.

— Sim. Eu sei. Eu *sei*, Dallas. Quero encarcerá-lo por todos eles. Quero processá-lo por cada um dos crimes e vencer. É uma fantasia minha, porque, se tivermos o suficiente para derrubá-lo por todos os crimes, meu chefe subiria nas nuvens e eu estaria pronta para assumir a primeira cadeira da promotoria. Mas eu me contento, no momento, com um caso sólido em uma acusação. Coloco-o atrás das grades e espero poder reunir as provas dos outros crimes com o tempo.

— Não estou pronta para me contentar com isso. Quando tivermos o suficiente para enjaulá-lo pelas mortes de Harris e Asner, ou ambas, vou fazer picadinho dele no resto do caminho. Dele inteiro. E então vou entregá-lo para você em uma bandeja.

— E eu aceitarei. Mira está preocupada. Você também sacou isso? Ela receia que talvez ele encontre um jeito de tirar o foco de cima dele e direcioná-lo para outra pessoa. Ou pior. Não queremos adicionar outro rosto àquele quadro.

— Sei como esse cara pensa agora, Reo. Vou estar um passo à frente dele.

— Me mantenha informada. E, se encontrar mais alguma ponta solta que possa servir como uma deixa, eu me esforço e tento conseguir novos mandados de busca.

— Podia tentar conseguir um agora.

Reo simplesmente fez que não com a cabeça.

— Se eu tentar agora, vou receber um não. Se eu receber um não, vai ser mais difícil conseguir um sim mais tarde.

Eve entendeu a lógica do raciocínio apesar de não gostar dela.

— Quando nós, eu e Peabody, visitamos o set de filmagem, antes de Harris morrer e as coisas piorarem, eles iam filmar a cena em que uma jovem promotora mal-humorada acompanha dois policiais de homicídio até a residência Icove. E, quando eles encontram um cadáver, a promotora desmaia.

— Merda. Merda. Eles colocaram isso no filme? — Com o rosto exibindo mortificação e irritação, Reo fez um círculo rápido pela sala. — Droga! Aquele foi o meu primeiro cadáver. Poderia ter acontecido com qualquer um.

— Mas aconteceu com você. A atriz despencou no chão de um jeito muito gracioso.

— E você gostou, né? — Com os olhos estreitados, Reo apontou um dedo na direção dela. — Gostou de me ver humilhada na filmagem.

— Confesso que não desgostei. E, se me lembro bem, você compensou a fraqueza depois. Colocou o traseiro na reta e conseguiu o que era preciso.*

Reo suspirou.

— Me traga uma pontinha de evidência. Só preciso de uma deixa e eu coloco o traseiro na reta novamente.

— Prepare-se para fazer isso. — Eve pegou seu casaco.

— Ai, meu Deus! — Reo emitiu um gemido de prazer quase sexual.

— É sério? — Mantendo certa distância, Eve se agarrou ao casaco. — É sério isso? Gemidos sexuais por causa de um casaco?

— Ele é... delicioso.

— Não pode lamber. Só uma vez — cedeu Eve, sabendo muito bem que não conseguiria passar por Reo sem que deixasse. — Também pode tocar nele, mas só uma vez.

— Hmmm... É efusivo.

— Que palavra é essa? — murmurou Eve, entrando na sala de ocorrências. — Peabody, venha comigo. Vou atrás da sua deixa — prometeu a Reo.

O vento chicoteava a água e soprava um cheiro de molhado para a terra firme. Fazia um dia muito bonito, e os turistas aproveitavam para caminhar pelo parque e amontoar-se em balsas nos passeios até a Ilha da Liberdade. Os jardins continuavam a florescer, as cores seguindo a direção dos tons ferruginosos e castanhos do outono.

---

* Ver *Origem Mortal*. (N. do T.)

Vendedores em seus quiosques — ah, os nova-iorquinos, sempre empreendedores — assustavam os turistas com o preço dos cachorros-quentes de soja, as lembrancinhas, os guias, os *tele-links* e as câmeras descartáveis — para aqueles que tinham perdido ou esquecido as suas.

Eve avaliou a marina onde barcos elegantes balançavam sobre a água movimentada.

A seção privada era cercada por grades para desencorajar os curiosos e os inclinados ao vandalismo ou roubo. Mas Eve notou que a segurança ali seria fácil de burlar. E imaginou que quem podia ancorar — ou atracar, não sabia a palavra certa — seu barco elegante naquele local certamente o protegia com medidas de segurança.

— Aquela é Violet Holmes. — Peabody ergueu o queixo para apontar a mulher que caminhava em direção ao portão.

Vestia uma jaqueta em vermelho vivo, jeans adornados nos bolsos com uma fina trança dourada, e blusa vermelha listrada. O lenço floral enrolado em volta do seu pescoço seguia a própria dona, esvoaçando na brisa.

Um quepe azul-marinho vivo estava empoleirado em seu cabelo curto e grisalho.

— Detetive Peabody. E você é a tenente Dallas. — Violet tinha um aperto de mão firme e direto. — Sinto que já conheço vocês depois de ler o livro sobre o caso Icove e, é claro, depois de assistir às reportagens sobre K. T.

— Você a conhecia? — quis saber Eve.

— Apenas socialmente. Considero Nova York minha casa, agora e quase nunca visito a Costa Oeste. É interessante conhecer vocês duas, mas não entendo seu interesse por *Simone*.

— Esse é o nome do barco — explicou Peabody, olhando para Eve.

— Foi batizado com o nome da minha personagem mais famosa. Vocês são jovens demais para saber, mas Simone lançou minha carreira. O barco já tem dez anos e se tornou um dos meus maiores prazeres.

— Por falar em início de carreira, poderia me dizer se é comum Joel Steinburger oferecer vinte mil dólares a uma atriz novata?

— Como assim?

— É só um daqueles detalhes antigos que surgem nas nossas investigações de rotina. Os vinte mil dólares foram transferidos para a sua conta, uma conta recém-aberta, em 18 de julho de 2029. Essa era uma prática usual?

— Não, de jeito nenhum. É isso que torna Joel tão incomum e especial. Me lembro muito bem, pois tem a ver justamente com Simone, o papel que eu conquistei. Eu queria desesperadamente atuar naquele filme e fui bem nos testes para o elenco. Trabalhei nos diálogos durante dias.

Ela riu um pouco ao lembrar o passado.

— Eu comia, dormia e respirava Simone. Joel me queria para o papel, mas os outros produtores tinham reservas. Achavam que eu não era bonita o bastante nem sofisticada para o papel. Não era sensual, não era atraente nem sexy, esse tipo de coisa.

— Ok. E vinte mil dólares mudaram isso?

— Você ficaria surpresa se soubesse o quanto. Joel me ofereceu o dinheiro do seu próprio bolso; assumiu esse risco. Ele contratou uma das principais consultoras da época para mim: moda, cabelo, maquiagem, atitude. — Ela riu mais uma vez. — Nossa, foi emocionante. E, com um visual totalmente novo e uma postura que o acompanhava, voltei para mais um teste. E consegui o papel de Simone. Devo isso e muito mais a Joel, por tudo que veio depois.

— Vocês eram amantes?

— Não naquela época. Fomos amantes mais tarde, por algum tempo. Essas perguntas são estranhas, tenente.

— Sei que podem soar assim, mas tenho mais uma. Já que você se lembra tão bem dos fatos, certamente se lembra do que Joel pediu em troca.

— Para conseguir o papel?

— Sim. Um pequeno favor, algo que ele pediu na mesma ocasião.

— Eu não entendo o que isso tem a ver com o meu barco.

— Há vários tipos de detalhes que precisamos esclarecer.

— Bem, eu me lembro, sim, pois foi um momento muito emocionante para mim. Algo simples, na verdade, e doce... embora eu nunca tenha pensado nisso como uma troca, como você diz. Não foi um favor que envolveu dinheiro.

— O que você lembra?

— Joel planejava uma festa surpresa para a esposa. Eles tinham acabado de descobrir que ela esperava o primeiro filho do casal. Ele queria fazer uma rápida viagem até a casa de veraneio deles no México para verificar os preparativos para a festa. Ele só me pediu para confirmar, caso alguém perguntasse, que estava comigo e com o consultor do filme em nossa primeira reunião naquela noite. E estava mesmo, nas primeiras duas horas. Depois, teve que sair para pegar o jatinho. É disso que você está falando?

— Sim, isso esclarece a questão. Obrigada. Suponho que, quando a polícia perguntou, você manteve essa versão.

— Ah! — Violet colocou a mão no coração. — A overdose de Angelica Caulfield. Sim, agora entendi a conexão com a polícia. Uma tragédia. Que desperdício de vida e talento!

— A polícia interrogou você?

— Eles conversaram com Joel. Havia rumores de que ele tinha um caso com Angelica. Para ser sincera, já perdi a conta do número de casos que tive de acordo com os rumores, com pessoas que nem sequer conhecia. Isso faz parte do nosso trabalho.

— E, quando a polícia te procurou para conversar, disse que ele estava com você e com o consultor naquela noite.

— Bem... sim. Eu disse que ele estava com a gente. Germaine, o consultor, também estava lá quando a polícia me interrogou. Apenas rotina, foi o que disseram. Ele confirmou automaticamente que Joel tinha estado conosco. Eu também confirmei. Pareceu mais fácil.

Ela parou um momento e soltou um suspiro.

— Não penso nisso há anos, mas acho que teria sido melhor não termos confirmado. Joel certamente teria seus registros de voo e tudo o mais, só que a imprensa ia descobrir sobre a viagem dele ao México, e isso estragaria a surpresa. Lana ficou maravilhosamente surpreendida quando ele deu a festa mais incrível de todas para ela, na casa de veraneio deles. Foi meu primeiro grande evento social, na verdade — disse Violet, com um sorriso.

— Agora que a surpresa não é tão fundamental, você se importaria de corrigir seu depoimento nos registros da polícia? — pediu Eve.

— Ah... Tudo bem, claro. Se isso for realmente necessário...

— É para deixar as coisas mais claras possíveis — disse Eve, com ar casual. — Acertaremos esse detalhe daqui a pouco. Agora, se importaria se déssemos uma olhada em *Simone*?

— Mas é claro! — No portão, Violet passou o cartão e digitou a senha. — Ela está no cais seis. O meu número da sorte.

— Você passeou com o barco recentemente? — perguntou Eve.

— Há várias semanas que não uso a embarcação. Estive em Baltimore, filmando para uma nova série. Só voltei para Nova York ontem à tarde.

— Alguém mais tem acesso ao barco?

— Phillip... Phillip Decater. Moramos juntos há dois anos. Mas ele não usou o barco. Estava comigo em Baltimore e é um marinheiro inseguro. Essa é a única falha dele — disse ela com um sorriso, enquanto gesticulava para um belíssimo barco branco revestido em um metal brilhante e madeira reluzente.

— Você leva os amigos para passear, imagino.

— Levo, sim. Amigos, familiares. Quando conseguimos organizar um evento. Do que isso se trata, afinal?

— Pode não ser nada. Existe um jeito de você saber se o barco foi retirado da marina durante a sua ausência?

— Se você está achando que alguém levou *Simone* para passear, não vejo como isso poderia acontecer. Seria preciso passar pelo portão de entrada, pelo sistema de segurança ao acessar a cabine do leme e *então* saber a senha para os comandos de partida. Se o ladrão conseguisse passar por todas essas barreiras com sucesso, por que não continuaria navegando para vender o barco na Nova Escócia?

— Bom argumento. Mas, se alguém o usou, você saberia dizer?

— Sim, posso verificar isso no diário de bordo digital. Ali tem o registro do último uso, das coordenadas, do tempo decorrido.

— Sério?

— É um brinquedo novo — admitiu Violet, com um sorriso. — Phillip comprou para mim no meu aniversário, mês passado. Não é algo imprescindível para um barco de passeio, mas ele sabe o quanto eu adoro *Simone* e o quanto curto *gadgets* novos.

— Podemos dar uma olhada nesse *gadget*?

— Por que não? Vamos entrar. A despensa está sempre abastecida — afirmou Violet, enquanto pulava com agilidade da doca para o barco. — Posso oferecer alguma coisa para vocês?

— Não, obrigada. Estamos bem.

— Nossa, como é lindo! — Peabody roçou os dedos sobre a guarnição. — Não entendo muito de barcos, mas conheço madeira. Essa é realmente extraordinária!

— Teca recuperada. Recebemos muitos amigos no verão. *Simone* tem acomodações para até oito passageiros se quisermos organizar um fim de semana com os amigos.

Ela subiu um lance estreito de escadas e digitou outra senha em uma porta de vidro.

Embora o lugar mais parecesse um centro de comando, havia um timão à moda antiga — o leme, Eve supôs.

Pela ampla faixa de vidro, as pessoas tinham uma bela vista do porto.

Eve tentou não pensar na forma como o chão balançava suavemente sob seus pés.

— Aqui estão! — Violet foi até o painel à direita. — *Gadgets*. Sonar, que é muito divertido quando o usamos para rastrear cardumes ou baleias se estivermos bem longe da costa. Temos várias estações meteorológicas globais. E aqui está o diário de bordo digital. — Ela abriu uma tela na bancada, declarou seu nome e o nome do barco. — Phillip mandou instalar ativação por voz, só por diversão.

— Exibir registro completo. Você verá — disse a Eve — que não temos usado muito o barco desde... Ué, isso não faz sentido.

Para Eve, fazia.

— Será que estou lendo esses dados de forma correta? — perguntou Eve. — Aqui diz que o barco foi retirado da marina na madrugada de ontem, à uma e dezesseis, e voltou a atracar pouco mais de uma hora depois, às duas e vinte e dois. Navegou um total de 2,6 milhas náuticas. E isso aqui é a velocidade média?

— Sim, em nós. — Violet tirou o quepe e passou os dedos pelo cabelo. — Isso é muito perturbador.

— E esses números são as coordenadas? Foi para lá que o barco foi levado e é este o caminho que fez até chegar lá?

— Sim, isso mesmo. Droga! Vou falar com a segurança da marina sobre isso. Se algum dos funcionários achou que poderia pegar *Simone* para dar um passeio, vai descobrir que não ficará por isso mesmo.

— Talvez seja melhor você revistar o barco — sugeriu Peabody.

— Só para garantir que não roubaram nem mexeram em nada.

— Nossa. Sim, claro... Droga! — Quando ela saiu da cabine, pegou o *tele-link*. Eve a ouviu dizer: — Phillip, alguém invadiu *Simone*. Não, ela está bem. A polícia está aqui comigo.

— Ele não sabia sobre o diário digital de bordo — disse Eve. — É um *gadget* novo. Mas aposto que sabia que Violet tinha ido para Baltimore e o barco estava ancorado aqui. Também sabia como passar pelo portão, pela porta da cabine e como ligar o barco.

— Eles já foram amantes — sussurrou Peabody. — Ela mentiu por ele uma vez, que a gente saiba, em uma investigação oficial.

— Porque, pela minha leitura, era muito jovem, agradecida, ingênua. E sabe, ou admite, que se sentiu obrigada a fazer isso porque ele lhe deu o dinheiro para contratar a consultora e apoio para ela conseguir o papel que queria. Ela nos contou tudo isso numa boa, sem preocupações nem respostas evasivas.

— Sim. — Peabody olhou para a porta da cabine do leme. — Ele não tinha motivos para avisá-la sobre o que fez. E ela não esperava ser avisada depois de todo esse tempo. Pareceu surpresa, mas não assustada.

— Ela provavelmente mudou as senhas e o sistema de segurança desde que se envolveram sexualmente pela última vez. E mora há alguns anos com esse tal de Phillip. Mas Steinburger já deve ter estado nesse barco. Ele é um amigo, também tem um barco.

Eve saiu e desceu dois andares quando ouviu alguém remexendo os armários abaixo do convés.

— Tudo parece em ordem, exatamente como devia. — Violet estava em uma cozinha organizada, preparando um drinque. — Vou tomar um Bloody Mary. Estou revoltada. Phillip já está a caminho daqui. Ele é um homem com quem a gente pode contar.

— Você disse que apenas vocês dois têm acesso aos comandos do barco, mas... e no caso de emergências? A segurança da marina não tem?

— Sim, sim. Não tinha pensado nisso. Eles têm acesso em caso de emergência.

— E você disse que costuma receber visitantes a bordo. Talvez alguns de seus amigos e familiares conheçam os códigos.

— Talvez, pode ser. — Ela tomou um gole rápido. — Mas são meus amigos, é como se fossem parte da família. Se algum deles quisesse usar o barco, simplesmente me pediria. Ninguém ia entrar aqui na marina de forma sorrateira, no meio da noite, quando bastava apenas entrar em contato comigo para obter liberação.

— Você já recebeu alguém do elenco e da equipe do filme "O Projeto Icove" nesse barco?

Violet baixou o copo.

— Você acha que esse incidente está de algum modo relacionado ao assassinato? Mas isso é... Preciso de um pouco de ar.

Ela passou por Eve e Peabody e subiu para o convés.

Eve lhe deu um minuto e então foi atrás dela.

— Você já deu alguma festa a bordo para funcionários do elenco e da equipe?

— Connie e eu somos amigas. Eu adoro Roundtree. Andi e eu também ficamos amigas, agora que já não competimos pelos mesmos papéis com a mesma regularidade de antes.

Ela se sentou e tomou mais um gole de seu drinque.

— Eu cheguei a conhecer Julian uma vez e o achei um fofo. Joel e eu já fomos muito íntimos no passado, como você já sabe. Continuamos amigos. Phillip e eu demos uma festa no *Simone* no fim de agosto. Eles estiveram todos aqui... K. T., Marlo Durn, Matthew Zank, vários outros. A noite se seguiu com um grupo menor. Connie e Roundtree, Joel, Andi... Todos nós temos barcos, entende? Somos todos marinheiros. Não vejo como tudo isso pode ter relação com um assassinato.

— Há mais um detalhe que precisamos investigar. Algum deles esteve a bordo desde essa festa?

— Hmmm... — Ela coçou a testa. — É difícil arrumar tempo para muitas festas quando se está fazendo um filme. Connie e eu almoçamos no convés em uma tarde do mês passado, eu acho. Não saímos com o barco, preferimos dividir um almoço entre amigas, entregue aqui na marina. E... Ah, emprestei *Simone* para Joel algumas semanas atrás. Ele queria levar alguns investidores para passear e procurava um barco de aluguel. Disse para ele deixar de ser bobo e ofereci *Simone*.

— Você teve que informar as senhas para ele.

— Sim, tive. Pretendia mudá-las novamente, apenas por uma questão de disciplina. Mas estive ocupada com a nova série e não pensei mais no assunto. Além do mais, como eu já disse, Joel... Na verdade, nenhum deles teria motivo para entrar aqui e levá-la para o mar no meio da noite.

— Sim, foi só um detalhe — disse Eve, com ar casual. — Agradecemos seu tempo e sua cooperação. Antes de partirmos, eu gostaria de levar uma cópia do registro digital do barco.

— Claro, fique à vontade. Você não devia procurar impressões digitais?

Eve sorriu.

— Acho que a cópia do registro será suficiente. Já que estamos aqui, por que não aproveitamos para retificar aquele seu depoimento antigo?

— Isso aconteceu trinta anos atrás — começou Violet. — É realmente necessário?

— Só para manter os registros corretos e atualizados. Peabody, por que você não copia o relatório do barco enquanto eu cuido da retificação?

Depois de tudo resolvido, elas deixaram Violet intrigada, tomando seu Bloody Mary.

— Peabody...

— Já sei, devo levar os dados do registro para a polícia marítima, coordenar com eles o local exato em que o material foi desovado e mandar mergulhadores para vasculhar o ponto exato.
— Faça disso sua prioridade — acrescentou Eve. — Conseguimos a primeira deixa para Reo e muito mais, com a destruição do álibi dele na noite da morte de Caulfield.
— Ele planejou as coisas com antecedência. Armou tudo, a cobriu de atenções, lhe arrumou um consultor, que, sim, vou rastrear. Ofereceu roupas para ela e a seduziu com um grande papel para uma atriz jovem e ávida.
— Que provavelmente já estava meio apaixonada por ele — acrescentou Eve. — Reo vai gostar disso. E localizar os eletrônicos desovados no mar dará um ótimo impulso. Conseguiremos esse mandado de busca.
— Foi pura sorte ela ter o novo *gadget* que grava os movimentos do barco.
— Steinburger já teve sorte de sobra na vida. Se não fosse o *gadget*, haveria outra coisa. Consumo de combustível, algo assim. Quero que dois policiais vasculhem a marina, descubram se alguém viu Steinburger, qualquer coisa. E quero que a DDE verifique a segurança do portão. Ela precisou passar o cartão e digitar a senha para nos levar até lá. Vamos ver como ele conseguiu fazer isso.
— Ok, vou correr atrás disso. Nadine está chegando.
— Sim, já vi.
— É melhor que seja bom mesmo — avisou Nadine, aproximando-se delas em seus saltos agulha. — É melhor que seja incrível. Estou até o pescoço de trabalho, montando esse programa especial. Não consegui dormir nem três horas de ontem para hoje e só comi dois pãezinhos pegajosos no café da manhã porque eles estavam lá. Agora, cancelei meus planos e vim até aqui quando deveria estar preparando minhas perguntas para aquele filho da puta do McQueen.

— Parece que você precisa de um passeio agradável no parque. Peabody, cuide daqueles assuntos, ok? Depois, vá se juntar a nós.

— Não tenho tempo para a porra de um passeio no parque — começou Nadine, mas Eve simplesmente se afastou e caminhou na frente dela.

— Ah... Se eu não soubesse que Dallas conseguiria me derrubar com facilidade, eu tentaria chutar o traseiro dela.

— Confie em mim — garantiu Peabody. — Essa caminhada vai valer muito a pena.

Capítulo Vinte

Se é preciso estar em contato com a natureza, Eve achava que um parque na cidade cumpria a função de forma civilizada. A vida selvagem era representada pelos esquilos, pombos, assaltantes e o inevitável prognosticador do fim-do-mundo-como-bem-conhecemos, que invariavelmente parecia mais agitado do que os esquilos.

Ela gostou das flores. Alguém realmente as tinha plantado ali em vez de irem bem de fininho e roubá-las quando ninguém estivesse olhando. Além do gorjeio estranho de um pássaro ou do zumbido de algum inseto sugador de sangue, vinha o murmúrio reconfortante do tráfego.

— Não vou andar por todo o Battery Park com esses saltos.

Eve olhou para os saltos imponentes em tons brilhantes de ferrugem e ouro de Nadine.

— Por que você os usa se não consegue andar neles?

— Consigo muito bem, obrigada. Mas me recuso a fazer caminhadas com eles. — Nadine sentou-se em um banco, cruzou as pernas, que terminavam nos sapatos de não fazer caminhadas, e os braços também. — Qual é a novidade? E por que diabos não podemos tratar dela pelo *tele-link*? Minha agenda está destruída agora.

— E vai querer destruí-la mais ainda.

Nadine lançou para Eve um olhar frio como aço.

— Você faz ideia do que é preciso para produzir um especial de vários episódios como esse? O planejamento, as viagens, o roteiro, a criação de um conceito, das roupas? Além do mais, eu mesma vou fazer as entrevistas, escrever as perguntas, cuidar do cenário, da narração... Sou a produtora executiva de tudo, então...

— Falando em produtores — disse Eve, com suavidade, enquanto se largava no banco ao lado de Nadine —, preciso que você convença Steinburger a lhe dar uma entrevista. Você pode especular sobre o que ele pensa sobre o assassinato de Harris, como se sente sabendo que é um dos suspeitos, como ele e os outros lidam com a morte dela ao mesmo tempo em que estão finalizando o filme. Coisas desse tipo.

— Agora você vai me ensinar a fazer o meu trabalho? — A raiva foi maior que o estresse. — Juro por *Deus*, talvez eu tente chutar sua bunda no fim das contas.

— Com esses sapatos? — Eve bufou para abafar o riso. — Seus tornozelos estalariam como gravetos.

— Escute, Dallas. A imprensa já está saturada desse assunto, e Steinburger, como o resto da equipe, segue a linha do estúdio. Choque, dor, tristeza, o show tem que continuar. Já gravei conversas com todos eles. Se você tem algo novo, um ângulo com o qual eu possa trabalhar, tudo bem. Caso contrário, vai ser chover no molhado, pelo menos até você me fornecer mais informações. A menos que você me diga que foi Steinburger que subiu no terraço e matou Harris.

— Foi isso mesmo. É uma informação não oficial.

Os olhos de Nadine se estreitaram e cintilaram.

— Ah, como você costuma dizer, Dallas, *vá enxugar gelo*! Você me arrasta até o centro da cidade, lança uma bomba dessas, diz que suspeita que um dos produtores mais respeitados, bem-sucedidos e reverenciados da indústria do cinema matou uma das suas atrizes mais lucrativas e difíceis? E espera que isso fique entre nós?

— Que essa informação continue não oficial, senão vou fazer com que você caminhe nesses saltos assassinos de tornozelos enquanto eu continuarei com as minhas botas novas e confortáveis.

— Nossa, você me tira do sério. — Nadine olhou para as botas de Eve e não conseguiu segurar o elogio: — Mas as botas são bonitas.

Eve ergueu as pernas no ar e analisou as botas com atenção.

— Sim, acho que elas combinam com o casaco.

— Eu nem citei o casaco porque ele deveria ser meu. Eu apreciaria a suavidade e a maciez do couro, as linhas e o caimento perfeito muito mais que você.

— Gosto dele. — Ela esperou um segundo. — Então, você quer ficar sentada aqui falando das nossas roupas ou quer as informações extraoficiais?

— Droga. Eu...

— Espere um pouco. — Eve se levantou, andou a passos largos e agarrou pelo braço um sujeito magro de jaqueta folgada e calças de camuflagem. — Olha, você e eu sabemos que aquela mulher é uma idiota por carregar a bolsa daquele jeito.

— Ei, qual é a sua? — Ele a empurrou e tentou se libertar. Eve colou nele e o apertou com mais força.

— Ela é uma idiota. A mulher ao lado também. Provavelmente, vieram do Wisconsin ou algum lugar assim. Mas roubar suas bolsas no parque é um desserviço à imagem da cidade.

Ele riu com ar de deboche e formou um punho com a mão livre como um sinal de aviso.

— Suma da minha frente, dona, senão vou chamar a polícia.

— Ok, então você também é um idiota. Eu sou a polícia, seu imbecil. Estava sentada ali e saquei que você não tirava o olho das possíveis vítimas. Isso é um insulto.

— Não sei de que diabos você está falando. — Sua mão fechada se abriu, ficou inerte ao lado do corpo, e sua voz virou um gemido. — Estou só andando por aqui. Só andando.

— Faça um favor para nós dois e vá andar em outro lugar. Agora!

Quando ela o soltou, ele não andou. Correu como um coelho para longe das duas mulheres, possivelmente do Wisconsin, que passeavam com as bolsas penduradas nas pontas dos dedos descuidados.

Eve voltou a se sentar no banco.

— Desculpe a interrupção. Onde estávamos?

— Como foi que você soube que ele era um ladrão de bolsas?

— Ele já vinha seguindo essas duas mulheres há alguns minutos, mantendo o ritmo delas, de olho nas bolsas. Tentava decidir se conseguiria roubar as duas ou se ia levar só uma. Acho que ia tentar pegar as duas. Agora, vamos lá... Se você quer saber o que eu sei, diga as palavras mágicas.

— Droga. Que merda!

— Essas não são as palavras mágicas.

— Tudo bem, mas é melhor que seja bom. É melhor que valha ouro. Informação extraoficial.

— Steinburger não só matou Harris e A. A. Asner, mas também assassinou outras sete pessoas, pelo menos. Acho que mais, embora nossa contagem tenha parado no número nove. Ele já vem matando pessoas há quarenta anos.

Nadine piscou uma vez, devagar.

— Joel Steinburger? Vencedor do Oscar, homenageado no Kennedy Center, fundador da Big Bang Productions? Joel Steinburger é um assassino há quatro décadas?

— Começou com um colega de quarto na faculdade e terminou, se eu estiver certa, com Asner.

— Você merece um beijo na boca.
— Obrigada, mas você não faz meu tipo.
— Tem certeza?
— Sim, tenho certeza de que homens fazem o meu tipo. Mas, se eu gostasse de mulheres, pegaria você.

Nadine deu um tapa no ombro de Eve com a palma da mão.

— Estou falando de Steinburger. Claro que você tem certeza. Você não me contaria se não tivesse certeza. Meu Deus! Caraca! Preciso andar um pouco. — Ela se levantou e caminhou de um lado para outro pela trilha de pedra, indo e voltando em seus sapatos altos, brilhantes e loucos. — Isso é gigantesco. É mais que gigantesco. É uma história monstruosa. É Godzilla! É um livro também... Ah, sim, um segundo *best-seller* que vai virar outro filme sobre os escândalos de Hollywood.

— E, para isso, só foi preciso a morte de nove pessoas, mais ou menos.

— Por favor, me dê um minuto. Estou me controlando para não dançar mambo aqui e está sendo difícil. "Joel Steinburger: Produção Mortal."

— Talvez você possa escolher o título depois que o enjaularmos.

Nadine se sentou novamente.

— Tudo bem, já encerrei a parte alegre da minha reação. Provavelmente, eu não devia ser sido tão exuberante, mas não gosto dele. Esperava gostar, até queria. O cara está produzindo o meu livro para torná-lo um grande sucesso no cinema. Admiro o trabalho dele. Só que o achei insistente e petulante, fica agarrando o braço das pessoas. E dá tapinhas na bunda das mulheres — explicou Nadine. — Quer bancar o tiozão, mas eu não engulo isso e mantenho minha bunda longe dele.

— Sexo e dinheiro são grandes elementos na construção do seu personagem, além da necessidade de exercer poder. Dar tapinhas na bunda das mulheres é só uma forma de mostrar que é ele quem comanda tudo.

— Você conseguiu rastrear o passado dele até a morte do seu colega de quarto? Na faculdade?

— A hipótese atual é que o colega fazia seus trabalhos acadêmicos de graça, ou cobrava um preço por isso, ou descobriu que Steinburger comprava suas notas altas para não ser expulso. Steinburger o empurrou escada abaixo na casa em que moravam no campus. O tombo pode ter parecido um acidente, devidamente acobertado. Mas, quando você pesquisa a fundo, descobre que houve muitos acidentes ligados a ele ao longo dos anos que resultaram em morte. Acidentes demais. E eu acabei de conseguir o cancelamento do álibi que ele tinha para a noite em que Angelica Caulfield morreu de overdose.

— Angelica Caulfield! Meu Deus, agora vou beijar seu corpo inteiro! Mentalmente, estou dançando mambo de novo. Você acha que ele matou Angelica Caulfield?

— Tenho certeza de que ele a matou. Só preciso provar. E tem mais.

Eve contou das outras mortes enquanto Peabody chegava segurando um balde imenso de pipoca. Com ar distraído, jogou algumas pipocas para um esquilo.

O animalzinho foi coberto na mesma hora por um enxame de amigos

— Caraca, Peabody. — Eve encolheu as pernas no banco.

— Ele parecia faminto.

— E convocou um exército. E agora lá vem a porra da força aérea.

Pombos mergulharam do céu. Esquilos e pombos ficaram trocando olhares desafiadores, tentando se posicionar.

— Tira essa pipoca daqui — ordenou Eve —, antes que eles montem o ataque. Acho que um deles está armado.

Levemente ofendida e assustada, Peabody atravessou a multidão de esquilos e pombos e saiu correndo com o balde de pipoca.

— Esse é o jeitinho "Família Livre" dela — explicou Eve.

— Existem especulações sobre a morte de Caulfield e a paternidade do feto há anos. Mas, por outro lado, você ainda não consegue provar nada disso. Se pudesse provar, não estaria aqui conversando comigo.

— Peabody contatou a polícia marítima antes de resolver bancar a fada madrinha da vida selvagem. Eles vão usar mergulhadores para investigar. Vamos encontrar os eletrônicos, pelo menos alguns deles. Vamos ligá-lo ao barco e à sua proprietária, que foi o álibi dele para a morte de Caulfield. Ela explicou de forma detalhada o porquê de ter mentido na época. Consigo e vou enterrá-lo com evidências indiretas até o pescoço. Temos a cúpula parcialmente aberta e sua aversão ao fumo.

— Posso confirmar isso. Marlo e eu fumamos alguns cigarros de ervas no trailer dela um dia, repassando uma cena. Ele apareceu uma hora depois. Quem viu a reação dele pensaria que tínhamos queimado resíduos radioativos lá dentro.

— Vamos procurar testemunhas de todos os assassinatos. Devo receber o arquivo do processo e os registros eletrônicos do suicídio de Buster Pearlman assim que chegar à Central. Hoje à tarde, vamos organizar mais uma coletiva de imprensa para anunciar que estamos investigando novas informações, levantando novas evidências e que acreditamos estar perto de realizar uma prisão.

— Vão tentar desentocá-lo?

— Ele vai se preocupar com isso e tentará rever tudo para descobrir se cometeu algum erro. Como estará abalado, o mais provável é que cometa um erro agora. Mira está preocupada, e acho que com razão, com a possibilidade de ele resolver matar um dos outros para lançar suspeitas sobre alguém. Ele já fez isso uma vez.

— Com o sócio. Então você quer que eu aumente a pressão e dê mais um empurrão nisso ao insistir em uma entrevista.

— Se você conseguir isso, vá preparada para se encontrar com ele, com instrumentos de escuta.

— Espere um minuto...

— É para a sua própria proteção, Nadine. Ele pode decidir que é você que deve ser eliminada.

— Ah, por favor. Por que ele me escolheria como alvo? Mal nos esbarramos. Eu só fui ao set algumas vezes, para leituras de algumas cenas ou para reuniões.

— Harris fez pressão para você expandir o papel dela, mudar algumas cenas e distorcer os fatos para atender ao próprio desejo de ter mais tempo de tela.

— Eu não diria "fez pressão", mas...

— Ela forçou a barra. Procurou Roundtree e Steinburger, que provavelmente vai ficar feliz em lembrar de uma discussão entre vocês que ele tenha interferido, já que as duas estarão mortas e impossibilitadas de dizer que isso nunca aconteceu, pelo menos não desse jeito. Ela alegou que seu trabalho era péssimo e que você era só uma repórter. Não era uma pessoa de Hollywood e não entendia como transformar a história do caso em um roteiro de cinema.

— Ela nunca... Não exatamente. Além disso, ela não ia conseguir.

— Mas procurou você na noite da festa. Bêbada e desagradável, te insultando. Talvez ela tenha te dado um pequeno empurrão e você revidou. Não queria matá-la, mas as coisas saíram do controle.

— Ei!

— Agora você está cheia de culpa. Tentando lidar com isso mergulhando em um novo projeto. Mas o que fez está te corroendo por dentro. Apesar de sermos amigas, estou farejando algo errado e farei o meu trabalho. Você não consegue encarar isso. O escândalo, a pressão, a ameaça de cumprir pena. Então você escolhe o caminho mais fácil e se mata.

— Nunca! Sabe muito bem que eu jamais me mataria, e você juraria vingar a minha morte caso isso acontecesse, ao mesmo tempo em que estaria lutando contra as lágrimas ao lado do meu belo e elegante cadáver.

— Eu não iria tão longe. A questão é que ele não conhece nenhuma de nós o suficiente para saber que eu nunca acreditaria que você se matou. Você pode ser, para ele, um cadáver muito conveniente, bonito e estiloso.

— Entendo o que quer dizer. Mas ainda acho que existem cadáveres mais convenientes.

— Eu também, mas, como não quero gastar meu tempo vingando sua morte e lutando contra as lágrimas, por que arriscar? Você vai ser monitorada.

— Tudo bem. Eu consigo a entrevista com ele e vou toda grampeada. Mas com a condição de que, depois, você vai me dar uma entrevista exclusiva, de uma hora inteira, no programa *Now*.

Para não perder o costume, Eve fez uma careta.

— Não se trata de furos de reportagem e índices de audiência, Nadine. Trata-se de impedir um assassino que não só escapou da justiça durante quarenta anos como também lucrou com isso.

— Se não fosse pela imprensa, você não viria falar comigo nem pediria a minha ajuda. Você precisa da imprensa para levar esse plano para frente. Você precisa de mim, e eu vou fazer o seu jogo. Você só tem que fazer o meu depois que tudo acabar.

— Talvez fosse melhor eu deixar que ele te eliminasse.

— Você gosta muito de mim. Além disso, tem aquele seu juramento sobre "proteger e servir". — Ela pegou o tablet na bolsa e fez algumas anotações rápidas. — Também vou precisar da sua cooperação com o livro que escreverei sobre esse caso, e é por isso que vou colocar minhas consideráveis habilidades e meus recursos para pesquisar mais sobre esses outros assassinatos. E vou compartilhar o que achar com você.

Ela colocou o tablet de volta na bolsa, fechou-a e lançou seu sorriso de gata para Eve.

— Nós duas sabemos que serão necessários pesquisas, recursos e mão de obra para reunir as evidências e construir todos esses casos.

Eve franziu o cenho e olhou para as botas como se estivesse relutante.

— Tudo certo. Combinado. Mas tem que ser hoje. Logo depois da coletiva de imprensa.

— Combinado. Nós duas concordaríamos com tudo, de qualquer maneira, mas foi uma boa pausa no parque. — Nadine se levantou. — Estarei na coletiva e avisarei a você assim que eu marcar a entrevista com Steinburger.

Eve a viu se afastar em seus sapatos pouco práticos. Em seguida, levantou-se para encontrar Peabody e garantir que ela não tivesse sido devorada pelos esquilos.

De volta à Central, ela expediu um pedido — por intermédio de dois guardas que enviou ao estúdio — para que Valerie fosse até a Central responder a mais algumas perguntas.

— Nós iremos lá se ela recusar — disse Eve para Peabody —, mas prefiro fazer isso aqui. Vou tornar tudo formal, um pouco perturbador, e antes da conferência de imprensa. Avisaremos a ela que o anúncio de uma prisão será feito em breve.

— E ela espalhará a novidade pelo estúdio.

— Não quero que Steinburger perca nada. Vou colocar alguém na cola dele. Não podemos segui-lo dentro do estúdio, mas, quando ele sair, alguém deverá fazer isso. Precisamos saber caso ele se aproxime de algum deles. Ele não pode ter a chance de aumentar sua pontuação de mortes.

— Baxter e Trueheart?

— Se eles não estiverem com nenhuma pista quente, sim. E devem ir à paisana. Explique tudo a eles. Vou alertar Feeney e a DDE sobre o grampo de Nadine e atualizar o comandante. — Ela viu que horas eram. — E vamos nos manter ligadas na polícia marítima e nos mergulhadores.

Não demorou muito. Ela enviou uma confirmação para Kyung, começou a vasculhar de forma eficiente o arquivo do caso que tinha recebido da Califórnia e sorriu ao ler a resposta de Peabody sobre Valerie. A assessora de imprensa já tinha chegado.

Uma confirmaçãozinha nunca é demais, decidiu Eve, reunindo algumas pastas, enfiando-as debaixo do braço e saindo para a sala de ocorrências.

— Para onde você a levou?

— Sala de Interrogatório A — disse Peabody.

— Vamos resolver isso. Papo rápido e formal — acrescentou, quando se dirigiam para a sala. — Queremos só esclarecer alguns pontos. Temos uma coletiva de imprensa daqui a pouco e queremos confirmar todas as informações que conseguimos. Quando eu fizer as perguntas, fique à vontade para expressar sua angústia diante delas.

— Será uma boa prática de atuação para a minha participação especial no filme. Preston acabou de me enviar uma mensagem. Ganhei até uma fala na cena: "É a polícia." Eu poderia dizer só assim, como uma declaração. Talvez eu possa me mostrar assustada, tipo? "É a polícia!" Ou quem sabe com um tom de questionamento: "É a polícia?"

— Sim, muito complicado decidir.

— Ué, eu quero fazer um bom trabalho. Talvez diga com um pouco de hesitação: "É... a polícia!" Minha família está muito empolgada com isso. E o diretor vai deixar McNab fazer a cena comigo. Vamos estar juntos, e vou dizer essa frase para ele. Vamos fazer uma dupla.

— Dupla de quê?

Eve abriu a porta da sala de interrogatório.

— Srta. Xaviar. — Eve acenou para Valerie enquanto pedia para gravar tudo e recitava os detalhes do caso. — Obrigada por vir — começou e continuou falando, sem dar uma chance para Valerie responder. — Você já ouviu seus direitos e deveres. Precisa que eu os releia?

— Não. Mas não sei por que você me pediu para vir.

Eve sentou-se e largou as pastas sobre a mesa.

— Diferentemente do que acontece nas telonas, as investigações reais de assassinato envolvem muita repetição e rotina. Quero confirmar alguns pontos dos seus depoimentos anteriores e garantir que temos um registro preciso da sua versão dos eventos.

— Minha versão?

— Quando cinco pessoas veem o mesmo evento, cada uma delas relata os fatos de uma forma. Ninguém vê exatamente a mesma coisa, não é verdade?

— Então você vai chamar todos de volta?

Eve não disse nada, simplesmente olhou para baixo quando abriu uma pasta.

— Gostaria de beber algo antes de começarmos, Valerie? — ofereceu Peabody, exibindo um sorriso que contrastou com a formalidade fria de Eve.

— Não. Não. Quero acabar logo com isso. Estamos muito ocupados no momento.

— Estamos muito ocupados aqui também. — O tom de Eve poderia ter congelado uma piscina de fogo no Inferno. — Temos dois assassinatos para resolver e ainda precisamos lidar com a imprensa, da qual você e seus colegas gostam tanto.

— Vamos fazer outra coletiva de imprensa hoje. — Peabody exalava entusiasmo e ingenuidade. — Vamos anunciar que temos novas informações e faremos uma prisão em breve.

— Peabody.

— Desculpe, tenente, mas Valerie trabalha com a imprensa e sabe como tudo funciona. Dallas não gosta de entregar as cartas que temos na manga — explicou Peabody a Valerie —, mas nossos chefes adoram resultados retumbantes.

— Claro. Vocês vão prender alguém? Já sabem quem matou K. T.?

— Estamos...

— Peabody! — Dessa vez, Eve foi mais firme. — Não viemos aqui contar detalhes confidenciais da investigação, e eles não serão fornecidos à imprensa. Por mais que nossos chefes queiram propaganda.

— Eu posso ajudar. É o meu campo, e eu...

— Estamos bem assessorados. — Eve pegou o tablet em uma das pastas e o ligou. — Você declarou que estava sentada aqui durante a exibição que aconteceu na sala de cinema de Roundtree, na noite do assassinato de K. T. Harris. O local confere?

— Hmmm... — Valerie se inclinou para frente e olhou os nomes no quadro de cadeiras que Eve tinha criado. — Sim. Acho que sim. Sei que estava sentada na parte de trás, à direita.

— Pelo que você se lembra, a localização das outras pessoas também está correta?

— Não prestei tanta atenção assim, na verdade. Mas lembro que Marlo e Matthew foram para esse canto, bem onde você os marcou. Roundtree estava na frente, perto de você e de seu marido. Joel estava atrás de mim, Julian também. Sim, tudo me parece correto.

— Em seu depoimento na noite do assassinato, você me disse que não notou ninguém saindo da sala durante a exibição.

— E não notei mesmo.

— Você estava sentada no fundo, à direita. A área externa tinha uma iluminação fraca, mas as luzes estavam acesas. E quando as portas se abriram? Sabemos que isso aconteceu mais de uma vez durante a exibição, já que a vítima, o assassino, Nadine Furst e Connie Burkette saíram da sala. As portas se abriram várias vezes e você não percebeu?

— Como eu já disse, estava trabalhando um pouco, e foi por isso que me sentei nessa área. Pode ser que tenha me sentado em uma poltrona mais afastada, é difícil lembrar com precisão.

— Mais afastada onde? Essa aqui? — Eve bateu na tela. — Ou aqui? Ou talvez aqui?

— Não tenho certeza.

— Agora você não tem certeza. — Eve se recostou na cadeira com os olhos frios e assentiu. — No entanto, você pareceu ter certeza absoluta quando deu seu depoimento inicial.

— Eu não sabia que o assento exato seria tão importante.

— Não sabia que o local em que estava sentada, ou *se* estava sentada, se viu alguém sair ou se você mesma saiu, seria importante em uma investigação de homicídio?

— Eu não saí da sala em nenhum momento. — Um vestígio de pânico tingiu sua voz. — Julian ou Joel teriam me visto sair, se fosse esse o caso. Eles estavam atrás de mim.

— Tem certeza?

— Tenho.

— Mas não tem certeza do local em que estava sentada. Você sabe onde outras duas pessoas se sentaram, onde a vítima se sentou, de acordo com as suas declarações anteriores, mas não consegue se lembrar de onde estava sentada?

— Eu estava aqui. — Agitada, Valerie bateu com o dedo no tablet.

— Agora você tem certeza?

— Tenho.

— Você estava sentada aqui, mas não notou a luz que entrava pela porta quando ela era aberta.

— Não, não notei.

— Engraçado... porque eu fiz uma reconstrução no local e me coloquei exatamente nessa poltrona, a mesma que você agora tem certeza de que usou, e reparei na luz que entrava pela porta.

— Obviamente você é mais observadora que eu, ou mais sensível a mudanças de luminosidade.

— Deve ser isso. Você não deve estar mentindo.

Valerie tentou parecer insultada, mas o pânico a impediu.

— Não tenho motivos para mentir.

— Você tem a sua carreira. Aposto que ela é importante para você. Mas vamos em frente... Você também afirmou que estava na casa de Joel Steinburger, em Nova York, na hora do assassinato de A. A. Asner. Você tem certeza disso?

— Claro.

— Estou só confirmando. Nem você nem o sr. Steinburger deixaram a casa em nenhum momento daquela noite, até o amanhecer?

— Não.

— Tem certeza de que passaram cada minuto desse tempo juntos?

— Trabalhamos até tarde, depois da meia-noite, quase uma da manhã, tentando avançar na história e antecipando abordagens. Dormi no quarto de hóspedes, já que era muito tarde quando terminamos, e concordamos em continuar o trabalho pela manhã.

— Quanto você recebe por esse tipo de hora extra?

— Como assim?

— Me pergunto o que você ganha por trabalhar tantas horas a mais.

— Meu trabalho exige flexibilidade e, muitas vezes, envolve trabalhar muitas horas em momentos inesperados. Não vejo em que isso possa ser relevante.

— Policiais são enxeridos. Como eu sou curiosa, me pergunto se o tempo extra que você dedica ao sr. Steinburger explica os cinquenta mil que ele transferiu para a sua conta ontem de manhã.

A agitação transformou-se em um choque bem disfarçado por uma onda de indignação e raiva, avaliou Eve.

— Você fuxicou minhas finanças pessoais? Que direito você tem de...?

— Todo o direito, trata-se de um assassinato. O que você fez para merecer cinquenta mil, Valerie?

— Fiz o meu trabalho. Joel valoriza a alta competência, que é o que eu lhe forneço. Lidar com as consequências da morte de K. T.

envolve muito tempo extra, horas de trabalho adicionais e soluções criativas. Ele apenas me ofereceu um bônus.

— Mas você disse que seu trabalho normalmente exige flexibilidade de horário e que, muitas vezes, implica várias horas extras.

— É verdade.

— E com que frequência você recebe um bônus como esse, de cinquenta mil dólares, para fazer o seu trabalho? Porque, a menos que tenha recebido algo em dinheiro não declarado, o que significa evasão de impostos, não vi nada dessa magnitude nos últimos dois anos.

— Só posso especular que Joel achou que as circunstâncias e a forma como lidei com elas justificavam o bônus. — Ela desviou o olhar e pigarreou com força. — Você teria que perguntar isso a ele.

— Sim, farei isso. Você anda dormindo com ele de novo, Valerie?

— Claro que não! Não preciso dormir com o meu chefe para subir na minha vida profissional.

— Mas já transou com ele antes.

— Não teve nada a ver com avanço profissional, apenas uma fraqueza momentânea de ambas as partes. Começamos e terminamos tudo antes de virmos para os estúdios de Nova York.

— Bom para você. Falando em avanços, tive um estalo do nada e verifiquei algo com o hotel. Você se mudou para uma suíte VIP. Foi um grande avanço em relação ao quarto padrão em que você estava.

— Eu precisava de mais espaço e mais equipamentos para fazer meu trabalho.

— E quanto aos... Como é mesmo o nome? Serviço de *maître d'étage*, academia pessoal e elevador privativo?

— Eu precisava de mais espaço para trabalhar — teimou Valerie.

— O estúdio aprovou a mudança.

— Você sabe o que essas acomodações extravagantes e um punhado de dinheiro me parecem, Peabody?

— Bem...

— Suborno. Policiais são desconfiados, cínicos e intrometidos.

— Eu não fiz nada além do meu trabalho. Vim aqui de forma voluntária, mas não preciso ficar e ser insultada.

— Me pergunto como é tocar o trabalho da imprensa para pessoas que ganham... Deixe-me ver, pelo menos dez vezes mais que você, muito mais, no caso de alguns. Gente que recebe todos os créditos e ganha toda a atenção, enquanto você batalha incansavelmente nos bastidores, tentando fazer com que todos saiam bem na foto. E ainda tem que se virar para contornar as cagadas deles, as burrices, os deslizes. Seus pecados e crimes.

— Faço o que eu faço e sou boa nisso. Trabalho para um dos estúdios de mais sucesso e prestígio de Hollywood. Tenho uma equipe de seis pessoas que seguem as *minhas* ordens e eu respondo diretamente a um dos ícones da indústria do cinema.

— Esse ícone pediu que você mentisse por ele, Valerie? Ou por outra pessoa?

— Eu já lhe dei minha declaração. Não tenho mais nada para falar.

— Isso é uma reação do tipo "sem comentários"? Você está livre para ir embora, mas acho que precisaremos conversar novamente. Muito em breve. Agora eu tenho uma coletiva de imprensa para preparar. Algum conselho?

— Ser uma vaca sarcástica não pega bem diante das câmeras.

Eve sorriu para si mesma quando Valerie saiu.

— Fim do interrogatório. Sou uma vaca sarcástica.

— Sem comentários — disse Peabody.

— E ela é uma mentirosa assustada que não sabe se deve jogar merda no ventilador ou espernear. Vai contar tudo para Steinburger o mais rápido que puder. Na verdade, aposto que a DDE vai ouvir muita coisa antes mesmo de ela sair do prédio.

— Podemos ter colocado a cabeça dela na guilhotina, Dallas.

— Se ele a matar, o *upgrade* no hotel dela e o dinheiro extra só servirão para torná-lo ainda mais suspeito. A gente o incriminaria como cúmplice e alegaria que a remuneração foi um tipo de suborno ou recompensa. Ele é inteligente e vai preferir mantê-la viva, confirmar a versão do bônus e a necessidade de mais trabalho. Mesmo assim, vamos ficar de olho nela.

— Como?

Eve pegou o *tele-link*.

— Dallas falando — apresentou-se, quando Connie atendeu. — Preciso que você me faça um favor.

— Do que você precisa?

— Entre em contato com Valerie e peça que ela se encontre com você. Não importa onde, mas preciso que você a mantenha ocupada, com você ou com o seu marido, pelo resto do dia.

— Tudo bem. Posso perguntar por quê?

— Claro. Pode perguntar, mas eu não vou lhe contar.

— Isso é chato, mas a verdade é que eu preciso mesmo de uma ajuda hoje à tarde. Os chefões do estúdio decidiram que eu devo falar alguma coisa no funeral de K. T., e Mason deve fazer a declaração principal. Entre isso e outras coisas, preciso da ajuda dela. Quando você quer que eu a chame?

— Agora.

— Agora?

— Agora mesmo. E não conte a ninguém que combinamos isso. Entrarei em contato mais tarde.

— Mas...

Eve desligou para evitar perguntas.

— Valerie não pode dizer não a Connie, estrela do cinema e esposa do diretor. A preparação do funeral foi uma sorte.

— Você confia nela? Em Connie?

— Confiar é uma palavra forte — considerou Eve —, mas, como ela não matou nenhuma das nossas duas vítimas, serve por agora. — Viu que horas eram mais uma vez. — Vamos lançar nossa bomba no público inocente.

Ela pegou o comunicador quando ele tocou.

— Dallas falando.

— Steinburger acabou de receber uma ligação de Xaviar — disse Feeney. — Ela parecia um pouco estranha.

— É mesmo?

— Fez observações pouco elogiosas sobre você.

— Magoei.

— Vou enviar uma cópia da ligação para seus arquivos.

— Obrigada. Enquanto isso, me dê um resumo.

— Sobre você ser muito rude e ofensiva? Ou a parte de você ser uma valentona com cabelo horroroso?

— Que tal a parte em que ela conta a Steinburger que andei bisbilhotando os novos bônus do emprego dela.

— Ah, essa parte. Bem, Dallas... Segundo ela, você teve a maior cara de pau ao vigiar suas contas pessoais e questionar as acomodações do hotel só para tentar assustá-la. O que eu acho? Você não tentou, você conseguiu. Steinburger a interrogou, quis saber de todos os detalhes, parte que vou pular já que você estava lá. Ele garantiu que não havia motivos para ela se preocupar. Ele a bajulou e a elogiou, disse que ela estava certa, que o estúdio e, pessoalmente, ele agradeciam a discrição e lealdade dela. Tentou arrancar mais coisas dela quando ouviu que você ia fazer uma nova declaração à imprensa sobre ter conseguido mais informações e prometer uma prisão iminente. Nesse momento, ele pediu para ela esperar um pouco porque havia outra ligação entrando. Não havia.

— Ele precisou de algum tempo para reorganizar seus pensamentos.

— Essa é a minha opinião. Deixou-a pendurada durante setenta e três segundos, esfriou a cabeça e se recompôs quando voltou. Disse a ela para não se preocupar, que eles dois estavam simplesmente fazendo o que era melhor para o projeto e para o estúdio e que, quando tudo se acalmasse novamente, ele mostraria o quanto estava grato.

— E ela caiu nessa?

— Ela agradeceu, disse que ia voltar para o hotel para trabalhar, assistir à coletiva de imprensa de lá e elaborar uma resposta oficial do estúdio.

— Ela ficará ocupada pelas próximas horas, fora do alcance dele. Por favor, me avise se descobrir mais alguma coisa. Vamos dar início à coletiva daqui a alguns minutos.

— Antes vocês do que eu — disse Feeney e desligou.

Eve olhou para o lado e viu que Peabody estava em pé, parada, com seu comunicador na mão. Um sorriso largo se espalhou pelo seu rosto quando ela o guardou.

— Os mergulhadores acharam alguns eletrônicos no mar, nas coordenadas que demos a eles. Vão repassar os números de série pra gente quando os resgatarem. Mas um deles adiantou que teve sorte e encontrou um *tele-link* vermelho com as iniciais K. T. H. gravadas nele.

— Nós o pegamos pelo rabo, Peabody. Entre em contato com Reo e relate tudo a ela. Avise que vai lhe enviar a porra da deixa que ela pediu e peça a ela que nos consiga os mandados de busca.

Capítulo Vinte e Um

Eve encarou a imprensa seguindo estritamente as regras. Não foi difícil mostrar-se um pouco descontente e exibir expressões de impaciência. Mostrou-se mais que insatisfeita ao repetir a mesma resposta — *Não podemos dar detalhes específicos sobre a investigação no momento* — várias e várias vezes. O que ela realmente queria era conversar com a polícia marítima e com Reo para conseguir os mandados e acabar de vez com o dia de Steinburger.

E com a sua vida miserável.

Torceu para que sua declaração lhe provocasse, pelo menos, uma indigestão.

— Vou repetir: embora não possa comentar detalhes, a investigação está avançando. Com as novas informações que chegaram ao nosso conhecimento, creio que estejamos perto de efetuar uma prisão. Mas "estar perto" não é o ideal, e, como eu já disse, minha parceira e eu vamos voltar ao trabalho.

Ela se afastou do púlpito e olhou brevemente na direção de Nadine.

Quando vários repórteres se ergueram para gritar perguntas na esperança de uma resposta, Nadine se levantou e assentiu para Eve de forma sutil.

Enquanto caminhava para a porta, Nadine pegou o *tele-link*.

— Ela foi pressionar Steinburger para conseguir uma entrevista — disse Eve a Peabody. — Precisamos confirmar onde ela vai se encontrar com ele. Quando os mandados chegarem, nós começaremos a busca, com ou sem a presença dele. Não faz sentido avisá-lo de que vamos vasculhar tudo, até que sejamos obrigadas a isso.

— Pode ser que ele negue a entrevista a Nadine ou peça para fazer isso depois.

— Ela não aceitará um "não" como resposta nem um adiamento. Ela é como um furão. E ele não terá Valerie para acobertá-lo — acrescentou Eve. — Ele pareceria fraco e burro se tentasse afastá-la de Connie. Ele não pode se dar o luxo de parecer fraco ou burro.

— Eu acho que ele é as duas coisas. Mas sempre tem alguém que não é.

Eve viu Roarke se aproximar.

— Ele pode ser burro, sim. Fique de olho na polícia marítima, Peabody. Talvez mais uma deixa faça com que Reo corra atrás da porra dos outros mandados.

— Olá, tenente. Olá, detetive. Vocês se mostraram misteriosas, profissionais e muito atraentes diante da imprensa. Belas botas, Peabody.

— Não a elogie. Eu sabia que essas botas cor-de-rosa eram um erro.

— Pelo contrário. Elas me parecem charmosas.

Incapaz de se conter, Peabody fez uma pequeno giro com o corpo.

— Eu amo essas botas.

— Use suas botas cor-de-rosa para ir à luta, Peabody. Polícia marítima!

— Amo essas botas — repetiu Peabody, sorrindo rápido para Roarke, antes de se afastar.

— Charmosa — murmurou Eve. — Charme não é atributo de uma policial, e ela ameaça usá-las direto. E *as usou* mesmo todos os dias dessa semana.

— É bom saber que um presente foi apreciado. Tirei um tempo extra, pois tenho um interesse pessoal nessa investigação.

— A velha desculpa.

Ele sorriu.

— Achei que Feeney poderia ter algo interessante para eu fazer.

— Ele grampeou os aparelhos de comunicação de Steinburger, e vamos monitorar Nadine quando ela for entrevistá-lo. Melhor ainda: recebemos os arquivos eletrônicos de Pearlman. Espero que a DDE consiga rastrear tudo e use a conta oculta que você encontrou para vincular a apropriação indevida a Steinburger.

— Viu? Diversão garantida para todos. Eu gostaria de terminar o rastreio das finanças. E você?

— Estou esperando Reo conseguir mais mandados de busca. Depois, vou revirar a residência, o carro e o escritório desse canalha até encontrar algo que tire o traseiro assassino dele de circulação por várias vidas.

— Mais divertido ainda. Gostaria de cutucar e bisbilhotar os pertences de alguém.

— Você tem muita experiência nisso — considerou Eve. — Poderá ser útil.

— É a minha missão de vida.

— Pouparia Feeney de mandar um e-mail se eu tivesse meu próprio geek para analisar os aparelhos eletrônicos de Steinburger. E ainda é sua área favorita de atuação: espiar e bisbilhotar.

— Você me conhece tão bem...

— Quando acabarmos, você poderá pesquisar o material de Pearlman.

— Ele deve ter dados da conta de B. B. Joel em seu computador. Afinal, um homem precisa monitorar seu dinheiro.

— Aposto que sim.

Ela o atualizou sobre o trabalho da manhã enquanto o levava à sala de conferências em vez de a sua sala. Então, se colocou ao lado dele, estudando o quadro.

— Esse quadro é eficiente e perturbador — comentou Roarke.

— Mas precisa ser atualizado. Encontramos o barco que ele usou.

Enquanto acrescentava os novos dados ao quadro, contou as novidades para Roarke.

— Isso ainda não é o bastante para uma prisão — avisou ele.

— Não tenho como provar que ele usou o barco. Só posso mostrar que ele tinha os meios e conhecia as senhas. Não tenho como provar que ele subornou Valerie. Só posso exibir o dinheiro.

— E mostrar que havia um padrão. Isso soma evidências.

— Sim, peça por peça. — Eve enfiou os polegares nos bolsos. — Quanto a Valerie, eu consigo fazer com que ela fale. Mais alguns golpes, e ela cede. No momento, está se protegendo, analisando as coisas com cuidado. Matutando o que é melhor para si mesma. Se eu conseguir algo mais que o incrimine, poderei jogar isso na cara dela e ameaçá-la de ser cúmplice em um homicídio. Ela vai entregá-lo mais rápido que uma acompanhante licenciada entrega o cafetão.

— Você acha que ele planeja matá-la?

— Ah, com certeza. Mas não agora. Haverá muitas perguntas se ele se livrar dela nesse momento. Daqui a algum tempo, ela sofrerá um terrível acidente ou terá uma overdose, a desculpa que servir melhor na hora. Ele não pode comprometê-la, porque senão ela se voltará contra ele como um cão raivoso. Então acho que ela está segura por enquanto, e Connie vai saber ser um ombro amigo caso ela entre em pânico.

— Quem ele comprometerá então? Ou fará uma alusão?

— Estou pensando nisso. Connie serviria. Houve a cena no jantar e a conversa em particular depois. E ela já admitiu ter deixado a sala de cinema, o que lhe dá a oportunidade. Ele não sabe sobre o detalhe do mecanismo da cúpula estar enguiçado, mas isso sozinho não vai se manter relevante e estável no tribunal. É preciso muito mais. De qualquer modo, é um detalhe. E ele acha que poderíamos pular para Connie, que matou Asner porque Harris o contratou e ele descobriu algo sobre ela ou Roundtree. Além disso, ela conhece a dona do barco. Ela poderia ter feito isso — concluiu Eve — As mesmas coisas se aplicam a Andrea, e sabemos que houve um problema com seu afilhado. Joel devia saber disso também. Marlo e Matthew seriam pouco prováveis, pois ele precisaria comprometer os dois ao mesmo tempo, e isso seria delicado e complicado. Mas com Julian funcionaria.

— Eu já me perguntava se você chegaria a Julian.

— Estava bêbado, envergonhado, e ainda existe a questão de ter feito sexo com as menores de idade. Descobriu que Asner tinha desencavado tudo e ficou revoltado. Matou Harris e matou Asner para limpar o resto da sujeira. O problema é que Julian não tem instinto assassino, pelo menos não no nível exibido na morte de Asner. Não é o tipo de cara que planeja tudo, segue passo a passo e arranca o couro dos desafetos. E não é inteligente o bastante para ter cometido dois assassinatos em dois dias.

— Me sinto levemente insultado.

— Ele estragaria tudo e se cobriria de culpa e medo. — Divertindo-se com a cara de Roarke, Eve lhe lançou um olhar de lado. — Ele não é você, garotão.

— Mesmo assim, estou levemente insultado. — Roarke colocou a mão no ombro dela e o massageou. — Você precisa de todas as vítimas. Precisa derrotá-lo por todas elas. Pode prendê-lo com o que já tem e fazê-lo suar. Pode desmontar Valerie e fazê-lo suar ainda mais. Você tem uma boa chance de encerrar o caso só com as mortes de Harris e Asner.

— Sim, tenho. — Ela pensou nisso e ponderou as implicações. — Chances muito boas. Não é algo certo, e tenho pouco mais além de fatos circunstanciais, coincidências e especulações sobre as outras sete vítimas. Mesmo com o relato de Violet Holmes, não temos uma prova, apenas acrescenta uma suspeita. Teremos mais se conseguirmos cavar trinta anos no passado e provar que ele não foi ao México naquela noite.

— Podemos cuidar disso — prometeu Roarke. — Mas isso não prova que ele matou Caulfield.

— Mas acrescentaria mais força, tem bastante peso. Quando o peso é demasiado, as articulações e os músculos começam a ceder. Talvez eu não consiga pegá-lo por todos eles. As probabilidades são pequenas.

— Mas precisa tentar.

— Não consigo me afastar daqueles rostos. — O jovem, o velho, os famosos, o homem normal. — Talvez tudo o que eu consiga fazer é mostrar a ele que eu sei. É bom ele saber que eu continuarei investigando até que ele seja julgado por todos os crimes. Mas, antes de me contentar com isso, vou tentar uma grande cartada.

Parou de analisar e atendeu o *tele-link*.

— Dallas falando.

— Os mandados estão chegando — avisou Reo. — E pode acreditar, mesmo com as deixas que você me deu, isso deu o maior trabalho. Como diabos eu poderia saber que o juiz que eu procurei é cinéfilo e tem muita admiração por Joel Steinburger? Caraca...

— Talvez ele produza mais filmes da prisão. — Eu te dou um retorno quando encontrarmos algo.

Ela desligou e sorriu com ferocidade para Roarke.

— Pode mandar ver.

Nadine se acomodou na poltrona da sala de Steinburger, lançou seu melhor sorriso para a câmera e cruzou as pernas. Aquele homem, pensou ela, não estava muito empolgado com a situação, mas disfarçava bem. Ele se sentou diante dela, uma mesinha com flores lindas ocupava o espaço entre eles, e um dos Oscars do produtor se destacava ao fundo.

Ele se recostou e pousou as mãos nos braços largos da poltrona, a imagem de um homem no comando, mesmo sob difíceis circunstâncias.

— Me sinto muito grata, Joel. Sei o quanto você está ocupado, especialmente agora. Mas, principalmente agora, é importante, e tenho certeza de que você concorda, falar sobre o que está acontecendo. Como você se sente, como está lidando com o problema. Na condição de chefe do estúdio, todo mundo olha para você.

Ele levantou a mão do braço da poltrona, em um gesto de "o que se pode fazer?".

— Não podemos erguer muros entre nós e o público.
— Exatamente. Está pronto?
— Quando você quiser.
— Ótimo. — Ela olhou para a câmera e assentiu.
— Vamos lá.
— Sou Nadine Furst. Estou com o aclamado produtor Joel Steinburger em sua sala no Big Bang Studios, em Nova York. Joel, muito obrigada por me receber e aceitar essa conversa.
— É sempre um prazer, Nadine, mesmo nessas circunstâncias.
— Sei que o assassinato de K. T. Harris abalou profundamente a indústria do entretenimento, o elenco e a equipe do filme, que, tragicamente, será o último da carreira dela. Joel, você é reconhecido por sua abordagem prática do tipo "mão na massa" e envolvimento profundo em projetos como o filme "O Projeto Icove". Sei também o quanto você e K. T. trabalharam juntos no papel dela. Como você está enfrentando tudo isso?

— É uma ferida aberta, Nadine, uma ferida aberta. Saber que essa atriz talentosa, essa mulher fascinante com tantas camadas, uma amiga, se foi para sempre. Foi arrancada de nós de uma forma tão desnecessária e trágica... É algo incompreensível.

Nesse instante, ele se inclinou para frente, os olhos um pouco úmidos, mas intensos, e Nadine se perguntou por que ele nunca tinha tentado sua sorte no outro lado das câmeras.

— K. T. tinha mergulhado por completo nesse papel, na realidade dele, nas complexidades da personagem. Tinha trabalhado de forma incansável para aprimorar seu desempenho e fazer sobressair o melhor do resto do elenco. Não consigo sequer começar a avaliar quanta falta ela fará.

— Mas a produção continua.

— Claro. K. T. não teria aceitado menos que isso. Era uma grande profissional até o último fio de cabelo.

— Mas tinha a fama de ser uma pessoa difícil.

Ele sorriu, com uma pitada de tristeza no olhar.

— Muitas das maiores estrelas ganham essa fama porque, na minha opinião, não se contentam com nada que seja inferior à perfeição. Sim, isso pode gerar alguns atritos no set, mas essa luz e essa energia é o que dão *brilho* ao nosso trabalho.

— Você compartilharia uma das suas lembranças dela conosco?

Nadine o deixou ir em frente, mas realmente acreditava que ele tinha inventado a história divertida que contava sobre a atriz naquele momento. Mas isso servia ao seu propósito, deixava-o relaxado e servia para embalá-lo. Ela o deixou solto e permitiu que ele se sentisse à vontade naquele ritmo leve.

— Sua visão dela — continuou Nadine depois de seu desabafo — como atriz, como mulher, é muito respeitosa.

— Na minha perspectiva, é importante compreender todos os ângulos das pessoas com quem trabalho. Nos tornamos uma família durante algum tempo, e isso significa intimidade, conflitos, piadas e frustrações. Penso em mim como uma figura paterna, alguém que dita o tom e guia o veículo. Tenho que me antecipar e compreender as necessidades da minha família, a fim de extrair o melhor de seus integrantes. Perdemos um desses integrantes, de forma repentina e chocante, e sentimos essa perda profundamente.

— Você já lidou com perdas no passado. No papel de figura paterna, isso deve ajudar você e aos outros, saber que você suportou, sobreviveu e superou essas perdas. A trágica morte de Sherri Wendall, por exemplo. Vocês foram um casal poderoso de Hollywood quando eram casados e ambos aguentaram o microscópio da imprensa durante o divórcio turbulento. Vocês não estavam mais juntos quando ela morreu, mas essa perda deve ter sido devastadora do mesmo jeito.

— Sherri foi uma das mulheres mais surpreendentes que eu já conheci e amei. Quanto ao seu talento? — Ele balançou a cabeça. — Quem sabe o que ela teria realizado se tivesse sobrevivido...

— Você dois estavam em Cannes quando ela se afogou. Você e ela fizeram as pazes antes da sua morte?

Ele se remexeu, apenas um traço de desconforto.

— Ah, acho que sim. Um grande amor muitas vezes é semelhante a um grande conflito. Nós tivemos os dois.

— Um acidente também sem sentido e trágico. Um escorregão e uma queda seguida por uma morte por afogamento. De certa forma, é um reflexo da morte de K. T. Isso deve ressoar na sua cabeça.

— Eu... Uma morte foi acidental, e a outra, um assassinato. Mas sim, essas duas estrelas brilhantes se foram cedo demais.

— Houve outra estrela brilhante que você perdeu, todos nós perdemos, mas essa foi mais uma perda pessoal para você: Angelica Caulfield. Vocês eram amigos íntimos e colegas. Alguns diziam que eram mais que amigos.

Nadine notou os dedos dele se apertarem nos braços da poltrona e viu a súbita rigidez da sua mandíbula. A câmera também veria.

— Angélica era uma amiga querida. Uma mulher atormentada. Receio que era frágil demais para controlar todo o talento que tinha, para sobreviver às necessidades desse talento e ao apetite do público.

— Ainda existe uma especulação interminável sobre a morte dela ter sido suicídio ou acidente. Além, é claro, sobre a paternidade da criança que ela carregava no ventre quando morreu. Vocês eram íntimos, como já declarou. Por acaso, tinha ciência do estado mental dela? Ela lhe confidenciou algo sobre a gravidez?

— Não. — Ele respondeu com muita rispidez e em um tom brusco, mas logo recuperou o controle. — Receio que eu estivesse envolvido demais em minha própria vida. Minha esposa estava esperando nosso primeiro filho. Eu sempre me perguntei se eu poderia ter visto ou percebido alguma coisa, caso estivesse mais sintonizado e menos envolvido em meu próprio mundo. Gostaria que ela tivesse sido capaz de confiar em mim, ver em mim um amigo. Se ao menos ela tivesse me contatado...

— Mas ela foi vê-lo, segundo os relatos da época, poucos dias antes da sua morte. Ela foi procurá-lo no estúdio.

— Sim, creio que sim. Pensando agora, me pergunto, e de fato me perguntei, se ela não parecia apreensiva. Talvez eu devesse ter notado seu desespero crescente? Mas só sei que não notei. Ela escondeu bem. Era uma atriz até o último fio de cabelo.

— Então você acredita que foi suicídio.

— Como eu disse, ela era uma mulher frágil e problemática.

— Só estou perguntando, porque, segundo relatos e depoimentos seus no passado, você se manteve inflexível quanto à morte dela ter sido por overdose acidental.

Ele estava suando agora. Levemente, mas era visível.

— Devo dizer que, com o tempo, com a cura da dor, adquirimos mais clareza. Ainda assim, só posso dizer, com certeza, que a morte dela foi uma perda terrível. Agora, Nadine...

— Quero só fechar esse círculo. Três mulheres, mulheres talentosas, mulheres célebres, fizeram parte da sua vida, de algum modo. Um acidente, um possível suicídio e um assassinato. E ainda temos o suicídio do seu sócio e amigo de longa data, Buster Pearlman.

Ele ficou visivelmente tenso ao ouvir isso, e Nadine manteve os olhos fixos nos dele.

— Já teve mais que sua cota, Joel, em termos de tragédias e perdas pessoais. Ainda houve a morte acidental de um amigo e colega de faculdade. Além, é claro, do trágico acidente que tirou a vida de seu mentor, o grande Marlin Dressler. Isso tudo pesa na sua vida?

O silêncio dele se prolongou por um segundo. E então mais um.

— A vida é para ser vivida. Me considero um homem de muita sorte por ter conhecido essas pessoas, por estar em uma posição de destaque, por ter um trabalho que amo e me permite conhecer tantas pessoas talentosas. Suponho que quando um homem trabalha mais da metade de sua vida em uma indústria povoada com tanto talento, sem falar nos egos, nas fragilidades e nas pressões, a perda é inevitável.

— Perda sim. Mas assassinato? Vamos torcer para que assassinato não seja uma inevitabilidade.

— Eu não quis dizer que era, mas infelizmente se tornou uma realidade em nossa sociedade, em nosso mundo.

— E combustível para o nosso entretenimento, já que o papel de K. T. como a atual policial Peabody na adaptação cinematográfica do infame caso Icove foi o que a trouxe, e a você, para Nova York nesse momento. A tenente Eve Dallas e a policial Peabody, com a ajuda dos recursos do Departamento de Polícia de Nova York, resolveram aquele caso. Dallas também lidera a investigação do assassinato de K. T. e, hoje, ela anunciou que descobriram novas evidências e afirmou que está prestes a fazer uma prisão. O que você acha disso?

— Espero que não tenha sido tudo uma cena.

— Cena?

— Sei que a pressão dos superiores dela e da imprensa tem sido intensa, mas espero que os investigadores estejam realmente perto de descobrir quem matou K. T. Isso nunca compensará a nossa perda, mas poderá nos dar uma sensação de página virada.

— E alívio? — completou Nadine, com um leve sorriso. — Na condição de convidado seleto presente na casa de Roundtree e Burkette naquela noite, você é suspeito.

— Assim como você — reagiu ele.

— Sou inocente — disse Nadine, erguendo a mão direita. — Mas ficarei aliviada quando a tenente Dallas fizer uma prisão. É desconcertante, não lhe parece, Joel, estar na lista de suspeitos e ter amigos e colegas nessa mesma lista?

— Não acredito e me recuso a acreditar que algum de nós tenha matado K. T., nossa irmã, nossa filha, nossa amiga. Suspeito que essas *novas evidências* tenham a ver com alguém de fora.

— Alguém fora desse grupo?

— Alguém que conseguiu entrar na casa se passando por funcionário do bufê, manobrista, ou algo assim. Um fã perturbado talvez. Então sim, ficarei aliviado quando tudo for esclarecido, as perguntas, respondidas e nossas vidas voltarem ao normal. Entendo que a tenente Dallas esteja fazendo o trabalho dela, mas se concentrar em nós é um absurdo. Afinal, estávamos todos reunidos no mesmo lugar no momento em que K. T. foi morta. Você mesma estava lá. Minha tendência é acreditar que alguém seguiu K. T. até o terraço e a tragédia ocorreu. Se... Extraoficialmente.

Nadine se recostou de leve e fez um sinal com a cabeça para o operador de câmera. Mas não disse nada, pois sabia que o grampo que usava continuaria registrando todas as palavras.

— Não quero lançar suspeitas ou críticas sobre meus amigos e colegas de equipe.

— Compreendo.

— É ruim para os negócios — completou ele, em um tom categórico. — Continuo achando que foi um intruso, falando oficialmente. Mas estou preocupado, muito preocupado, de que algo tenha acontecido naquela noite entre K. T. e... um de nós.

— Você suspeita de alguém. — Nadine arregalou os olhos. — Joel!

— Não vou entrar em detalhes, mesmo não oficialmente. Provavelmente é só o nervoso de termos que lidar com tudo isso. Mas a verdade é que, se ela não tivesse se envolvido com o nojento hábito de fumar, talvez ainda estivesse viva.

— Dizem que até os cigarros de ervas fazem mal para a nossa saúde.

— Pior ainda é quando a pessoa acende um atrás do outro e os mistura com substâncias danosas que entorpecem os sentidos, como zoner. — Ele balançou a mão diante do rosto. — Essa combinação fede. Sinto muito. Estou chateado e... cansado. Não quero falar mal dos mortos, você também não. E isso é péssimo para os negócios.

— Joel, eu também estava lá. — Para ressaltar a ligação entre eles, Nadine se inclinou para frente e colocou a mão sobre a dele, em solidariedade.

— Sou parte disso — disse ela. — Se tem motivos para acreditar, se acha que sabe quem a matou, pode me contar. Não será divulgado.

— Não me sinto bem ao falar disso. Por favor, me dê mais um ou dois dias. — Ele virou a própria mão para cima, segurou e apertou a dela. — Preciso pensar a respeito disso tudo com mais cuidado. Posso estar imaginando coisas. Agora, Nadine, preciso realmente que você encerre a entrevista. Tive um dia muito longo.

— Claro. — Ela se recostou e fez um sinal para a câmera novamente. Teceu alguns comentários simples, para aliviar o clima e deixá-lo à vontade.

E decidiu que aquela entrevista, tanto a parte gravada quanto a parte gravada de forma secreta, funcionariam muito bem

— Mais uma vez, muito obrigada por me receber, Joel. Sei que é um momento terrível para todos.

— A vida... e o trabalho continuam. Vou acompanhá-la até a saída.

— Não precisa.

— Também estou de saída. Como eu disse, foi um dia longo.

Quando ele abriu a porta, Julian parou de andar do lado de fora e correu até ele.

— Joel! Desculpe, Nadine, preciso falar com Joel.

— Sem problemas. Julian... — Atordoada, ela levou a mão à bochecha dele. — Você parece tão cansado...

— Tudo me parece errado, não consigo trabalhar assim, não aguento tudo isso. Joel...

— Entre no meu escritório. Vamos nos sentar e conversar sobre tudo isso. Boa noite, Nadine. — Quando se virou, ele lançou para Nadine um olhar longo e triste por cima do ombro.

— Que diabos foi isso? — murmurou ela para si mesma quando Joel fechou a porta do escritório. — Muito esquisito.

Lá dentro, Julian começou a andar de um lado para o outro de novo.

— Sente-se, pelo amor de Deus, Julian. Está me deixando cansado só de olhar.

— Não consigo me sentar. Não consigo trabalhar Não consigo *pensar*, dormir. Estou uma pilha de nervos, Joel. Você viu Dallas, ouviu o que ela disse? Ela vai prender alguém. O que eu vou fazer? Eu deveria ir lá falar com ela, conversar e explicar que...

— Você não vai fazer nada disso. Controle-se! Eu disse que cuidaria das coisas, não disse? Foi um acidente, e não há motivo para você pagar por um acidente. Isso a trará de volta?

— Não, mas...

— Quer correr o risco de ir para a prisão, Julian?

— Não. Deus, não, mas...

— Quer acabar com a sua carreira, desistir de tudo que você tem e o que poderá ter? Para quê?

— Eu não *sei*! — Julian empurrou os cabelos para trás, pressionou as têmporas com os dedos enquanto continuava andando de um lado para outro. — Está tudo tão confuso... A cena fica repetindo na minha cabeça, mas não faz sentido.

— Você estava bêbado, Julian, não dá para se lembrar de tudo com clareza. Bêbado e depois em choque. Meu bom garoto... — disse Steinburger, com tanta empatia que Julian parou de andar e soltou um longo suspiro. — Escute bem: não foi culpa sua. Você me garantiu que faria tudo conforme eu lhe expliquei. E disse que confiava em mim.

— Eu confio! Eu realmente confio em você. Não sei o que faria sem a sua ajuda, sem o seu apoio.

— Então faça o que eu digo. Volte para o seu hotel. Sirva-se de uma ou duas taças daquele vinho muito bom que experimentamos ontem à noite.

— Você me disse para eu não beber mais.

— Isso foi ontem à noite. — Joel deu um tapinha nas costas de Julian. — Amanhã terá que trabalhar. Permita-se alguns bons momentos e uma bela taça de vinho enquanto relaxa na sua banheira de hidromassagem. Sei que tudo isso tem sido um estresse terrível para você. Esvazie a mente um pouco.

— Está tudo tão confuso, Joel...

— Eu sei. Siga o meu conselho. Vinho e banheira de hidromassagem.

— Vinho e banheira de hidromassagem. — Julian soltou um longo suspiro e depois concordou com a cabeça quando Steinburger olhou para ele. — Sim, vou fazer isso. Vinho e hidromassagem.

— Vai ver como vai melhorar. É a solução certa. Amanhã estará tudo bem. Estará tudo ótimo de novo.

— Para mim, parece que as coisas nunca mais vão ficar bem de novo. — Dor, culpa e tristeza nadavam nos olhos de Julian. — Joel, eu nunca machuquei ninguém antes. Eu nunca...

— Ela se machucou — declarou Steinburger, com tom categórico. — Lembre-se disso. Vamos combinar uma coisa: vou te dar uma carona. Meu motorista está sempre pronto para me servir. Vou te deixar no seu hotel.

— Ok. Talvez você possa subir por alguns minutos. Odeio ficar sozinho.

— O melhor para você nós já concordamos, não já? Siga a receita do doutor Joel hoje. Amanhã, nós dois iremos jantar e conversar sobre tudo o que aconteceu. Se continuar não se sentindo bem, discutiremos algumas alternativas.

— Tudo bem... Sim. Alternativas. Obrigado, Joel.

— Para que servem os amigos?

Eve estava na suíte máster do apartamento de Steinburger. Ouviu o resumo que Feeney fez da entrevista de Nadine enquanto Roarke vasculhava o closet.

Com a equipe de busca, eles já tinham passado pela sala de estar, sala de jantar, escritório, cozinha e até pelo terraço.

Eve tinha mais esperanças de encontrar algo no segundo andar, mas até agora eles tinham conseguido um grande e gordo Nada.

— Ok. Me mantenha a par de tudo — pediu a Feeney e colocou o comunicador de volta no bolso.

— Ele disse a Nadine que ia voltar para casa porque estava cansado e o dia foi longo, mas ligou para um amigo, outro produtor, e o convenceu de tomar alguns drinques e jantar fora.

— Portanto, teremos mais tempo até que ele chegue aqui e expresse sua indignação.

— Sim. Pode ser que ele precise de companhia. Pode ser que ele queira um álibi. Nadine fez um estrago com ele, segundo Feeney. Juntou tudo: a ex-esposa morta, a amante grávida, seguindo pelo parceiro de negócios, o colega de faculdade e o bisavô da primeira esposa. Nadine o fez suar frio.

Roarke olhou para ela.

— Sei que você vai gostar de assistir à entrevista, mas não foi isso que trouxe esse brilho aos seus olhos.

— Ele pediu que ela desligasse a câmera para falar extraoficialmente, mas já estava tudo preparado. Nadine é inteligente e desligou a câmera, mas não concordou verbalmente com o pedido em momento algum. Os advogados podem espernear por causa do grampo, mas tínhamos um mandado para fazer isso. De qualquer modo, a questão é que ele tentou manipulá-la, contando que talvez saiba de alguma coisa e que está muito preocupado com isso... Que talvez ele saiba de algo importante, mas não pode contar. Não quer atirar pedras nos amigos, esse tipo de coisa.

— Acha que ele já escolheu um bode expiatório?

— Acho que precisará escolher muito em breve. Agitei as coisas e o sacudi com a história da prisão iminente, e Nadine colocou mais lenha na fogueira ainda. Melhor que isso: ele se traiu. Tentando acobertar esse suposto amigo, ele disse que Harris ainda estaria viva se não tivesse subido ao telhado para fumar.

Roarke fez uma pausa e levantou um ombro.

— Mas isso é verdade, e os cigarros estão nos registros.

— Mas o zoner não está nos registros, e ele o citou. Comentou que a combinação de ervas e zoner fede. Foi exatamente isso que ele disse.

— Foi burrice permitir que essa sua aversão ao fumo o entregasse. Mesmo assim, sem querer tirar a importância disso, se era do conhecimento geral que ela misturava ervas com drogas ilegais, essa declaração não é particularmente incriminatória.

— Mas os sinais continuam aumentando, um após o outro. Se ele não estava lá em cima, como pode saber que ela fumou vários cigarros de ervas misturadas com zoner debaixo da cúpula? Nadine também o fez tropeçar ao falar da amante grávida. São pequenos tropeções que levam a uma queda.

Ela se virou e voltou para o quarto.

— Ele é organizado quanto à forma de pensar, viver e trabalhar. Também é organizado em seu jeito de matar. Não de um jeito obsessivo, mas cuidadoso. Ainda assim, há muitos pequenos detalhes. Motivos e brincadeiras sexuais demais.

— Isso nunca é demais.

— Pelo suprimento dele, ele nunca encontrou uma que não gostasse. Sexo é poder. Ele tem seus prêmios e louvores em todos os cômodos. Precisa vê-los, aonde quer que vá. Tem pastas com o que parece ser todos os artigos, as sinopses, menções e fotos com seu nome na legenda ao longo de toda a sua carreira. E temos aqui a conta de B. B. Joel nos computadores de casa, exatamente como você previu.

— Isso deverá ajudar a caracterizar a ligação dele com a apropriação indevida assim que eu colocar a mão no material novamente. Até agora, esta é simplesmente uma conta secundária, com impostos meticulosamente pagos.

Eve não ia permitir que ele tirasse o brilho daquele momento e insistiu:

— Há também o arquivo que você encontrou, com verificações de antecedentes, biografia completa e profunda de todos os envolvidos nesse projeto, até o último prestador de serviços. Isso é exercício de poder, mais uma vez.

— Mas não é ilegal.

— Não, não é ilegal.

— Mas isso aqui pode ser.

— O que você achou? — Ela pulou e quase o derrubou quando ele se virou.

— Calma, querida. Há um fundo falso nesse gabinete, e, debaixo dele, encontrei uma pequena gaveta trancada, que abri com facilidade. E, dentro dela...

— Senhas. Códigos de acesso, cartões magnéticos, chaves, tudo perfeitamente etiquetado. Aqui está a senha para abrir o portão da marina e outra para desligar o sistema de segurança do barco. Caramba, amor! Senhas da casa, do escritório e do carro de Roundtree.

— Talvez você tenha encontrado seu bode expiatório.

— Não é possível usar Roundtree, mas a esposa dele é uma possibilidade forte. Ainda assim, há muitas outras pessoas aqui. Esse é o amigo para quem ele ligou agora à noite — apontou. — Esse é o código de acesso à residência do amigo, a senha do armário dele no *country club*. Há códigos para todos os trailers, até onde eu consigo ver, que estão sendo usados nessa produção.

— Que canalha xereta, né?

— Ele precisa controlar tudo. Não pode ficar por fora de nada. Tem que ter acesso a tudo e adora o poder que isso lhe proporciona. Além do mais, tudo isso é útil para planejar a queda de alguém.

— Parece que Steinburger tem algumas explicações a dar.

— E como! Isso prova que ele teve acesso ao barco. E está vendo isso aqui?

— Não está rotulado.

— 3ADP2C. Um "A" triplo. A. A. Asner, Detetive Particular, Suíte 2-C. Aposto que esse é o código do carro de Asner. Talvez ele tenha jogado aqui por precaução, ou porque simplesmente quis se lembrar do que fez. Mas isso vai obrigá-lo a dar mais explicações.

Ela voltou ao quarto para pegar uma sacola de evidências.

— Vou jogar tudo isso em cima dele, acrescentar o zoner, a lista de assassinatos, o barco. Vou derrubá-lo.

Ela lacrou a sacola de evidências e a rotulou.

— Vou deixar a equipe lidar com o veículo. Vamos dar uma olhada no escritório dele, no estúdio. Depois faremos uma visita ao Ce Soir.

Ele pensou que ela parecia uma guerreira, friamente preparada para a batalha.

— Posso conseguir uma boa mesa para nós. Conheço o proprietário.

— Você é o proprietário, mas nós não vamos comer. Vamos interromper a refeição de Steinburger e arruinar a porra da noite dele.

— Me parece promissor.

— Podemos pegar algo para comer na máquina de venda automática enquanto ele transpira na Sala de Interrogatório.

— Me parece repugnante.

— Não é tão ruim assim... Espere um segundo. — Ela atendeu o *tele-link*, que tocava. — Dallas falando.

— Escute, Dallas...

— Nadine, mesmo que eu já tenha avisado que você não é o meu tipo, talvez eu te pegue no fim das contas. Você mandou muito bem nessa entrevista.

— Mal posso esperar. Viu tudo?

— Não, mas Feeney resumiu para mim. Talvez eu o convença a te pegar também.

— Ah, você é tão boa para mim! E Roarke?

— Não.

— Mas não boa o suficiente. Ouça, Dallas, eu já estava quase de volta à emissora, mas saltei da van e peguei um táxi. Estou voltando para o centro, indo em direção ao hotel de Julian. Estou com um mau pressentimento.

— Com relação a quê?

— Feeney te contou sobre a hora em que Steinburger deu a entender, sem saber que eu estava gravando, que receava algo que poderia ter acontecido entre um deles e K. T. e o quanto ele estava preocupado?

— Sim, sim. Acha que ele estava falando de Julian?

— Bem, Julian estava esperando do lado de fora do escritório dele. Parecia um trapo humano, o que não é fácil para um homem tão lindo. Estava cansado, chateado, irritado... Realmente assustado, depois que eu analisei melhor. Assustado demais! Joel o recebeu no escritório, mas, ao fazer isso, me lançou um olhar esquisito, e isso está me incomodando. Acho que ele estava planejando algo, Dallas. Aquele foi um olhar de quem diz: "É com ele que estou preocupado, é a ele que estou tentando proteger." E, se eu estiver certa...

— Se estiver certa, ele planeja que Julian sofra um acidente ou se suicide devido à culpa. Vamos lá dar uma olhada.

— Onde você está?

— Na casa de Steinburger, e encontramos alguns itens interessantes.

— Levará mais tempo para chegar lá do que eu. Mas você vai mesmo? Mesmo que eu esteja errada, acho que Julian sabe de alguma coisa e acho que está vulnerável o bastante para abrir o bico.

— Estou saindo agora. Me faz um favor? Peça a alguém da segurança do hotel que suba com você. Invente alguma coisa, mas não entre lá sozinha.

— Julian não me machucaria. Não machucaria ninguém. Mas tudo bem.

— Confio nos instintos dela — disse Roarke quando Eve franziu a testa para a tela apagada.

— Eu também. Vamos pular a busca no escritório por enquanto. Precisamos ir direto ao quarto de hotel de Julian. Vou deixar Peabody saber em que pé estamos.

Enquanto entrava em contato com sua parceira, Eve se perguntou como diabos Steinburger conseguiria matar, ou induzir um homem ao suicídio, enquanto ele próprio desfrutava de um jantar chique com um amigo do outro lado da cidade.

Capítulo Vinte e Dois

No banco de trás do táxi, Nadine ligou para o *tele-link* de Julian mais uma vez. Que burra, disse a si mesma, pois já sabia que a ligação iria direto para a caixa de mensagens, da mesma forma que aconteceu nas outras duas vezes que tentou. E ele tinha deixado todos os *tele-links* da sua suíte no modo NÃO PERTURBAR.

Por que ela não foi para lá antes?, perguntou a si mesma. Por que não tinha ouvido sua intuição inquietante? Devia ter voltado para o escritório de Steinburger, ou pelo menos ter chamado um táxi para o hotel mais cedo.

Não fez isso porque queria ir para o estúdio, revisar e editar a entrevista. Queria festejar suas habilidades e fazer uma dancinha de vitória.

— Droga, droga — murmurou, quando a culpa aumentou e se tornou um medo avassalador.

Do jeito que eles estavam presos no trânsito, Steinburger poderia matar Julian, tomar um drinque, planejar o memorial e escrever o discurso lamentando a perda antes de ela chegar lá.

Burra, xingou a si mesma novamente. Provavelmente não era nada. Só o nervosismo, que a tinha levado de "ótimo, foi uma entrevista excelente" para o estresse que suava as palmas de suas mãos durante a lentíssima viagem de táxi.

— Não consegue fugir desse engarrafamento? — quis saber.

O motorista do táxi continuou tamborilando os dedos no volante, acompanhando a música medonha que saía dos alto-falantes.

— Claro, dona. Basta eu ativar o feixe de teletransporte. Entraremos por um buraco de minhoca e sairemos do outro lado numa boa.

— Droga... — repetiu, lhe entregando o cartão para pagar. — Vou a pé a partir daqui.

Ela saltou do táxi, se apertou entre os para-choques e foi para a calçada, onde os pedestres formavam um mar de gente.

Ela se esquivou, costurou o caminho entre as pessoas, amaldiçoou seus lindos saltos, que transformavam uma leve corrida em uma sentença de morte enquanto eram destruídos. Amaldiçoou o tráfego de Nova York, amaldiçoou os turistas que *não sabiam sair da porra do caminho!* E amaldiçoou o que tentava convencer a si mesma de que não passava de imaginação exacerbada.

Mas continuou correndo.

No seu quarto de hotel, Julian ignorou o *tele-link* que tinha largado sobre a mesa. Não tinha energia para se levantar e desligar o aparelho. Também não teve energia para entrar na banheira de hidromassagem, ainda mais porque era muito bom ficar sentado ali, esparramado na poltrona, bebendo um pouco de vinho e esquecendo de tudo. Apenas esquecendo...

Joel estava certo, é claro. Dava para confiar em Joel.

Ele podia contar com Joel, agora mais do que nunca. Alguém inteligente, firme, lidava bem com crises. Alguém que poderia lhe dizer o que fazer.

Agora, as coisas já não pareciam tão horríveis. Pelo menos, não depois de duas taças de vinho e uma terceira que descia bem, com muita suavidade.

Mesmo assim, talvez ele devesse conversar com Eve. Simplesmente explicar tudo... Quer dizer, não tudo, porque esse tudo estava tão confuso que ele não conseguia explicar nem para si mesmo.

Mas devia ao menos conversar com ela, contar o que houve, pelo menos do que ele se lembrava.

Ela compreenderia, ele sabia que sim. Ele a conhecia.

Era uma mulher correta, corajosa, justa... e sexy.

Joel estava errado a respeito dela, refletiu Julian ao beber, enquanto seus olhos azuis não-tão-iguais aos de Roarke se fechavam. Ela não faria de tudo para jogá-lo na prisão. O principal não era só prender, não eram só... Como se dizia mesmo? Os louros da prisão. Não para a sua Eve, pensou, enquanto sua mente e visão ficavam turvas.

O principal era fazer justiça.

Mas Joel era inteligente. Se ele estivesse certo...

Ele não conseguia pensar nisso agora. Seu cérebro estava muito cansado. Precisava encher a banheira de hidromassagem. Ele não prometeu fazer isso? Tinha prometido mesmo?

Engraçado... Ele não conseguia se lembrar com precisão.

Tinha bebido demais. Precisava parar de beber tanto. Mas estava tão chateado, tão infeliz... e um pouco assustado.

Chega de vinho, ordenou a si mesmo. Uma banheira agradável, quente e relaxante. E um pouco de música. Depois, talvez ligasse para Andi, Marlo ou Connie. Ele não gostava de ficar sozinho. Queria uma mulher para conversar.

As mulheres sempre ouviam.

Tentou se levantar, com a intenção de deixar o vinho de lado e abrir a água da banheira. Estou bêbado, pensou, enojado consigo mesmo.

Com determinação, se levantou e conseguiu dar um passo meio cambaleante.

O copo voou de sua mão, espatifando-se contra a mesa enquanto ele caía no chão.

Sem fôlego e quase certa de que seus pés sangravam, Nadine foi direto para o balcão da recepção.

— Sou Nadine Furst. Preciso do seu chefe de segurança.

A mulher no balcão sorriu de forma simpática.

— Boa noite, srta. Furst, e seja bem-vinda de volta. Posso perguntar por que a senhorita precisa do segurança?

— Escute, você sabe que estou na lista de pessoas liberadas para a suíte do... sr. Birmingham. — Esse era o nome fictício que Julian usava ali, para proteger sua privacidade.

— Claro, srta. Furst, você está na lista de visitantes aprovados pelo sr. Birmingham.

— Preciso de alguém da segurança para me acompanhar até a suíte dele.

— Há algum problema?

— Haverá se não arranjar um segurança agora.

— Só um momento, srta. Furst. Vou chamar a gerente.

— Não quero a gerente. Que inferno! Mande um segurança lá para cima agora, senão, Marree — disse ela, lendo o nome da atendente no crachá —, esse hotel será alvo de uma reportagem mordaz no programa *Now*.

Ela se virou e correu em direção aos elevadores.

Ele provavelmente estava lá, aconchegado com sua *femme du jour*, pensou, enquanto entrava no elevador. Ela estava prestes a se fazer de boba. Ele ia se divertir com aquilo, decidiu, e provavelmente a convidaria para participar da festa. E não falaria isso de brincadeira.

Eles iam dar boas risadas com aquilo. Por favor. Ela fechou os olhos, lutando para encontrar sua calma habitual. Por favor, tomara que ele esteja com uma mulher, deixe-os dar boas risadas, e que o horrível momento de pavor e pânico com Julian seja apenas o resultado de eu trabalhar há muito tempo com o mundo do crime e enxergar possíveis assassinatos por toda parte.

Ela saiu do elevador e correu até o fim do corredor, sentindo os pés felizmente entorpecidos agora. Ignorando a plaquinha de NÃO PERTURBE, apertou a campainha e acrescentou várias batidas fortes na porta.

— Julian! Abra a porta. É importante. É Nadine.

Ele não conseguiria ouvi-la, é claro, a menos que estivesse com o interfone ligado, mas continuou a gritar enquanto tocava a campainha e batia à porta.

E, a cada segundo, o pânico e o pavor aumentavam.

— Srta. Furst! — A gerente caminhou pelo corredor com um homem grande e de terno escuro ao seu lado. — Por favor, você está perturbando nossos hóspedes.

— Eles ficarão muito mais perturbados se você não abrir essa porta.

— Srta. Furst, o sr. Birmingham pediu para não ser incomodado. Se você quiser deixar uma mensagem para ele, eu posso...

— Abra essa maldita porta!

— Vou precisar retirá-la do local. Se você e o sr. Birmingham tiveram uma briga, esse não é o jeito certo de...

Nadine se apoiou nos pés dormentes e apertou os olhos em um aviso terrível.

— Tente me retirar e você não conseguirá um emprego nem para gerenciar um canil. Julian está em perigo, e talvez já seja tarde demais. A polícia já está a caminho. Abra essa maldita porta. Se não houver nada errado, você pode mandar me prender. Se eu estiver certa e alguma coisa acontecer com Julian porque você não abriu a porta, farei tudo o que estiver ao meu alcance para convencer a tenente Dallas a prender você por ser cúmplice de um assassinato.

A palavra "assassinato" ou a menção a Eve fizeram o rosto da gerente ficar paralisado.

— Não gosto de ameaças. E pode ter certeza de que iremos apresentar queixas. — Ela assentiu para o segurança. — Abra. Tenho certeza de que o sr. *Birmingham* também desejará apresentar uma queixa.

— Por favor, ande logo. Abra!

— Preciso pedir que dê um passo atrás, senhorita. — O chefe da segurança passou seu cartão mestre pela ranhura e abriu a porta de leve. — Aqui é a segurança! — gritou.

Nadine se abaixou debaixo do braço dele e forçou a passagem.

— Julian! — Ela correu pela suíte e caiu no chão ao lado dele. — Chamem uma ambulância! — Ela o virou e o colocou de barriga para cima enquanto o segurança se agachava ao lado dela. No instante em que ele pegou na mão de Julian para sentir a pulsação, ele se mexeu.

— Julian! Acorde. Fale comigo. Julian!

— Cansado — disse ele, com a voz enrolada. — Muito cansado.

— Julian, o que você tomou? — Ela viu a garrafa de vinho e a taça quebrada. — O que você colocou no vinho?

— Vinho. Dormir.

— Não! Fique acordado.

— Vamos pegar um apoio para a cabeça dele.

Nadine balançou a cabeça, recuou e deu um tapa no rosto de Julian.

— Fique acordado! — Ela lhe deu outra bofetada.

— Vá embora. Estou cansado. Enjoado. Não queria fazer aquilo.

— Não toque nisso! — avisou Nadine, quando a gerente foi em direção à taça quebrada. — Não toque em nada. Isso é uma cena de crime.

— Essa fala é minha — Eve entrou e pôs a mão no ombro de Nadine enquanto verificava o pulso de Julian. Em seguida, abriu uma de suas pálpebras para examinar a pupila.

— Está tendo uma overdose. Mantenha-o falando, coloque-o de pé e tente fazê-lo andar. Roarke, comece a procurar as drogas. Devem estar em algum lugar óbvio. Ele terá mais chances de sobreviver se conseguirmos dizer aos paramédicos o que ele tomou. Fez bem em trazer o kit de serviço. Economizamos uma viagem. Você — apontou para a gerente, que estava muito pálida. — Desça, mande os paramédicos para cá o mais rápido possível e não volte.

Ela empurrou a mulher para fora.

— Há pílulas para dormir dentro das garrafas de vinho. O frasco está vazio. A receita está no nome de K. T. Harris — disse Roarke e olhou para trás quando Eve embalou a garrafa de vinho. — Ele pensou em tudo.

Eve pegou um saco para evidências.

— Passe Seal-it na mão se for tocar em alguma coisa.

— Quão mal ele está? — perguntou Roarke quando Nadine e o segurança circularam com Julian, quase inconsciente, pela sala.

— Seu pulso está fraco, mal se percebe, e suas pupilas estão do tamanho de Plutão. Está muito mal, mas estaria morto se Nadine não tivesse o cuidado de vir aqui. Onde diabos estão os paramédicos?

Determinada, ela voltou para Julian e colou o rosto no dele.

— Ande, porra! Não invente de morrer na minha frente. Onde você conseguiu os comprimidos? Onde conseguiu o vinho?

A cabeça dele caiu para a frente, mas Eve tornou a empurrá-la para trás.

— Fique acordado! — ordenou quando Roarke se aproximou e tirou o peso de Julian do ombro de Nadine.

— Pílulas para dormir. — Ela olhou para Roarke. — Somnipoton. — Ela considerou as opções, seguiu o instinto e deu um soco forte na barriga de Julian.

— Dallas!

— Não vou enfiar meus dedos na garganta dele a menos que seja necessário.

Ele tossiu, emitiu um som gutural e sua cabeça tombou para frente. Eve deu outro soco. E um pulo para trás para salvar suas botas novas quando ele se dobrou para frente e vomitou heroicamente.

— Adorável — murmurou Roarke.

— É um bom jeito de esvaziar o estômago. Mantenha-o caminhando.

Ele gemeu e cambaleou um pouco, enquanto Eve pegava uma amostra do vômito e a guardava como evidência.

— Os paramédicos estão chegando — avisou Nadine.

— Já estava na hora! Levem-no para o quarto, e... Roarke, fique com ele. Eles podem cuidar dele lá, mantenha todo mundo longe da minha cena de crime.

Ela pegou o comunicador. Hora de chamar a equipe. Quando os paramédicos entraram, ela apontou para a porta do quarto e balançou a cabeça para Nadine.

— É melhor você não ir lá. Não vai ser nada bonito, e eu não quero que ele converse com você por enquanto caso ele comece a falar. Roarke? Fique com ele.

— Acha que ele vai sobreviver? Pensei que ele já estivesse morto quando finalmente consegui que aquela *vaca* de bunda travada abrisse a porta.

— Acho que vai, sim. Se tivesse chegado aqui meia hora depois, ele estaria morto. Você salvou a vida dele.

Nadine piscou rápido para conter as lágrimas.

— Mas não o fiz vomitar.

— Pois é, eu provoco esse efeito nas pessoas.

Ainda fungando, Nadine encontrou um lugar para se sentar e tirou os sapatos arruinados.

— Acha que eu posso pedir alguma coisa, um drinque de verdade, para o serviço de quarto?
— Por mim, tudo bem. Mas não beba nada daqui.
Nadine mancou até o *tele-link*.
— Sim. Gostaria de um Vodka Martini seco como o Saara e com três azeitonas. O mais rápido possível.
Ela tornou a se sentar.
— Como Steinburger fez com que ele tomasse as pílulas?
— Vamos torcer para que Julian consiga nos contar. Você ganhou umas bolhas bonitas — reparou Eve.
Nadine se retraiu e continuou massageando os pés.
— Cala a boca.
— Como conquistou essas bolhas no cumprimento do dever, podemos ver se os paramédicos têm algo para passar nelas. — Enquanto Eve falava, um dos médicos saiu do quarto.
— Status.
— Eu o limpei por dentro. Ele está consciente, se sentindo péssimo, mas começou a se estabilizar. Está no soro, recebendo alguns líquidos. Não quer ir para o hospital.
Eve olhou para trás quando Peabody e dois guardas entraram. Apontou para Nadine e voltou a falar com o paramédico.
— Ele precisa ir para o hospital?
— Bem, ele ingeriu um monte de pílulas com o Cabernet, ou sei lá que vinho era, e precisa de ajuda. Esse é o procedimento padrão, levá-lo para ficar em observação durante vinte e quatro horas.
— Não houve tentativa de suicídio. — Ela bateu no distintivo. — Foi uma tentativa de homicídio.
O paramédico pareceu em dúvida.
— Se é isso que acha...
— É isso mesmo. Ele está recuperado o suficiente, em termos físicos, para ficar aqui?

— Se o cara não tivesse vomitado quase tudo antes de chegarmos, você nem estaria perguntando. Ele precisa de alguém para monitorá-lo, mas está bem o suficiente. Está péssimo, mas estável.

— Alguém ficará com ele e mandarei um médico para examiná-lo.

O paramédico olhou em volta e notou que Peabody pegava o depoimento oficial de Nadine.

— Acho que tudo bem então — disse ele.

— Obrigada pela ajuda. — Eve entrou no quarto. Roarke estava sentado ao lado da cama, e Julian, apoiado em uma montanha de travesseiros. Seu rosto continuava quase tão branco quanto os lençóis, mas eles mantinham uma conversa interrompida de vez em quando, entre murmúrios.

— Pode contar à tenente, ela vai te ajudar — garantiu Roarke, levantando-se. — O paramédico disse que ele deve tomar só líquidos leves por enquanto. Vou pedir algo para ele beber.

— Tudo bem. — Ela foi até a cama e olhou para Julian.

— A filmadora está ligada. Você precisa que eu leia os seus direitos novamente, Julian?

— Não. — A voz dele soou rouca, e ele estremeceu ao engolir. — Minha garganta está ardendo.

— Aposto que sim. Onde conseguiu os comprimidos?

— Juro por Deus, eu não tomei nenhum comprimido. Só algumas taças de vinho.

— Onde conseguiu o vinho?

— Joel o trouxe ontem à noite. Ele sabia que eu estava muito... chateado. Tomamos uma taça cada um. Ando bebendo muito desde que... Você sabe. Acho que bebo demais quando estou chateado.

— Então Joel trouxe uma garrafa de vinho para você, mas vocês não tomaram tudo ontem à noite.

— Só uma taça cada um. E estava tudo bem, muito bem. Não sei por que esse vinho me deixou tão mal agora. Acho que peguei alguma virose ou algo assim.

— Quase pegou uma overdose, isso sim. O vinho estava cheio de Somnipoton.

— Pílulas para dormir? Não, eu não tomei pílulas. Já disse isso aos paramédicos. Não tomei nenhum medicamento. — Agitado, ele tentou se endireitar na cama — Tenho minhas pílulas para dormir... Delorix... mas não tomei nenhuma. Acho que não.

Ele passou a mão pela garganta e fechou os olhos. Tinha olheiras profundas.

— Acho que não tomei — repetiu. — Não me lembro de ter tomado nenhuma. As coisas se confundem quando eu bebo muito.

— As pílulas para dormir foram receitadas para K. T. Harris. O frasco vazio estava junto das outras garrafas de vinho.

Sua testa se franziu em uma combinação de perplexidade e dor.

— Isso não faz sentido. Eu não tomei as pílulas dela... Tomei? Por que isso está acontecendo?

— Você conversou com Joel agora à noite antes de voltar para cá. Sobre o que vocês falaram?

Ele desviou o olhar.

— Eu estava chateado. Ando muito chateado e não consigo pensar direito quando estou assim. Ele disse que eu devia voltar para o hotel, tomar um pouco do vinho que ele me deu e ficar um tempo na banheira de hidromassagem para relaxar.

— Ele disse especificamente isso? Para você beber o vinho que *ele* lhe deu?

— Sim. É um bom vinho, e eu prometi a ele que tomaria algumas taças. Falei que ia tomar uma taça de vinho enquanto relaxava na banheira, mas não tive energia para ir até a banheira, e então...

— Se você tivesse chegado lá, teria se afogado como Harris.

— Não entendo nada do que está acontecendo. Acho que estou sendo punido. — Ele soltou um suspiro estremecido. — Eu contei a Roarke.

— O que você contou a Roarke?

— Que eu matei K. T. Harris.

— Julian, você está confessando o assassinato de K. T. Harris?

— Eu não a matei. Não exatamente, mas... — Ele soltou um novo suspiro, dessa vez, um sopro de alívio. — Eu a matei.

— Como assim?

Ele olhou para Eve com olhos vermelhos e sem vida, em contraste com o tom acinzentado de sua pele.

— Eu não tenho certeza.

— Você não tem certeza? Como sabe que a matou?

— Porque eu a derrubei. Eu não quis fazer isso, mas ela me empurrou, e eu a empurrei de volta. Não foi com força, mas não devia ter feito isso. Eu *nunca* coloco minhas mãos em uma mulher de forma violenta. Nunca. Nunca.

Ele teve que parar de falar e fechar os olhos por um momento enquanto acalmava a respiração.

— Não há desculpa, eu sei disso. Beber não é desculpa, ficar chateado não é desculpa. Mas ela estava gritando muito comigo e me empurrou, e, sem pensar, eu a empurrei de volta. Ela escorregou, caiu e bateu a cabeça.

— Vamos voltar um pouco, pode ser? Você subiu ao terraço com K. T. Harris na noite de sua morte?

— Subi. Eu deveria ter lhe contado, mas Joel...

— Joel Steinburger lhe disse para não contar isso à polícia. Você contou a ele o que tinha acontecido, e ele o aconselhou a mentir para a polícia.

— Ele estava só tentando me ajudar, me proteger. Foi um acidente. Eu fiquei bêbado, depois do jantar. Foi feio, foi terrível tudo aquilo que ela disse. E ela me chamou para um canto depois. Já lhe contei sobre aquelas duas garotas da boate. Eu não sabia que elas eram menores de idade. Ela disse que ia tornar tudo público se eu não...

— Se você não o quê?

— Ela me mandou encontrá-la no terraço e lá ia me dizer o que fazer. Eu não deveria ter subido lá. Gostaria de não ter feito isso, mas estava cansado de tantas ameaças. De vê-la ameaçando todo mundo. Então eu fui.

— A cúpula da piscina estava aberta ou fechada?

— O quê? Ah, fechada. Eu me lembro disso. Me lembro bem porque ela estava fumando demais e fazia muito calor debaixo da cúpula. Achei que eu ia ficar doidão, para dizer a verdade. Mas tudo que eu tinha que fazer era ficar ali e respirar fundo.

— Por que você não abriu a cúpula para tomar um pouco de ar fresco?

— Eu... Eu não pensei nisso, mas também não saberia como abrir aquilo. Estava muito revoltado. Ela me disse que eu tinha que levar Marlo para o meu trailer. Deveria oferecer a ela um drinque misturado com tesão de vaca, para que ela ficasse com vontade de fazer sexo comigo. Eu disse que não, que jamais faria isso com Marlo, nem com ninguém. Mas Marlo... Ela confia em mim. Nós somos amigos. Jesus, Jesus...

Ele passou a mão trêmula pelo rosto.

— Eu nunca colocaria tesão de vaca na bebida de uma mulher, muito menos de uma amiga. Isso só serviu para eu ficar com mais raiva, principalmente quando ela disse que era isso que eu tinha que fazer. Como ela poderia querer que alguém fizesse uma coisa dessas?

— Você disse a ela que não faria.

— Mandei-a para o inferno. Eu acho. Está tudo confuso, mas sei que gritamos um com o outro. Acho que eu lhe disse palavras duras, ela me deu uma bofetada e me empurrou. Eu a empurrei de volta, e ela caiu. Foi a tira do sapato, acho que a tira do sapato dela arrebentou, e ela caiu. Havia sangue, e eu não consegui acordá-la. Fiquei muito assustado e ia correr para procurar ajuda, chamar uma ambulância ou algo assim.

— E foi isso que você fez?

— Ia fazer, mas Joel me disse... — Esfregou o rosto, dessa vez, com força, como se quisesse obrigar as lembranças a voltarem à sua mente. — Está tudo confuso. Ele me disse para eu não me preocupar, que tudo ia ficar bem. Disse que ela devia ter se levantado, ou tentado se levantar, e caiu na piscina. E se afogou. Ele disse que não foi culpa minha, mas avisou que você diria que foi, porque prender uma celebridade por matar outra celebridade transformaria *você* em celebridade. E eu iria para a prisão mesmo que tivesse sido um acidente. Perderia tudo e ficaria na prisão pelo resto da minha vida.

— Escute o que eu vou dizer. Olhe para mim.

Ele encontrou os olhos dela e apertou os lábios.

— Vou ser preso?

— Eu poderia prender você agora mesmo, sob a acusação de obstrução da justiça. K. T. não se levantou e caiu na piscina. Ela foi arrastada para dentro da água enquanto estava inconsciente.

— Eu não fiz isso! — Sua respiração começou a falhar. — Não, eu não fiz isso. Não poderia ter feito. Sei que estava revoltado e bêbado, mas... eu jamais faria isso. Não me lembro. Eu desci em busca de ajuda.

— E chamou Joel.

— Não sei. Chamei? Não. É isso que está confuso, porque eu não fui chamá-lo. Ele já estava lá e avisou que cuidaria de tudo. Então você disse que ela estava morta. Eu não a afoguei. Não poderia ter feito isso com ela. Eu não machuco mulheres. Não devia ter empurrado K. T., eu jamais teria feito isso se não estivesse bebendo e se ela não tivesse dito aquelas coisas sobre Marlo. Mas eu nunca a jogaria na água. Foi um acidente.

— Não, foi um assassinato. Mas não foi você que a matou, Julian. Foi Joel.

— Isso é loucura. Por favor, só pode ter sido um acidente.

— Foi um assassinato. E, se Nadine não tivesse vindo aqui, ele teria matado você esta noite, pois tinha armado tudo para você levar a culpa pelo que ele fez.

— Não, Joel não faria isso. Você está enganada.

— Não estou. Me diga, ele ficou sozinho aqui no seu quarto em algum momento ontem à noite? Ele pediu para você pegar alguma coisa em outro lugar aqui da suíte? Depois de servir aquelas taças de vinho?

— Ele quis revisar as páginas da cena que íamos filmar hoje. Elas estavam no quarto. Eu sempre releio os diálogos uma última vez antes de dormir.

— Isso deu a ele tempo para colocar as pílulas para dormir dentro da garrafa de vinho e guardá-la para você não ficar tentado a beber mais um pouco até ele conseguir um álibi sólido.

— Ele me fez prometer que eu não ia beber mais ontem à noite. Mas... não.

Eve viu que ele começou a cair em si.

— Está tudo uma bagunça. O que eu pensei que aconteceu, as partes que eu me lembro, o que ele disse que aconteceu. As coisas não se encaixavam direito, mas ele disse... Ele estava lá quando eu saí da cúpula e fui para o *lounge*. Contei a ele o que tinha acontecido, e ele me garantiu que... cuidaria de tudo. Disse para eu não contar a ninguém, para não estragar a noite dos outros. Ele a matou. E ia me matar. Por quê? Por quê?

— É uma espécie de hobby dele. — Ela olhou para trás quando Nadine abriu a porta.

— Ele pode fazer uma pausa? Para comer alguma coisa?

— Sim. Por enquanto, é só isso.

— Joel... — disse Julian, com voz lenta, olhando fixamente para as próprias mãos. — Joel. Ele é quase como um pai para mim. Ele me fez pensar que eu matei K. T., ele me deixou pensar que eu fiz isso. E eu fiquei enjoado só de pensar que tinha feito. Vou ser preso?

— Não. Mas não minta para mim de novo. — Ela foi até Nadine. — Primeiro, entre em contato com o médico do hotel. Se preferir cobrar um favor, ligue para Louise. Ela pode mandar um médico para examiná-lo.

— Já liguei para Louise.

— Ok. Segunda coisa: ele vai conversar com você, e você vai conseguir muito material para o novo livro que já está pensando em escrever. Mantenha tudo em segredo até eu pegar esse filho da puta e encarcerá-lo. Mas pode vazar algumas informações meia hora depois da prisão de Joel Steinburger.

Eve saiu.

— Peabody, venha comigo. Você também — disse a Roarke — se quiser.

— Sempre.

— Aposto que Steinburger está tomando um conhaque e comendo uma sobremesa agora. Vamos estragar seu licor pós-jantar.

Já que Roarke era o dono do lugar, com todos aqueles tijolinhos, painéis de madeira nobre e couro vermelho-escuro, Eve sabia que não precisava entrar exibindo o distintivo.

Bem que queria. Queria provocar o tipo de cena que atrai o público e a imprensa. Olhou para seu *smartwatch*. Nadine já tinha uma vantagem de cinco minutos.

Fez por merecer.

— Olá, senhor. — Assim que avistou Roarke, o *maître d'* se colocou em posição de alerta. — Vou preparar uma mesa para o senhor em poucos instantes.

— Quero Joel Steinburger. — Eve ergueu o distintivo.

— Claro. O sr. Steinburger e o sr. Delacora estão saboreando a sobremesa. Vou acompanhá-los até a mesa deles.

Eve já o tinha avistado, sentado em uma mesa de canto ao fundo e virado para a frente do restaurante. Veja e seja visto, pensou Eve. Ele girava uma taça de conhaque de um jeito imponente e satisfeito enquanto conversava com seu companheiro muito magro e dono de uma juba selvagem.

— Já o achei. — Ignorando o *maître d'*, Eve atravessou todo o restaurante.

A expressão de Steinburger mudou quando a viu se aproximando. Sua sobrancelha franzida, reparou Eve, exibiu um misto de irritação e preocupação. Então, viu uma resignação educada quando ele pousou a taça de conhaque e fez menção de se levantar.

— Olá, tenente. Nick, essa é a figura legítima. Tenente Eve Dallas, apresento-lhe Nicholas Delacora.

— Muito prazer — começou Delacora.

— Provavelmente não vai ser. Desculpem interromper.

— Houve uma prisão? — perguntou Steinburger.

— Engraçado, logo você me perguntar isso. Joel Steinburger, você está preso pelo assassinato de K. T. Harris e pelo assassinato de A. A. Asner — continuou ela, girando-o e prendendo suas mãos atrás de suas costas enquanto ele vociferava protestos. — E pela tentativa de assassinato de Julian Cross. Ele não morreu — acrescentou.

Ouviu-se o barulho de talheres caindo nos pratos, e o murmúrio de vozes se tornou um zumbido forte.

— Você está louca!

— Ah, e tem mais. — Ela o algemou. — Muito mais! Espero que tenha aproveitado muito sua refeição, Joel, porque não vai jantar em grande estilo pelo resto da vida. Você tem o direito de permanecer em silêncio — começou e recitou a Lei de Miranda para ele enquanto os clientes acompanhavam tudo, boquiabertos.
— Guardas!

Os guardas que ela chamou carregaram Steinburger dali pelos dois braços.

— Pode fichá-lo, Peabody. Algumas acusações adicionais lhe serão comunicadas em seguida.

— O prazer é meu, senhora.

— Vou para a Central logo depois.

Ela gostou muito de ver os policiais arrastando Steinburger à força para fora do restaurante.

— Desculpe pela sobremesa — disse ela para Delacora. — Ela me parece ótima.

— Isso é uma piada? — quis saber ele.

— Não. Ela realmente parece deliciosa. — Ela franziu o cenho quando viu Roarke conversando com o *maître d'* e caminhou até onde ele estava. — Olha, me desculpe se prender um assassino estragou o jantar dessas pessoas, mas...

— Pelo contrário, acho que atiçou muitos apetites. Incluindo o meu. Estou com fome e não vou me arriscar a sofrer uma intoxicação alimentar graças às máquinas de venda automática da Central.

— Não tenho tempo para me sentar e degustar um jantar chique.

— Vou mandar entregar tudo na Central.

— Ah. — Ela inclinou a cabeça. — Boa ideia.

Capítulo Vinte e Três

Naturalmente, Roarke tinha mandado entregar comida suficiente para um batalhão, mas Eve não podia reclamar, pois colocava um pedaço de frango com alecrim na boca ali mesmo, em pé, na Sala de Observação.

— Não acredito que ele ainda não chamou um advogado — comentou Peabody, pegando uma batata frita comprida.

— Ele está muito puto para chamar um advogado... por enquanto. Precisa provar que ainda tem poder. Ele é o Joel Fodão Steinburger. Aposto que ainda está pensando em como virar tudo a favor dele. Vamos pegar Valerie primeiro, deixe-o de molho por mais tempo.

— Ela está assustada — avisou Peabody. — Os guardas contaram que ela esperneou quando foi presa por cumplicidade e chorou o tempo todo quando estava sendo fichada.

— Então está no ponto certo para ser interrogada.

Lágrimas começaram a escorrer pelas bochechas de Valerie no minuto em que Eve e Peabody entraram na sala de interrogatório.

— Por favor, vocês cometeram um erro terrível. Isso poderá arruinar a minha carreira.

— Puxa, aposto que K. T. sentiu a mesma coisa quando você e Steinburger a mataram.

— Do que você está falando? Não fizemos isso! Vou ligar para o meu advogado!

— Tudo bem então. — Dando de ombros, Eve tornou a se levantar. — Isso levará algumas horas, pois já anoiteceu. Peabody, leve Valerie de volta à cela de espera.

— Não! Não! — Como se tentasse ancorar-se ali, Valerie agarrou a mesa. — Não me coloque lá de novo.

— É lá que você vai ter que esperar até seu advogado ser admitido para vê-la. Enquanto isso, vamos conversar com Steinburger. Tenho certeza de que ele terá coisas fascinantes a dizer sobre você.

— Isso é loucura! Eu não fiz *nada*.

— Desculpe, não podemos conversar com você sozinha depois de ter solicitado um advogado. Precisamos esperá-lo chegar. Vamos, Peabody.

— Não! Eu não vou voltar para aquela cela! Vou falar com vocês agora.

— Está abrindo mão do seu direito de ter um advogado presente?

— Sim, estou. Vamos esclarecer tudo de uma vez.

— Quem deixou a sala de cinema na noite da morte de K. T. Harris?

— K. T. saiu. — Valerie encolheu os ombros e agarrou os braços. — Eu a vi sair assim que as luzes se apagaram. Julian saiu alguns minutos depois. Não sei quanto tempo exatamente, alguns minutos. E então... Bem, poucos minutos depois, Joel saiu.

— Alguém mais?

— Sim. Connie saiu pela porta lateral. Eu só notei porque ia procurá-la para fazer algumas perguntas para uma reportagem sobre o bufê. Na verdade, ela saiu antes mesmo de K. T., e Nadine Furst também saiu, mas foi um tempo depois dos outros.

— Agora tente ao contrário. Quem voltou?

— Connie, mas perto do final da projeção. E Nadine. Acho que ela não demorou muito do lado de fora. Uns dez ou quinze minutos, talvez. Eu não estava prestando *atenção*.

— Continue.

— K. T. e Julian não voltaram, mas Joel voltou. Ele saiu por pouco tempo. Quinze minutos, talvez, não muito mais que isso. Mas não tenho certeza. Para ser sincera, eu estava adiantando um pouco o meu trabalho. Essa é a verdade.

— Por que você não nos deu essa informação antes?

— Joel me pediu para não dizer nada. Ele me contou que Julian e K. T. tinham discutido e ela sofreu um acidente.

— Quando ele te contou isso?

— Naquela noite, logo que aconteceu. Estávamos preparando uma nota para a imprensa, e eu disse algo sobre ver as pessoas entrando e saindo da sala de cinema. Perguntei se ele tinha estado com Julian e como ele queria lidar com isso, caso vazasse a informação de que ele desmaiou de tão bêbado. Eu fiquei chateada, qualquer um ficaria, e me perguntei se a polícia pressionaria Julian porque ele tinha saído e não tinha voltado. É por isso que eu queria saber se Joel tinha estado com ele.

— E o que Joel disse?

— Ele disse que agora todos nós tínhamos que fazer o que era melhor uns para os outros e para o projeto. Precisávamos nos proteger, e me contou o que tinha acontecido. Ressaltou que tudo tinha sido um acidente, um acidente que ela mesma provocara. Mas Julian pagaria por isso caso a polícia descobrisse que ele tinha ido atrás dela. Joel me disse que cuidaria do problema e que tudo que eu precisava fazer era dizer que não tinha visto ninguém sair da sala de cinema.

— Então você encobriu um assassinato.

— Ele me disse que foi um acidente! E que você transformaria o caso em assassinato porque ganharia mais com isso. Com tantas estrelas envolvidas, você ia surfar nessa onda durante meses. Além disso, K. T. era um ser humano deplorável, certo? Eu trabalhei pra *cacete* para manter os piores defeitos dela longe da imprensa, e ela nunca me fez um elogio sequer nem nunca disse nada de bom a meu respeito. Julian é um amor. Então, quando Joel Steinburger me pediu para eu ficar quieta para conseguirmos manter Julian fora da confusão, eu simplesmente concordei.

— Mas fez isso por um preço.

Ela apertou os lábios.

— Ele me ofereceu o bônus. Sim, eu entendi que aquilo era um suborno. Teria feito o que ele pediu sem precisar disso, mas não ia recusar o dinheiro.

— Então você voltou a mentir por ele no dia seguinte.

— Eu estava na casa dele. Ficamos trabalhando durante algum tempo, mas... ele saiu durante algumas horas. Disse que tinha um encontro e queria contar com a minha discrição. Ele e a esposa estão separados, mas ele continua casado. É perfeitamente compreensível que não queria que ninguém soubesse que ele estava saindo com alguém. Ele tem direito a uma vida privada.

— A que horas ele voltou?

— Eu não sei. Juro!

Ela cobriu o rosto com as mãos.

— Ai, meu Deus! Como foi que isso se transformou nessa confusão?

— Mentir e encobrir fatos sempre dá nisso.

— Eu estava só tentando fazer o meu trabalho. Naquela noite, eu fui dormir por volta da meia-noite e verifiquei o movimento do apartamento, mas as luzes ainda estavam acesas no saguão de entrada. No dia seguinte, antes de você nos falar sobre o detetive, Joel me chamou no escritório dele. Declarou que seria muito mais fácil e menos complicado se nós dois tivéssemos um álibi para a noite anterior. Do jeito que as coisas estavam, nenhum de nós tinha um álibi, e isso significava que ficaríamos sob suspeita pela morte de um homem que nenhum de nós sequer conhecia. Ele disse que sabia que podia contar comigo e que havia providenciado a suíte VIP para mim, já que eu estaria ainda mais ocupada. Mas ressaltou que a minha criatividade e lealdade seriam recompensadas. Ele constrói e destrói carreiras. E estava construindo a minha.

— E, por causa da sua mentira, Julian Cross quase morreu hoje.

Um choque se irradiou por dentro dela, e sua voz estremeceu de pânico.

— Do que está falando? O que aconteceu? Ele está bem?

— Pense nisso. Tente descobrir quantas vidas sua carreira vale.

Eve saiu e deixou Valerie chorando.

— Vai acusá-la de cumplicidade pós-crime? — perguntou Peabody.

— Vamos deixar essa decisão para Reo e o chefe dela. Pronta para o evento principal do dia?

— Ah, claro. Temos *crème brûlée*. Escondi um pouco, para que sobrasse alguma coisa para mim. Conto com esse interrogatório para gastar calorias suficientes e poder comer minha sobremesa.

— Você começa então.

— Oba! Serei a policial do mal?

— Não, Peabody.

— Droga. — A animação no rosto de Peabody se esvaiu. — Quer que eu o amoleça para você poder entrar com tudo.

— Vamos usar nossos pontos fortes para pegar esse canalha.

— E depois *crème brûlée*.

— E depois *crème brûlée* — concordou Eve.

Peabody entrou primeiro, sozinha. Tentou parecer um pouco intimidada quando leu os dados dele para o registro.

— A tenente Dallas chegará em alguns minutos. Posso pegar algo para o senhor beber, sr. Steinburger?

— Não quero nada além de uma explicação para esse ultraje. Vou reclamar não só com o seu comandante, mas também com o secretário de Segurança Pública e com o prefeito.

— Sim, senhor. Devo informar que... Bem, houve algumas discrepâncias em seus depoimentos. Sei que a tenente talvez possa parecer muito dura, mas as discrepâncias são reais.

— Do que está falando? — Ele bateu com a mão na mesa. — Seja específica.

— Bem, especificamente, nós conversamos com Valerie Xaviar. Ela agora afirma que viu Julian e o senhor deixarem a sala de cinema por algum tempo, depois que a vítima saiu de lá. E contou que o senhor disse a ela que a vítima sofreu um acidente antes de o corpo ser descoberto. Sendo assim...

— E vocês vão aceitar a palavra dela em vez da minha?

— Sinto muito, senhor, mas ela foi muito específica. E ainda há os cinquenta mil dólares que o senhor transferiu para a conta dela. E o fato de o senhor ter uma conta com um nome falso. Hmmm... — Peabody olhou os arquivos como se procurasse o nome. — B. B. Joel.

— Faço isso por privacidade, e Valerie ganhou um bônus. Embora eu esteja repensando o mérito dela.

— Sim, senhor. Ela também mencionou que o senhor saiu na noite em que A. A. Asner foi morto.

— Ela está enganada.

— Estava relutante em nos dar essa informação. A tenente acredita nela. Especialmente depois do incidente de hoje envolvendo Julian Cross.

— *Qual* incidente? Seja específica. — Dessa vez, ele bateu com o punho na mesa. — Eu estava jantando com um amigo agora à noite, como vocês sabem muito bem. Não vejo Julian desde que saí do estúdio, no fim da tarde.

— Mas o senhor foi visitá-lo ontem à noite. — Quando Steinburger hesitou, Peabody pressionou, com gentileza. — Suas imagens devem estar nos arquivos da segurança do hotel. O senhor levou uma garrafa de vinho para ele.

— Julian precisava de companhia, não queria passar a noite sozinho. Então eu levei uma garrafa de vinho e determinei o limite de apenas uma taça, pois ele andava bebendo mais do que devia. Julian... não tem sido ele mesmo.

Ele está tentando me enrolar, pensou Peabody, e seu sangue ferveu.

— Ele ingeriu duas ou mais taças desse mesmo vinho hoje, com uma quantidade ainda desconhecida de Somnipoton.

— Meu Deus... Ele está bem? Está no hospital? Eu devia saber, devia saber que ele poderia...

— O senhor receava que ele tentasse se machucar?

Steinburger balançou a cabeça e desviou o olhar.

Na Sala de Observação, Roarke tomou um gole do próprio vinho.

— Não deveria beber álcool aqui — reclamou Eve.

— Pode me prender. Mas me deixe terminar de beber antes. Não vai entrar?

— Ela o está enganando direitinho. Ele pensa que a está manipulando, comandando o show, configurando tudo de um jeito que, vivo ou morto, Julian leve a culpa. Mas é Peabody quem está dando as cartas. Está fazendo um ótimo trabalho.

— Quer vinho? — ofereceu Roarke, erguendo a garrafa.

— Não. Por Deus! — Mas ela pegou a taça dele e tomou um gole. — Isso aqui é bom. Vou deixar que ela dê mais corda a ele. E então... Quer abrir outra garrafa quando chegarmos em casa, para transarmos meio bêbados?

— Só consigo pensar nisso.

Ele pousou um braço em volta dos ombros dela enquanto viam Peabody trabalhar.

— Sr. Steinburger — disse Peabody, com um ar de honestidade que brilhava em seus olhos. — Vou ser direta agora. O senhor está bem ferrado. Os depoimentos conflitantes, o dinheiro e... Bem, o que eu quero dizer é que, se o senhor souber de algo, agora é a hora certa de nos contar. De me contar. A tenente está com o sangue fervendo.

— Então ela que vá se refrescar! Você espera que eu entregue um amigo? Alguém que conta com o meu apoio?

— Pode ser que esse amigo precise de ajuda. Talvez ele precise da sua ajuda caso... Talvez ele não resista, sr. Steinburger. Não parece nada bem. Julian está em coma, e os médicos nos disseram que talvez ele não consiga se recuperar.

— Deus! Ai, meu Deus.

— Me deixe fazer o que posso aqui. Enquanto eu ainda posso.

— Julian! — Ele cobriu a boca com a mão. — Pobre Julian! Eu não deveria tê-lo deixado sozinho. Ele me disse que ficaria bem, só queria um tempo para descansar. Tem estado assim desde que... Ele ficou arrasado por causa de K. T., mas não foi culpa dele, detetive Peabody. Você precisa entender que foi tudo um acidente.

— O que, exatamente, foi um acidente?

— Deixe-me explicar. — Ele respirou fundo. — Deixe-me explicar tudo que aconteceu. Ao ver que Julian não tinha voltado para a sala de cinema, eu fiquei preocupado. Sabia que ele e K. T. estavam discutindo, e ambos tinham bebido. Fui até o terraço.

— Por que o terraço?

— É aonde K. T. ia fumar aqueles malditos cigarros nos quais era viciada. Quando cheguei lá, já era tarde demais. — Ele estendeu a mão sobre a mesa. — Ela estava flutuando na piscina de bruços, e Julian estava em estado de choque. Lavava o sangue na borda da piscina e mal conseguia falar.

— Ela estava na piscina, de bruços, quando o senhor chegou ao terraço?

— Sim. Exatamente.

— E o senhor não tentou puxá-la para fora?
— Era tarde demais. Ela já estava morta.
— Como sabe?
— Julian me disse. Contou que ela tinha caído. Eles discutiram, lutaram, e ela caiu na água. Quando Julian tentou puxá-la para fora, ele desmaiou. Ele me contou que tinha apagado por completo, entende? Quando voltou a si, ela estava morta, dentro da piscina. Receio que, ainda em choque e sob a influência do álcool, ele a arrastou para dentro da piscina. E depois tentou encobrir tudo. Ele não conseguia se lembrar claramente, sabe?
— O que o senhor fez em seguida?
— Eu o levei para o andar de baixo. Ele não estava em condições de falar com ninguém. Praticamente desmaiou no sofá.
— O senhor não pediu ajuda.
— Era da minha ajuda que ele precisava, detetive. Eu queria proteger Julian, ele precisava da minha proteção. Para K. T., já era tarde demais. Foi um acidente, detetive Peabody.
— Deixe-me esclarecer os detalhes, para que possamos explicar isso para Dallas. O senhor seguiu Julian até o terraço, aonde ele tinha ido se encontrar com K. T., na área da piscina, embaixo da cúpula, certo?
— Sim, sim.
— A cúpula estava fechada.
— Sim, claro. É outubro. Toda a área fedia àquelas ervas de K. T., era algo doentio.
— Acho que o senhor não pensou em abrir a cúpula.
— Connie prefere mantê-la fechada no outono e no inverno. Ela nada ali todas as manhãs.
— Pois é, esta é outra discrepância. A cúpula foi aberta e depois fechada novamente. O problema é que o mecanismo está com defeito e ela não fecha por completo. A cúpula estava parcialmente aberta depois que o corpo foi descoberto. E não havia nenhum cheiro de fumaça na cúpula. Ele já tinha se dissolvido no ar.

— Talvez eu tenha aberto a cúpula. Também fiquei em estado de choque, entende?

— Claro. Então o senhor abriu a cúpula?

— Pensando melhor agora... Sim, eu a abri. O cheiro estava horrível, eu precisava de ar fresco.

— Quando o senhor abriu a cúpula? Antes de arrastar o corpo inconsciente de K. T. Harris para dentro da piscina ou depois?

— Opa, agora. — Eve deu um soquinho na palma da mão. — Essa é a minha deixa.

Eve saiu da Sala de Observação e entrou na Sala de Interrogatório.

— Aqui é a tenente Eve Dallas, entrando para completar o interrogatório. Você devia ter aguentado a fumaça, Joel, e devia ter levantado Harris com os braços em vez de arrastá-la. E não devia ter dito que Harris já estava flutuando de bruços quando você chegou lá.

Eve colocou a caixa sobre a mesa e fixou o olhar em Steinburger.

— Em primeiro lugar, foi péssimo você não ter tentado tirá-la da água para reanimá-la. Em segundo lugar, o tempo não bate. Se você tivesse saído depois que Julian supostamente a puxou, foi pegar o pano do bar, voltou e começou a lavar o sangue como você declarou, ela não estaria flutuando. Seu corpo teria afundado assim que seus pulmões tivessem se enchido de água. Os pulmões são como esponjas, e leva algum tempo para que os gases e outros fluidos desagradáveis sejam expelidos e o corpo volte a flutuar. Além do mais — acrescentou Eve, largando uma gravação em cima da mesa —, devia ter destruído isso em vez de guardar tudo no seu cofre. Você pegou isso dentro da bolsa dela depois de tê-la matado. Acho que queria manter a gravação longe da imprensa, sim, mas também queria assistir. Seu pervertido...

Ela deixou o *tele-link* de K. T. cair em cima da mesa.

— Você também pegou isso e depois jogou fora, junto com um monte de eletrônicos da casa de Asner. Eletrônicos que você recolheu depois de matá-lo. Descobrimos também o barco que você "pegou emprestado", sabemos a hora e as coordenadas do lugar aonde você foi. Os mergulhadores esperam recolher mais materiais amanhã. Você está mantendo os mergulhadores da polícia muito ocupados.

— Não faço ideia do que você está falando. Entendo o que está tentando fazer, acredite. Você está desesperada e resolveu jogar tudo em cima de mim, na esperança de que algo cole.

— Ah, mas já colou, Joel. Você também pegou a receita de remédios para dormir de Harris, usando uma das suas úteis chaves mestras. Guardou o código do veículo que pegou no bolso de Asner quando ele já estava morto. Nós pegamos você, Joel. Não há como explicar tudo isso.

Ela jogou o saco inteiro de códigos e cartões mestres na mesa.

— E, ontem à noite, você fez com que Julian saísse da sala, colocou as pílulas no vinho oferecido com tanta consideração, fechou a garrafa e tornou a guardá-la. Porque hoje ele ia ser um bom menino e cumpriria as suas ordens. "Tome algumas taças de vinho na banheira de hidromassagem." A ironia do afogamento dele ficaria bonita na imprensa e reforçaria sua armação. Ele se matou de tanta culpa por tê-la matado.

Steinburger continuou olhando para a pilha de códigos e cartões mestres. Um rubor de ódio lhe subiu da garganta até a testa.

— Você revistou a minha casa!

— Exatamente. Casa, escritório, carro. E os policiais da Califórnia estão fazendo a mesma coisa por lá. Você teve acesso ao barco, aos trailers, às casas, aos escritórios.

— Claro que tenho acesso. Tenho todo o direito de ir aonde preciso. Você entende quem eu sou?

— Perfeitamente. Você é um assassino. Ah, mas você não adicionou mais uma morte ao seu quadro hoje. Julian está muito melhor do que Peabody lhe deu a entender.

— Eu exagerei um pouco na condição dele — confirmou Peabody.

— Ele nos contou tudo. Valerie também.

— Julian diria qualquer coisa para acobertar o que ele fez, e Valerie está mentindo por Julian. Está apaixonada por ele.

— Acho que não, nada isso. Valerie mentiu por você, porque tem muita ambição e é um pouco gananciosa. Julian fez o que você mandou porque confia em você e te vê como um pai. E, no seu caso, Joel, o assassinato é apenas uma segunda natureza para você. Julian seria o último de uma longa fila que começou com Bryson Kane, seu colega de quarto na faculdade.

Ela caminhou atrás dele e inclinou-se até ficar perto de sua orelha.

— Nós vamos pegar você por cada um desses crimes. Rogo a Deus por isso.

— Vocês não têm nada.

— Kane se cansou de te ver se dando bem na faculdade. E, como já tinha grana suficiente, não cooperou mais. Por causa disso, você o empurrou escada abaixo e ele quebrou o pescoço. — Ela pegou a foto da cena do crime, com o corpo de Kane, e a jogou sobre a mesa.

— Marlin Dressler, velho, rico, uma inspiração para todos, atravancava o caminho do dinheiro e do poder que você desejava alcançar. E talvez não estivesse tão feliz como deveria estar por você se casar com sua bisneta.

Ela jogou a foto de Dressler sobre a mesa.

— Jogá-lo de um penhasco cuidou desse problema.

— Angelica Caulfield, grávida, não largava do seu pé e ameaçou contar tudo à sua rica esposa, também grávida. — Eve jogou a foto de Caulfield sobre as outras. — Recebeu o que chamamos de "Tratamento Julian Cross", só que com ela funcionou. Posso continuar com os outros assassinatos, até o último da fila. A imprensa vai te crucificar. Vou passar o martelo e os pregos para eles, enquanto minha parceira e eu te trancafiamos em uma cela, para você pagar por todas as vidas que roubou.

— Em quem você acha que eles vão acreditar? Sou o homem mais poderoso da indústria do cinema. Você não passa de uma policial que se casou por dinheiro.

— Você está certo. Sou apenas uma policial.

— Eu tentei ajudar o senhor — lamentou Peabody, olhando para ele com tristeza. — Temos uma testemunha que te viu entrando na agência de Asner na noite em que ele foi assassinado.

— Vocês estão mentindo. Ninguém me viu.

Peabody confirmou com a cabeça.

— Às vezes, as pessoas trabalham até tarde.

— Se você acha que alguém aceitará a palavra de um advogado barato ou um fiador desprezível em vez da minha, está muito enganada.

— Como você sabe quem ocupa os outros escritórios no andar de Asner? — perguntou Eve. — Ops! Porque você estava lá, Joel. Estava nesse andar porque entrou em contato com Asner e combinou de encontrá-lo em sua agência. Acontece que ele estava com alguém quando você o contatou, e eu também tenho o depoimento dela. Você o contatou, marcou o encontro e o matou.

— Isso é um absurdo. Eu... fui falar com ele porque K. T. me disse que ela o tinha contratado. Só fui falar com ele para comprar de volta todas as imagens que ele tinha conseguido.

— Ele também já estava morto quando você chegou lá?

— Não. Sim. Sim.

— Não? Sim? É difícil pensar sob pressão, não é? É difícil pensar quando tudo está desabando em cima de você. Geralmente, você tem mais tempo e mais espaço para planejar melhor as coisas. Você não limpou as suas digitais naquele pássaro tão bem quanto imaginou.

Uma mentira merecia outra, pensou Eve. Por que não adicionar uma digital fantasma à testemunha fantasma de Peabody?

— Ele me atacou. Foi legítima defesa. Simplesmente me protegi quando ele veio para cima de mim.

— E você esmagou e destruiu o cérebro de Asner quando ele já estava no chão? Acho que não, Joel. O júri também não vai acreditar nisso. Você o espancou até a morte — disse Eve, inclinando-se mais. — Depois, pegou os arquivos dele, os eletrônicos e o *tele-link*, mas o contato que você fez com ele ficou registrado no aparelho. É incrível o que a DDE consegue fazer. Em seguida, roubou o barco da sua amiga, o tirou da marina e jogou o material todo no mar. Sabe a sua amiga Violet? Ela fez um registro retificando aquele seu álibi para a noite da morte de Caulfield e alegou que você pediu para que ela mentisse por você.

— Isso é ridículo. Violet simplesmente está brava comigo, pois só tem conseguido papéis em filmes pequenos. Eu não tenho condições de sustentar a carreira de todas as atrizes que conheci.

— Ela lhe pareceu zangada, Peabody?

— Não, muito pelo contrário. Ela gosta muito do senhor, sr. Steinburger. Ficou muito agradecida pelo estímulo que o senhor deu a ela no passado, quando bancou aquela consultora fantástica para ela. Violet achou uma gracinha o senhor querer surpreender sua esposa com uma grande festa. Ou seja, ela realmente acreditou que foi por isso que o senhor pediu que ela mentisse e ficou feliz por mentir e dizer que o senhor estava com ela e com o outro consultor na noite em que o senhor matou Angelica Caulfield.

— Seus álibis estão todos caindo, Joel. O de Violet, o de Valerie. Os cinquenta mil em suborno também estão registrados. Os eletrônicos estão sendo trazidos do rio. Ah, e tem muita coisa chegando da Costa Oeste. Os computadores de Pearlman já estão na nossa DDE. A tecnologia avançou muito desde que você armou para Pearlman e encenou seu suicídio. Estamos rastreando os fundos desviados para a sua conta particular.

— Angelica era uma mulher neurótica e infeliz que gostava de drogas e álcool. Pearlman era fraco e ganancioso.

— Tudo isso pode ser verdade, mas nenhum dos dois se matou. Você se livrou deles da mesma forma que se livrou de um *paparazzo* intrometido, de uma jovem assistente muito pegajosa e de uma ex-esposa que talvez tenha pisado nos calos errados. Já tem nove mortos na sua conta, Joel, e vou procurar por mais. Se eles estiverem lá, eu os encontrarei.

— Você não encontrará nada. — Ele estendeu a mão e afrouxou a gravata. — Não há nada para encontrar.

— Talvez sim, talvez não. Mas você já era, Joel. Acabou!

— Estou nesse negócio há mais tempo do que você tem de vida! Tenho mais poder e mais influência do que você jamais poderá sonhar. Eu vou acabar com você.

— Você já era! — repetiu Eve, vendo o rosto dele ficar vermelho novamente. — Acabou pra você! Testemunhas inesperadas, desleixo ao limpar as próprias digitais na arma do crime e uma tentativa de homicídio mal planejada, com um Julian muito vivo para poder abrir o bico.

Eve soltou uma risadinha e encostou o quadril na quina da mesa, transmitindo desprezo e leve desdém em cada gesto.

— E você tinha que reclamar com Nadine. A propósito, ela estava usando um grampo e transmitiu tudo que você disse sobre o fedor do zoner adicionado às ervas de Harris. Justamente um dos detalhes que não divulgamos. Você ficou convencido e confiante. Depois de escapar desses assassinatos durante tanto tempo, ficou confiante até demais. Matar duas pessoas em dois dias e depois tentar matar uma terceira? Puxa, ninguém podia imaginar que uma pessoa tão importante e inteligente de Hollywood tentaria fazer isso.

— Você nunca conseguirá provar nada.

— Claro que vou. Tenho tudo aqui. — Ela levantou a sacola com as senhas. — Isso foi burrice. Somos mais inteligentes que você, Joel. Eu só não sabia quão mais inteligentes nós éramos, até agora.

Ele se levantou e tentou atacá-la. Eve se ergueu em um décimo de segundo

— Vamos, pode vir — convidou. — Arrisque-se. Vamos acrescentar "agressão a uma policial" a todas as suas acusações. Eu não me importo nem um pouco.

— Eu teria te tornado um grande nome. — Ele estremeceu, não de medo, conforme Eve notou, mas de raiva. — Eu teria feito você ficar famosa com essa produção. Você seria uma das mulheres mais famosas dentro e fora do planeta. A policial mais admirada da história.

— Obrigada, mas sou apenas uma policial, e isso já me basta. Foi bom matar Asner, não foi? Você não consegue se exercitar com muita frequência, não é? O martelar do coração, o sangue fluindo mais depressa, a *libertação* daquele ato. O poder de tudo aquilo.

— Ninguém diz "não" para mim. — Ele ergueu a mão no ar, fechou-a em punho e bateu na mesa. — Eu disse a ele para me entregar todo o material que tinha reunido sobre Marlo e Matthew e sobre mim. Ele recusou! Uma crise de consciência súbita o faria entregar tudo à polícia?

Seu punho golpeou a mesa várias vezes.

— Com quem ele achou que estava lidando? Pensou que poderia me chantagear por mais dinheiro? Burro? Sim, *ele* era burro. Ele foi o verdadeiro burro da história.

— Então você o golpeou até matá-lo.

— Eu me protegi. Cuidei da minha reputação. É a mesma coisa que defender a minha vida.

— K. T. teve que ser eliminada também. Pela mesma razão.

— Eu a *fiz*. Ela não tinha nenhuma lealdade, gratidão, respeito. Fiz o que tinha que ser feito, e fim de papo.

— Não foi o fim. Você armou tudo para Julian levar a culpa.

— Ele é burro. Talentoso, mas burro. E fraco. Ele teria ido procurar você em algum momento. Não seria capaz de se manter forte. Teria arruinado a si mesmo e a mim. Estaria melhor morto.

— Então você estava lhe fazendo um favor.

Repugnância surgiu e tingiu a voz dele.

— Ele não conseguiria nem mesmo morrer sem que lhe dissessem como. Eu me protegi, cuidei do meu investimento e da minha reputação. Uma reputação que construí ao longo de mais da metade da minha vida. Eu tinha todo o direito de fazer isso.

— Não, não tinha. Fim de papo.

— O poder traz responsabilidades e privilégios. Você se casou com um homem que sabe disso.

— Eu me casei com um homem que sabe mais sobre poder do que você jamais saberá.

— Não tenho mais nada para lhe dizer, tenente. Meus advogados vão lidar com você a partir de agora.

— Por mim, tudo bem. — Ela começou a colocar os sacos com evidências de volta na caixa que trouxera. — Mas não deixe de contar aos seus advogados que você está sendo acusado de vários assassinatos em primeiro e segundo graus. E prepare-se, porque a imprensa vai te comer vivo.

Eve sorriu e completou:

— Você será um tipo totalmente novo de celebridade a partir de agora, mas seu novo status não o levará à área VIP. Vá em frente e providencie que ele entre em contato com seus advogados, Peabody. Depois, coloque-o em uma cela durante a noite e vá buscar seu *crème brûlée*.

— Sim. Um grande sim, senhora.

Eve saiu, entregou a caixa ao policial que a esperava para levá-la de volta ao arquivo de evidências e sorriu quando Roarke veio caminhando em sua direção.

— Não achei que ele fosse realmente confessar.

— Ele não conseguiu se conter. Todos esses nomes, os dados e as evidências foram despejados em cima dele com muita rapidez. Isso o assustou, e ele não se permite ter medo. E eu o fiz parecer burro e fraco, outra condição inaceitável. Matar faz com que ele se sinta poderoso. Ele precisava se sentir poderoso.

— Eu diria que ele está prestes a sofrer uma grande queda de energia.

— Ah, com certeza! E quer saber de uma coisa? — Os dois seguiram até a sala de Eve, onde ela pegou seu casaco novo. — Nós encerramos dois assassinatos, uma tentativa de homicídio, estamos a caminho de encerrar outros sete casos de assassinato, e ninguém tentou me dar um soco na cara, nem me apunhalar, nem me lançar uma rajada atordoante, nem me explodir. Acho que temos um recorde.

— Pareceu arriscado por um minuto lá dentro.

Ela fez um *pfft* quando eles saíram.

— Ele não teria a mínima chance. Além do mais, não sujei minhas botas novas com vômito nem sangue durante um dia inteiro.

— Obviamente, precisamos celebrar. — Roarke acariciou as costas dela enquanto caminhavam.

— Sexo meio bêbados?

— Por mim, sim.

No caminho para casa e para o sexo meio bêbado, Eve entrou em contato com Nadine para lhe fornecer o resto da história.

Pareceu justo.

Impresso no Brasil pelo
Sistema Cameron da Divisão Gráfica da
DISTRIBUIDORA RECORD DE SERVIÇOS DE IMPRENSA S.A.
Rua Argentina, 171 – Rio de Janeiro, RJ – 20921-380 – Tel.: (21)2585-2000